小学館文庫

千里眼

松岡圭祐

小学館文庫

目次

千里眼

業火

うっすらと目をあけた。ていねいに、細やかに彫刻がなされた天井が視界に入った。雲海に浮かぶ釈迦の姿。冥界を描いた、木彫りの一大芸術だった。

自分がまだ生きていることはすぐわかった。冥界にいるわけではない、生きている。昨夜もまた、生き延びた。あの世からの迎えは、当分さきのようだ。

上半身を起こした。身体のあちこちが痛む。冬のあいだ、各地を転々としながら野宿した。そのときの名残りだ。シャッターの下りた商店の軒先や地下街、工事現場の土管のなか。あらゆるところが寝ぐらだった。冷たく硬いコンクリートが身体を芯までひやした。だが、きょうの目覚めは爽快だった。畳の上で眠ったことなど、何年ぶりだろう。それも、こんな新品の畳に。

肌寒かった。雨の音がした。障子の隙間から光がさしこんでいた。やわらかい春の陽射しとはちがう。灰色の光だった。薄日すらさしていないようだ。ゆっくりと立ちあがった。光のあるほうへ歩いていった。障子の前にきた。雨音のなかに、小鳥のさえずりがきこえる。静かだった。開け放って澄んだ空気を呼びこみたいところだが、そうもいかない。辺りに人けはないだろうが、万一のことも考えねばならない。

ぼろぼろになった上着のポケットがふくらんでいることに気づいた。手をいれて中身をだした。ウィスキーの小瓶だった。きのう国道沿いのコンビニエンス・ストアの裏で、ごみを漁ったときにみつけたものだ。スクリュー式の蓋《ふた》が閉じてあり、半分ほど残っていた。それを何口か飲んでさまよい歩いているうちに、山のなかに入った。あてもなく歩きまわった。そのうち、この寺に行き着いた。新しい寺のようだった。住職がいるかもしれないと思ったが、だれもいなかった。寝る場所がみつかった。そう思いながらあがりこんだ。いつものことだ。

三年前、東京の三鷹で経営していた建築業の会社を閉めた。事実上の倒産だった。借金は莫大だった。関東各地を逃げまわった。持っていた金もすぐ底をついた。以来、無料で野宿できる場所をさがすのが、日課になった。髪も髭《ひげ》も伸びほうだいだった。一年以上、おなじ服を着ていた。この服も、前に着ていたものが破れてしまったので、水戸のコインランドリーで盗んだものだった。すっぱいにおいを放っていることは自覚できるが、さほど悪臭だとは思わなかった。しかし、他人にとってはちがうのだろう。小銭をひろっても、電車やバスには乗車拒否された。コンビニにさえ足を踏みいれられない。警察を呼ばれてしまう。それでようやく自覚した。自分は社会からはぐれたのだ。ホームレスになったのだ。

ため息をついた。ウィスキーの蓋をあけ、あおった。液体が腹の底に沈んでいく。なにも感じなかった。会社が破産したとき、すでにアルコール漬けになっていた。かつて喉が焼けるように感じていた酒も、いまやただ茶色く濁った液体にすぎなかった。

ふと、畳の上に一冊のファイルがおちているのに気づいた。昨夜は真っ暗だったので、ここが本堂だということぐらいしかわからなかった。ファイルを手にとった。業者の書類だった。工事の見積書、請求書。そういった数字を目にするのもひさしぶりだった。

どうやら寺自体は古いものらしい。改装工事をしたようだった。ファイルのなかに、寺の資料も入っていた。名前は要伶寺。仏教本門梨園宗の寓戸道場、唯一の本山だという。日網聖人の直弟・詩壇上人がこの寺を創始したのは延慶元年、西暦でいえば一三〇八年。茨城における日網門下最初の寺院として歴史的に貴重な建造物だったが、つい半年前まで、そのことを知る人間はほとんどいなかったらしい。百坪ほどの寺の敷地は、四方を山に囲まれたひっそりとした環境のなかに埋もれていた。辺りには民家もなく、最もちかい道路までも百メートル以上の距離がある。その道路も山のなかに切りひらかれたハイウェイにすぎない。本堂の屋根が木々のあいだからかすかにのぞく以外、ドライバーの目に触れることもなかったようだ。

寺は明治三年に改修されたらしいが、以後は荒れほうだいになっていたという。参拝客もなければ修行僧もいない。本堂の外壁はかなり傷んで、障子もあちこちが破れていた。

けさのような雨の日には、本堂のいたるところで雨漏りがしていたらしい。

顔をあげた。がらんとした本堂の奥に目をやった。寺の高祖御自ら開眼したという一木三体の彫刻。目を細め、微笑を浮かべて合掌する木彫りの像。表面の漆がはがれ落ち、一体の頭部に大きなくぼみができているのが、ここからみてもはっきりわかる。雨漏りのせいだろう。まばらに水滴が落ちるなかに、この御尊像は長いあいだ安置ましましていた。そういうことだ。

だが、そのくぼみがこれ以上大きくなることはない。半年前に道にまよったハイキング客がぐうぜんこの寺を発見したのがきっかけで、にわかに調査がおこなわれ、重要文化財に指定された。資料にはそうあった。ここを本山とする梨園宗はすでに存在しないが、宗派を問わず要伶寺の修復を援助すべしという県議会の決定もあり、一か月前から工事がすすめられたという。現在、本堂はほぼ修復を終えていた。天井は全面的に復刻され、瓦はすべて取り替えられた。壁も塗りなおされ、障子も畳も一新された。

舌打ちした。来るのが遅かったようだ。改装前なら、こんなにましな環境ではなかったにせよ、しばらくは滞在することができただろう。だがいまは、大工がやってくる前にでていかねばならない。

ウィスキーの瓶に蓋をして、ポケットにおさめた。立ちあがり、仏壇へ歩いていった。金目のものがみつかるかもしれない。

仏壇には尊像のほかに、黒ずんだ小さな仏像が無数におかれていた。ひとつを手にとった。銅の鋳造らしい。金箔が貼ってあったかもしれないが、いまはただの黒い人形だ。それを放りなげた。ほかになにかないか、物色した。

そのとき、障子がかすかに振動し、びりびりと音をたてた。

無数の仏像が、共鳴するように震えだした。

ふりかえった。工事が始まったのか。だが、障子の向こうにもひとの気配は感じられない。

とつぜん、金切り音と轟音《ごうおん》がいりまじったような激しいノイズが耳をつんざいた。頭のなかに鳴りひびいた。激痛が支配した。両手で耳を押さえた。地震のように、本堂が揺れだした。仏像のひとつがたおれ、ごろりと転がった。つづいて、ほかの仏像も次々に仏壇から落下した。横になった仏像は逃げだすかのように畳の上をころがり、あちこちへ散らばっていった。

突きあげる衝撃があった。

なにかが直撃した。

激震が襲った。熱かった。服が燃えていた。悲鳴をあげた。辺りをみまわした。恐怖を感じているのは自分ひとりだった。尊像の口もとにはなおも、かすかな笑みがあった。天井に亀裂が入った。雨水がしぶきをあげ、その直後に、真っ赤な火の玉が天井を突き破り、床に衝突した。火柱があがり、そこを中心として畳と壁をなめるように炎がはしった。燃えさかる炎が障子を焼きつくした。外がみえた。同時に、爆発音がとどろいた。周辺の木々が爆風にゆらぎ、ざわめくように枝をすりあわせる。いっせいに鳥が飛びたった。それをみた。

天井が落下してきた。ぼんやり上をみあげた。きざまれた冥界が、オレンジいろに染まり、黒煙につつまれながら頭上に落ちてきた。冥界がせまってきた。

畳の上で死ねた。そう思った直後、視界が真っ暗になった。

観音

ひと晩じゅう降りつづいた霧雨のせいで路面は湿っていた。時計をみた。午前八時をまわっている。千葉の木更津インター付近のこの国道は、東京へむかう長距離輸送のトラックで渋滞しがちだ。さっきからずっと、断続的に赤いテールランプをともす四トントラックの尻をながめながらアクセルとブレーキを小刻みに踏んでいる。一分間に一メートルほどしか進まない。十分十メートル。いらだちがつのった。あと一時間で乗務時間が終わるというのに、これでは帰宅が昼近くになってしまう。

タクシー運転手の荒井は、ステアリングをきりながら昨夜のことを考えていた。乗客はタクシーを、一時的に雇えるお抱えのリムジンだと思っている。乗ってから降りるまで、運転手もクルマも自分の所有物だと思いこんでいる。金さえはらえば乗せてもらえるのが当然だと考えている。だが運転手からすれば、そんな考え方は噴飯ものだ。けちがついたのは、午前二時ごろだ。千葉市内の交差点で、大きな段ボール箱を脇にかかえた作業服姿の男が片手をあげているのが目に入った。段ボール箱には写真用フィルム会社の名が書いてあった。荒井は軽くクラクションをならし、通りすぎようとした。乗車拒否などしたくない。だが、規則は規則だ。道路運送法の省令には、乗せてはいけない物、乗車拒否できる場合が具体的に決められている。火薬類。百グラムをこえる玩具用煙火。揮発油、灯油、軽油、アルコール、二硫化炭素その他の引火性液体。黄燐、カーバイト、金属ナトリウムその他発火性物質及びマグネシウム粉、過酸化水素、過酸化ソーダその他爆発性物質。放射性物質等。苛性ソーダ、硝酸、硫酸、塩酸その他腐食性物質。高圧ガス。クロル・ピクリン、メチルクロライド、液体青酸、クロロホルム、ホルマリンその他の有毒ガス及び有毒ガスを発生するおそれのある物質。五百グラムをこえるマッチ。乾電池を除く電池。死体。盲導犬と愛玩用小動物を除く動物。事業用自動車の通路、出入口又は非常口をふさぐおそれのあるもの。そして、百グラムをこえるフィルムその他のセルロイド類。

ところが乗車拒否した直後、数十メートル先の交差点で赤信号につかまってしまった。作業服姿の男は逆上したらしく、走って追いかけてくると、ドアに蹴りこんだ。日本語ではない言語ではげしくまくしたてた。なにをしゃべっていたかはわからないが、怒っていたのはたしかだった。前にまわり、ボンネットがへこむほど肘うちをくれてから、逃走していった。

すぐに一一〇番通報して、パトカーを呼んだ。段ボール箱は、路上になげすててあった。なかにはポルノ雑誌が数十冊はいっていた。あの男がこれを持ってどこへいくつもりだったかはわからない。ただ、乗車拒否に該当する危険物でないことはあきらかだった。警官に事情をきかれた。経過を話すと、警官はあきれ顔でいった。被害妄想が強すぎますね。相手が怒るのもむりはありませんよ。

たしかに、いったん停車してから段ボール箱の中身をたずねて、大量のフィルムが入っていたら省令の説明をして乗車拒否をする、それが筋だったかもしれない。火災が発生したときのことを考えて、それらが危険物とみなされることを説くべきだったかもしれない。だが、それではよけいに面倒がおきる可能性があった。こちらは時間で商売をしているのだ。法律の相談屋ではない。

左手に脇道があった。荒井はステアリングをきり、国道からその道へ入った。路地は民家のあいだを抜けて、田んぼのあぜ道へ通じていた。舗装されていない、ぬかるんだ地面にタイヤが滑りがちになっている。悪態をつき、速度を落とした。これでは渋滞のなかにいるのとかわりがない。

備えつけの液晶テレビをつけた。規則では運転中に見てはいけないことになっているが、かまわなかった。人目につかないところでは正直者である必要などない。民放は映りが悪かった。チャンネルをかえてＮＨＫにすると、朝のニュースだった。かわりばえのしない税制改革論議についてのたいくつな報道だった。

神経質になっていたのだろうか。千葉市内のタクシー会社に勤務して十年、個人タクシーを営業してさらに十年。家には年老いた妻と、リストラで繊維会社をクビになったまま再就職先がみつからない息子がいる。この歳にして一家を食わせなければならない重い責任がのしかかっていた。眠い目をこすった。バックミラーをのぞきこんだ。充血した目、黒ずんだ肌にきざまれた深いしわ。毎日かかさず日本酒を飲んでいるせいでアルコール中毒ぎみだった。

ただいま入りましたニュースです。男性アナウンサーの声がそうつげた。液晶テレビに手をのばし、音量をあげた。

先ごろ重要文化財に指定され、修復工事が進められていた茨城県澪郡西有村の山中にある要伶寺が、けさ七時すぎに全焼しました。付近一帯は小雨がぱらつく天気にもかかわらず、大規模な山火事が発生しており、周辺の住民には避難勧告がでています。

画面が切り替わり、現場上空からの映像になった。山火事とはあまりにも控えめな表現だ。荒井はそう思った。山全体が燃えさかる炎につつまれている。黒煙がたちこめているせいで、闇夜のように暗かった。どこに寺があったのか、まったく見当がつかない。すべて灰になってしまったのだろうか。

ヘリコプターに乗ったキャスターが興奮ぎみにつげる。寺が改装中だったこともあり、住みこみの人間はいなかったということですが、火災にまきこまれた人がいないかどうか、現在確認が進められています。また、寺に火の気がなかったばかりか、この山には工場や廃棄物処理場などの施設もなく、プロパンガスひとつ存在しなかったにもかかわらず、これほどの大規模な火災が発生していることから、恒星天球教の一連のテロ事件と関わりがあるのかどうか、茨城県警では捜査本部を設けて早急に原因究明にあたると話しています。

これだ。神経質になっていたのは、このせいだ。運転手はそう思った。このところ毎日、恒星天球教がらみのニュースが報じられている。物騒で、なにをしでかすかわからない連中の存在。おかげで必要以上に警戒心を抱かざるをえないという現実。そう、すべてはあいつらのせいだ。

何年も前に話題になった新興カルト教団のテロも世を震撼させたものだが、恒星天球教のひきおこす事件にくらべれば児戯にひとしかった。というより、かつてのカルト教団の事件において破壊活動防止法を適用し、永久解散に追いこまなかったのがそもそものまちがいだ。いっそう過激な集団が発生する芽を摘みとることができなかったのだから。

ようやくあぜ道から抜けだした。アスファルトの上に戻った。古びた木造の日本家屋の合間を縫《ぬ》って、荒井はタクシーを走らせた。黄色いレインコートを着た、通学途中の小学生たちの姿があった。泥水をはねないよう、速度をさげて通過した。

アナウンサーがいった。ここで、恒星天球教に関するこれまでの経緯を、ＶＴＲにまとめてありますのでご覧ください。

また映像が切り替わった。消火ホースを手に走りまわる消防士の姿がうつっている。だが、山火事の生中継ではない。以前にもニュース番組でよく目にした映像だった。

男性アナウンサーの声がかぶさる。「一か月前、東京都目黒区の日本料理店『ひとわ』が全壊、全焼するという事件がおきました。爆発の発生した場所が厨房近辺だったこともあり、当初はガス爆発事故とみられていましたが、あまりにも大規模な爆発だったことから、警察で調べた結果、何者かが室内に侵入し、爆発物を置いた疑いが強いことがわかりました。つづいて仙台市其塚の旅館『大郁屋』、愛知県蒲郷市の粕壁神社、鹿児島県西尾市の自営業・木下章司さん宅、山口県美野市の料亭『夕村』が、わずか一週間のあいだに同様の爆発により次々と全壊。死者十一名、負傷者七十五名をだす惨事となりました」

画面に泣きくずれる女性の姿がうつった。荒井は顔をそむけた。無差別テロは頭にくる。路地のなかの小さな交差点に赤信号がともっていた。停車すると、右手で傘をさし、左手で杖をついた老人がおぼつかない足どりで目の前を横ぎっていった。

「その一方で、仙台、鹿児島の現場近くで犯行時刻に前後して、不審な男たちの姿が目撃されていました」

画面に目をやった。これまたおなじみの絵がうつっている。目撃証言をもとに警察でつくった犯人像だ。やせほそった身体を紺色の中国服のような詰め襟の上着で包み、面長の顔にぼさぼさの長髪、目はうつろで、通りがかった主婦が声をかけてもなにも答えず、うす笑いを浮かべてじっと見かえすばかりだったという。そんな男たちが、すくなくとも三人以上一緒にいるところが目撃されている。これほどの外見的特徴がありながら、なぜ警察の緊急配備網にかからなかったのか。ニュースでは連日、話題になっていた。

信号が青になった。荒井はクルマを発進させた。

「この不審な男たちの服装から、いわゆるカルト教団のテロ活動ではないかとする説が有力視されていました。また仙台の現場近くの河原で、恒星天球教という新興宗教団体の教典とみられる小冊子が発見されました」

手帳サイズの、茶色の表紙の小冊子が画面に紹介された。金文字で恒星天球教典とある。またこういうやつらがあらわれた、世間ではみなそう思ったはずだ。こういう連中はなにをしでかすか予測できない。テロの標的にされた場所も無差別としかいいようがない。その影響で一般市民は疑心暗鬼になり、隣人さえも信用できなくなり、客商売を営んでいる者は被害妄想におちいる。自分もそのひとりだ。荒井はそう思った。

液晶テレビから顔をあげたとき、背すじに凍りつくような冷たさが走った。急ブレーキを踏みこんだ。湿っている路面を車体がずるずると滑っていく。小学生ぐらいの女の子の姿が近づいてくる。その身体に触れるか触れないかというとき、クルマは停車した。

ウィンドウをさげて顔をだした。女の子はきょとんとした顔でこちらを見ていた。

「おい、だいじょうぶか」荒井は声をかけた。「いきなり飛びだすなんて、危ないじゃないか」

妙な気配があった。小雨がぱらつくなか、この女の子は傘もささず、レインコートも着ていない。かわりに、大人が着るサイズの青のジャンパーを羽織り、寒そうに両手で襟をひきよせている。ジャンパーの裾からは緑色のスカートがのぞいている。足もとはサンダルで、白かっただろう靴下は泥水で茶色に変色していた。通学途中でないのか、カバンもランドセルも持っていない。

女の子はじっとこちらを見つめた。可愛い子だった。だが、肩にかかるぐらいの長さの髪はずぶ濡れで、顔色は青く、丸く見開かれた目は赤くなっていた。

どうしたんだ、と問いかけた。すると女の子は黙ってクルマの左側へ歩いていき、後部ドアの前で立ちどまった。

乗車するつもりか。荒井はためらったが、雨のなかに立たせておくことはできない。レバーを引いて自動ドアを開けた。女の子はシートに乗りこんだ。

荒井がふりかえると、女の子は小さな声でいった。「東京湾観音」

「え？」

女の子はくりかえした。「東京湾観音」

「東京湾観音へ、いくの？」

女の子は無表情でうなずいた。

さて、こまった。いまから東京湾観音へ行くとなると、また帰りが遅くなる。だが、子供をひとりで乗せてはいけないという規則はない。付添人を伴わない重病者だとか、酒気を帯びているとか、バックミラーによる視認をさまたげるほど大きな荷物を持っているとか、乗車拒否できるケースはそれぐらいだ。

荒井はきいた。「お金、持ってるの？」

女の子はうなずいた。

「こんな朝っぱらから、ひとりでお参りに行くのかね？」

女の子はなにも答えなかった。ただじっとこちらを見かえすばかりだった。

荒井は深いため息をついた。お客はお客だ。たぶん、向こうで母親かだれかと待ち合わせをしているのだろう。ドアを閉め、メーターをたおした。電子音とともに初乗り料金が表示される。ここから東京湾観音まで行くとなると、三千円を超すだろう。

クルマを発進させてすぐ、液晶テレビがつけっぱなしになっているのに気づいた。まだ恒星天球教についてのVTRがつづいている。小さな乗客が関心をもって見ているはずもない。ほんらいなら消すべきだが、音声だけでもきいていたかった。このあたりのドライブは平凡で、たいくつだ。画面に気をとられないように注意していればよいだろう。

妙にのどかなBGMに重なって、アナウンサーのナレーションがきこえる。「教典によると恒星天球教は三年前に結成された新興宗教で、その教典には仏教、キリスト教、ヒンズー教、ゾロアスター教などの教典からの抜粋がめだちます。ただし、それら既存の宗教を織りまぜたものというよりは、新しい宗教概念を構築しているようだと、宗教研究家は評しています。恒星天球教には複数の神が存在し、だれがどの神を信仰するかは運命によってあらかじめ決められており、その運命にしたがうことが自身の救済への道であるという、ある意味で宗教の自由を容認するような理念が説かれているのもユニークです。また別の側面では、大乗仏教的な思想が強く、広く不特定多数の人々の救済を目的としている点も、いわゆる昨今の選民思想的なカルト教団とは一線を画しています。しかしこれらは、あくまで恒星天球教の教典に書かれている一般信者向けの宗教理念にすぎません。時が経つにつれて、恐るべき教団の実態があきらかになっていきました」

教団の実態、そんなものはたんなるテロ集団だ。もったいをつけたところで、もはや日本じゅうだれもが知っている。警察はまだ尻尾をつかみきれていないようだが、連中が狂信的な悪の集団であることは疑う余地もない。

荒井の気持ちに呼応するかのように、BGMがおどろおどろしい曲調へと転じた。ナレーションもより低い声の男性にかわった。「埼玉県安多良市で、事件のさい目撃された紺の詰め襟服の男によく似た特徴の人物が住んでいるという情報があり、警察で内偵をすすめていたところ、同市に住む三十三歳の自営業者が浮かびあがりました。このため任意で出頭を求めましたが、その直後に行方をくらませてしまいました。この自営業者の自宅兼店舗を家宅捜索したところ、おどろくべき書類が発見されました」

荒井は液晶テレビに目を走らせた。またおなじみの、数百枚からなるワープロ文書がうつっている。

「恒星天球教の組織図、教団の規模拡大のための実践法を記した、恒星天球教白書。教団のなかでも一部の幹部のみが目を通していたと思われる文書です。これによると、恒星天球教はみずからの存在によってノストラダムスが予言した一九九九年の人類滅亡をふせいだと豪語しており、二十一世紀の最初の十年間に極東の国、日本から世界へと教団の理念を広めると同時に、すべての宗教を恒星天球教の傘下におくという、過激な思想を有しています。その第一段階として、恒星天球教は日本国内の宗教を恒星天球教に統一することを目標としています。そのためには、憲法で政教分離をさだめている日本政府そのものを打倒することもありうるとし、世界各地のあらゆるテロ活動を手本にした、八十六項目からなる『聖戦の手引き』を白書のなかに著しています。このなかには銃器類、爆薬、劇薬などの取り扱い法、電子機器や電子部品に関する知識など、ロシアや中東の闇市場から入手したと思われる情報がふくまれています。教団のこれらの思想は、信教を禁じていた旧ソ連の崩壊後、ロシアンマフィアと結託した新興宗教がロシア国内で勢力を伸ばしたことにヒントを得ていると見る専門家もいます」

日本の宗教を統一するだと。荒井は鼻を鳴らした。そんなばかな話があるか。うちは曾祖父の代から東本願寺だ。駅前のあやしげな勧誘にさえ立ちどまったことはない。そんな自分が宗派をころりと変えてしまうというのか、それもおかしなテロ集団に。ありえない。乗客に同意を求めてうさを晴らしたいところだが、子供相手ではそうもいかない。そんなことを思いながらバックミラーを一瞥《べつ》した。一瞬、凍りつくような寒けを感じた。女の子がじっとこちらを見つめている。バックミラーに反射したこちらの目を凝視している。しばらく見かえしていたが、女の子の視線はそれなかった。

「どうかしたの?」荒井はたずねた。だが、女の子は無言のままこちらを見すえている。

だしぬけにクラクションが響きわたった。目前の交差点の左手からバスがつきだしていた。ひやりとした。とっさにステアリングをきり、その寸前をすり抜けた。

寒けが消えていくのにはしばし時間を要した。周囲に注意をはらいながら、またバックミラーを見た。あいかわらず、女の子の視線はこちらに向けられていた。

へんな子だ。親はいったい、どんな教育をしているのか。

「……白書によると」液晶テレビからは、恒星天球教の解説がつづいていた。「恒星天球教の教祖は阿吽拿《あうんな》という宗教名をもつ人物で、キリストや釈迦などあらゆる宗教の教祖の生まれ変わりであると自負すると同時に、ノストラダムスの『諸世紀』に書かれた太陽という存在であることを自認しているとのことです。すべての宗教を超越する人物として神に代わってこの世に君臨し、二〇一一年までに世界のあらゆる宗教を統合する使命をおびているると白書には記されています。教団内での正式名称は阿吽拿大天使総教祖となっていますが、その素性もあきらかになっていません」

画面に、半分ほど破りとられたページが開かれてうつしだされた。「自営業者の家宅捜索で発見された白書は、阿吽拿教祖の顔写真が掲載されていたとみられるページ一枚が破りとられていました。白書には現在、恒星天球教の日本国内における幹部数が一千人、信者数が七万人を突破していると書かれていますが、通常の新興宗教のように自己啓発セミナーと称する信者勧誘集会が目立っておこなわれているようすもなく、事実かどうかは疑わしいという見方が有力です。ただ、白書によれば出家して教団の施設に住みこむという規定はないらしく、信者は周りに打ちあけることもなく、ひそかに教典を隠し持ちながら、ふつうの家庭生活をつづけているといいます。紺の詰め襟服の着用を義務づけられているのも幹部のみであるとされ、潜在的な信者の数は把握できていません。捜査がどこまで進展しているのかも定かでないというのが現状ですが、いっぽうで警視庁によせられた恒星天球教に関する情報がすでに二万件をこえているにもかかわらず、捜査本部に具体的な動きが見られないことから、幹部および信者を特定できる有力な手がかりは、依然得られていないとの見方が有力です」

路地を抜けて、富津岬の湾岸道路に出た。右手には土手の下に海岸が見える。夏場には潮干狩りの客が路上駐車するせいで混雑するが、いまは車両の姿はほとんどなかった。

どうしても気になって、バックミラーに目がいく。女の子の視線はそれていた。顔を横に向けて、海を見つめていた。

荒井はかすかな安堵を感じた。海を視界の端にとらえた。曇り空の下、海は荒れていた。高波が海岸に打ち寄せ、岩場をしきりにあらっている。人影はなかった。

「白書には『やすらぎの地』なる聖地について記されており、これが恒星天球教の教団本部ではないかという説が有力ですが、現時点ではその所在もあきらかになっていません。教団は『やすらぎの地』をおとずれるものに絶対的な救済の報いがあると主張するいっぽう、『やすらぎの地』をおびやかす外敵に対しては神の名において戦うという、過激な論説もみられ、これが一連のテロ活動につながっているのではないかという説も……」

うんざりして、液晶テレビのスイッチを切った。ではないか、その言いまわしはききあきた。耳にしたいニュースはかぎられている。爆破テロ犯人グループの逮捕。教団の本拠地の解明と家宅捜索。そして破防法適用による永久解散。それだけだ。

T字路を左折し蛇行する山道に入った。通行人の姿はない。商店街はまだ開いていない。そろそろ東京湾観音のある大坪山だ。

女の子に声をかけた。「観音さまのところまで上がっていくの?」

「そう」

バックミラーを見ると、また女の子の視線がこちらを向いていた。にらんでいるようにも、ただながめているだけにも思える。

いちいちかまっていられない。気にしないようにつとめながら、ステアリングをきりつづけた。やがて、右手の雑木林に「東京湾観音参道」と記された標識があった。右折すると、ゆるやかな昇り坂に入った。

参道にも、ほかにクルマはなかった。休日には参拝にいく人もいるが、平日にはめずらしい。こんな天気の悪い日には、山頂にだれもいないこともあるだろう。

大坪山は標高百二十メートルほどの小さな山で、国定公園に指定されている。富津の観光名所のひとつだが、わざわざ遠方から足を運んでくる観光客はすくない。富津じたい、さびれた温泉宿が点在する小規模な観光地にすぎない。この大坪山は昼より夜間のほうがクルマの出入りが多い。関東のあちこちからやってくる走り屋の若者たちが、峠を攻めたあとここへ立ち寄るのだ。山頂には展望台があり、東京湾の全景を眺めわたすことができる。金のかからないところは、金のない若者たちの溜まり場になる。

山頂が近づいてきた。参道は森のなかのトンネルにつづいていた。トンネルに入ると、真っ暗になった。前方に出口の光が見えている。百メートルたらずのトンネルの内部は異様に暗い。そのせいで地元の若者のあいだでは心霊スポットなどとささやかれている。真夜中にこのトンネルのなかで停車し、長くクラクションを二回鳴らすと、前方に若い女の幽霊が現われるのだという。ふいにおかしくなって笑った。こんど夜中にきてやってみるか。このところ若い女などとはすっかり縁遠くなっている。折りからの不況で、スナックにいくことさえままならない。幽霊は酌ぐらいしてくれるだろうか。そんなことを考えているると、トンネルを抜けた。同時に、巨大な観音像の姿が目に入った。

身長はたしか五十六メートルだと観光案内に書いてあった。それほど大きく思えないのは、周囲に建造物がなにもないからだろう。ここには寺院があるわけではない。広場になった山頂に、大観音がただぽつんとたたずんでいるだけだ。ほっそりとした、白亜の観音像だった。こちらから見ると、左のほうを向いて立っている。観音様というと片手をあげて指で輪をつくっていることが多いが、この大観音は両手を胸の前に軽く添えている。

観音様の膝もとちかくまでいくと、通行止めがされていた。右折して駐車場に入る。ワゴンが一台、乗用車が三台とまっていた。人影はない。意外にも、朝から参拝にきた信心深い人がほかにもいるらしい。いや、ここの従業員かもしれない。

停車して、サイドブレーキをひいた。３０９０円。ふりかえると、女の子がもぞもぞとポケットをまさぐっていた。皺《しわ》だらけになった一枚の封筒をだした。うけとると、なかに紙幣と硬貨がはいっているのがわかった。あけてみると、千円札が三枚、五十円玉が一枚、十円玉が四枚あった。ぴったりだった。

後部ドアを開けると、女の子が車外へでていこうとした。荒井は声をかけた。「お母さんかお父さんが、ここにいるの？」

女の子は首を振った。

「じゃあ、帰りはどうするんだね？」

「歩いて帰る」

「どうして」

「お金、ないから」

どう答えるべきか迷っていると、女の子はクルマを降りた。小雨のなかを、あいかわらず身体にあわないジャンパーの襟をひきよせ、よろめきながら観音のほうへ歩いていく。

荒井はあわてて、ドアをあけて外へでた。女の子の背に声をかける。「ここでなにをするんだね」

「観音様に、のぼるの」

「上まであがるつもりかね？　観音様の胎内に入るにはお金がいるんだよ」

「知ってる」女の子は立ちどまり、ふりかえった。「それだけなら、もってる」

歩きだした女の子を見送りながら、考えた。どうしたらいい。このまま帰って、気分よく夜勤あけの酒が喉を通るだろうか。ありえない。言い知れない罪悪感にさいなまれるにちがいない。それに、あの女の子は木更津のあたりで乗車した。帰り道に乗せていっても、さほどの寄り道にはならないだろう。

「なあ」運転手は女の子の背にいった。「おじさん、あとちょっとで帰るところなんだ。木更津のほうでいいんなら、ただで乗せていってあげるよ」

女の子はまた立ちどまり、ふりかえった。かすかな笑みが、そこにあった。はじめてみせた笑顔だった。だが、なにもいわなかった。また観音に向かって歩きだした。重くひきずるような足どりだった。

荒井は頭をかきむしった。どういう理由があるかしらないが、とにかく、参拝が終わるまで待ってみるか。しかし、この観音は昭和三十六年築だ。バブル期に成金の宗教団体が建てたような、エレベーターやエスカレーター完備の大観音とはちがう。いちど胎内に入ったことがあるが、三百十四段の螺旋《らせん》階段が延々とのびているだけだ。あの子のようすでは、とても上まで行き着く体力はないだろう。

ほうってはおけない。運転席にもぐりこみ、エンジンを切ってキーをひきぬいた。タクシーをおりて鍵をかけ、女の子が歩いていった観音の足もとへ駆けだした。

通行止めがある先は、ロータリーのような空間になっていて、その中央に観音像がそびえていた。

周辺は静かな森に囲まれていた。観音の設立者の銅像や、水子供養の地蔵が点在している。さびついたブランコや鉄棒もあった。向かって右手奥には売店がある。観音会館という看板が掲げてあるが、平屋建ての小さな民宿のような建物だ。開いている玄関先には人けがない。が、なかには従業員がひとりだけいるだろう。以前、家族といっしょに来たときには老婦人がひとりいた。甘酒の素や地元産のあらめ、ひじきなどの土産が販売されていた。甘酒の素は春先まで売られている。今月いっぱいは置いてあるだろう。

観音像の左足のかかと付近にある短い石段をあがっていく女の子の姿があった。足ばやに追いかけたが、女の子の姿は観音のなかに消えていった。

その入り口前まで来た。このあたりの地面は舗装されておらず、ぬかるんでいる。石段の上に小さな観音像があり、右手には窓口があった。観音様胎内めぐり、とある。入場時間は午前八時から午後四時三十分まで。終了は五時。大人五百円、中人（中学生から高校生）四百円、子供（五歳から小学六年生）三百円。その下には、最近つけくわえられた但し書きがあった。カメラ・貴重品以外の手荷物は預かります。そうあった。胎内の最上階にある賽銭《さいせん》や仏像などの置き物を盗んだり、悪戯《いたずら》をはたらいたりする輩がいないように、カバンなどは持ち込みが禁じられている。

窓口の前にある通路の奥には、上へつづく螺旋階段が数段みえている。すでに女の子の姿はなかった。

荒井は窓口に近づいた。五十代半ばぐらいの女性が新聞から顔をあげるのが見えた。ぶっきらぼうな声で、五百円、そういった。

「いや、なかへはいるんじゃないんだ」荒井はいった。「いまの女の子のことなんだがね。ちゃんとお金は払ったのかね？」

女性は眉をひそめた。「ええ、ちゃんともらいましたよ」

「だれかほかに、観音様のなかにあがっていった人はいないのかね。あの子の、保護者らしき人とか」

「さあねえ」女性はさも面倒そうな顔で新聞をたたんだ。「あの子、いつもひとりで来てるし」

「いつも？　じゃあ、よく来るのかね」

「ええ、もう毎日」女性はため息をついた。「心配なら、いっしょにのぼってあげたら？」

「いや、遠慮しておくよ」そういいのこし、窓口からはなれた。高いところは苦手だった。以前のぼったときにも目がまわりそうだった。この観音は房総半島の小高い山の上に立った灯台とおなじだ。上のほうへいくと、強風で壁や階段が揺れているのがわかる。あんな恐怖は、もうあじわいたくない。

ひきかえして、観音の正面にまわった。脇に戦没者への慰霊碑がかかげてあった。この観音は平和祈念のシンボルなのだ。とくに宗派にこだわりがあるわけではないらしい。螺旋階段の途中にも不動明王やらマリア観音やら、薬師如来、七福神までが安置されていたと記憶している。

観音の正面には卍のしるしがはいった賽銭箱があった。お参りなら、ここでできるだろうに。そう思いながら、上をみあげた。柔和な顔だちの観音だった。東京湾には背を向け、富津市内を見おろしている。頭には冠をかぶっている。螺旋階段はあそこまでつづいている。たしか一定の高さごとに「一階」「二階」という味気のない看板があったように思う。最上階は二十階。以前は最上階にはがらんとした空間があるだけだったが、いまは豪華な仏壇があり、賽銭箱もそなえてあるときく。

観音の胸もとに添えられた両手の上を、じっと見つめた。あの両手の上が通路になっている。胎内の螺旋階段をのぼっていくと、あそこでいきなり観音様の外側にでることになる。もちろん金網のフェンスで囲ってあるが、滑りがちな足場がひどく恐ろしかったことをおぼえている。

しばらく時間がすぎた。あの女の子が、姿をみせた。観音の両手の上で、小さな身体が左から右へと動いていく。やはり、そうとうきつそうだ。ふらつきながら進んでいる。やっとのことで右端へ行き着くと、また観音の胎内に消えていった。

運転手は駆けだした。観音の背のほうへまわった。公園の奥は大坪山の展望台になっていて、そこから東京湾が一望できる。その展望台の近くまでいき、観音をみあげた。観音の背中は、無数の銃創のような穴があいて痛々しかった。これらは螺旋階段のあちこちにあけられた小窓だ。だが、まるで東京湾のほうから、すなわち太平洋側から機銃掃射を受けたようにみえる。これが戦没者の霊にささげる観音であることを考えると、皮肉なものだった。

観音の両肩の裏側にもフェンスがあり、それぞれバルコニー状に突出している。かなりの間をおいて、左肩に女の子の姿が現われた。よろよろとフェンスにつかまりながら階段をのぼっているのが、地上からでもはっきりとわかる。さらに何分かが過ぎ、女の子の姿が右肩に現われ、消えた。

荒井は、自分がぽっかりと口をあけているのに気づいた。口内がからからに渇いている。手のひらには汗をかいていた。首を振った。俺はいったい、なにをやっているのだろう。そう思った。ここでいちいち、あの子の動向を気にしていても、はじまらない。売店で飲み物を買って、降りてくるまで待とう。

踵《きびす》をかえし、売店のほうへ歩きはじめた。途中、展望台のほうへ目をやった。東京湾上空から羽田へ高度をさげていく旅客機の姿が、雲のなかにかいま見えた。

荒井は、売店「観音会館」の前で缶コーヒーをすすりながら、腕時計に目を落とした。午前九時五十分。

もう、かれこれ一時間近くになる。いくらなんでも遅い。あの女の子が、途中でたおれてしまっていたらどうする。とはいっても……。

缶を持つ手をとめた。観音の足もとに女の子の姿があらわれた。出入り口の石段を、一歩ずつゆっくりと降りてくる。さっきよりも、いっそう足もとがおぼつかないようすだ。

荒井は声をかけようとした。ところが、石段を降りきると同時に、女の子が崩れるようにたおれこんだ。

あわてて駆けよった。女の子は泥のなかにうつぶせていた。窒息してしまう。荒井はかがみこんだ。ひざに冷たさを感じた。ズボンがすっかり泥につかっていたが、かまわなかった。女の子を抱きおこした。女の子の髪も顔も泥まみれになっていた。目を閉じ、口は力なくあいていた。ぐったりとしていた。女の子の口もとに指を近づけた。かすかな息づかいがあった。額に手をあてた。熱い。かなりの高熱だ。

救急車を呼ぶべきか。規則によれば病人はタクシーに乗せるべきではない。だが、そんなことはいっていられない。自分の運転で、女の子を病院に運んだほうがはやい。

そう思って、女の子を抱きあげようとした。と、ジャンパーのポケットから、なにかがぱさりと音をたてて落ちた。

運転手は、全身に電気が走るような衝撃をおぼえた。

水たまりのなかに落ちた小冊子。恒星天球教典。褐色の表紙に金文字で、そう記してあった。

暗証番号

午前十一時六分。

仙堂芳則《せんどうよしのり》は永田町の歩道を歩いていた。どんよりと厚い雲におおわれた都心の空を背にした国会議事堂の姿には、いつにも増して憂鬱《ゆううつ》な空気が立ちこめている。長い冬をすぎても、まだ並木の枝は葉をつけていない。今年は春の到来がおそい。こんな天気では、日中の気温はまったくあがらない。

はげあがった額に手をやった。五十も半ばをすぎると、肌が荒れているのがよくわかる。多少、うるおいが感じられるのは小雨がぱらついているせいだ。部屋のなかでは肌が乾燥して、かゆくてしかたがない。あるいは、毎晩のように酒を飲んでいるせいかもしれない。朝のジョギングをかかさずにいても、身体は年々老いていく。いつまでも若いつもりでいたが、周りはそうみてくれない。だが、実際の年齢以上にみられているふしもある。理由はこのヘアスタイルのせいだ。こめかみから後頭部にわずかに残った白髪以外、はげあがってしまった。長い間ヘルメットを着用する職務についてきたせいかもしれない。妻はかつらをつけるようにすすめたが、仙堂は拒否した。男性かつらのセールスマンに相談したところ、消耗品だと知ったからだった。五、六十万円もかけて不自然にみえないていどのかつらをつくっても、汗のせいで一年でだめになってしまう。以後は毎年、買いなおさねばならない。妻によると息子の信二が父親の遺伝ではげるのを気にして、養毛剤を山のように買いあさっているという。そんなことより、はやく進学先をきめさせろ。仙堂芳則は妻にそうどなった。妻は眉をひそめて、あなたから信二に直接おっしゃってくださいな、そういった。息子と話すのは、いつでも気がひける。というより、やっかいだった。息子は進学より就職をえらびたがっている。会話は相容れない。疲れて帰宅して、面倒な親子の会話に時間をうばわれたくはない。

国会議事堂の外をまわって歩いた。やがて首相官邸がみえてきた。この官邸はこのところ、しきりに主をかえている。首脳会談のたびに相手がかわっている、どこかの大統領はそうぐちをこぼしたという。もっとも、現在の与党のなかではだれが首相になってもさほど違いはない。予定されていた中央省庁改編の実施も遅れぎみで、政府はあいかわらず各省庁の権限規定に縛られ、政策の決定も官僚任せの時代がつづいていた。そんななかで、仙堂の立場と役割は固定されていた。変化といえば、首相が交代するたびに閣僚の肩書きと名前をおぼえねばならないことぐらいだろう。しかし、そういう時間はなかなかつくれるものではない。府中の航空総隊司令部にこもっているあいだはいいのだが、きょうのように永田町に呼びだされる前には、いちいちファイルを開いて予習せねばならない。

横断歩道をわたり、首相官邸から道路ひとつへだてた六階建てのビルへ向かった。総理府庁舎だった。ほんらいならこの前にクルマを横付けするところだが、仙堂はそうしなかった。かなり離れたところでクルマを降りて歩いてきた。理由はふたつある。ひとつは、自分の立場をわきまえてのことだ。自分は一介の自衛官にすぎない。政府の首脳陣とおなじ場所でクルマを降りるわけにはいかない。第二に、ここでの会議は急を要する内容だったためしがない。会議はいつも、予定時刻より三十分遅れてはじまる。

玄関をはいり、受付にコートをあずけた。鏡をみた。コートの下に着ていた航空自衛隊の制服をととのえなおした。鏡がやや低い位置にあったのはさいわいだった。首から下だけうつっていればいい。頭のてっぺんなどに関心はない。

エレベーターで六階まで昇った。内閣調査室の向こう、八つめのドア。安全保障室と書かれた札がかかっている。ノックをした。どうぞという返答をまって、なかに入った。

異様な光景だった。いつもの安全保障会議とはちがう。ホールのようにひろびろとした部屋の中央にある、直径五メートルほどもある円卓テーブルには、いつもの二倍の人数がついている。それも左手は日本人、右手はアメリカ人ときれいにわかれている。アメリカ側は米軍の制服を着ている者が多い。スーツ姿は大使館員や通訳だろう。安全保障会議というより、日米合同演習前の統合幕僚会議のような様相をていしている。

「遅かったな」小柄な男がいった。仙堂同様に髪のない額には、山脈のように深いしわがきざまれていた。野口内閣官房長官だった。顔のつくりは小さく、頬はこけている。官房長官になってからいっそう痩《や》せたようだ。それでも、鋭く射るような目つきは健在だった。老眼鏡をとって顔をあげ、仙堂をじっと見つめた。「座れ」

仙堂は肌寒く感じた。冷えきった空気が辺りをつつんでいた。いつもの形式だけの会議とはまるでちがう。ほんらい内閣の中心人物だけで構成されている安全保障会議に、仙堂のような立場の人間までが呼びだされるのは、自衛隊輸送部隊の海外派遣が議題になるときと相場がきまっていた。会議といってもいっさいの議論はなく、結論は世論によってすでに定められていた。会議が始まって数分で、首相があたりまえのひとことをつげる。それでおひらき。永田町の会議とはそんなものだった。しかし、きょうはちがうようだ。まずいときに遅刻してしまったらしい。仙堂はそそくさとテーブルへ歩みよった。

航空幕僚長と杉谷《すぎたに》監察官のあいだの席があいていた。杉谷は仙堂を一瞥すると、いつものように無愛想に顔をそむけた。仙堂はこの監察官が苦手だった。歳がちかいせいかもしれない。だが、白髪のまじった髪はまだ自前のもののようだ。冷ややかな横顔が、彼の人格を克明にあらわしている。仙堂にはそう思えた。彼はどんなときにも冷静沈着だ。航空幕僚長にとっては監察官として理想の人材だろう。だが、パイロットを経験せず、幕僚監部の監理部と人事教育部で自衛隊におけるほとんどのキャリアをつんできたこの杉谷という男は、自衛官というよりはただの役人だった。予算の超過や整備の遅れをまったく許そうとしない。ちょっとした問題にも首をつっこんできて、即時処分を決定する。もっと隊員を信頼すべきでないのか、仙堂は幾度となく杉谷にそう進言した。杉谷はそのたびに醒《さ》めた目でこちらを見ながら、きみの態度にも問題がある、そういった。自衛隊は車両や飛行機の集まりではなく、人間の共同体だ。それがこの監察官にはわかっていない。

ふいに、野口官房長官がいった。「きみ」

仙堂は官房長官を見た。野口は困惑げにいった。「いちおう自己紹介を」

あわてて立ちあがった。「失礼しました。航空自衛隊航空総隊長、仙堂芳則空将であります」

何人かのぶっきらぼうな会釈がそれに応えた。頭をぴくりとも動かさなかった人間が大半だった。

仙堂が着席すると、野口官房長官は手もとの書類に目を落とした。「では、全員そろったところで議題に入ります」

妙だった。日本側の列席者の顔ぶれをみた。内閣官房長官のほかに副総理、外務大臣、大蔵大臣、国家公安委員会委員長、防衛庁長官、経済企画庁長官、科学技術庁長官らの顔がある。海上と陸上の幕僚長もいる。安全保障会議は、国防に関する重要事項及び重大緊急事態への対処に関する事項を審議する機関として内閣に置かれている。一見、会議の内容とは関係のなさそうな大蔵大臣や経済企画庁長官も安全保障会議設置法第五条の規定により、議員となっている。そこまではいい。だがいまは、なぜか首相の姿がない。安全保障会議の議長はいかなる場合でも内閣総理大臣でなければならないはずだ。

仙堂は酒井経済企画庁長官に目をとめた。酒井は眉間にしわを寄せて、書類をながめている。彼は経済復興内閣と位置づけられた現在の内閣に、組閣のさい経済学者としての知識を生かして貢献してほしいと要請され、民間から抜擢された人物だ。以前からマスコミでは辛口の経済批評を展開して有名だった。自衛隊廃止論者でもある。しかし、仙堂の関心はそんなことにはなかった。酒井はかつてテレビにでていたときには、もっと髪が薄かったはずだ。後頭部はほとんど地肌が見えていた。いまはふさふさした黒髪がある。かつらだろうか。だが、それにしては髪型を自由にセットしているようにみえる。先日のニュースでみたときには前髪の一部をおろしていたが、いまはオールバックに固めている。

視線を感じたのか、酒井が顔をあげた。こちらを見てきいた。「なにか?」

いえ、なんでもありません。仙堂はそう答えた。

野口官房長官は老眼鏡をかけなおすと、リモコンを手にとりボタンを押した。歳のわりになめらかなしぐさだった。壁に埋めこまれたリアプロジェクション・タイプの百二十インチ・プロジェクターに映像がうつった。大規模な山火事の空撮だった。

「本日午前七時十六分」野口官房長官はいった。「茨城の山中にある要伶寺という寺が、ミサイル攻撃をうけて爆発炎上した」

仙堂は思わずきいた。「ミサイル攻撃?」

周囲の冷ややかな視線が向けられた。なにをいまさら、そういいたげな目つきだった。

仙堂はめんくらった。知らなかったのは自分ひとりらしい。

副総理が咳ばらいした。「飛来物に注意を向けるのはほかならぬ航空自衛隊の仕事だと思うんだが、ちがうのかね」

「いえ、そのとおりです」仙堂はとまどいがちにいった。「ただ、そのような情報はまったくきいておりませんでしたので」

防衛庁長官がため息をついた。「たよりない話だな」

航空幕僚長がいさめるような目で仙堂を一瞥した。それから防衛庁長官に向きなおっていった。「それにつきましては、返す言葉もありません。ただ、各地の航空自衛隊基地のレーダーに補捉されなかったのは事実です。早期警戒機のほうでも、ミサイルらしき機影をとらえたという情報はありませんでした。ステルス化されたミサイルだったんでしょう。ちがいますかな?」

航空幕僚長はなぜか、米軍の制服を着た連中に問いかけた。またしても妙だ、仙堂はそう思った。外敵からのミサイル攻撃なら、在日米軍が自衛隊に先んじて兵器の情報を掌握できるはずがない。領土内の調査は自衛隊に優先権があるのだ。

「ちがいます」米空軍の大佐の階級をつけた銀髪の男がいった。流暢な日本語だった。

「ミサイルはステルス化されてません。ただ、トマホーク巡航ミサイルよりもずっと速度がはやいものだったので、自衛隊基地のレーダーをすりぬけた可能性はあります」

「ミサイルの種類は?」航空幕僚長がきいた。

米空軍大佐はためらいがちにいった。「ファーストトホーク陸上攻撃ミサイルです」

「ファーストホークですって?」仙堂は思わず声をあげた。「米軍のミサイルじゃありませんか」

野口内閣官房長官はいまいましげにいった。「まさにそのとおりだ。ミサイルは横須賀米軍基地から発射されたんだ」

アメリカ人のスーツ姿の男が、野口の手もとをみながら、それを貸せというしぐさをした。野口がリモコンを押しやると、列席者がそれを順にまわしていった。どうやら通訳ではないらしい。制服は着ていないが、米軍の上層部の人間だろう。そうでなければ官房長官が黙って従うはずがない。アメリカ人はリモコンのボタンを押した。スクリーンに、横須賀米軍基地の外観が映った。すぐに映像が切り替わり、飾りけのない白い壁に囲まれた廊下が映った。

廊下には五、六人のアメリカ兵がたおれていた。カメラに背を向けて自動小銃やライフル銃をかまえたアメリカ兵が、警戒しながらゆっくりと前進していく。銃声が二、三発きこえた。兵士たちが、とっさに身をかがめる。カメラがズームし、前方をとらえた。廊下のつきあたりの半開きになったドアから、何者かが発砲したようだ。

「一時間前の映像だ」スーツのアメリカ人がいった。「けさ七時すぎ、何者かが米軍横須賀基地の地下にあるミサイル制御室に侵入した。奪った拳銃で兵士たちを射殺し、ファーストホークの制御コンピュータを操作して、敷地内のサイロに極秘配備されているミサイルを発射、それが茨城の要伶寺に着弾した」

映像がはげしく揺れた。突入する兵士をカメラが追っている。銃声が響きわたり、先頭のひとりがたおれた。しかし、後続の兵がドアのなかへなだれこんだ。画面がまた切り替わった。やや時間が経過したあとの映像らしい。複雑な計器類にかこまれた部屋のなかで、兵士たちがひとりの男をとりおさえている。男は激しく抵抗し、悪態をついている。日本人だった。年齢は四十代後半。この季節にして、派手なアロハシャツにジーパン姿だった。ぼさぼさの長髪で、麻薬中毒者のようにやせこけ、青白い顔をしている。いや、目をむいて叫び声をあげるようすからすると、ほんとうに麻薬中毒なのかもしれない。仙堂はそう感じた。

スーツのアメリカ人がつづけた。「数時間のにらみあいの末に兵が突入して犯人をとりおさえた。ごらんのとおり、日本人だ」

野口が唸《うな》って額に手をやった。

「知ってのとおり」べつの私服姿のアメリカ人がいった。「基地の敷地内に在住するアメリカ人の知人であれば、わりと簡単に通行許可証を発行してもらうことができる。基地に立ち入るのは比較的容易だということだ」

科学技術庁長官が口をはさんだ。「ミサイル制御室に侵入するのは容易じゃないでしょう。まして、ファーストホーク発射のための暗証番号を解析するのは、不可能に近いんじゃありませんか？」

「当然です」米海軍の制服の男がしかめっ面をしていった。「調べたところ通行許可証は偽物でした。ただ、なぜミサイル制御室の場所や暗証番号を知っていたのかはまったくわかりません」

スーツ姿のアメリカ人が咳ばらいした。「そんなことより、深刻な問題がある」

「そう」野口官房長官がいった。「それも急を要する非常事態だ」

画面にはファーストホークのミサイル制御パネルがうつっていた。仙堂にとって初めて見るシステムだった。海上自衛隊が護衛艦の艦載兵器として採用している新短ＳＡＭシステムよりずっと複雑だ。衛星写真が表示されたモニターがいくつもうつしだされている。ＧＰＳによる衛星からの位置測定で自動的にすべての飛行制御をおこなうのだろう。

しばし画面をながめたのち、仙堂は鳥肌がたつ感触をおぼえた。モニターの端で「ＳＴＡＮＤ　ＢＹ」という赤い表示が点滅している。

野口官房長官はつづけた。「ミサイル制御室に侵入した男は一発目を発射したのち、すぐに二発目の発射コマンドをコンピュータに入力した。さらに悪いことに、解除用の暗証番号を変更してしまったために、ファーストホークはいまも発射までの秒読みをつづけている」

米海軍があとをひきとった。「秒読みの残り時間は一度だけ外部からのアクセスでリセットできたので、発射までの時間の引き延ばしには成功しました。しかし、発射コマンドの中止やターゲットの変更は、暗証番号がわからないかぎり不可能です」

スーツのアメリカ人がリモコンのボタンを押した。画面が切り替わり、赤いデジタル表示がひろがった。二時間十四分三十六秒。そこから、毎秒カウントダウンをつづけている。

「これが残り時間だ」とスーツのアメリカ人。「リアルタイムのな」

仙堂はきいた。「標的はどこですか」

一同が静まりかえった。全員の表情が凍りついていた。プロジェクター・スクリーンの明滅によって、顔のいろを変えているにすぎなかった。

「ここだよ」野口官房長官が投げやりにいった。「正確には、このとなりだ。ターゲットは首相官邸にロックされている」

仙堂は押し黙った。静寂がおとずれた。風がふいにとだえたような、そんな静けさだった。目の前に置かれていた湯のみを手にとった。ひとくちすすった。茶は冷めていた。だれも発言しなかった。仙堂は湯のみを置いた。「ミサイルの標的になっているところへ、わざわざ集まったんですか」

防衛庁長官が椅子の背に身をあずけながらいった。「ここなら地下シェルターがある。それに、非常事態にこのメンバーがそろって都心をはなれていたとすれば、後々世論の反発を買うことは必至だ」

なるほど、それで首相がここにいないわけだ。シェルターに避難しているのだ。恐れていたことが現実になった。仙堂はそう思った。国民の大多数は忘れかけているが、日本の領土内には防衛のために自衛隊と在日米軍あわせて相当な数の兵器が常備されている。遠方から誤射される核ミサイルを恐れるまでもなく、脅威は膝もとにある。しかし、会議の列席者たちは妙に冷静だった。発射までの秒読みが把握できている以上、シェルターに避難するのは容易だ。だが地上ではとてつもない被害がもたらされるだろう。近辺のビル、道路、地下鉄。あらゆるものが粉砕されてしまうはずだ。むろん、それらの場所に位置する人々に危機が知らされることはない。この会議のメンバーは、そのことに胸を痛めてはいないのだろうか。

仙堂は、列席者の冷静さは政府特有のことなかれ主義にあるとみていた。とりあえず会議をひらいてだれかに問題解決を委ねれば、いつのまにか危機は回避できると信じきっている。戦後の日本はその姿勢をつらぬいてきた。昨今ではそのせいで、いっこうに不況に回復のきざしがみえないのであるが。

「さて」野口官房長官はテーブルの上で両手をひろげた。「さっきの話のつづきだ。早急に対応策を打ちださねばならん。最悪の場合を想定してみよう。ミサイルが発射されたとして、自爆させることはできますかな」

米空軍の制服が首を振った。「自爆コマンドは制御システムの中枢に直結しています。暗証番号がわからないかぎり、作動させることは不可能です」

「となると撃ち落とすしかないわけだ」と副総理。

「無理です」スーツ姿のアメリカ人がいった。「ファーストホークはそもそもトマホーク・ミサイルが実戦で撃ち落とされることが多かったために、飛行中の速度アップをはかる目的で開発されたんです。トマホークのマッハ〇・七五にくらべて、ファーストホークはラムジェット推進によって一瞬でマッハ四に達します。F15でもとうてい追いつけません」

「まったく」野口官房長官は頭をかきむしって、防衛庁長官のほうを見た。「防衛用にミサイル撃墜用の設備ぐらい用意してないのか」

防衛庁長官が不平そうな顔でいった。「もちろん、そういう設備はあります。戦域弾道ミサイル防御用スタンダードを自衛隊も在日米軍も所有しています。ただし、それらは日本海側にのみ配備されているんです。横須賀から都心への攻撃など想定していませんでしたし、二時間やそこらでは設置のしようがありません」

「では、しかたあるまい」と野口。「サイロで発射態勢になっているファーストホークを爆破することだ。発射の前に」

「それこそナンセンスです」スーツ姿のアメリカ人が身を乗りだした。「米軍基地内で爆発がおきれば、在日米軍に対する排斥運動につながることはまちがいありません。とくに地元での強力な反発が予想されます。安保闘争が再燃してもいいんですか」

酒井経済企画庁長官が苦々しくいった。「首相官邸が吹っ飛ばされたら、それどころじゃなくなる。シェルターに退避すれば政治機能は失われずに済むでしょうが、国内外に不安がひろがるのはまちがいありません。日本円の暴落は必至です。アメリカドルもこの件の影響を受けるでしょう。そうなるとユーロ通貨が高騰し、われわれは市場を閉めだされ……」

「まあ、まて」副総理が手をあげて制した。「それはまた、のちほど議論しよう」

酒井は不服そうに口をとがらせて、頭に手をやった。激しくかきむしるかどうか、仙堂は注目していた。だが酒井は手をとめ、また仙堂のほうを見た。仙堂は目をそらした。

陸上幕僚長がアメリカ側にきいた。「ほかに発射を阻止する手だてはないんですか。ファーストホークを制御システムから切り離してしまうとか」

米空軍の制服がうんざりしたようにいった。「ファーストホークのセキュリティは絶対です。暗証番号を入力して解除する方法をとらないかぎり、作動をとめることはできません。たとえばカウントダウンの最中にコンピュータの電源をとめたり配線やミサイル本体をいじったりすれば、残り時間にかかわらず即座に発射するようになっています」

「すると」と科学技術庁長官。「どうあっても犯人に暗証番号を吐かせねばならないわけだ」

スーツのアメリカ人が唸った。リモコンのボタンをいくつか押した。画面が切り替わり、ビデオテープの画像が早送りされた。それが通常の再生になった。ミサイル制御室でアメリカ兵に両腕をつかまれたアロハシャツ姿の犯人に、白衣姿の男性が近寄っていく。白衣の男の手には注射器があった。兵士のひとりがあばれる犯人の腕をつかみ、白衣の男が注射をした。すぐに、犯人はぐったりとしてくずれ落ちそうになった。兵士たちに引き立てられると、うつろな目を白衣の男に向けた。

「さあ、よくきいて」白衣の男が、子供に問いかけるような口調でいった。「よく思いだしてごらん。あなたはミサイルの暗証番号を変更したね？　どのように変更したのかな。よく思いだしてごらん」

犯人の目はしばらく虚空をさまよっていたが、やがてふいに白衣の男をにらみかえした。けたたましい笑い声をあげた。「知るかよ！　そんなもの！　知ってたとしても教えるかよ、ばーか！」

耳障りな笑い声が響くなか、アメリカ人たちは一様に頭をかかえた。

「こんな調子だ」米海軍の制服はいった。「ソラジン、ステラジン、アネクチンなどの自白剤を投与したが効き目はない。精神科医も、お手上げだといっていた」

仙堂はたずねた。「この男の素性は、判明しているんですか」

スーツ姿のアメリカ人がリモコンを操作した。画面に写真入りの履歴書がうつった。警視庁のイントラネットからとりよせた資料らしい。

「西嶺徹哉《にしみねてつや》、四十六歳」野口官房長官が読みあげた。「勤めていた鉄鋼関係の会社が三年前に倒産し、無職になった。そのうえ妻を亡くし、ノイローゼぎみになった。神経科への入院歴あり。麻薬所持で二度、逮捕されてる」

副総理がきいた。「こんな経歴で、どうやって偽の通行許可証をつくり、ミサイル発射の操作をおこなえたというんだね」

「知ったことじゃありません」スーツ姿のアメリカ人が苦り切っていった。「じっくり調べていけば、いろいろわかってくるでしょう。この男は右翼活動家かもしれないし、テロリストとつながりがあるのかもしれない。ロシアンマフィアが軍の横流しの兵器を保有している時代です、どんな連中がでてきてもふしぎではない。だが、いまのわれわれの関心ごとはこの男の過去じゃありません。どうやってミサイル発射をとめるかです」

「すると」国家公安委員会委員長が、はじめて口をひらいた。「二時間のあいだ、がむしゃらに暗証番号を打ちこんでみるしかないわけか。偶然、合致することを期待して」

米空軍の制服が肩をすくめた。「暗証番号の入力は三回までです。三回まちがった暗証番号を入力すると、回線が遮断され、すべてのインターフェイスが無効になり、二度と入力できなくなってしまいます。それに、暗証番号は十桁の数列です。たまたま一致することは期待できないでしょう」

野口内閣官房長官はしばらく黙ってテーブルを指先で叩いていたが、やがてきっぱりといった。「とにかく、手をこまねいていてもはじまらん。精神科医や神経科医、それに電子工学やコンピュータの専門家を、ありったけ横須賀基地に派遣して、可能なかぎりすべての手段を講じるべきだ」

アメリカ人たちの顔に不満のいろがひろがった。海軍の制服が厳しい口調でいった。「基地にそんなに多くの民間人をいれるわけにはいかない。いま映像にうつっていた精神科医も軍の嘱託医なんです。緊急事態とはいえ、そういう例外をみとめるわけにはいかない」

「そんなことをいっている場合かね」科学技術庁長官が声を荒げた。「ミサイル発射を阻止できる、なんらかの方法をみいだせる人間がいるかもしれないじゃないか」

テーブルについているほぼ全員がいっせいに発言した。だれもが相手の言葉をきかず、われがちに意見を発していた。

仙堂は彼らの声をきいていなかった。ただ、スクリーンに映しだされた犯人の履歴にじっと見いっていた。

西嶺の通院歴のなかに、唯一、仙堂が名を知る病院があった。精神病院ではない。患者を薬づけにするばかりで常に非難の矢面に立たされている大手の病院とは、対極に位置する。医療だけでなく、患者へのカウンセリングを重視していることで国内外から絶大な信頼をえている病院だった。

仙堂の目の前に、ひとりの若い女の顔がちらついた。彼女が航空自衛隊を去り、あそこへ転職してもう三年になる。時の流れははやい。彼女はどうしているだろうか。去りぎわには、ずいぶんやりあった。辛辣《しんらつ》な言葉の応酬があった。いまとなっては、すべては過去だ。だがこんなときに、それを思いだすことになろうとは。

「きみ」となりに座っていた航空幕僚長がきいた。「どうかしたのか」

仙堂は我にかえった。議論はすでにやんでいた。全員の視線が仙堂に向けられていた。犯人の履歴書に見いっていたのが気をひいたのだろう。

同時に、妙な感触がこみあげてきた。そうだ、その可能性はある。だが、はたして提案に値することだろうか。一笑にふされるかもしれない。しかし……。

「じつは」言葉が喉にからんだ。仙堂は咳ばらいした。「ひとつの可能性を感じまして」

「なんだね」野口官房長官がせかした。

「この西嶺という男の通院歴です」仙堂は立ちあがり、プロジェクターのスクリーンへ歩みよった。「上から三番めに、東京晴海医科大付属病院の名があります。お聞きおよびですか」

「聞いたことはある」外務大臣がいった。「精神病や神経症の研究では最先端をいく病院だったな。場所は晴海だったか……」

「虎ノ門ですよ」酒井経済企画庁長官がいった。「四年前に移転したんです」

「そうです。とりわけ、晴海医科大付属病院には国内でも数少ないカウンセリング科が設けられています。神経科や精神科では薬の処方をして終わりですが、ここでは患者のカウンセリングをおこなって、心の病の解消につとめるんです。都内のみならず国内最大のカウンセリング機関です」

「ちょっとまて」防衛庁長官が片方の眉をつりあげた。「カウンセリングだって？　いまから二時間のあいだに、あの異常な男にカウンセリングを受けさせようっていうのか？」

「そうです」仙堂はうなずいた。「カウンセリングというと漠然としすぎてピンとこないかもしれませんが、実際にはいろいろ具体的な手段がもちいられるんです。催眠療法だとか……」

「催眠？」酒井経済企画庁長官はあきれたように首を振った。「それがだめなら占い師でも呼ぶのかね」

仙堂はため息をついた。マスコミに長く関わった人間はこれだから困る。

「おっしゃることはわかります」仙堂はいった。「私も当初はそんな偏見を持っていました。しかし催眠とは心理学の一分野で、いたって科学的なものです。精神科医は医者なので薬の投与をおこないますが、カウンセラーにはその資格はありません。ですがそのぶん、人間の心理という面を熟知しているものです。東京晴海医科大付属病院の人間はその道のエキスパートですから、信頼がおけるはずです」

「だからといって」外務大臣がいった。「あんな性格異常者の口から、残った時間内に暗証番号をききだせるという保証はないだろう。それに、あの西嶺という男はでたらめに暗証番号を変更しただけかもしれない。犯人の記憶のなかに残っていない以上、どんな手をつかっても自白させるのは無理なんじゃないかね」

「その点については、私も専門家じゃないのでなんともいえません。ただ、この東京晴海医科大付属病院の院長をつとめる女性は、ベテランのカウンセラーとして名を馳せていて、どんな人間の心のなかでも見抜く技術をそなえていると評判になっています。千里眼の異名をとっているほどです」

「千里眼?」防衛庁長官が眉間にしわをよせた。

「ああ」国家公安委員会委員長が、つぶやくようにいった。「それなら、週刊誌で読んだことがある。千里眼と仇名《あだな》されている、優秀なカウンセラーのご婦人がおられると。国内ばかりか、海外の精神衛生研究機関にも、広く名が知られている女性のはずですよ」

「そうです。友里佐知子《ゆうりさちこ》という、四十九歳になる女性です」

「そうそう、友里佐知子」国家公安委員会委員長は大きくうなずいた。「大災害の被災地や、スクールカウンセリングが必要とされる場所へは率先しておもむく、ボランティア精神ゆたかな女性だときいてる。それにうわさでは、彼女の前ではどんな嘘も秘密もたちどころに見破られてしまうとか」

しばらく沈黙が流れた。やがて、野口官房長官がぼそりといった。「まさに藁《わら》をもつかむような話だ。だが、このさい贅沢はいっていられまい。ほかの専門家ともども、その女性にも基地へご同行ねがおう」

「おまちください」米海軍の制服があわてたようすでいった。「さっきのわれわれの話をきいていなかったのですか。基地内に民間人をいれることには問題があります。それに、千里眼だかなんだかしらないが、ごくふつうの一般人でしょう。そんなご婦人を基地のミサイル制御をくるわせた異常者と対面させて、カウンセリングをさせようというのですか。軍事面はむろんのこと、技術面でなんの知識もない人間に国家の危機をゆだねようというのですか。まったくもって、話になりません」

「ご心配なく」仙堂はひと息ついた。こういう指摘を受けることはわかっていた。だからこそ、この提案をしたのだ。「東京晴海医科大付属病院には、それらの知識も持ちあわせている人間がいます。院長と、その人間を一緒に呼べばおおいに可能性も向上すると思います」

「きみの知り合いかね？」内閣官房長官はきいた。

仙堂はうなずいた。「私の元部下です」

杉谷監察官がぴくりと反応した。ゆっくりと首をまわしてこちらを見た。「まさか、その元部下というのは……」

「そうです」仙堂は表情をかえないようにつとめた。「岬美由紀《みさきみゆき》です」

岬美由紀

永田町からヘリで移動してきた仙堂は、壁の時計に目をやった。午後零時四十五分。会議が終わって、もう一時間以上が過ぎた。連中はうまく連絡をとっただろうか。東京晴海医科大付属病院の協力が得られなければ、貴重な時間を無駄にしたことになる。

室内を見まわした。書斎ふうのオフィスだった。米軍の士官はみな、こんなに立派なオフィスを持っているのだろうか。自衛隊の設備とは雲泥の差だ。

宿舎の一階に位置するこの部屋は広くはないが、職務に必要なものはすべて整っている。テレビやパソコン、ファクシミリ、専用のシャワールームまである。壁ぎわには、士官が入隊してから勤務した各国の基地で撮ったと思われる記念写真が貼りめぐらされている。勲章や盾もかざってある。家族の写真もある。そして、星条旗。その旗を背にして大きなデスクが置いてあった。

横須賀基地の士官のオフィスに、たったひとりで足を踏みいれることなど、これが最初で最後にちがいない。そう思いながら、デスクを迂回《うかい》して椅子に腰をおろした。ある士官から特別に、この部屋のパソコンを使用する許可を得ていた。兵士がひとりぐらい監視役につくかと思ったが、意外にも自由に使用させてくれた。もっとも、現在の危機的状況を考えれば、そんなひまをもてあましている兵士はひとりもいないのだろう。

デスクの上のパソコンには電源が入っていた。モニターには『Ｅｎｇｌｉｓｈ』『Ｊａｐａｎｅｓｅ』と表示されたふたつのアイコンが表示されている。一か国語のＯＳが標準装備されているらしい。マウスでカーソルを動かし、『Ｊａｐａｎｅｓｅ』を選択した。

日本語の表示があらわれた。

アプリケーションを選択してください。『マウスとキーボードで入力』『音声認識』

さいわいだった。キーボードはどうも苦手だ。『音声認識』を選択した。

「インターネット接続」仙堂は声にだしていった。言葉のとおりにひらがなで表示がでた。すぐに、カタカナと漢字に正しく自動変換された。パソコンが命令を実行した。ネット接続中の表示がでた。自衛隊のコンピュータも同様のＩＢＭ社製音声認識アプリケーションを導入しているが、このパソコンのほうがはるかに使い勝手がいいように思える。たぶんバージョンが新しいのだろう。

仙堂はつづけた。「ブックマークを表示」

ブックマークには『日本語データベース』の項目があった。在日米軍基地のパソコンは、日本政府のＬＡＮと専用線で結ばれている。これはその専用線を通じて、政府のデータベースを検索できるソフトだ。その項目の名を告げると、カーソルが自動的に選択した。

しばらくおまちください。その一文だけが白い文字で表示され、あとは真っ暗になった。その暗くなったモニターに自分の顔がうつった。また、はげあがった頭がフレームアウトするように意識してみる。額にきざみこまれた深いしわ、鼻の横から、すじのように落ちている二本の溝、かたくむすばれた頑固そうな口もと。年輪を重ねた男の顔つきだった。米軍なら誇りに思うことなのだろうが、自衛隊員は軍人ではない。一介の国家公務員にすぎない。自分たちのような防衛大出身のキャリア組はいっそう、その自覚が強い。仙堂の仕事も、会社の管理職となんら変わりがない。部下にうとましがられ、上司に仕事を押しつけられる。そのくりかえしだった。自分を心から尊敬する部下などいやしない。言葉づかいはていねいでも、態度は冷ややかな連中ばかりだ。

そう、岬美由紀はその典型だった。いや、それ以上に正直な女性だった。出世のことしか頭にない日和見主義者とちがって、彼女は真の自由を求めた。だがそれは、防衛大卒の幹部候補生としては、異端児にほかならなかった。

モニター画面に表示があらわれた。日本語データベース。検索文字列を入力してください。

仙堂はいった。「東京晴海医科大学付属病院」

口にしたとおりの文章が表示された。検索中という文字が数秒でたあと、画面を埋め尽くす文章があらわれた。表題には東京晴海医科大学付属病院とある。写真は、虎ノ門にある晴海医科大付属病院のビルだ。三十階ほどの高さがあり、流行《はや》りのインテリジェントビルといった様相をていしている。

　コンピュータの抑揚のない音声が、テキスト部分を音声に変換して読みあげた。「東京晴海医科大学付属病院。郵便番号一〇五—〇〇〇一、東京都港区虎ノ門北二—六—七。項目を指定してください。総合、内科、外科、消化器科、呼吸器科、循環器科、脳神経外科、神経科、精神科、カウンセリング科、小児科、産婦人科、……」

「カウンセリング科」仙堂はいった。

　画面が切り替わった。スクロールする文章を音声が読みあげる。「東京晴海医科大付属病院カウンセリング科。日本で最大規模をほこるカウンセリング機関。常時百名をこえるカウンセラーが在籍。全国の医療機関や教育機関に派遣されることも多い。精神病や神経症の相談にかぎらず、家庭内問題に関する個人レベルのカウンセリングから企業を相手とする経営コンサルティングまで、幅広く対応している。平成十一年度の調査によると、東京晴海医科大付属病院には年間のべ十万人の相談者がおとずれ、うち九十七パーセントの人々が、心身の健康をとりもどした、あるいは生活面での困難な問題が解決できたと回答しており、高い支持をえているのがわかる。精神面の理由でいちど職場を退職した人々が、東京晴海医科大付属病院でのカウンセリングを受けた結果、健全な社会復帰をとげたという例も枚挙にいとまがない。本病院のカウンセラーの献身的な姿勢は広く海外にまで知られており、アメリカのCNNも過去に何度か特集を組んで報じている」

　仙堂は立ちあがり、室内を歩きまわった。このデータベースの検索結果をきくのはこれで二度目だ。前にきいたのは三年前のことだった。岬美由紀が航空自衛隊を除隊したときだ。転職先をきいてぼうぜんとし、とにかく真っ先にデータベースでその名を検索したものだった。

「カウンセリング科では催眠療法、行動療法などさまざまな面接療法を実践している。英語、中国語などの外国語を話せるカウンセラーも多く、外国人の相談も受けつけている。現在、年間の相談者の十五パーセント前後が外国人である。司法・行政機関から専門家の派遣を要請されることも多く、必要に応じて民事訴訟の助言から地方行政の過疎・高齢化問題への対応策まであらゆる問題を検討するシンクタンクとしての側面もある。スクールカウンセリングや大規模災害においてカウンセラーが必要とされる場合、政府から直接派遣要請を受けることもある。ドイツのカラヤン元首相は東京晴海医科大付属病院カウンセリング科を評して、まさにカウンセリングの総本山であり、わが国も見習うべきだといっている」

　いくつかの事項は耳新しいものだった。たぶん、この三年間につけくわえられたものだろう。ここ最近も評判をあげつづけていたことがわかる。

「東京晴海医科大付属病院所属のカウンセラーになるには、同大学院終了後、カウンセリング科で一年間の臨床に参加し臨床心理士の公認資格を有することが義務づけられている。ただ近年では、心理学に関する広範囲の知識のみならず、相談者の人格や適性を見抜きつねに正しい助言をおこなえるカウンセラーを育成するために、一般のさまざまな業種経験をもつ人々からカウンセラー希望者を募集し、臨床心理士資格取得のための勉強会などを催している。……項目を選択してください。院長プロフィール。職員名簿。診療受付時間……」

仙堂はデスクの前に戻った。声にだして選択した。「院長プロフィール」

ひとりの女性の顔写真があらわれた。実際の年齢は五十歳近いはずだが、この写真ではかなり若くみえる。ほっそりとした顔だちで、鼻が高く、りりしい口もとをしたキャリアウーマン風の美人だった。肩につかないぐらいにまとめた髪は適度にウェーブがかかっていて、褐色に染められている。よく撮れている写真だ、仙堂はそう思った。にっこりと微笑んでいれば、そのまま選挙ポスターにつかえそうだ。しかし、険しい目つきをしてこちらをにらんでいるせいで、油断のならないしたたかな女という印象をはなっている。

コンピュータが読みあげた。「友里佐知子、四十九歳。東京晴海医科大学付属病院院長。脳神経外科医長と催眠療法カウンセラーを兼任。国内外の大学病院で脳神経外科医長をつとめたのち、臨床心理学の研究をつうじてカウンセリングの重要性をさとり、臨床心理士資格を取得。平成七年、東京晴海医科大付属病院にカウンセリング科を設立。心理面のカウンセリング療法と脳外科医としての物理的な治療法の知識をあわせもつことで、さまざまな精神障害の症状に対して驚異的な対処能力を発揮、数多くの困難な症例を完治させたことで国内外の精神科医、神経科医に広く名が知られている。学会では脳外科と精神科の融合ともいうべき新たな治療法を論文にして発表し名を馳《は》せるいっぽう、催眠療法に関する著書を何冊も著している。カウンセラーとしての技量には定評があり、相談者の心理を的確に見抜くことから、マスメディアでは比喩的に千里眼の持ち主と評されて話題になったが、友里自身は偏見であるとしてそうした評判には否定的である」

この経歴だけでも、彼女が医師とカウンセラーの両面にわたって理想を地でいく存在であることがわかる。だがそれは、あくまで治療者としての評価にすぎない。

しばらく考えた。自分の提案はほんとうに正しかっただろうか。ファーストホーク発射阻止のための暗証番号をききだすことが、この女性にできるだろうか。

いずれにしても、もうひとりの助力がなければ不可能だろう。仙堂はパソコンに声をかけた。「職員名簿」

職員名が画面を埋め尽くした。目当ての人物名は、すぐ目に飛びこんできた。仙堂は、その名をつげた。

「岬美由紀」

写真があらわれた。一瞬、本人の写真だとはわからなかった。モデルのようにきれいだった。小柄で、すこし丸顔だが、身体をきたえているせいか頬はこけている。大きな瞳、すっきりと通った鼻すじ、唇はうすく、顎《あご》は最近の若者によく見られるように小さかった。後ろ髪をポニーテールにまとめ、前髪はおろしている。色白で、かすかに微笑んでいるが、いずれも自衛官を退職してからの変化だった。仙堂がよく知る岬美由紀は、化粧っけのない浅黒い顔で、黒のタンクトップとジーパンを着用し、いつも仏頂面でタバコをふかしていた。防衛大卒の幹部候補生にはまずいない、むしろ一般航空学生、それも男子によくみられるルックスの持ち主だった。よく周囲から少年にまちがわれていたものだ。横顔しか思いうかばないのは、それだけ仙堂から顔をそむけていることが多かったのだろう。だがこの写真では、当時の面影はほとんど感じられない。共通しているのは顔のつくりの小ささだけだ。あいかわらず化粧はうすめだが、実年齢より十歳は若くみえる。まるで二十歳そこそこの女子大生といった印象を受ける。上品で清楚で、ひかえめな性格をしているようにもみえる。カウンセラーとして紹介されることを考慮して、なるべくこういう写真を選んだのだろうか。いや、彼女は変わったのだろう。三年前よりもずっと女性らしく、魅力的に変貌したのだろう。あるいは、それが彼女の素顔だったのかもしれない。われわれが彼女に強いていた仕事と立場は、もともと彼女の望むところではなかったのだろう。

院長の友里佐知子と異なり、岬美由紀の履歴は味気のないデータの羅列だった。就職時の履歴書と現在の職員資料からそのまま転載したものらしい。

コンピュータ音声が告げる。「岬美由紀。二十八歳。カウンセリング科所属。臨床心理士、催眠療法カウンセラー。六月二十八日生まれ。三重県出身。血液型、O型。書道二段、空手三段、剣道二段。国際B級ライセンス。東京晴海医科大付属病院就職後の賞罰、東日本カウンセラー協会賞、国際臨床心理シンポジウム特別賞、精神医学研究会会長賞、国際災害派遣貢献名誉勲章、世界催眠療法技術者コンクール金賞、日本スクールカウンセリング協会賞、国際神経症治療機関特別功労賞、世界……」

「停止」仙堂はいった。音声がやんだ。画面表示はまだ、ずっと下へつづいている。

ため息をつき、椅子に身をしずめた。東京晴海医科大付属病院に所属した人間はみな、こんなにおびただしい数の肩書きをうるのだろうか。自衛隊ならたちまち上級幕僚だ。いや、これは岬美由紀だからこそなせるわざだろう。彼女は航空自衛隊にいたときから、数々の名誉ある肩書きを持っていた。彼女は人一倍、職務に熱心で勤勉だった。そんな彼女がカウンセラーを志したからこそ、これだけの成果をあげているのだ。

岬美由紀の自衛隊における最後の名誉は、楚樫呂島《そかしろ》での災害救助だった。だが、防衛庁長官からの名誉勲章授与はない。彼女はそれを受けなかった。彼女の行為は自衛官としてのものではなく、ひとりの人間としてのものだった。そしてそれが、岬美由紀の自衛隊との別れのときでもあった。

クラクションが鳴った。仙堂は我にかえった。

立ちあがり、窓辺に寄った。横須賀基地の広大な敷地の上空を、二機の軍用ヘリコプターが爆音をたてて通過していく。ＡＨ１ヒューイコブラだった。その空の下、強さを増した雨に濡れたコンクリートの上に一台の黒いセダンが停車した。周囲には米軍のジープが数台、取り囲むように待機している。

仙堂は急いでオフィスをでた。短い階段を降り、セダンのほうへ走っていった。遠巻きに、陸上自衛隊の普通科連隊の連中が見守っている。米兵とのいざこざを恐れて、遠慮がちに身を縮こませている。まったく、ひとたび米軍基地に入ると借りてきた猫だ。仙堂はなげかわしく思った。

運転手が車体を迂回し、後部ドアをあけにいった。あいたドアから、ほそい脚がのぞいた。友里佐知子はきびきびとした動作で降り立つと、周囲を見まわした。データベースの写真でみたよりも、若干老けたような印象があるが、あいかわらず美人にはちがいなかった。カーキ色のコートは前をはだけていて、グレーのワンピースがのぞいている。胸もとに金色のネックレスをしているのが、遠くからでもはっきりわかった。簡素だが質のいいファッションだった。だが、なぜかアンバランスな印象をうける。すぐにその理由は判明した。服装にそぐわない、いかにも医者らしい黒カバンをたずさえているせいだった。

米兵のひとりが友里の頭上に傘をさした。そのとき後部ドアから、もうひとりの女性が降りた。

友里より背は低いが、細くてスタイルのいい身体の持ち主だった。パステルカラーのコートのなかに、淡いブルーのレースキャミと紺色のスリットスカートを身につけている。それが岬美由紀だと気づくまでに、仙堂は数秒を要した。彼女だとわかったのは、ポニーテールの髪型のおかげだった。

岬美由紀はあまりにも変わっていた。あのデータベースの写真よりも、さらに変化があった。こうしてみると、彼女は落ち着きはらった一人前のＯＬのようだった。友里の秘書にも見える。その一歩退いた控えめな感じは、自衛隊にいたころとはまるでちがっていた。あのころはなんでもわれさきにと率先して前にでてきたものだ。

米兵たちも彼女を友里の付き人にすぎないと思っているのか、傘ひとつさしだそうとしない。しかし、美由紀は不平そうな顔ひとつせず、周囲を見わたしている。横顔は意外なほどおだやかだった。現在の危機的状況はむろん、彼女の耳に入っているはずだ。その意味するところも、元自衛官の彼女にはよくわかっているだろう。しかし、彼女の顔にはいささかの危惧のいろも浮かんでいなかった。これが自分の生活のひとときなのだ、そういいたげな自然さに満ちていた。

旋回するヒューイコブラを、美由紀はみあげた。口もとがかすかに開き、ぼんやりとヘリの動きを目で追っている。いたってふつうの女の子の顔をしていた。きれいだった。人を威圧してばかりいた大きな瞳が、いまは力が抜けて優しさのなかにあった。前髪が風に吹かれて、丸みをおびた額がかすかにのぞいた。ボーイッシュな感じも残っているが、いまの美由紀は少女のような初々しさと、自立した女性としての色気を兼ねそなえていた。異質なことはただひとつ。そんなふつうの女の子らしい表情を、米軍基地の塀のなかで浮かべている点だけだった。ヒューイコブラ攻撃型ヘリをみあげていても、まるで羽虫をながめているような顔をしていた。そういうところは、自衛官当時とかわっていなかった。

「急いでください」米兵が日本語で、友里佐知子にいった。「ファーストホーク発射まで、あと三十分しかないんです」

美由紀は友里につづいて、歩きだそうとした。仙堂は近づいていった。美由紀がこちらを見た。やあ、と美由紀に声をかけた。美由紀の顔に、おどろきと懐かしさがいりまじったような変化がみてとれた。一瞬はそうみえた。だが、それは思いすごしだったかもしれない。よく見ると、美由紀の顔にはなんの表情も浮かんでいなかった。美由紀は軽く頭をさげ、黙って仙堂の前を通りすぎていった。初対面のようなふるまいだった。

呼びとめようとしたが、思いとどまった。彼女はもう、仙堂の部下ではない。異なる人生と価値観のなかで生きている。彼女の過去に土足で立ちいることは、本意ではない。仙堂はそう思った。すべては岬美由紀にとってわすれたい過去なのかもしれない。上官だった自分は、目をそむけてやりすごしたい存在なのかもしれない。それを非難する資格が自分にあろうはずがない。いまできる唯一のことは、彼女の背を黙って見送ることだけだ。

ふいに、友里佐知子が立ちどまった。ふりかえり、美由紀のほうを見た。傘を手にした米兵に、とがめるような口調でいった。「傘をさすなら、彼女のほうにしてちょうだい」

米兵はとまどったように、美由紀のほうをみた。

美由紀がはじめて口をきいた。「いえ、そんな。わたしはいいですから」

仙堂は妙におかしく感じたが、笑いが顔にあらわれないようにつとめた。美由紀の声はあいかわらず子供っぽかった。服装から内面まで男まさりだった自衛官時代にも、たったひとつ外見にそぐわないところが彼女にはあった。その声だった。彼女は甲高く、いかにも女の子らしい声の持ち主だった。電話ごしに怒りをぶつけてきても、なんだか子供が癇《かん》癪《しゃく》をおこしているようにきこえたものだ。

「だめよ」友里佐知子は笑みを浮かべたが、きっぱりとした口調でいった。「傘は彼女の頭上にさしてちょうだい。風邪をひかれたら困るのは、わたしじゃなくて彼女のほうなのよ」

アントン・J・マセッツ空軍少佐は短く刈りあげたこめかみを指先でかきながら、廊下を歩いてくる一団を見やった。世界各地の米軍基地を転々とし、横須賀基地にきてからは二年になる。現状ほどの危機に遭遇したことはないが、死を覚悟したことは何度もある。アリゾナ基地では原子炉が暴走し、メルトダウン寸前までいったことがあった。湾岸戦争では空母ニミッツの上で、回収したイラク軍の毒ガス弾頭つきミサイルの起爆装置が点火しそうになった。いずれも、アメリカ軍きっての精鋭たちの機敏な動きと冷静な判断によって、最悪の状態をまぬがれた。そのたびに、神に感謝した。だがこのところ、平和だったせいで信仰心が薄らいでいたようにも思う。基地のなかにある教会へもめっきり足を運ばなくなっていた。そのつけがまわってきたのかもしれない。マセッツはそう思った。こんな情けない作戦をたよりにするなど前代未聞だ。

米軍の軍曹や兵士たち、日本の自衛隊員たちにかこまれて、ふたりの女性が歩いてくる。名前は仙堂芳則空将からきいている。年配のほうが友里佐知子、あの学生のような小娘が岬美由紀だ。近づくに比例して、マセッツ少佐の危惧は増大していった。ふたりは民間のカウンセラーだという。それも、日本のどこにでもいそうな女だ。とくに岬美由紀のほうは、俗にメロンとよばれる米兵めあてに横須賀基地前をうろつく尻軽女と、さほどかわりないようにみえる。いや、あんなにほっそりした身体では、メロンにもなりきれないだろう。アメリカ兵はみな大柄だ。おなじ犬でもセントバーナードとチンでは交尾はむずかしい。マセッツは思いうかべた状況にひとり苦笑した。

一行がすぐ近くまでくると、マセッツ少佐は押しとどめた。「ここから先は、民間のかたは立ち入り禁止です」

自衛隊員を押しのけて、仙堂芳則が前に進みでた。「命令がでているはずだ。彼女たちは、安全保障会議の特命をうけてここに派遣されたんだ」

「空将」マセッツはうんざりしていった。「あの異常者のカウンセリングをおこなうというのなら、ほかの場所でもいいでしょう。会議室でまっていてください。連れていきますから」

「だめよ」友里佐知子がマセッツをにらんだ。豹《ひょう》のように鋭い目だった。「そのひとの心理状態を把握するためには、できるだけ置かれている環境を変えないようにしなくては」

岬美由紀がつづけた。「それに、暗証番号が判明したらすぐ発射コマンドを解除できるよう、ミサイル制御室でおこなったほうがいいと思いますが」

マセッツは思わずため息をついた。やれやれだ。それに、この小娘のしゃべり方。まるで女子高生のような声で、暗証番号だの発射コマンドだのわかったような口をきいている。どうせあの狂暴な侵入者の前に立たせただけで、すくみあがってしまうだろう。

マセッツは首を振った。「私には、基地の安全を守る義務があります。規則に準ずれば、いかなる命令があろうともこのなかに民間人をいれることはできません」

仙堂がしかめっ面をしていった。「私のほうは、彼女たちを支持する義務がある。彼女たちがなかへ入りたいというのなら、協力すべきだ」

「私は、命令に従わねばなりません」マセッツはいった。

「それは私もだ」仙堂がいいかえしてきた。

マセッツは軍曹に目をやった。軍曹は肩をすくめた。

「いいでしょう」マセッツ少佐はポケットをまさぐった。「あなたか私か、どちらかが上官の命令に背かなきゃならない。コインで決めましょう」

間髪をいれず、美由紀がいった。「ハーフダラーで」

マセッツはめんくらって、ききかえした。「なに？」

「ハーフダラーですよ。五十セント銀貨で」

へんな女だ。ふつうコイントスにはクオーターをつかうものだ。ハーフダラーなど、ふつう持ち歩かない。苦笑しながら、兵士たちにいった。だれか、五十セントを持ってるか。イエス・サー。そういってひとりが手をあげた。迷彩服のポケットからコインをひとつかみとりだし、ハーフダラー一枚を投げてよこした。

ハーフダラーはケネディの横顔がきざまれたほうが表、鷲がきざまれたほうが裏だ。マセッツ少佐はコインをはじいて空中で回転させ、左手の甲の上に落下するや右の手のひらでふせた。たずねるように、友里佐知子のほうをみる。

一瞬の間をおいて、ふたりの女は同時にいいはなった。「裏」

マセッツは右手をどけた。凍りついた。鷲の姿が光っていた。裏だった。

友里はマセッツの手もとをみることなく、また正解をたずねるでもなく、さっさとわきを素通りしていった。

兵士たちはぼうぜんとしていた。マセッツも同様だった。偶然だろう。そうにちがいない。そう自分にいいきかせた。だが、あの自信はいったいなんなのだ。

そう思ったとき、岬美由紀がすれちがいざまに顔をあげた。大きな瞳が、マセッツをとらえた。かすかに微笑んで、美由紀はいった。「メロンが、どうかしましたか？」

このひとことの驚きは、コイントスの結果よりはるかに大きかった。この女は、自分の心のなかを読んでいるのか？　メロンという俗称の、米兵めあての尻軽女。さっきマセッツは岬美由紀を心のなかでそう侮辱した。彼女は、それを的確にいいあてた。妙に胸さわぎがした。驚きよりも不安のせいだった。海外に駐屯する米軍基地の兵士は、セクハラがらみの訴訟沙汰を最も恐れていた。自国で最大の不名誉とされているからだ。上官からは、自主的に除隊するよう勧告をうけたうえに、再就職のあてもなくなるのが一般的だ。マセッツは言葉を失ったまま、美由紀を見つめかえした。

だが、岬美由紀は愛想よく笑いかけた。やさしいまなざしだった。なにもいわなかった。軽く頭をさげると、友里佐知子につづいてつきあたりの扉へ向かっていった。

マセッツはあぜんとしている自分に気づいた。彼女はこちらの心中を的確に読みとりながら、腹を立てるようすはない。メロンという言葉は読みとったものの、その意味についてはわからないといった感じにも思える。

ふしぎな女だった。しかし、千里眼と呼ばれるほどひとの心理を読むことに長けているのは、あの友里佐知子のほうではなかったのか。岬美由紀という若い女は、それに匹敵するだけの技術を習得しているのだろうか。

ふたりが扉の前にたつと、黒人の兵士がわきにどいた。通例なら上官に指示をあおぐものだが、もはや拒絶されるはずがないと思ったのだろう。兵士は扉のわきにあるスロットにIDカードをさしこみ、テンキーに暗証コードを打ちこんだ。

どうしても気になる。マセッツは扉があくのを待っている美由紀たちに歩みよった。

「どうしてなんだ。なぜコインの裏表がわかる?」

美由紀は扉をながめたまま、おちついた声でいった。「人間の手は、手の甲より手のひらのほうが敏感です。コインをふせると、手のひらにあたっている面の体温がわずかに局所的に奪われるように感じるんです。これは氷や金属など、ひんやりしたものが肌にあたったときに共通してみられる生理現象です。そのため体温を正常に戻そうとする意志がはたらき、無意識のうちに額にしわが寄るんです。これは寒気を感じたときの条件反射とほぼおなじものです。そして、ハーフダラーは裏の鷲の絵は非常に細かく彫りこんであり、表のケネディのほうはほとんど平らです。だから、凹凸のある裏のほうが手のひらの体温によって温まる速度がはやく、一秒から二秒で体温とおなじになります。表のほうは五秒から六秒ほどかかるんです。クオーターや日本円の硬貨では表と裏にそれほどの差がないので、適さないんです」

そんな微妙な差が、表情から読みとれるものだろうか。いぶかしがっていると、美由紀がマセッツの顔をみていった。「もっとも非常にわずかな差でしかないので、訓練で観察法を身につけないとうまくいきませんけどね」

「目もよくないとな」マセッツはつぶやいた。ドアがあいた。友里佐知子と岬美由紀、ミサイル制御室が建設されて以来最も奇妙なふたりの珍客が扉の向こうに消えていくのを、マセッツ少佐はただぼうぜんと見送った。

連乍反応

岬美由紀はミサイル制御室のファーストホーク用コマンド・システムを眺めわたした。ふたたびこういう空間に身を置くことになるとは、夢にも思わなかった。航空自衛隊を辞職してから、兵器に関するいっさいから遠ざかっていた。子供たちの悩みをきき、両親とのいざこざを仲裁し、うつ病には催眠療法をほどこして、必要があれば家庭を訪問した。東京晴海医科大付属病院でも主に未成年者相手のカウンセリングを専門におこなってきた。静かだが、充実した毎日だった。だがふいに、その静寂はやぶられた。

やはり自分とこの世界は切ってもきれない縁なのだろうか。晴海医科大付属病院の二階にあるカウンセリング科で催眠療法中に、内線電話が鳴った。航空自衛隊の仙堂空将という人から電話がありまして。総務部の人間がそういった。驚きと失望が同時に襲ってきた。いまは仕事中なので後にしてください、そう伝えてもらうことにした。だが、緊急の用件らしいです、そういわれて気がかわった。緊急の用件。自衛隊関係者はみだりにその言葉をつかわない。まぎれもなく急を要する事態なのだろう。ならば、個人的な嫌悪感や人間関係への不信感をつのらせている場合ではない。危機的状況に自分はなにかを求められている。それが妥当なものなら、全力をそそぐまでだ。

ミサイル制御室自体はじつにシンプルだった。仰々しさがただよう航空自衛隊の管制システムとは異なり、むしろ整然とした趣きにつつまれていた。薄暗いなかに無数のランプやモニターが色を変えながら明滅している。イルミネーションのように美しかった。だが細部に目をこらすと、ファーストホークのコマンド・システムがかなり複雑をきわめているのがわかる。ベースはロッキード・マーティン社の飛行管制システムのようだが、あちこちに手がくわえてある。みたところ、おなじ飛行制御の機能をもつ四基のコンピュータが並んでいて、そのうちひとつを選択してミサイル操作を命じ、あとの三基は緊急時の予備になるようだ。複数のモニターに関東地方の衛星画像が表示されていて、標的までの飛行コースが直線に描かれている。コースはまっすぐ、首相官邸をめざしていた。「LOCKED」とあるのは、変更がきかないように標的が固定されているのを意味している。そのとなりには、カウントダウンをつづける残り時間表示がある。あと二十四分十八秒。

その表示をみても、美由紀はなにも感じなかった。いや、適度の緊張は感じたが、動揺はなかった。自衛隊ですごした秒刻みのスケジュールのなかでは、二十四分の猶予とは長すぎるぐらいの時間だった。だが、友里佐知子にとってはそうでないだろう。兵器とは無縁の日々をおくっているなかで、いきなり国家規模の危機に対する唯一の救世主にまつりあげられ、軍事施設に送りこまれた。そんな状況で、いつものような力量が発揮できるだろうか。美由紀は人生の師に目を向けた。

友里佐知子はいつもと変わらなかった。カバンから出した西嶺徹哉のカウンセリング記録ファイルをひらいて、じっと見いっている。さばさばした表情だった。眉間にしわをよせたり、口もとをかたく結んだりといったようすはいっさいみせない。カウンセラーは人前でいらだちをみせないものよ。友里はつねづね、美由紀にそういっていた。美由紀は舌を巻いた。ふだんの生活からかけ離れた空間におかれても、友里はやすやすと平常心を保ちつづけているようだった。

罵声がきこえた。深夜の飲食街で耳にするような、だみ声の悪態だった。西嶺徹哉という男の姿が制御室の隅にあった。ひどく錯乱しているらしい。手錠をかけられているが、身をよじって激しく抵抗していた。ふたりの米兵が西嶺を椅子に押しもどした。一瞬、美由紀の背すじに緊張が走った。ひとりの若い米兵の動作に注意が足りないように思えたからだった。あんなに身を寄せたのでは、西嶺の手が兵士の腰のホルスターにとどいてしまう。だが、錯乱している西嶺にはそんなことを考える余裕はないらしく、ただ暴れて叫びつづけるだけだった。米兵の身体が西嶺から離れると、美由紀は心底ほっとした。

友里はファイルを閉じると、西嶺に歩みよった。米兵たちが左右から西嶺の肩を押さえる。西嶺はうつろな目で友里をみあげた。

「こんにちは、西嶺徹哉さん」友里は前かがみになって、西嶺の顔をのぞきこんだ。「わたしはカウンセラーの友里佐知子です。一緒に、問題を解決していきましょうね」

西嶺は友里の顔にぺっと唾をはいた。友里がとっさに顔をそむけると、西嶺の脚が友里の腹を蹴った。友里は床に転がり、腹を押さえて低くうめき声をあげた。

わめき声をあげる西嶺を、米兵たちが殴りつけた。

「先生！」美由紀はあわてて、友里に駆けよった。「友里先生、だいじょうぶですか」

美由紀はしゃがんで友里を助けおこした。友里は髪をかきあげた。苦痛とともに、かすかに困惑のいろが浮かんでいるのを、美由紀はみた。相手が悪すぎる。心の病に冒された人々に対処するのがカウンセラーの仕事だが、この西嶺という男性は重度の精神病のようだ。こうなるともはや精神科医の範疇《はんちゅう》だといえる。

「平気」友里はいった。「それより、あれをやめさせて」

美由紀は西嶺のほうをふりかえった。ふたりの米兵は怒りにまかせるかのように、西嶺を殴りつづけていた。美由紀は大声でいった。「やめて！　そのひとを傷つけたら逆効果です！」

米兵たちは手をとめて、美由紀のほうを見た。ふたりの顔には不満のいろが浮かんでいた。西嶺はぐったりとして、うなだれていた。

美由紀は周囲の冷ややかな視線を感じた。在日米軍と自衛隊の二十人以上が、このミサイル制御室のなかにひしめいていた。そのなかには仙堂芳則もいた。彼らは失望と自分たちの選択の誤りを感じつつあるにちがいない。

友里は立ちあがると、とまどいがちに美由紀にささやいた。「お呼びじゃないところへ来ちゃったのかしらね」

「そんなことはありません」美由紀はきっぱりといった。「先生、わたしが代わってやります。この男性の精神面の特徴をおしえてください」

「さあ」友里はうつむいた。「わたしも担当したわけじゃないから、よく知らないけど」

「おいおい」マセッツ少佐がいった。「もうお手上げだというんじゃないでしょうな。あなたがたのところの患者だったというから、お招きしたのに。いまになってよく知らないなどといわれてもね」

「患者じゃありません」友里の声にふたたび威厳が戻った。「カウンセリング科では患者ではなく相談者と呼びます。記録によるとこのかたは重度の精神障害でした。そうなったいきさつや、ふだんの生活面についてどのようなことがあったかを観察してみないことには、心理を把握することはできません」

マセッツ少佐はめんくらったようすで、声を荒げた。「あと二十分だぞ！　そんなことをしているひまがあるか。とにかく切迫した事態だということぐらいは、おわかりだろう。千里眼といわれるほどの能力を持ってるというのなら、いま発揮したらどうなんだ」

「わたしは超能力者じゃありません。ただ相手の心理を読んで、わかることがわかるだけです。それも、相手を心の病から救うためにおこなうんです」

「われわれが知りたいのは暗証番号だけだ」とマセッツ。「ほかのものは、いっさいいらん。この男が廃人になろうがどうなろうが、知ったことではない。さあ、暗証番号をききだせるのなら早くやってくれ」

「先生」美由紀はいった。「この男性が精神病だとすると、通常の催眠誘導は困難です。表情筋の反応をみる方法のほうがいいと思います」

「そうね」友里は目を輝かせて、美由紀を見かえした。「暗証番号というのは、どのような形で決定されるの?」

美由紀はファーストホークのコマンド・システムを指さした。「あの制御コンピュータを操作して変更手続きをとり、新しい暗証番号をテンキーで入力したんです」

「まったくでたらめに押したのかしら」

「いえ」美由紀は記憶のなかをさぐった。「すべてでたらめに押したら、コンピュータがアクセスを拒否するはずです。アメリカ製の兵器管理システムは複数のコンピュータを連結しています。そのコンピュータごとに別々の回路があって、暗証番号の前半の五桁はその回路選択のためのきめられた数列を入力します」

マセッツが口をさしはさんだ。「どうして知ってる?」

美由紀は無視してつづけた。「米軍のコンピュータ回線にはカラーコードといって、色分けされた呼び名があるのがふつうです。ここには四基のコンピュータがあるようですから、カラーコードも四つあるでしょう。それぞれのカラーコードごとに、五桁の暗証番号がきめられているはずです。つまりこの男性が四つのうちいずれのカラーコードを選択したかがわかれば、暗証番号十桁のうち前半五桁は判明するってことです」

「色なわけね」友里は笑みをうかべた。「それなら、可能性はあるわ」

美由紀はマセッツ少佐にいった。「このシステムに採用されているカラーコードの色の種類と、それぞれの暗証番号をおしえてください」

マセッツはたじろいだが、仙堂をふりかえっていった。「空将、たとえ緊急事態でも、民間人に兵器システムの機密を漏らすのは条約に違反することです」

「おしえてもらったわけじゃありません」美由紀はいらだち、早口にいった。「この部屋をみればコンピュータが四つあることは一目瞭然です。だからカラーコードも四つだと思った。それにファーストホークの弾体には小翼がなく、発射用ブースターしかない。すなわち飛行中は噴射によって推力を変更するわけでしょう。射程距離が百キロから千三百キロのミサイルで、なおかつすべてが衛星位置測定装置と慣性航行装置でコントロールされるシステムとなれば、トリビュート社製のEGNO《イグノ》クラスのコンピュータが必要となります。EGNOクラスのコンピュータを採用している兵器管理システムは機密レベル5の扱いをうけているはずなので、カラーコードの暗証番号は五桁です。ちがいますか」

あぜんとするマセッツ少佐に、仙堂が小声でつぶやいた。「彼女は元航空自衛隊の二等空尉パイロットだ。あなたがたとの航空兵器に関する合同研修にも出席してたはずだよ」

「パイロット?」マセッツは目を丸くして美由紀の身体をじろじろ眺めまわした。こんな小柄でやせ細った小娘に操縦できる軍用機があったかどうか、考えをめぐらせているのだろう。岬美由紀の経歴を耳にした男性の誰もがみせる反応だった。

美由紀はため息をついた。「はやくカラーコードをおしえてくれませんか」

マセッツはあわてたようすでいった。「軍曹」

「イエス・サー」軍曹は米軍特有のはきはきした英語でこたえた。「ファーストホーク兵器管理システムのカラーコードは、レッド、ブルー、イエロー、グリーンの四色で、レッドが15425、ブルーが820 68、イエローが29512、グリーンが96357です、サー」

「覚えられたか?」マセッツが美由紀にきいた。

「ご心配なく」美由紀は友里に向きなおった。「先生、この男性が暗証番号を変更できたということは、彼はカラーコードのことを知っていたと思われます。だから四つの色の呼び名がついたコードのうち、ひとつを選択したわけです。その選択時に、一瞬だけでも色そのものを視覚的に思いうかべたでしょう」

友里はうなずき、ふたたび西嶺に歩みよった。おこして。そういった。米兵たちが西嶺を引きおこした。西嶺は目を開き、また悪態をつくようなそぶりをみせたが、それより早く友里がライターをとりだした。手のなかで静かに蓋をあけ、火をつけた。その炎を西嶺の顔に近づけた。西嶺は急につきつけられた光点に注意をうばわれたようだった。

「さあ、よくきいて」友里は一定のリズムでしゃべりだした。「あなたはこの部屋に入った。すべきことはわかっている。暗証番号を変更しよう……まずカラーコードを選ばなければならない。ひとつの色を選ばなければならない……」

西嶺は抵抗のようすをみせず、ただ炎に見いっていた。さすがだ、と美由紀は思った。これは驚愕《きょうがく》法と呼ばれる催眠の技法だ。いかに言葉の暗示やそのほかの要素で、相手の理性を鎮め、本能が表層にあらわれる心理状態へ誘導するか。それが催眠だ。ふだん、相談者を催眠によるトランス状態に誘導するにはリラクゼーションをうながすおだやかな話し方を、何時間にもわたってつづける必要があるが、このように急を要する場合はまず光点を見つめさせるなどして驚かせ、理性が鎮まったその一瞬のうちに暗示の言葉をあたえる方法がとられる。

ひとつの色を選ばなければならない……。その言葉を、友里はくりかえした。西嶺の顔がひきつった。目をしばたたかせながら、かすかに表情をこわばらせた。

友里は美由紀をふりかえった。肩をすくめていった。「黄色ね。イエローだわ」

「ということは、暗証番号の最初の五桁は２９５１２ですね」美由紀はコマンド・システムに歩みよった。「どこに入力するの?」

マセッツが駆けよってきて、キーボードを叩いた。モニターのひとつに、空欄になった入力窓があらわれた。ありがとう、美由紀はそういってテンキーに指をのばした。まちがいのないよう、慎重に入力をはじめた。

「ひとつ、きいていいか」とマセッツ少佐。

見当はついている。美由紀はいった。「なぜ表情から思い浮かべた色がわかるのか、それが知りたいんでしょう」

「私はてっきり催眠をかけてカラーコードの種類を白状させるのだとばかり思ってた。あいつはなにもいわなかったのに、なぜ黄色だと断定するんだ?」

「催眠で秘密をしゃべらせることなんて不可能です。相手は眠ってしまうわけではなく、意識がちゃんとあるわけですから、意志の力で反発されてしまいます。もっとわずかな、無意識的な反応を見抜くんです」

「というと?」

「人間は色を思い浮かべると、それが表情筋の動きに出ます。たとえば想起している視覚的イメージが青だった場合、表情筋の緊張がわずかに解けて、なごやかな顔つきになります。これは色のイメージが感情に働きかけるからです。脳が活発な状態にあるとき、ベータ波という脳波が出ているのですが、本人が青色を思い浮かべるだけでこのベータ波が減少し、鎮静効果が生じるので、それが表情筋にあらわれるんです。赤と黄はいずれも緊張をひきおこすのですが、その性質が異なっています。赤は刺激的で興奮をひきおこし、血圧が上昇して新陳代謝が促進されるなどの作用をもたらします。黄は警戒心を喚起させるので、生理的な抵抗を感じて嫌悪感が生じます。だから顔つきがこわばったうえで、それ以上の変化もみられなければ赤、表情に嫌悪感や落ち着きのなさが見てとれた場合は黄です。緑はそれまでの精神状態を持続させる働きがありますので、変化はまったくみられない場合に該当します」

マセッツの唸る声がきこえた。自分にもまねできるかどうか、考えているのだろう。だがあいにく、臨床心理学を一から勉強しないかぎりそんな観察眼は育たない。

入力が終わった。モニターに29512と表示された。これで十桁のうち五桁がわかった。残り時間をみた。十二分十六秒。

「美由紀」友里がきいた。「後半五桁には、なにかそういう手がかりがあるの？」

「それがないんです。カラーコードを選択したあとは、完全にランダムです」

「じゃあ、それを思いださせるしかないわね」友里はまだライターの火をともしていた。西嶺はその火をぼんやり見つめていた。友里はその西嶺の表情をしばらく観察していたが、やがて米兵たちにいった。「位置を変えたほうがいいわ。立たせて」

ふたりの米兵が西嶺の肩に手をかけた。西嶺は大声でどなった。「はなせ！」

西嶺は激しく暴れ、抵抗した。椅子からずり落ち、床に転がった。友里はライターの蓋を閉じて火を消し、軍曹にいった。「手を貸してあげて」

軍曹がかがんでふたりの兵士を手伝おうとした。そのとき、西嶺がすばやく身を起こした。蛇のように俊敏な両手が軍曹のホルスターの銃をつかんだ。軍曹がその腕をつかむよりも前に、拳銃はひきぬかれた。西嶺は手錠をはめたまま、拳銃の銃口をこめかみにあてた。

「さわるな!」西嶺はどなった。

「西嶺、よせ!」仙堂がさけんだ。

美由紀は時間が静止したように感じた。一瞬だけ、西嶺の顔に恍惚とした表情がひろがったからだった。それは理性が完全に鎮まり、トランス状態に達したことを意味している。

「恒星天球教! 阿吽拿教祖! 歪んだ現世に血の粛清を!」西嶺はわめいて、引き金をひいた。

「やめて!」友里がさけんだ。だが、遅かった。

銃声とともに、血飛沫《ちしぶき》がとびちった。西嶺の身体は床に崩れ落ち、うつぶせのまま動かなくなった。硝煙のにおいが美由紀の鼻をついた。力なく投げだされた西嶺の右手に黒光りする塊があった。元自衛官としては、美由紀は拳銃に詳しいほうではなかった。知りたいとも思わなかった。だが、それでもあるていどの知識はそなわっていた。一瞥して、種類がわかった。コルトガバメントの一種、デトニクス四十五口径。オートマチックで、標準的なガバメントよりも銃身が短い。

「なんてこった！」マセッツ少佐がさけんだ。

静止していた時間がゆっくり動きだす。そんな感覚のなかに美由紀はいた。

恒星天球教。

友里佐知子はおびえた顔で、西嶺の死体を見おろしていた。美由紀は近くによって、手を握った。先生、と声をかけた。

友里の手は震えていた。青ざめた友里の顔には恐怖のいろが浮かんでいた。目が潤んでいた。だが、女医としての気丈さのなせるわざだろう、だいじょうぶとひとことといって、手をはなした。顔をふせてつぶやいた。「恒星天球教の信者だったなんて」

「先生もごぞんじなかったんですね」

友里は無念そうにうなずいた。

晴海医科大付属病院の精神科やカウンセリング科には恒星天球教を脱退した元信者も多くおとずれている。とりわけカウンセリング科では、彼らの社会復帰の手助けと就職先の斡旋もしている。だが一方で、元信者であることを打ち明けようとしない相談者も少なくない。彼もそのひとりだったのだ。

仙堂がいった。「ということは、教団のマインドコントロールを受けてテロをはたらいたということか？　洗脳というか催眠術をかけられていたとか」

美由紀は神経を逆なでされる気がした。どこへいっても偏見ばかりだ。新興宗教がらみになると、すぐ洗脳やマインドコントロールという言葉が飛びだす。

だが、友里は説明の義務があると感じたのか口をひらいた。「そんなことはありません。催眠で人を自殺させることなんかできません。人間には防衛本能があります。だいいち洗脳とかマインドコントロールとか、そんな単語は心理学の専門用語にはありません。宗教に入った人間が意志を失って操り人形になるというのは世間の誤解であり、漫画じみた発想です」

「では、いまのはなんだね」仙堂はきいた。

美由紀はつぶやいた。「自分の意志で自殺したんでしょう」

重苦しい気分が支配した。手足を投げだし、床に突っ伏したまま動かなくなった死体をながめた。特殊な事態とはいえ、自殺者をまのあたりにするのははじめてだ。これまで何十人もの自殺志願者の命をカウンセリングで救ってきたというのに。

「おしまいだな」マセッツ少佐は吐き捨てるようにいった。「死人に口なしだ。暗証番号を知ることはできない」

「いいえ」落ち着きをとりもどしてきた友里がいった。「まだ方法はあるわ」

友里はファイルをひらいた。文面に目を走らせてから、それを美由紀にさしだした。

美由紀はうけとって、マセッツにいった。「この人のカウンセリング記録に、なにか習癖のようなものがあれば、それがとっかかりになります」

ファイルに目を落とした。細かい字でびっしりと記載されている。西嶺徹哉は二十回以上も晴海医科大付属病院をたずねていた。催眠療法ではほとんど成果があがらなかったらしい。心理テストでは、精神分裂病と被害妄想らしき傾向がみられたという。精神科にまわされたが、なじめなかったのか一週間後にまたカウンセリングを受けにきている。

美由紀がファイルに見いっていると、仙堂が友里にたずねた。「あなたが、おやりになるんじゃないのかね」

友里はいった。「いまや晴海医科大付属病院で最高に信頼がおける心理学者は彼女です」

誇大な言い方だ。だが美由紀はなにもいわなかった。友里はあきらかに、さっきファイルを一瞥しただけで答えをつかんだのだ。この一刻を争う国家の非常事態に、有力な手がかりに気づきながらそれを口にしない友里の気持ちは他人には理解できないだろう。美由紀はそう思った。友里佐知子はいつも、美由紀に考える時間をあたえた。どんなときでも、心理学とカウンセリングの技術をきたえるためのきっかけをあたえてくれた。いまのように、崖っぷちに立ったときこそその最良のときだと友里は考えているのだろう。

心理テストの結果欄に目をとめた。声にだして読みあげた。「連乍《れんさく》反応結果。ピアノの鍵盤を自由に弾かせたときの記録。ミ、ラ、ファ、ミ、ラ、ファ、レ、レ」

顔をあげると、友里は笑顔をうかべてうなずいた。「それよ」

仙堂がきいた。「どういうことだね」

「無意識のパターンについてです」美由紀はいった。「人間はまったく無作為になにかをおこなおうとしても、完全に無作為にはなりきれないものです。意識のうえではでたらめな動作をつづけているつもりでも、無意識のうちにおなじ動作をくりかえしがちになるんです。そのくりかえしの周期は個人によって差があるのですが、精神障害がみとめられる場合、周期がかなりはっきりしてきます。記録によれば、この男性はピアノの鍵盤を自由に叩かせたとき、ミ、ラ、ファの三つの音を二度くりかえしています」

美由紀はファイルを閉じ、コマンド・システムに歩みよった。残り時間は七分。入力済みの暗証番号は五桁、２９５１２。

「この表示をみながら、彼は残りの五つの数字をでたらめに打とうと考えた。しかし本人の連乍反応に三点をくりかえす傾向がみられるので、すでに入力した五桁の最後の三つの数字をもういちどくりかえしたと思われる」

テンキーに指を走らせた。５、１、２とキーを叩く。入力済みの表示は２９５１２５１２。

「ここで最後のふたつの数字」美由紀はふうっと息をはいた。気を落ち着かせようとする。「一般的にいえば、無作為にきめた数列の最後ふたつを任意にすばやく打ちこむとしたら、ふたつつづけておなじ数字にする可能性が高い。じっさい、この男性の連午反応テストでも最後はおなじ鍵盤を二回たたいている」

「まて」マセッツ少佐があわてたようにいった。「それは、あくまでそういう可能性が高いっていうだけだろう」

「そのとおりよ」友里があっさりといった。「いまは最も可能性が高いと思えるものを打ちこむしかない。ちがいますか？」

マセッツは凍りついたように押し黙った。

美由紀はテンキーと表示された数列をじっとながめた。

ほかにどんな手がかりがあるだろうか。テンキーとピアノの鍵盤では配列の条件がちがいすぎるので、両者を対比させて考えるのは無理がある。可能性が感じられるのは、最後の二回はおなじキーをたたいたということだけだ。だが、どれだろう。その前までが1、2ときていることから3だろうか。いや、しかし……。

残り時間をみた。四分二十一秒。

ためらっているひまはない。美由紀は3を二回入力した。リターンキーを叩いた。

ひくいブザー音がした。モニターに赤い文字で大きく「DENIED」と表示された。

「まちがってるぞ！」マセッツがさけんだ。

残されたチャンスは二回だけだ。三回つづけてまちがうと、ミサイルが発射されてすべてのシステムが凍結する。

おちつけ。美由紀は自分にいいきかせた。いままで会ってきた相談者とのカウンセリングにおける傾向を思いだすのだ。一般に、精神障害におちいると指先を動かすのがおっくうになり、細かい作業ができなくなる。ここまでに入力した数字以外のところへ、いきなり指をのばすとは考えにくい。

やはりテンキーの中心に位置する5だろうか。連乍反応によるリピートの頭が5だったことからも、可能性はある。

額から汗がしたたり落ちるのを感じた。発射時間がせまっているからではない。どんなに時間をかけようとも、だせる結論にちがいはない。それでも時間は気になる。表示に目を走らせた。あと二分十六秒。

削除キーを二回叩いてから、5のキーを二度押した。2951251255。リターンを押した。

ブザー音が鳴った。これも正解ではない。

「もう時間がないぃ！」マセッツ少佐が怒鳴った。「あと一回だけだぞ。あてずっぽうでなく、もっと慎重に考えてみろ」

仙堂のとがめるような声がした。「少佐。静かにするんだ」

「そんなことをいってる場合か」マセッツの声が飛んだ。「最後のふたつだけじゃなく、それまでの数列がまちがっているかもしれん」

一瞬、心をかきみだされた。自信が萎《な》えていくのを感じた。いや。美由紀はその考えを頭から追いはらった。ここまでは正しい。たとえ正解がちがっていても、最高に可能性がある数列はこれでまちがいない。だからほかに入力のしようはない。問題は最後のふたつだけだ。

3と5がちがっていた。のこりの数字のなかで、どれがいちばん可能性があるだろう。それよりも、可能性の低いものから除外すべきかもしれない。

美由紀はつぶやいた。「押している位置関係からみて、いちばん押しにくいキーは0だから最初に除外される。あとは1、2、4、6、7、8、9のうちいずれか……」

迷った。連乍反応がおきていると仮定する以上、これまでの数列に入っていない数字のキーは、どちらかというと最後にも触れない可能性が高いといえる。だがそれは、わずかな差でしかない。すべての数字に等しく可能性がある。

残り時間を視界の端にとらえた。あと一分七秒。

1も2も何度も使っていて、3が正解でない以上、その列以外のところへ指をのばす気になったかもしれない。最上段か。7、8、9のいずれかだとしよう。9のキーにはいちどだけ触れている。9と考えるべきだろうか。いや、7も8も同様に可能性はある。もはや、確率の差は微々たるものだ。やはり最後は直感にかけるしかないのか。

「一分をきった!」マセッツがさけんだ。「はやくしろ! なんでもいいから押せ!」

これがラストチャンスだ。ミサイル発射を食いとめる最後の賭けだ。

美由紀は9のキーに指を這《は》わせた。

そのとき、だれかの手がすばやく美由紀の手首をつかんだ。美由紀はおどろいて顔をあげた。友里佐知子が、すぐとなりにきていた。

友里は小さく首を振った。落ち着きはらった顔だった。そしてテンキーに指をのばし、0のキーを二度叩いた。ひと呼吸おいて、リターンを押した。

無反応だった。そう思って数秒がすぎた。すべてのモニターの表示が瞬時に変化した。衛星からの映像にかぶって、黄色の英数字の文字列がびっしりと画面を覆いつくした。

米兵たちが驚きの声をあげた。だが、美由紀の注意はすでにモニターの表示に向いていた。これはコマンド・システムのセットアップ画面だ。

やった。暗証番号を正解したのだ。

そのとき、つきあげるような振動を感じた。轟音が室内に共鳴し、壁が地震のように激しく揺れた。ブザーが鳴った。モニターのひとつに、地図上を移動する光点が表示された。

軍曹のさけぶ声がした。「ミサイルが発射されました!」

絶望のどよめきがおこるなか、美由紀はすばやくキーボードのカーソルキーに指を走らせた。画面を凝視せずともわかる。アメリカのこの選択画面のカスタマイズは、上から二番目が「QUIT」で三番目が「ABORT」だ。前者が中止、後者が自爆だ。発射後は中止を選択することはできない。「ABORT」を選んでリターンを押した。実行してよいかをたずねる確認のウィンドウがひらくことも予測していた。「YES」を選んでリターンキーを叩いた。

甲高い電子音が鳴り響いた。地図上の光点が南へ方向転換するのを見てとった。太平洋上へと飛んでいき、二度赤く点滅した。光点は消えた。

静寂がおとずれた。しばらく時間がすぎた。

身体に感じる振動はなかった。爆音も轟音もきこえなかった。ミサイルが都心に着弾したのなら、はっきりわかるはずだ。コマンド・システムすべてに、なんの変化もみられなかった。すべての表示が、何事もなかったように静止していた。

軍曹がコマンド・システムに歩みより、表示を確認するようにじっとモニターを見つめた。おもむろにふりかえり、笑顔をうかべた。「ミサイルは神奈川県沖五キロの海上で自爆しました。周囲に船舶はありません」

一瞬の間をおいて、米兵のひとりが歓声をあげた。ほかの兵士も同調した。大声をあげ、抱き合い、祭りのような大騒ぎだった。

美由紀は深いため息をついて、目を閉じた。周囲の喧騒とは裏腹に、心が沈んでいくのを感じた。

「美由紀」友里が静かに声をかけてきた。「よくやったわ」

目を開いた。点滅している暗証番号の数列をながめた。2951251200。

「最後が0ふたつだなんて」言葉が喉にからむのを感じながら、美由紀はつぶやいた。

「まったく考えられませんでした」

「そうね」友里は同情するようにいった。「セオリーどおりに考えればこういう場合、0は最も可能性がひくいように思えるわよね。でも、いつもいっているように人間の心理は定石どおりにはいかないものよ」

「でも、どういう推測でこの答えを割りだしたんですか」

友里はかすかに笑った。「いつもどおり、宿題にしておくわ。よく考えてごらんなさい」

美由紀はようやく自分が安堵をおぼえつつあることをさとった。危機をのりこえたという実感がこみあげてきた。同時に、友里佐知子の気づかいをうれしく思った。こんなときでさえ、わたしの技術や能力を気にかけてくれている。それに、いつもながら友里はなんと自信にあふれているのだろう。あれがまちがっていたら、日本ばかりか世界を震撼させるような事態になっていたというのに。

ふりかえると、米兵たちの拍手がわきおこった。満面に笑いをうかべたマセッツが歩みよってきた。まず友里と、そして美由紀と握手をした。

「間一髪だった」マセッツは感極まった声でいった。瞳がうるんでいるようにもみえた。「まったくたいしたものだ」

「感謝の言葉は美由紀に向けるべきね」友里は肩をすくめた。「彼女がいたからこそだもの。それに、わたしたちは慈善事業じゃないのよ。料金は後日請求するわ」

マセッツはめんくらったようすだったが、すぐに豪快に笑い声をあげた。

友里が額に手をやったことに美由紀は気づいた。慣れない場所で緊張した時間を過ごしたせいで、疲れたのだろう。

美由紀は床に目をやった。活気づく米兵たちの足もとの向こうに、冗談のように横たわっている死体があった。だれも気にもとめていない。まるで、そこになにもないかのようだ。美由紀は胸がむかつく気がした。

先生、でましょうか。美由紀はそう声をかけた。ええ、友里が応じた。

軽く頭をさげて扉へ向かおうとすると、マセッツが美由紀を呼びとめた。「なあ、もうひとつだけおしえてくれないか。さっき、メロンというのをいいあてただろう。あんなことまで、わかってしまうのか?」

美由紀は口をつぐんだ。驚くのも当然だ。しかし、自分は超能力者ではない。相手が思い浮かべた言葉まで読みとれるわけではない。

「宿題にしときます」美由紀はぶっきらぼうにそういって、友里とともに歩きだした。

仙堂が米兵たちをかきわけてこちらへ近づこうとしているのを、美由紀は横目にとらえた。だが、待つつもりはなかった。早足で廊下にでた。

まだ宴会のような騒ぎにつつまれているミサイル制御室をあとにしながら、友里佐知子が美由紀にきいた。「メロンってなに?」

「あのひとたちの隠語ですよ」美由紀は顔をしかめてみせた。「アメリカの軍人が日本人女性をじろじろみたときには、頭のなかにはそういう発想しかないんです」

画像

外へでると、雨はやんでいた。空はいたるところに雲の切れ間ができて、やわらかい春の陽射しがさしこんでいる。米軍のF15イーグル戦闘機が二機、高度をさげて滑走路へ侵入してきた。緊急事態にそなえて上空で待機していたのだろう。危機が去ったいま、さらに多くの軍用機が基地に戻ってくるはずだ。

「あわただしいわね」友里がつぶやいた。

「警戒レベルAが発令されていたからです」美由紀はいった。「ふだんは司令部の許可なしには離着陸できないんですが、急を要するレベルAの事態ではそれぞれの飛行隊長たちの判断でスクランブル発進ができるようになっているんです。かなり多くの戦闘機が空中で待機していたはずですよ」

「自衛隊でもそうだったの？」

「ええ。おなじ規則があります」

「ふうん」友里は空をみあげた。「わたしにとっては、まるで別世界だわ」

美由紀は友里の視線を追った。管制塔の向こうにある鉄塔を見つめていた。高さは五十メートル以上あるだろう。頂上にはフェーズド・アレイ方式の多機能レーダーが装備されていた。

「あれはレーダー設備です」美由紀はいった。

「ずいぶん高いわね」

「ええ。このタイプのレーダーはアンテナの機械的回転で走査するんじゃなく、アンテナ面に埋めこんである何千ものアンテナ素子で電子的走査をおこなうんですが、その半面、レーダー妨害波にとらえられやすいっていう欠点があるんです。レーダーよりも高い位置から妨害波をうけると致命的なので、なるべく高い場所に設置するんです」いいながら、美由紀は妙におかしくなった。まるで祝日に自衛隊基地が一般の見学者に開放されるときのガイド役のようだ。

「岬」背後で声がした。仙堂芳則が、小走りに追いかけてきた。

「ああ、仙堂空将」美由紀はいった。どう接したらいいのか迷ったが、とりあえず笑みを浮かべることにした。

友里がいった。「美由紀、さきにクルマでまってるわね」

はい、と答えた。友里も仙堂を敬遠したがっているようにみえた。無理もない。友里佐知子は広島や長崎まで赴いて、被爆者たちのカウンセリングをおこなってきた。自衛隊の幹部と仲よくなりたいとは思わないのだろう。

「さっき声をかけようとしたんだが、機会がなくて」仙堂はいった。

美由紀は仙堂の制服に目をやった。「空将に昇進されたんですね」

「ああ。去年から航空総隊長になった。だれかさんのおかげでな」

美由紀は表情を変えなかった。そのことにはあまり触れてほしくはなかった。

黙っていると、仙堂がおずおずと口をひらいた。「まずは、おめでとうをいおう。よくやってくれた」

「わたしはなにもしてません。すべて、友里先生におそわったとおりにやっただけです」

「カウンセラーのほうは、順調のようだね」

「ええ。満足してます」

そうか。仙堂はつぶやいて、滑走路のほうに目をやった。「きみが去って、うちのF15もまた男ばかりになった」

美由紀は笑った。「あれは男のひとの仕事ですから」

「そうとは限らんさ。きみ自身が証明したじゃないか」

美由紀は視線をそらした。数少ない航空自衛隊女性パイロットであり、幹部候補生でもあった美由紀は訓練後、二等空尉パイロットとして中部航空方面隊に配属された。

「防衛大卒だったから、優遇されただけです」美由紀はいった。

「優遇でパイロットにはなれんよ。もっとも私も、きみの身体つきをみたときには、まさかジェット戦闘機を乗りこなせるようになるとは思ってもみなかったがね」

当時、一佐だった仙堂は中部航空方面隊長をつとめていた。美由紀は笑った。「よくおぼえてます。はじめて会ったとき、わたしを男の子だと見まちがえましたものね。もっと髪を短く刈りあげろとかおっしゃってた」

仙堂は笑い声をあげた。「あのころのきみはもっと色が濃かったし、化粧っけもなかった。声をきいて、ようやく女の子だとわかったぐらいだ」

「あのころからは、わたしも変わったんです」

「それも、転職のおかげかな?」

美由紀はうなずいた。「カウンセラーになるためには、相手に不信感や警戒心をいだかせるような外見じゃだめだと友里先生にいわれて。服装や化粧についての知識なんてまるでなかったけど、先生がいちから指導してくださったんです」

「すると、ほんとうにいまの職業は自分に適していると思ってるんだな」

「ええ。そう思ってます」

「岬」仙堂はいいにくそうに視線をそらしながらいった。「きみは優秀なパイロットだった。F15Jイーグル主力戦闘機部隊に配属された女性はきみひとりだ。たった一年で領空侵犯措置のスクランブル発進を百回ちかく経験したのも、きみをおいてほかにない」

爆音がした。美由紀は滑走路をみた。大型の輸送機が離陸準備に入っている。

「いい経験でした」美由紀はそっけなくいった。むし返したくない話題だった。

「私はきみに戻ってきてほしいと思っている。いや、ただ自衛隊に復帰してくれといっているんじゃない。きみが除隊する前、こういったな。災害派遣された先でカウンセリングをおこなえるような制度を自衛隊内で設けてほしいと」

「もうすんだことです。新しい制度を提言しても、そんなにかんたんに受けいれられないことはわかってました。それに、たとえそのような制度がみとめられても、人事で防衛医大の出身者が優先されるでしょうから、わたしにはチャンスがめぐってこないはずです」

「その件なんだが」仙堂は美由紀を見つめた。「じつは、きみが辞めたあと私も上層部の人間とかけあったんだ。自衛隊が災害派遣において物資の輸送や救難活動をおこなうのであれば、被災地の人々の精神衛生についても救済の努力をすべきじゃないかとね。話し合いの結果、上層部は一定の理解をしめしてくれた。現状では、自衛隊員としてカウンセラー職を兼任できるポストをつくる用意がある、そこまで進展したんだ」

「空将」美由紀は返答に困った。カウンセラーになってから、あまりにもひとの内心が見透かせるようになってしまったことに、とまどいをおぼえていた。仙堂はさっきから視線をあちこちにそらしては、指先で頬をなでまわしている。これは隠しごとをしている人間にみられる動作だ。表情を隠そうとすることが無意識のうちに、顔に手をやるという動作にあらわれるのだ。

　美由紀はため息まじりにいった。「お心づかいは大変感謝します。でも、その案が上層部に通ったのはべつの理由からでしょう。自衛隊のなかにカウンセラーを置きたいという幕僚長らの意志はあるんでしょうが、それは被災地の人々のためでなく、ホームシックになった隊員の相談をきく係がほしいという意味でしょう。首席衛生官の手にはあまるので、新しく専門の役職を設置したいというだけです。同時に、恒星天球教のテロ事件が多発している現在、自衛隊は警視庁からテロ防止のためのガイドラインづくりを要請されている。そのためにも、いわゆる精神異常者と目される恒星天球教の幹部たちに対抗するため、深層心理学の専門家を自衛隊内においておきたいんです。犯行を予測したり、さっきみたいなテロ工作に対処するために」

「なんでもお見通しだな」仙堂は困りはてたように、はげあがった頭に手をやった。しばらく考えてから、おずおずといった。「ある意味では、そのとおりだ。恒星天球教のテロ活動は拡大の一途をたどっている。さっきのあの男も恒星天球教の信者だった。これまでも強力な軍用爆薬を用いていたようだが、こんどは一挙に米軍のミサイルにまで手をのばしてきた。このさき、どれだけ危険なことが起こりうるのかだれにも予測できない。東京晴海医科大付属病院のカウンセリング科では、脱退した元信者たちの社会復帰のためのカウンセリングをつづけているそうだな。ということは、彼らの異常心理にもくわしいのだろう」

美由紀は首を振った。「空将、カウンセリングは純粋に相談者の悩みをきき、それを解消するために協力するものでしかありません。テロ対策だなんて、おかどちがいです」

「きみならできる。きみは両方の世界で学んだ。さっきの状況にしても、きみと友里佐知子院長のはたらきがなかったら、どうなっていたか」

「あれは解決したうちにはいりません」美由紀はつぶやいた。「あの男性を救うことができなかった。目の前で自殺するのを、とめられなかった」

美由紀は急に悲しくなった。自殺した西嶺という名の男性。いままでに、どんな人生を歩んできたのだろう。この世に生まれたときには、赤子だった彼を抱きあげた母親がいるはずだ。人知れず精神に異常をきたし、テロをはたらいて人々をおびやかし、命を落とした。彼の死を嘆く者は、だれもいない。

「しかたなかった」仙堂はこともなげにいいはなった。「彼は恒星天球教の信者だったんだ」

「いいえ。信者であっても、人間であることに変わりはありません。マインドコントロールとか洗脳とか、そんなものはこの世に存在しないんです。彼らがカルト教団に足を踏みいれてしまったのには理由があるんです。それを見つけだし、社会に復帰する道を探しだしてあげることが必要です。ミサイル発射は食いとめましたが、あのひとは死にました。

ひょっとしたら、ほかにも犠牲になったひとがいるかもしれない。最初のミサイル攻撃で全焼したお寺にも、だれかがいたかもしれない。でも、みんなそのことを忘れてる。ただ歓声をあげて大騒ぎ。そんな状況が、いやなんです」

「岬、きみの気持ちはよくわかる。きみが命の重さに気づいて自衛隊に嫌気がさしたことも、十分承知している。だが、きみは立派な自衛隊員だった。使命感にも燃えていた。そうでなければ、あれほどの功績はおさめられなかったはずだ」

「わたしはそんな信念の持ち主じゃありません」基地の建物から米兵たちが姿をあらわした。こちらに気づいたら、笑顔で駆けよってくるかもしれない。美由紀はそちらに背を向け、歩きだした。仙堂は歩調をあわせてきた。

美由紀は歩きながらいった。「高校を卒業したときに、身体を動かせる婦人警官か自衛隊員のどちらかになりたいと思っていたけど、防衛大の合格通知のほうが先にきたっていうだけです。それに防衛大では数少ない文系の専攻者でしたし、いつかは転職するつもりでした」

「辞職したのは、戦闘機部隊に配属されたからだろう?」

美由紀は足をとめた。頭上をヘリが通りすぎていった。見あげなくても、ツインローターの輸送ヘリであることは音でわかる。たぶんボーイングのCH47チヌークだろう。

仙堂の目は、上官時代のような厳しさをおびていた。「航空教育隊幹部候補生学校で航空技術や電子機器の理論を学んでいるあいだは、きみも充実していたはずだ。ところが成績が優秀だったがゆえに、戦闘機部隊に配属された。そんな折、ご両親が不幸にあって……」

「それと除隊を申しでたことは、関係ありません。わたし自身、航空自衛隊では規則に違反してしまったんですし」

「そう」仙堂は咳ばらいをした。「主力戦闘機部隊に配属されているきみは、日本海楚樫呂島での災害救助へ出向く義務はなかった」

「でも、どうしてもいくべきだと思ったんです」

「救難用輸送機のパイロットが乗ったクルマが渋滞に巻きこまれ、基地に着くのが遅れていた。それを知ったきみは、許可も受けずに輸送機を飛ばし、被災地へ向かった」

「楚樫呂島は火山噴火で大混乱でした。一刻もはやい救援が必要だったんです」

「規則にしたがえば、救難隊にまかせるべきだった」

「何度も救難隊への編入をおねがいしたのに、ききいれられなかったからです」美由紀は口をつぐんだ。自分が感情的になっているのに気づいた。カウンセラーになって以来、こんなにむきになったのははじめてだった。

「岬」仙堂はなだめるようにいった。「なにはともあれ、楚樫呂島ではおおぜいの人命が救われた。あれはきみの功績だ。それは事実として受けるべきだった」

「あれはわたしの独断でおこなったことです。決断の瞬間、自衛隊を辞める覚悟はできていました」

「それで楚樫呂島での功績を私ひとりに押しつけて、ひとり自衛隊を去っていったというのか」仙堂はいらだたしげにいった。「カッコつけすぎだよ」

「そうでしょうか」

「そうとも。きみは防衛大出身の幹部候補生だったんだぞ。一般航空学生とはちがうんだ。いまならまだ、やりなおしもきく」

美由紀はつとめて静かにいった。「勝手に規則違反をおかしたことは申し訳なく思っています。お咎《とが》めも受けました。でも、楚樫呂島で友里先生に出会ったことが、わたしの人生を変えたことも事実です」

「そんなにカウンセラーという職が適任だと感じたのか」

美由紀はうなずいた。「友里先生とはじめて会ったのは、避難場所に指定されたキャンプでした。あのひとは、わたしの心のなかを見抜いていました。規則違反のせいで戻るに戻れなくなっていること。でもどうしても、被災地にいかなければならないと思ったこと。友里先生には被災地の人たちに安心とやすらぎをもたらす力がありました。このひとなら、わたしに道をひらいてくれると思ったんです」

「きみの心情が、カウンセラーという職業を、よりすばらしいものに感じさせていた側面もあっただろう」

「そうかもしれません。でも、決心したんです。防衛大出身者も学士としてあつかわれますから、臨床心理士資格をとる道がありました。友里先生に師事して、カウンセラーになろうと思ったんです」

日がさしてきた。仙堂はまぶしげに目を細めながら、空を見やった。「戻る気は、ないというわけか」

「はい」美由紀はきっぱりといった。「いまはもう、戻るつもりはありません」

一般航空学生なら、これほど執拗に復帰を要請されることはないだろう。美由紀は、仙堂の言葉が純粋に元上官としての気持ちを表わしたものでないことを承知していた。これには上層部の意向がはたらいている。防衛大出身のキャリア組は可能なかぎり保護して、幹部に昇進させようとする。それが防衛大出身者のステイタスを守ることにつながるからだ。

美由紀は軽く頭をさげて、歩きだした。停車したジープに乗った米兵たちが、美由紀ににやりと笑いかけた。美由紀は気づかないふりをした。

「岬」仙堂は声をかけた。「われわれも、ひとを救う仕事をしているんだ」

「わかってます」美由紀は微笑んで、敬礼するしぐさをしてみせた。私服でいるときには敬礼しない、それが自衛隊の規則だ。だが、自分はもう自衛隊員ではない。それをしめしたかった。背を向けたが、踵をかえす動作が自衛官らしいものになっていることに気づき、苦笑した。

仙堂はそれ以上呼びとめなかった。ここでの仕事は終わった。いまの自分がいるべき場所は、この敷地の外だ。美由紀は雨あがりの湿った路面を、友里佐知子がまつクルマへ足ばやに歩いていった。


野口内閣官房長官は安全保障室の椅子につくと、すぐに懐から胃痛薬のビンをとりだした。このところ、腹痛がひどい。医者に診てもらったほうがよさそうだが、とてもそんな時間はつくれない。錠剤を口にふくんで、茶をすすった。下痢をしているわけではないのだが、食欲がない。

湯のみを置いて顔をあげた。地下シェルターを出てこの部屋に戻った人々の顔は晴れ晴れとしていた。席にはつかず、部屋の隅で立ったまま談笑している。めったに笑わない国家公安委員会委員長までもが白い歯をみせている。能天気なもんだ。野口は小声でそうひとりごちた。いまのわれわれは、是が非でも回避すべき危機を回避したにすぎない。山積している国内問題のひとつさえも解決できたわけではない。政府は依然として、やっかいな問題を数多くかかえている。それでも、この大臣連中には関係ないのだろう。わが国の内閣は、毎年のように改造することで大臣経験者を増やしてきた。そのせいでどの大臣も官僚にすべてを任せきりにしている。国会答弁から政策発表まで、官僚のつくった作文を読みあげることに終始する。なんともお気楽な商売だった。彼らは自分の任期をなんとかしのぐことしか考えていない。

だが、自分はべつだ。野口はそう思った。内閣官房長官にはおびただしい数の実務がある。とりわけ現在の内閣では、自分は沖縄問題と楚樫呂島復興というふたつの大きな国内問題の処理を担当させられている。これらに関するやりくりだけでも寝るひまがない。そのうえ最近では恒星天球教の台頭によって連日のように会議がひらかれ、内閣官房は大忙しだった。もう丸二日、家で食事をしたことがない。

テーブルを迂回してひとりの男が近づいてきた。酒井経済企画庁長官だった。「どうされたんですか、顔色がよろしくないようですが」

酒井の目が卓上の薬のビンにそそがれた。野口はそれを懐にしまいながらいった。「いや。ちょっと胃を痛めていてね」

「無理もないですな。外遊ばかりが多い総理のせいで、いろいろ神経をつかうこともあるでしょう」酒井は野口に断りもなく、あいている隣りの席に座った。「ところで、首相はまだシェルターのなかですか?」

「いや。首相官邸に戻られているよ。腰痛がひどいので安静にしているそうだ」

「たいへんですねえ」酒井は指の先で額をかいた。「みなさん疲労がたまっておられるようだ。そろそろ休暇をとられたらどうです？　娘さんのこともありますし」

　野口はむっとした。やはりその話題か。野口にとって一番下の娘にあたる加奈子の結婚式が一週間後に控えている。だが、その結婚は国会議員のあいだで物議をかもしていた。加奈子の婚約相手は野党第一党の若手議員なのだ。その若手議員の父親も野党の議員だった。野口はその結婚には真っ向から反対していた。そのせいで、娘ばかりか妻との仲も険悪になってきていた。与党野党って、そんなこと気にしてるのはお父さんだけですよ。妻はそういった。だが、そんなことはない。婚約相手の地元は名古屋だ。名古屋は結婚によって生じる新たな親族どうしの交流にうるさい。野党関係者からいろいろ便宜をはかってくれという申し出があったらどうする。つっぱねたら、娘を孤立させることになってしまう。それに、国会の答弁で少しでも野党寄りの発言をしようものなら、党内から反発を食らうのは必至だ。どう転んでもいい結果は生まれない。

　酒井はハイライトをだし、口にくわえて火をつけた。煙を吐きだしながらきいた。「結婚式には、出席されるのですか」

　野口が娘の結婚式に出席するかどうかが、党内の関心ごとになっている。野口はそのことを知っていた。式に出席すれば、結婚を容認したことになる。むろん、このところ野党との対立をいっそう深めている総理が喜ぶはずはない。

「さあ」野口はあいまいにいった。「この調子ではたぶん、来週も会議で忙しいだろうからな」

酒井はにやりとした。「よかったですね、それは」

「どういうことだ」

「身体があかないという言い訳があれば、式にでなくてもすむわけです」

酒井はまだほんの数口しか吸っていないハイライトを灰皿に押しつけると、立ちあがって大臣たちのほうへ歩きさっていった。

憤然とした気分になった。野口はくすぶっている灰皿を遠くに押しやった。酒井が経済企画庁長官として名をあげることで、次はさらなる重要なポストをねらっているのはあきらかだった。中央省庁改編後には首相補佐官の座につきたいとでも思っているのだろう。国会議員ならそうした欲求はだれでもいだくはずだ。だが、あの酒井という男は、民間から起用された学者だけに永田町の礼儀というものをわきまえていない。タレント議員によくみられる傾向だ。ふつうの国会議員よりも、国民の支持がえられていると信じきっている。

だが、酒井のいっていたことにも一理ある。きょうの事態を受けて、このさき数回にわたって安全保障会議がひらかれるだろう。来週祝日の結婚式当日に会議があれば、式に出席せずに済む。しかし、はたしてそれまで会議が長引くかどうかは微妙だった。きょうのミサイル危機は米軍との関係上、内々に処理される。できるだけ迅速な決議が求められるだろう。そうなると、遅くとも今週中にはいちおうの決着をみてしまう。なにかもうすこし、会議の必要が生じるニュースがでてくればいいのだが。

そのとき、総理府の若い職員がひとり、足ばやに入室してきた。副総理になにやら耳うちをした。副総理の表情が曇った。職員にたずねかえした。職員がうなずくと、副総理は口をひらいた。「みなさん、ちょっとご静粛に」

ざわついていた室内が静かになった。

副総理はとまどいがちにいった。「報告によると、いましがた首相官邸に不審な電子メールがとどいたという。映像ファイルになっているので、動画が記録されているそうだ」

列席者たちの表情が曇った。科学技術庁長官が円卓テーブルにつくと、ほかの面々も席に座った。

野口官房長官は職員にきいた。「このスクリーンにだせるか」

「ええ」職員がリモコンを操作した。「おまちください」

プロジェクターにパソコンの画面がうつしだされた。中央にひらいたウィンドウのなかに、ひとりの男の顔が出現した。

データ化されているわりには鮮明だったが、故意にカメラに顔を接近させているのか、ウィンドウにおさまっているのは目と鼻と口だけだった。巨大なスクリーンに大きく引きのばされた顔は、四十代なかばぐらいの男性と思われた。無表情で、うつろな目つきはさきほどの西嶺という男の顔を連想させる。だが、狂信的な西嶺の顔にくらべると、この男の表情はむしろおだやかだった。顔の輪郭はわからないが、頬骨がはりだしていることから痩せぎすの体型が想像できた。唇は妙に厚く、並びのよくない前歯がのぞいている。妙に肌が白く思えるのは照明のせいだろうか。

「恒星天球教より、政府首脳各位におつたえ申しあげる」男がしゃべった。声はたしかに男だったが、言葉づかいに女のような響きがあった。「わたくしの信者名は『ひてりか』。教団最高の権威者であられる『あうんな』、それに次ぐ位である最高幹部であられる『とていら』に忠誠を誓う恒星天球教幹部のひとりだと思っていただきたい」

男の言葉にあわせて「比手利架」「阿吽拿」「徒呈羅」と字幕スーパーがかぶさった。酒井がふんと鼻を鳴らすのがきこえた。茶番に思えるのだろう。だが、野口は逆に鈍い警戒心を抱いた。字幕スーパーがかぶるということは、この映像ファイルは時間をかけて準備されていたわけだ。

ウィンドウのなかの男は歌のように奇妙な節まわしでいった。「われわれはみずからの宗教理念にしたがって布教活動をおこなう。その障害になるものは力で排除する。そこで日本政府に要求する。今後、わが恒星天球教に対するあらゆる弾圧をやめていただく。警察による不当な捜査、教団への干渉はいっさいご遠慮ねがいたい。わが恒星天球教の思想をお認めいただけない場合は、ふたたび日本政府首脳を標的とする。全国の警察に指令が行き届くまで五日の猶予をあたえる」

男はしばし口をつぐんだ。まばたきはいちどもしていない。まるで室内にいる人間の顔を見わたすように、視線が左から右へとゆっくり動いた。

「以上だ」男がいった。ウィンドウが閉じ、再生完了の表示がでた。

間髪をいれず、科学技術庁長官がいった。「どういうことだ。首相官邸へのミサイル攻撃が失敗に終わることを、予測していたような口ぶりだったぞ」

「はったりですよ」外務大臣が顔をしかめていった。「計画が失敗した場合にそなえて録画してあったものでしょう。この種の脅し文句はテロリストにつきものです。ほうっておけばいい」

防衛庁長官が首を振った。「いや。連中には実力行使に打ってでるだけの力がある。無視することはできません」

酒井経済企画庁長官がため息をついた。「だからといってやつらを宗教団体として容認することなどできません。無差別テロをはたらくような集団ですよ」

「だが」通産大臣がいった。「警察はまだ教団幹部の正体さえつかんでいない。一斉捜索するにも教団本部がどこにあるのかもわからない。五日では、手の打ちようがない」

沈黙がおとずれた。こんな議論が進展するはずがない。野口はそう感じた。安全保障会議は主に緊急時における政策決定のために催される。テロリスト集団の要求をのむのまないの審議など、大臣たちにはおかどちがいだ。総理の意見をきかねばならないが、いまは腰痛で休んでおられる。この場ではなにも決議できないだろう。

ただひとつだけ、あきらかなことがある。日本全土が、真っ黒な雲のなかに覆いつくされつつある。それはまちがいない。日本はテロ対策に遅れをとっているという指摘が、以前からあった。その弱点が露呈した。それも、国政側はいままで教団の名を借りたテロリストたちを見くびっていた。しかし、それはちがっていた。全国で頻発した爆破テロ以上の実力行使など不可能だと思っていた。しかし、それはちがっていた。彼らは米軍の最新兵器にまで魔手をのばしてきた。文字どおり、国家を転覆させるだけの実行力を有しているのだ。

野口官房長官はきいた。「この映像がどこから送られてきたか、わからないのか」

職員が困惑ぎみにいった。「海外のインターネット・サーバをいくつも経由して送信したようです。追跡はまず、不可能でしょう」

「お手上げか」と大蔵大臣。

野口は絶好の機会がおとずれたことを悟った。これなら、一週間以上先までのスケジュールを会議で埋め尽くすことができる。

「いや、ひとつ手がかりがある」野口はいった。「いまの映像にでていた男、比手利架とかいったな。末端の信者ではなく、恒星天球教の幹部の顔をわれわれが目にするのはこれがはじめてだ。警察庁に連絡をとり、画像から容疑者を割りだせるかどうか、確認してもらおう。それから、さっきのカウンセラーたち。彼女たちにも捜査に加わってもらうとしよう」

「なぜです」海上幕僚長が怪訝《けげん》そうな顔できいた。「またミサイルをのっとられたときに、暗証番号を解読してもらうためですか?」

「そこまでの状況になる前に手を打つためだ。精神異常者の集団が相手なら、カウンセラーとしての知識が生かされるはずだろう。ファーストホークの一件がその証拠だ。とにかく、そのへんのことは私から警察庁に要請しておく。ほかになにかあるかね」

だれも、なにもいわなかった。できることなどなにもない。

では、解散だ。野口官房長官がいうと、テーブルの面々はゆっくり席を立った。酒井がちらとこちらを見たが、なにもいわなかった。教団のテロ対策には三権の垣根をこえてあらゆる部門が協力することで一致している。だが、まずは警察の捜査をまたねばならない。警察が教団の尻尾をつかまないかぎり、対策案も立てようがない。

これでよし。野口は内心思った。警察からの報告、カウンセラーからの報告、そのたびにいちいち会議が召集できる。結婚式には出席せずに済むだろう。

腹をさすりながら、野口は立ちあがった。あとはこの胃痛さえ治ってくれれば、いうことはないのだが。

過去

午後五時すぎ。

岬美由紀は竹刀を中段にかまえた。木製の格子窓からさしこむ夕陽が道場をオレンジいろに染めている。相手はその陽射しを背にして立っていた。防具をつけている人間の表情を読むことはできない。それでも、接近すればわずかに目の動きが読みとれることがある。だがいまは、逆光を背にした相手は真っ黒なシルエットにしかみえなかった。

美由紀は相手の右肩から目をそらさないようつとめた。面をつけていると視界は狭い。複数の場所に注意を向けることは不可能だ。ならば、一点だけを注視するにかぎる。

相手の右肩があがった。隙のない、鋭い正面打ちだった。だが美由紀はその動作を予測していた。反射的に右腰を左にいれ、右足を斜め後方にさばいた。空をきった相手の竹刀を打ち落とした。そのひと呼吸のなかで次の動作にうつった。右足をひきつけて逆胴を打った。がらあきになった相手の胴を、美由紀の竹刀がしたたかに打った。

一本。声がかかった。子供たちのどよめきがきこえた。

美由紀は開始線まで戻って蹲踞《そんきょ》の姿勢をとった。相手は一瞬のうちに勝負がついたことにぼうぜんとしていたようすだったが、我にかえって開始線にひきかえし、向き合った。美由紀は竹刀をわきにおさめ、立ちあがって数歩さがり、礼をした。それから正座をして小手をはずし、面をとった。ふさがっていた耳に、道場のざわめきがもどってきた。

面をはずした相手がこちらを見た。三十代半ばぐらいの男性だった。中学で体育の教師をしているという。手合わせはこれがはじめてだった。男性はのこりの防具をはずすのももどかしいといったようすで、目を丸くしてきいた。「なぜ、正面打ちのタイミングを予測できたんです」

美由紀は笑った。胴をはずしながら答えた。「肩の動きです」

「肩?」

「お手合わせの前のあなたの動作を観察して、気合いをためるときに肩があがることに気づいたんです。たぶん無意識のうちに出るものなんでしょうけど、なおしておいたほうがいいと思いますよ」

男性は肩に手をやって、まだ信じられないという顔で美由紀を見かえした。

美由紀は防具をはずし終えると立ちあがり、ふりかえった。子供たちが駆けよってきた。この子供たちは目黒区の私立小学校の児童だ。小学校からスポーツ心理学を理解している指導員の派遣を要請された東京晴海医科大付属病院のカウンセリング科が、岬美由紀を派遣するようになってすでに一年がすぎていた。予定では午後三時に道場に来るつもりだったのが、横須賀基地から戻って大急ぎで仕度して、この時間になった。それでも、子供たちは待っていてくれた。それがうれしかった。

美由紀はこのほかにも、都内十八か所の小中学校で同様の指導をおこなっていた。スクールカウンセリングには解決のむずかしい問題も多いが、スポーツ指導は楽しくて好きだった。美由紀が微笑みかけると、子供たちはすごい、すごいと騒ぎたてた。

「なんで相手の動きが読めちゃうの?」男の子がいった。「オーラとか感じるの?」

漫画の影響をうけていることはあきらかだったが、美由紀はそれを指摘しなかった。漫画の読みすぎ、テレビの見すぎ、そんな言い草が最も子供たちとの距離を遠ざける。事実、美由紀は子供たちの心理を理解するためにたくさんの漫画を読んでいた。この男の子がどの漫画の影響をうけているのかさえ、はっきりとわかった。

「そうじゃないのよ」美由紀は肩をすくめていった。「オーラとか気とかは現実にあるものじゃないの。ただ、そういうものがあると心のなかで思っていると、安心感をあじわえたり力がみなぎってくるように感じたりするものなのよ。自己催眠とかイメージトレーニングとかいうんだけど、もうちょっと先になったらくわしく教えてあげるね」

「催眠なの!」べつの男の子がいった。「人をあやつったりするの!」

「ちがうってば。もっと科学的な、心理学っていう学問の話なの。さ、きょうはこれぐらいにしましょう。胴をはずして、防具をしまってね」

はあい、と声をあげて子供たちが駆けていった。美由紀は顔をあげた。ふと、開け放たれた道場の扉の向こうにひとりの男の姿があるのに気づいた。見覚えのない顔だった。年齢は四十代半ば、皺だらけのグレーのコートを着て、両手をポケットにいれている。小柄だががっしりとした体格の持ち主で、頭髪は天然パーマなのか、伸びほうだいでくしゃくしゃになっている。浅黒い顔の奥まった目が鋭くこちらを見ていた。だが、美由紀と視線があうと男はなにげなく顔を横に向け、歩きさっていった。

一瞬だけこちらを見た男の表情に、なにがあったかを考えた。警戒心、敵対心、それに猜疑《さいぎ》心といったところだろうか。いままで面をつけていたので気づかなかったが、ずっと観察していたにちがいない。なにが目的だろう。美由紀は、きょうあった出来事を思いだした。目の前で自殺者がでた。首相官邸に向けてミサイルが発射され、寸前で爆破した。美由紀はそれらを大急ぎで頭から追いだし、気持ちをきりかえて日常に戻ったつもりだった。だがどんなに目をそむけても、事件が重大なものだったことは認めざるをえない。外の世界はまだあの事件から地続きのままなのかもしれない。美由紀にも予測できないことが、見えないところで進行しているのかもしれない。

岬先生。子供たちが呼んだ。子供たちは、もう防具をはずし終えていた。

気にしてもはじまらない。自分には、毎日の仕事がある。心にもやをのこしながらも、美由紀は扉に背を向け、子供たちのほうへ歩いていった。

美由紀はマンションの自室でシャワーを浴び、浴室をでた。壁にかかったアンティーク調の時計に目をやる。午後五時四十七分。いつもながら、剣道の指導のあとは洗髪に時間がかかる。身体を動かせるのは楽しいが、防具にしみついた汗の臭いがくさくてたまらない。それでも、F15の酸素マスクよりはましだった。緊急時に他人の装備品で離陸しなければならない場合、だれがつけたかわからない酸素マスクを装着することになる。なかには、とてつもない口臭の持ち主に使用されたと思われるものもある。美由紀はそのため、飛行中も酸素マスクをはずしていることが多かった。必要なときだけ酸素を吸入すればいい。急激な気圧低下がおきると酸欠になる恐れもあったが、飛行があるたびにひと晩じゅう歯みがきとうがいをくりかえすよりはましだった。

バスローブをはおって洗面所をでた。3LDKのこのフローリングの部屋は、ひとりぐらしの美由紀にとっては不相応にひろかったが、都心部でペットが飼えて楽器を弾いても文句をいわれないマンションはこのクラスしかなかった。同居している猫は公園でひろってきて丸一年になる。アメリカンショートヘアと日本猫の雑種らしい。名前はリン。リンはいま、本棚の上で身体を伸ばして寝そべっている。リンにも住みごこちのよさを求める権利がある、美由紀はそう考えていた。それに、自室に帰ってきてバイオリンの演奏ができないというのは美由紀にとって我慢ならないことだった。両者がゆるされる部屋でなければ、住むには値しなかった。

ベッドに腰かけて、ぼんやりとキャビネットをながめた。飾ってある写真はごく最近のものだ。自衛隊時代の遺物はひきだしの奥にしまってある。当時の、悪ぶって男の子のようにふるまっていた自分の写真をみたいとは思わなかった。すべては過去だ。いまの自分には、まったく異なる生活がある。

鏡をみた。丸顔で色白。化粧をしていないせいかひどく子供っぽくみえた。だが、これがほんらいの自分の姿なのだ。自衛隊にいたころは、しゃべると奇異な目で見かえされたものだ。楚樫呂島の避難所で友里佐知子とはじめて会ったときも、彼女はいった。声にふさわしい外見にしてみたら？　それがどういう意味だったか、あとになってわかった。カウンセラーを志して東京晴海医科大付属病院に入り、催眠療法を習って、最初の仕事は相談者たちに配布する自己催眠用のカセットテープの録音だった。呼吸やリラックスの方法を、軽く暗示をこめながら指導するものだ。その録音をききかえしたとき、顔がほてるのを感じた。とんでもなく高い声だった。キャスターのように落ち着いた語り口でしゃべったつもりだったのに、テープから流れてくる声はトーンも話し方もまるでNHKの幼児番組にでてくるお姉さんのようだった。友里佐知子は笑いながらいった。その声、カウンセラーにはまさに適任よ。とくに未成年者向けには効果的ね。子供たちは、話をきいてくれるお姉さんを求めているもの。あなたは当面、児童担当のカウンセラーをつとめるのがいいと思うわよ。

美由紀は額に手をやった。子供たちと触れ合うのはなによりも楽しいし、友里がいったとおり自分に適した仕事だと思う。しかしそのぶん、以前の自分があまりにもミスマッチな職種についていたことに気づき、恥ずかしい気持ちになった。あのころは、自分が社会にうまく適応できないと思いこんでいた。暗い性格で、友達も少なかった。だから女らしくふるまおうとせずに、持ち前の運動神経をいかして体力勝負の仕事につくべきだと思いこんでいた。それがさまになっていると思っていたのは自分だけだったのだ。

とはいえ、そういう経緯が現在の職業にいかされている側面もある。悩みをうちあけてくる子供たちに過去の自分をダブらせることで、問題を解決する糸口をつかむこともあるからだ。

自分の気持ちをおちつかせたい。美由紀はそう感じた。目の前になぜか仙堂の顔がちらついた。耳にはF15の爆音がいまも鳴り響いているように感じられた。緊張がまだ解けていないのかもしれない。それに、さっきの剣道場での怪しげな男の視線。あれはいったい、何者だろう。

首を振り、そうした思いを払いのけた。デスクの上からバイオリンを手にとった。酒を飲まない美由紀にとって、最大の心のやすらぎはバイオリンを弾くことだった。音楽にはリラクゼーションをうながし、心地よいトランス状態へといざなう効力がある。カウンセラーとしての自分はそう分析する。しかし、いっぽうでひとりの女にすぎない自分がある。ひとりの女としては、理屈はどうあれ心を鎮められる時間にひたりたかった。

バイオリンは小学一年から中学三年まで教室に通って習った。発表会で演奏したこともあるが、そのころは親の勧めでしかたなくやっていた習いごとのひとつにすぎなかった。ほんとうに弾く楽しみをおぼえたのは、教室をやめて以降のことだ。バイオリンは自然に音を奏でられるものではない。音を作っていくものなのだ。独学で自分流の演奏をつくりだしていくことが、最高の楽しみだったのだ。

手もとのバイオリンをみた。十六分の一サイズにはじまり、八分の一、四分の一、二分の一、四分の三と、自分の成長とともにバイオリンのサイズも大きくなり、ふつうのサイズに到達したとき、ようやく大人になったのだという実感がわいたものだ。もっとも、いまでもこの大人用サイズのバイオリンは少し大きく感じられるのだが。

ほとんど意識せずに、身体が動くにまかせてシューベルトのロザムンデ間奏曲第三番のメロディを弾きはじめた。優雅さのなかに、ときおり張りつめた緊張感がおとずれる曲だった。美由紀はこの曲が好きだった。臨床心理学を学んで知ったことだが、ひとの理性を鎮めてトランス状態に誘導するためには、ただリラックスさせるだけではいけないし、また緊張感ばかりをつのらせてもいけない。適度の緊張とリラクゼーションが交互におとずれると、やがて理性であれこれ考えるのがわずらわしくなり、そのテンポに自分をゆだねようとする。そして理性が鎮まり、本能的になって快楽をあじわうことができるようになるのだ。催眠において、暗示の言葉を発して相手をトランス状態に誘導するときも、それとおなじことをしなければならない。すなわち、身体がぽかぽか温かいとか、ゆったりして眠くなるというリラクゼーションをうながす言葉と、身体がつっぱってくるとか、力がこもってくるという緊張を促進する言葉を交互に投げかけるのだ。そうすることで、人為的につくりだされるトランス状態、すなわち催眠状態は深まっていく。音楽とは、そういう人間の心理の特性をいかしてトランス状態をつくりだすものだ。すなわち音楽とは催眠の一種なのだ。

美由紀は故意に高い音を奏でて、その考えを頭から追いはらった。気持ちをおちつかせようとしているのに、そんな理論を組みたてようとするのは一種の職業病だ。いまは音楽に身をゆだねていればいい。

バイオリンを弾きながら飼い猫のほうをみた。むずかしい顔をしている。音楽が心地よく感じられていないようだ。それだけ、弾き手に邪心があるのだろう。もっと自然体での演奏を心がけよう。

しばらく演奏をつづけた。パイロット訓練中にも、宿舎に帰ってはよくこの曲を奏でた。そんなことを思った。幹部候補生学校から特別研修で山口県防府市の第十二飛行教育団に派遣され、へとへとになるまで体力づくりに明け暮れた毎日。男女平等の教育課程とはいえ、女性のパイロット志願者は日に日に減少していった。基礎トレーニングをクリアしても、実際の飛行訓練になると身体がついていかない。吐き気やめまいはいつものことだった。いつも限界まで身体を酷使しては、まわらない頭で午後の講義を受けた。語学、通信、機上無線、機上電子整備、気象器材整備、警戒管制レーダー整備。居眠りをしては、教官にテキストの角でこづかれたものだった。机をならべていた同期の訓練生たちはいまごろなにをしているだろう。美由紀は当時、友達づきあいが苦手だった。いつもひとりでいた。その後の連絡もいっさいとりあっていない。女性のパイロット志願者のほとんどは事務職についてしまったようだが、輸送隊や救難隊のパイロットをつとめている人間はいるだろうか。

ふしぎなことに、飛行訓練についてはあまり思いだせなかった。全国各地の術科学校をまわって教育をうけた日々も、印象はうすかった。それよりもF15Jイーグル主力戦闘機部隊に配属されてからの、不安と緊張にさいなまれた日々のほうが記憶に残っていた。二十四時間のアラート待機につかねばならない、あのいらだちの時間。待機室で重い装備一式を装着したまま、飛行時刻がくるのをまつ憂鬱な時間。なにもおきないことも少なくないが、ときおり定期便といわれるロシアのミグ戦闘機がレーダーに補捉されると、緊急発進の指令がくだる。定期便とは、一定の日数をおいて領空侵犯をする確信犯的なロシア戦闘機のことだ。

日曜の夕方にスクランブル発進することが多かった。ロシア戦闘機部隊の定期便パイロットが、その時刻に任務についているのだろう。整備された戦闘機に走る。食堂の前を通るとき、かならずサザエさんのテーマソングがきこえる。それで午後六時半だとわかる。格納庫につくや、せまく、密閉されたコクピットに閉じこめられる。平和な時代、唯一のこされた代理戦争の舞台。不条理きわまりない職場、理不尽な仕事。機関砲、ロケット弾、爆弾、ミサイルなどの殺戮《さつりく》兵器が、いつしか当たり前の荷物になっていた。サザエさんのテーマソングがまだ耳に残っているなかで、ベリファイチェックに入る。スロットルオフ位置よし、ギアハンドルダウンよし、マスターアームスイッチオフよし……。

電話が鳴った。ふいに現実にひきもどされた。リンが鬱陶《うっとう》しげな顔をして頭を起こした。美由紀はバイオリンを弾く手をとめた。

額に手をやった。汗がにじんでいた。

これだ。カウンセリングの仕事を頭から追いだすと、代わって航空自衛隊のことがよみがえってくる。あるいは、自分で思っているほど心のなかは癒されていないのかもしれない。

バイオリンを置いて、受話器をとった。おちつくためにひと呼吸おいてからいった。はい岬です。

「美由紀？」友里佐知子の声だった。

「ああ先生、どうされたんですか」

「いまから、病院のほうへ来られるかしら」

「ええ。だいじょうぶですけど」

「よかった。それじゃ至急お願いね」友里の声が少し緊張を帯びた。「あなたの相談者に、妙なことが起きたらしいのよ」

わかりました、すぐいきます。そういって受話器をおいた。

胸騒ぎがした。妙なこととはなんだろう。やはり、まだすべてが終わったわけではない。なにかが進行している。剣道場の男の顔がまたも浮かんだ。見えない魔手が自分の生活のなかに忍びいってくる、そんな気がしてならなかった。


府中の航空総隊司令部に戻ると、仙堂空将は状況報告だけを受けてオフィスに引きこもった。あの在日米軍の士官のオフィスにくらべて、なんとこじんまりしていることか。広さは六畳ていど、デスクひとつ置いたらほとんど隙間がない。しかし、いまに始まったことではない。部屋の広さにかぎらず、自衛官という職業は平和な日本では肩身の狭い思いをするものだ。

椅子にすわり、デスクの上に足を投げだした。ネクタイをゆるめ、ワイシャツのボタンをはずした。こうしてありきたりの日常に戻れただけでも感謝すべきなのかもしれない。

ミサイルが首相官邸に着弾していたら、この建物は嵐のようなありさまになっていただろう。

ノックがした。どうぞ、そう応じると、ドアが開いて秘書が包みをたずさえてきた。小包です、そういった。ご苦労、そこへ置いといてくれ。仙堂がそういうと、秘書は一礼して退室していった。

美由紀の表情を思いかえした。以前とはうってかわって女性らしくなっていたが、頑固さはいささかも薄らいでいなかった。それに、ミサイル制御の暗証番号を解読した手並みはまるで魔法だった。自衛隊員だったころには身につけていなかった魔法だ。美由紀は以前とはまったく異なる人間になっていた。彼女にとっては、それが幸せなのだろう。仙堂は月日の経つ早さを感じた。あれから三年。美由紀はあそこまで変わっていた。自衛隊とはまったく対極に位置する職場で、新しい人生を送っていた。そのことに関して、喜びや悲しみを感じているわけではない。ただショックだった。人間はあんなに唐突に変われるものなのだろうか。

いや。美由紀の本質は変わっていない。ミサイル制御室におけるあの度胸、あの知識。あれらはすべて、幹部候補生時代に身についたものだ。やはり彼女はユニークな女性だ。ここぞというときに冷静な判断ができ、決してひるむことがない。パイロットには最良の人材だった。考えれば考えるほど、優秀なパイロットだった……。

咳ばらいがきこえた。顔を起こすと、開いたままのドアに杉谷監察官が立っていた。仙堂はあわててデスクから足をおろした。

杉谷は冷たい視線を向けてきた。「建物内では制服をきちんと着用すること。あなたは部下に、そう指導しないんですか」

仙堂はネクタイをしめなおした。「さあ。部屋を出るときにはドアを閉めるようには言っておきますが。それでなんの用ですか」

杉谷はつかつかとデスクの前に歩み寄った。棚の上に置かれた包みに手をのばし、しばしながめた。「これはなんですか」

「中国の養毛剤。通販でないと買えないんです」

杉谷はしかめっ面をした。「まさか経費で私物を……」

「とんでもない。金は自分でだしてますよ。ただ、家で注文すると息子に先に使われてしまうんでね」

しばらく包みをながめまわしたあと、杉谷は包みを脇にはさんだ。「これは預かります」

「なんですって。どういうことです」

「安全のためにもX線検査にかけてみます」

「堅いことをいわんでくださいよ。もう何度も注文してるんです。おかしなものが入っていたことなんていちどもありませんよ」

「それはあなたの私見でしょう。この包みは中国の福建省から送られてきているじゃないですか」

「そう。漢方薬がまざってる養毛剤で、中国でしか売られてないんです」

「自衛隊基地で中国からの郵送物を受けとるとはなにごとです」

「受けとっちゃいかんという規則はないでしょう」

「こういうものは、のちのち問題になったりするんです。いま検査しておいて潔白を証明しておいたほうがいい」

仙堂はため息をついた。「どうぞ。好きなだけ検査してください。でも早めに返してくださいよ。それだけですか」

「いや、まだある」杉谷は早口にいった。「きょうの横須賀基地での出来事を幕僚監部技術部が検討したいといっています。報告書を提出していただけますか」

「なんのために？」

「セキュリティの要である暗証番号がいとも簡単に見破られたときけば、技術部の連中が黙っていないのは当然でしょう。ほんとうに暗証番号を見破ることができたのか、連中はいぶかしがってます」

「岬美由紀はたしかに暗証番号を解読しました。しかし詳細な方法は私ではよくわかりません。岬にきくのがいちばん早いと思いますが、まあ無理でしょうね。きょう自衛隊に復帰する意志があるかどうか声をかけてみたんですが、つっけんどんな返事しかもらえませんでした」

「彼女にあまり勝手な真似をさせないほうが、あなたのためだと思いますが」

「どういうことです」

「岬は防衛大の出身者です。そもそも身勝手な理由で自衛隊を辞めたこと自体が問題ですが、民間人になった現在も自衛隊法第五十九条を遵守する義務があります」

第五十九条とは、自衛隊員が職務上知りえた秘密を口外してはならないという規則だ。仙堂はいった。「それなら、彼女はちゃんと守ってるでしょう」

「すでに民間人になったというのに、今回の件では在日米軍基地の中枢に足を踏みいれ、軍の極秘システムをまのあたりにした」

「それは超法規的措置ってやつです。安全保障会議での決定にもとづいた処置です」

「あなたが提案しなければ、そんな決定にはならなかった」杉谷はいった。「いいですか、航空自衛隊幕僚監部監察官として忠告しておきます。岬美由紀はもう民間人なんです。彼女を防衛上の事柄にひっぱりだすのはやめてください。馴れ合いのように彼女と連絡をとりあったりしないこと。これは自衛官としての義務です。わかりますね」

仙堂は、杉谷の真意を見ぬいていた。彼は岬美由紀が自衛隊に復帰するのを恐れているのだ。岬が驚異的な成績をあげて戦闘機部隊に配属がきまったとき、女性自衛官の雇用拡大に拍車がかかった。これには内外から反対の声があがった。杉谷も反対派に加わっていた。自衛隊内の規律の乱れや、戦力低下を懸念してのことだった。幕僚長は、男女問わず優秀な成績をあげた人間を採用すべきだという考えだった。仙堂もこれに賛同した。ところが、美由紀は一方的に除隊してしまった。女性自衛官の雇用は減少し、反対派にとっておおいに溜飲がさがる結果になった。

仙堂は杉谷を見つめていった。「岬を呼ばなければ、いまごろ首相官邸は消滅してましたよ」

杉谷は口もとをゆがませて首を振った。「みな過大評価しすぎです。当てずっぽうで番号を打ちこんだらたまたま当たった、それだけのことでしょう。私なら数学者を呼んで、確率論から攻めて答えを割りだしますがね。岬を問い詰めれば、きっと心中を告白するでしょう。じつは行き当たりばったりの憶測だった、正解してほっとしたとね」

仙堂は怒りをおぼえた。現場にいなかった人間になにがわかる。「では、あなたから彼女に直接きいたらどうですか」

「そのつもりです。いずれ岬に会いにいってそのあたりのことをきいてみます。第五十九条の遵守についても再確認させねばならないのでね。では失礼」

杉谷が立ち去っていくと、仙堂はぼそりとつぶやいた。「女だと思ってなめてかかると、痛い目にあうぞ」

教典

わずかに暮れ残ったたそがれの下、ホテルオークラのきらびやかなイルミネーションを視界にとらえた。岬美由紀はヘルメットもかぶらず、愛用のリッターバイクＧＳＸ―Ｒ１１００Ｈを駆って坂道を疾走した。

午後六時半。退社の時間帯だ。交差点には信号待ちをしているサラリーマンやＯＬの姿がある。その前を通りすぎるたびに、視線がいっせいにこちらに注がれるのを感じた。ヘルメットを着用していないせいもあるが、百六十センチ弱の小柄な女が、白のタートルニットにジーパン姿でリッターバイクを転がしているのが関心をひくのだろう。美由紀は目立ちたがりではなかったが、足がわりにするのは乗りなれたバイクでなければ納得がいかなかった。リッターバイクは加速感がちがう。それにこのＧＳＸはシート高が七百九十五ミリなので足つきがいい。美由紀の身長でもちゃんと足が地面につく。ただ、油冷エンジンに赤と黒のカラーリングのボディというのは暴走族のようでみっともなく思った。ひと昔前の美由紀は、よろこんで乗りまわしていたのだが。

ヘルメットを着用しないのは格好をつけているからではない。走行中、このバイクは猛烈な熱をはなつ。ヘルメットをかぶっていては数分で汗まみれになってしまう。肌荒れの原因にもなるし、それ以前に化粧がすっかりくずれてしまう。ヘルメットなしでも風あたりの少ないバイクなので、さほど髪はみだれない。唯一こわいのはパトカーとの遭遇だけだが、片道五分ていどの道のりだし、この時間帯にこの辺りには現われないだろう。事実、美由紀はこれまでいちども切符をきられたことがない。

美由紀はスピードのでる乗り物が好きだった。それも直接、肌で空気を感じることのできる乗り物が最高だった。ただジェットコースターや絶叫マシンは苦手だった。自分でコントロールできる乗り物がいい。バイクの免許をとる前はスケボーを好んで乗りまわしていた。中学のころは、それで通学していたぐらいだった。

篠山ヒルズがみえてきた。その隣りにはテレビ東京がある。東京晴海医科大付属病院はこのビルの向こう側にある。クルマの数はすくなかった。不況は時間にともない景観をかえている。以前はここをながすタクシーが目についたが、近ごろは利用客が激減したせいか、山手通りより内側にはあまり乗りいれないようだ。

テレビ東京の裏手の路地をつっきればすぐに病院の前にでる。だが、そうはいかなかった。友里佐知子に見つかるわけにはいかないのだ。当然のことながら、友里は男性向けの大型バイクを乗りまわす美由紀に眉をひそめていた。カウンセラーになるため友里から生活面でも一からの指導をうけた美由紀だったが、バイクだけはやめる気になれなかった。

いまさら両足をそろえて乗るスクーターに変えられるわけがない。

オフィスビル街から一本入って、古い民家のたたずまいが残っている路地を走った。路地が大通りに交わる手前で停車した。いつもの定位置だった。エンジンをきった。車体はやけどしそうなほどの熱をもっていた。油温計が標準装備されていないので、いつオーバーヒートになるのかわからない。それがこのバイクの短所だった。

バックミラーをのぞいて髪をととのえてから、バイクを降り、歩きだした。

東京晴海医科大付属病院のビルは、いくつかの窓に明かりがついていた。病院自体は午後五時で終了していたが、カウンセリング科だけは勤めをもつ相談者のために夕方以降も業務をつづけていた。

正面玄関にまわった。短い階段をあがると、ガラス張りの自動ドアが左右にひらく。ひろびろとしたロビーの受付にはだれもいなかった。待合い用ソファにも人けはない。この時間には相談者は直接カウンセリング科に向かっているはずだ。

螺旋階段を昇って二階へあがった。まっすぐにつづく廊下に明かりはともっていたが、ほとんどの扉からは物音ひとつきこえなかった。朝と正午すぎにはこれらのカウンセリングルームはすべてふさがってしまうが、いまはがら空きのようだった。そんななかで、ひとつだけ半開きの扉があった。なかから話し声がきこえてくる。

おだやかで、響きのいい男性の声がいった。「では、こちらの鍵盤を自由に叩いてみてくれませんか。どんな順番でもかまわないし、曲をお弾きになるのなら、ぜひおきかせ願いたいです」

「あら」年配の女性の声がいった。「なぜそんなことをさせるの?」

相談者の緊張をやわらげるため、わざと扉を開けてあるのだろう。美由紀はなかをのぞいた。カウンセリングルームは企業の面接室のような味気のない個室ではなく、リビングルームのようにくつろげる内装がなされていた。ソファは座りごこちよく、かといってリラックスしすぎて睡魔がおそわないていどのものが用意されている。いま、向かって右手には相談者の女性が座っている。年齢は五十代後半、エンジのカーディガンを着た、小太りで化粧の濃い女性だった。テーブルの上におかれた腕にはいくつものブレスレットが光っていた。

彼女と向かいあっているのは、美由紀の上司にあたる人物だった。中肉中背、白髪のまじった頭をきれいに七三にわけ、黒ぶちのめがねをかけている。温和で、親切そうな性格が態度ににじみでている。年齢はたしか六十一歳になるといっていた。カウンセリング科科長、新村忠志《にいむらただし》。友里佐知子のよきサポート役で、実質的な副院長だ。彼がみずからカウンセリングを担当しているということは、若いカウンセラーでは手におえない相談者だということだろう。

「ちょっとした検査です」新村は明るい口調でいった。「こちらにおいでになったかたには、どなたにもお試しいただくことです」

相談者の女性は部屋の隅にあるピアノをながめていたが、やがて立ちあがり、鍵盤に歩みよった。いくつかの鍵盤を鳴らした。新村が書類にメモをとる。女性は顔をあげ、いぶかしげに新村を見つめた。「こんなことして、なんになるの」

「いいから、つづけてください」

相談者の女性はさらに鍵盤を叩いたが、やがていらだちをあらわにし、五本の指で複数の鍵盤を打ち鳴らして不協和音を奏でた。「もういや！」

「では、それはあとにまわしましょう」新村はまったく気にしていないようすでいった。

「お席にお戻りになってけっこうです」

「ねえ」ソファに身をしずめながら、女性がいった。「わたしは、悩みを解決する方法が知りたくてここに来てるのよ」

「ええ、それでしたらちゃんとうかがってますよ。ご主人とうまくいってない。そうでしたね？」

「それだけじゃないの！　主人はいつもわたしを無視するのよ。それでいて、わざと大きな足音で階段を昇り降りするし、ドアを叩きつけるし、安眠を妨害するのよ！」

「それもちゃんとうかがっておりますよ」新村は笑顔をうかべつづけていた。「そういうあなたの悩みを解決するためにも、いまのあなたの精神状態をきちんと把握する必要があるんです。そのためいろいろと検査もしますが、どうかお気になさらないでください。よろしいですか」

たいしたものだ。美由紀はそう思った。感情的になっている相談者に、どこまでもおだやかな口調で説得をつづけている。女性のほうもあるていど納得できたのか、小さくうなずいた。

「では、もうひとつ検査をしてみましょう」新村は書類に目を落とした。「よくきいてくださいね。いまから挙げる四つの言葉のうち、ひとつだけ仲間はずれと思われるものを選んで答えてください。文学、一般、原料、課税」

沈黙がながれた。相談者の女性はそわそわしたあげく、両手でテーブルをたたいた。

「いい加減にしてよ！　鍵盤をたたくだの、言葉を選んで答えるだの、チンパンジーの知能テストじゃないのよ。ばかにしないで！」

新村はなおも、やさしい声で話しかけた。「そんなつもりはありません。これは、あなたと私とで協力して解決していかなきゃならないんです。さあ、答えてみてください」

「冗談じゃないわ。いいわよ、あなたがそのつもりなら、ほかのところへ相談にいくから。こんなところ、来なきゃよかった」

女性が弾けるように立ちあがった。美由紀はあわてて扉のわきに隠れた。女性はつかつかと扉をでてくると、美由紀に気づくようすもなく、足ばやに歩きさっていった。

書類をまとめる音がした。新村が部屋をでてくると、美由紀は声をかけた。「原料ですね」

新村は立ちどまり、目を丸くしてこちらを見た。「やあ、岬くんか」

「大衆文学、一般大衆、大衆課税。でも大衆原料とも原料大衆ともいわないから」

「おみごと。正解だよ。ちょっとむずかしめの知能テストだったんだが」

「でも、なぜそんなテストを？　あの女性が正解したら、いったいどんなことがわかるんですか？」

新村は笑って首を振った。愛想のいい笑顔だった。「答えはどうでもいいんだ。あのひとの反応をみたのさ。あれでも前よりは辛抱がきくようになったものだ」

「そうですか？　なんだか、かなり怒っておられたみたいですが」

「いいや、いつものことだよ。毎回、もうここには来ないといい残して立ちさるんだ」

「症状は？　新村科長みずからがカウンセリングを担当するなんて、かなり困難な症例だとお見受けしましたが」

「精神分裂病だ。夫がいつも荒々しく物音をたてるので気にさわるといってるが、それはちがう。神経がはりつめているせいで、ちょっとした物音さえも大きくきこえるんだな」

「なおりそうですか？　分裂病だと、カウンセリングだけではなかなか……」

だいじょうぶ、そういって新村は微笑んだ。「自信があるよ」

「うらやましいです」美由紀はため息をついた。「科長はよほど自制心に長けていらっしゃるんですね。どうすればそんなに、カウンセリングの最中に平静を保つことができるんですか」

「なんだ、そんなことわけないじゃないか。自己催眠のやり方は知ってるだろう？　あれで一日のストレスを解消するんだ」

「でも自己催眠というのはたんに身体の力を抜いて、リラックスするための自己暗示になるイメージを思いうかべるだけじゃありませんか。たしかに気持ちはおちつきますけど、科長ほどには……」

「訓練しだいさ」新村は片目をつぶった。「きみだって、パイロット時代は忍耐強かったんだろう？」

「さあ。科長ほどには……」

新村は声をあげて笑った。「そんなことはないだろう。戦闘機の操縦はジャンボジェットよりずっと細やかな神経が必要なはずだ。ジャンボなんかプリフライトチェックもペーパーレスで済ませられるし、エンジンもスイッチひとつだけで点火する。離陸後はコンピュータが自動的に目的地まで連れていってくれる。子供でも操縦できるよ」

「でもおおぜいの乗客を乗せているじゃないですか。科長のやさしさは、そういうところで養われたんだと思いますよ」

そうかな。新村はそういって笑った。

ここ数年、カウンセリング科は東京晴海医科大の卒業者以外にも、広く一般からカウンセラー志望者を募集していた。多様な職業を経験した人間こそよき相談相手となれる、そう考えての雇用だった。したがってカウンセリング科には、以前は医学とも心理学とも無縁の職種に就いていた者が多い。新村もそのひとりだった。彼はＪＡＩ、日本エア・インターナショナル航空の国内線パイロットとして、長年ボーイング７４７の操縦桿《かん》を握ってきたのだ。百人以上在籍するカウンセラーのなかには、あとふたりほどパイロットの経験者がいるときいている。

パイロットという共通の経験を持っていたおかげで、美由紀は新村と話が合った。もっとも美由紀は、新村と自分とは人間としての素質がまったく異なるような気がしてならなかった。カウンセラーとしていらだちをみせないように努めていても、ストレスがたまる以上はどこかでそれがあらわれてしまう。それが美由紀だった。その点、新村はどんなときでも笑みをたやさず、だれに対してもやわらかい言葉づかいをとおしている。怒るどころか、硬い顔をするところさえ見たことがない。そういう面では、新村は友里佐知子以上の能力を発揮していた。彼ほどやさしさにあふれたカウンセラーはほかにいない。美由紀はそう感じていた。

「わたしはまだまだですね」美由紀はいった。「いまの女性みたいな相談者を相手にしたら、たちまち感情的になって、けんかになってしまいそうですし」

「そんなことはないよ。きみは優秀なカウンセラーだ。まあ
あせらず気長にやることだ。なにごとも経験だからね」

そのとき、廊下に足音がきこえた。ふりかえると、白衣をまとった友里佐知子が歩いてきた。「ごくろうさま、美由紀。こんな時間に呼びだして悪かったわね」

「いいえ、そんなことは」

友里は新村を見ていった。「きょうのカウンセリングは終了したんですか」

「ええ」新村はいった。「本日分の二十一人、すべて終わりました」

「どうもおつかれさま。では、あがってください」

それでは。新村はもういちど微笑みをうかべてから、廊下を歩き去っていった。

「二十一人か」美由紀はつぶやきのように漏れる自分の声をきいた。「人間わざじゃないですね。そんなに大勢のカウンセリングをおこなって、まだにこやかにしていられるなんて」

「美由紀。あなたは優秀なカウンセラーだけど、まだ発展途上ね。キュリー夫人以上、マザーテレサ未満てところ。そうじゃない？」

「どういう意味でしょう？」

「理論だけじゃなく実践する力があるのはいいけど、まだいろいろと理屈で物事を考えてしまうのね。もっと自然体につとめるべきだわ」

「でも、思索せずにカウンセリングなんて……」

「慣れればどうってことない、そう思えるようになるわ」友里は笑って肩をすくめた。

「ところで、あなたに来客よ」

「来客？　いまごろですか？」

「ええ。宮本えりって子。あなたが担当してる相談者よね？」

「あの小学二年の子ですか？　ええ、わたしが受けもってる相談者です。ちょっと自閉ぎみで、不登校が多いというのでカウンセリングを受けにきてます」

「その子に問題がおきたみたいなの。それであなたを呼んだのよ。さあ、下へ降りましょう」

友里と並んで歩きだした。憂鬱な気分になった。やはりわたしはカウンセラー向きではないのだろうか。同僚のカウンセラーにくらべて、不十分なところが多すぎる。

「どうかしたの」歩きながら友里がたずねた。「なにか元気なさそうね」

美由紀はため息をついた。「きょうはなんだか冷静な判断ができそうになくて」

「どうしてそんなに落ちこんでるの」

「気になることがあるんです」

「とうぜんよね」友里は風にみだされた髪をかきあげた。「あんな事件に直面したんだから、神経が張り詰めないほうがおかしいわ。疲れてるのよ。そういうときには、判断にミスがおきやすくなるものよ」

「そうでしょうか。なんだか自信を失っちゃいます」

「なにいってんの。あなたほど才能があるカウンセラーは、ほかにいないのよ。おおぜいの子供たちが、あなたに会うのを楽しみにしてるじゃない」

美由紀は黙りこんだ。自衛隊に復帰しろ、そう熱心に呼びかけてきた仙堂の顔がちらついた。航空自衛隊では、好むと好まざるとにかかわらず美由紀はエリートの扱いを受けていた。防衛大出身ということもあるが、訓練での成績もよく、うまれつきの勘がそなわっていることを自分でも実感していた。ところが、カウンセラーの世界では美由紀は平凡な女性にすぎなかった。いくつかの仕事で高い評価を受けたり、賞賛されたりしたが、カウンセリング科にはもっと人格面に秀でたカウンセラーがおおぜいいる。彼らには、自分にない直感がある。相談者の性格を的確に見ぬく能力がそなわっている。美由紀はここ数年の訓練でそれを自分も会得できたと思っていた。だがきょうに至って、その自信はぐらつきはじめた。

美由紀はたずねた。「友里先生、あの横須賀基地で騒ぎをおこした西嶺っていうひと、どんな人間だと分析すればいいんですか。任意に打ちこんだ暗証番号の最後のふたつが0

だなんて、ふつうならまずありえないことなのに」

「そうね」友里は美由紀にはまだ理解できるレベルではないと思っているのか、軽い口調でいった。「あのあたりは、カウンセラーを長年つづけてやしなわれる勘みたいなものだわ。だから、いまはまだ気にしないで」

「勘ですか。だけど先生はいつも、最後まで勘にたよらず、冷静な観察力と判断力にもとづいて推察しろとおっしゃってましたけど」

「ええ、それが基本ね。でもその次の段階があるのよ。わたしたちは心理学のエキスパートだけど、すべてを把握しているわけじゃないもの。どうにも判断がつきかねる場合、最後は直感をたよりにせざるをえないこともあるわ」

「直感か」美由紀は心が沈んでいくのを感じた。「わたしの直感では9がふたつつづくと思ったのに」

「たしかに、あの西嶺というひとは変わっていて、ふつうの考え方では判断しきれないところが多々あったわよね。晴海医科大付属病院をたずねてきたときの資料によると、偏執的なところがあって、冷静な判断力を失うことがあったみたい」

「すると、やはり強度の精神障害だったんでしょうか」

「その可能性は高いわね」

「だけど、どうしても気になるんです。精神に障害があるんだったらなぜ、米軍のセキュリティ・システムを突破できるほどの冷静さを保てたんでしょう。何者かにすべての操作をおそわっていたとしても、あそこまで的確にはおこなえないはずです」

友里は首をかしげた。「わたしは機械のことはさっぱりわからないけど、あんがい、基地に足を踏みいれたときの彼は冷静な意識状態に戻っていたのかもね。精神に障害があることで、かえって集中力や記憶力がとぎすまされるという例もあるわ」

「でも、そこまでしてなぜミサイルを山奥のお寺なんかに向けて発射したんでしょう」

「さあね。自分の力を誇示したかったんだから、標的はなんでもよかったのかも」

「そのわりには、二発めに首相官邸をねらったのはなぜでしょう。首相官邸よりもお寺を破壊することを、なぜ優先させたんでしょう。なによりも、なぜ自殺を思いたったんでしょうか。コマンド・システムを操作するには理性を働かせなきゃならない。でも理性をとぎすませている状態では、自分の命を絶つなんて、そう簡単にできるわけがありません」

「発作的でなく、最初からそれも目的のなかにあったんでしょう。彼は恒星天球教の信者だったのよね。目的をはたしさえすれば、教団のために殉死してもかまわないと思っていたのかも」

「それならどうして、兵士の拳銃を奪わなかったんでしょうか」

「どういうこと?」

「彼は米軍の軍曹が不用意に近づいたとき、そのホルスターから拳銃を奪って自分を撃ちました。でもその前にも、兵士のホルスターが彼から手のとどく範囲内にありました。兵士の拳銃を奪うチャンスは何度もあったんです」

友里は考えこむように唸った。「たしかに変わってるわね。それで、あなたはどう思う?」

「わかりません。異常心理はあるていどパターン化されてるはずなのに、そのいずれにも該当しない。不可解な行動です」

「そのとおりだわ」友里は歩を遅くした。「あのひとの行動は、まったくわたしたちの想像を超えていた。だから0ふたつがいちばん可能性が高いと思ったの。こちらが最も思いつかない答えだからね」

「すると、賭けだったわけですか」

「そうでもないわ。わたしにはほかにも判断材料があったの。美由紀、いままでカウンセラーは心理学のみを基盤としてきたでしょう。でも、それだけじゃ異常心理のすべてに対応することはできないの。医者をやっていたわたしの経験がいつも役にたつわけじゃないけど、少なくとも、心理学以外のことにも目を向けていくってことが重要よ。それが今後のカウンセラーがたどるべき道のりだと思うわ」

「そうすると、医学についても学ばなきゃいけないってことになりますね」

「ある意味ではそうね。よかったら、あいている時間にほかの病棟を見学したら？　あそうだ、あなたまだ定期検診を受けていないでしょう？」

美由紀は診察が苦手だった。あわてて、言い訳がましいのを承知でいった。「なにぶん忙しかったので……」

「健康には気をつけなきゃだめよ。ちゃんと検診をうけなさい」

はあい。美由紀はわかっていた。美由紀は力なくそう答えた。友里がなぜ職員の定期検診を義務づけているか、美由紀はわかっていた。友里は若くして夫を亡くしている。詳しいことはわからないが、病死したらしい。友里の夫も医者だった。友里はそのせいで、医学の道にある人間もすべて健康には気をつかうべきだと考えたのだろう。わかってはいるのだが、どうしても検診のために時間を割く気になれない。自衛隊時代に右足を骨折して入院生活を送ったせいで、すっかり病院ぎらいになってしまっていた。カウンセリング科は好きだが、それ以外の病棟へ行こうとは思わなかった。

螺旋階段に着いた。一階にふたりがたたずんでいるのが見えた。大人の男性と女の子だった。

美由紀は螺旋階段をおりていくと、宮本えりを見つめた。大人が着るサイズの青いジャンパーを羽織っている。美由紀はあわてて近づいた。「えりちゃん。こんな時間にどうしたの」

かがみこんで、えりの顔を見あげた。えりはもじもじしながらうつむいていた。

美由紀は同伴者を見あげた。えりの父親かと思ったが、ちがっていた。彼女の両親には初回の面接のときに会っている。いま目の前にいるのは耳のそばに白髪をわずかに残した、かなり年配の男性だった。祖父でもないようだ。

「個人タクシーをやっている荒井といいます」男性はいった。「けさがた、この子が私のタクシーに乗ったんでね。目的地まで連れていったんだが、熱をだしてたおれてしまって」

「熱を？」美由紀はおどろいてえりに話しかけた。「もう平気なの？」

えりに代わって荒井が答えた。「昼すぎまで千葉市内の病院で休ませたら、おどろいたことにすぐ回復したんだ」

「千葉市内ですって？」友里がいいながら歩みよってきた。「なぜそんなところにいたの？」

美由紀は荒井を見た。「この子は八王子に住んでいるんです。千葉に旅行中だったなら、ご両親はどこに？」

「それがわからんのだよ」荒井は疲れたように頭に手をやった。「なにをきいても答えようとしないんだ。住所さえもおしえてくれなかった。でも子供をひとりっきりにしておくことはできないだろ。だから、ちゃんと送りとどけてあげるっていったんだが、そうしたら、この東京晴海医科大付属病院というところへいくっていうんだ。ええと、岬先生とやらに会いたいって」

「ええ、岬はわたしです」美由紀はえりにたずねた。「どうしてなの？　なんで、おうちにまっすぐ帰らないの？」

えりは顔をそむけた。美由紀はとまどった。この子は、両親に黙って遠くまで出かけたのだろうか。サンダルやひざには泥がこびりついたあとがある。髪は汚れているのかべったりと貼りついている。たぶん、傘をささずに外を歩いたのだろう。

友里が荒井にきいた。「いったいどこへ行こうとしていたんです？」

「それがねえ」荒井は眉間にしわを寄せた。「東京湾観音なんだよ。富津の観光名所の。学問の神様とかならいざ知らず、あそこは戦没者の慰霊のためにつくられた観音様だからなあ」

東京湾観音。行ったことはないが、耳にしたことはある。自衛隊の幹部候補生学校でパラグライダーの講習をうけたとき、教官がいっていた。初心者向けのパラグライダー・スポットは東京湾観音エリアだ。国定公園になっている小高い山の斜面が、ちょうどいいぐあいに利用できるんだ。静かで、のどかで、景色のきれいなところさ。そういっていた。

「えりちゃん、先生には話してくれるよね。なぜそんなところへいったの？」

美由紀の問いかけに、えりはばつの悪そうな顔でうつむくばかりだった。この子はあまり話し好きなほうではない。カウンセリングでも無口なほうだ。しかもいまは、あきらかに当惑のいろをうかべている。

美由紀はつとめて、やさしく話しかけた。「いいのよ、いますぐに話してくれなくても。えりちゃんが話したくなってからで」

友里が腕組みをした。「きょうは平日よね。春休みまでにはまだ数日あるから、学校があるはずよね。それを休んで千葉まで行ってたってことかしら。ひょっとして、ご両親もこのことをご存じないのかしら」

「ええ」と荒井。「私もそれが心配で、いっそのこと警察に相談しようかとも思ったんですがね。ただ、この子がこんなものを持ってたんで……」

荒井はポケットをまさぐり、一冊の小冊子をだした。

雷に打たれたような衝撃が、美由紀の身体を走った。恒星天球教典。茶色の表紙に金文字で、はっきりそう記されていた。

それまで立ちつくしていた宮本えりが、とつぜん荒井の腕に飛びついた。教典をもぎとり、ジャンパーのなかに隠した。そして、うずくまるように身をちぢこませ、上目づかいに荒井をにらみつけた。

「なにをするんだ」荒井がさけんだ。

えりの顔に恐怖のいろがうかんだ。

美由紀は手をあげて荒井を制した。動揺をおさえながらいった。「えりちゃん、それ、なんなの。先生に見せてくれない？」

えりは激しく首を振った。

美由紀は身体を起こし、友里を見た。友里は困惑のいろを浮かべて見かえした。きょう、目の前で恒星天球教の信者であることが判明した人間はこれでふたりめだった。

「わかるでしょう」荒井が美由紀を見ていった。「こんなもの持ってることが知れたら、警察の連中は血相かえちまうでしょう。なにがあったかはしらないが、そんなことになっちゃ女の子がかわいそうだと思ってね」

美由紀は荒井の言葉をすなおに受けいれる気にはなれなかった。荒井の両手がズボンのポケットにつっこまれていたからだった。顔や手など、肌が露出するところを隠そうとするのは、心にやましいところがあるときに無意識的に生じる行為だ。かといって、嘘をついているというほどでもない。たんに本心を隠しているというだけだろう。心のなかでは、女の子の身を案じるよりも、自分が警察沙汰にまきこまれるのを避けたいと考えているにちがいない。

友里もそれに気づいていないはずがない。だが友里はそのことに触れることなく、ていねいな口調で荒井にいった。「どうも遠いところをわざわざ、ご苦労さまでした。タクシー代はわたしのほうから払わさせていただきます」

「へえ、いいんですか」荒井は目を丸くした。ここで住所をきいてから、宮本えりの自宅まで送ることを覚悟していたのだろう。

「だいじょうぶです。おいくらですか？」

「じゃあ、ちょっとまっててください。いま金額をみて、領収書をだしてきますんで」

荒井は顔をかがやかせて、小走りに自動ドアへ向かっていった。

「美由紀」友里がいった。「えりちゃんを、自宅まで送ってあげて」

「はい、わかりました」

「それに」友里は緊張した面持ちで、美由紀の耳もとにささやいた。「この子が恒星天球教の教典を持っているということは、ご両親がなにか知っているにちがいないわ。できれば、そのようすもさぐってきて」

美由紀はうなずいた。いちどだけ会った、えりの両親の顔が目にうかんだ。おせじにも性格のいい両親とはいえなかった。とくに父親はひどく無愛想で、ぶっきらぼうだった。美由紀があいさつしても、黙って顔をそむけていた。はじめてわが子にカウンセリングを受けさせるというとき、どの親も子供の身を案じ、気づかう。それがふつうだった。しかし、あの両親にはそれがなかった。えりの両親はひたすらいらだち、焦り、不機嫌そうな顔をしていた。なにかというと、えりを叱りつけていた。

友里が深刻そうにつぶやいた。「わたしたちはカウンセリングの方法を見直すべきなのかもしれない。昼間の西嶺という男性も、えりちゃんも、恒星天球教と関わりがあった。なのにわたしたちは、まったくそれに気づかなかった」

　ミサイル制御室で自殺した西嶺の絶叫が、頭のなかに響いてきた。恒星天球教、阿吽拿教祖、歪んだ現世に血の粛清を。そうさけんだのが、彼の人生の最期だった。世間をさわがせている謎のカルト教団の信者になったがゆえにあの最期を迎えたのだとしたら、目の前にいるこの小さな女の子の命は、なんとしても救わねばならない。カウンセラーは、相談者の悩みをきくだけが仕事ではない。相談者が幸せになれなければ、カウンセラーが存在する意味などないのだ。

「まかせてください」美由紀はきっぱりといった。「わたしはえりちゃんの担当カウンセラーです。なにがあっても、救ってみせます」

「あぶないことだけはしないでね。あなたはもう自衛隊員じゃなく、うちのたいせつな職員なんだから」友里はなにかを思いだしたような顔をしてたずねた。「美由紀、きょうここへはバスできたの？」

　ふいをつかれた。美由紀の脳裏に一瞬、路地に停めてあるバイクのことがうかんだ。無意識のうちに視線がおどっていた。しまったと思ったときはおそかった。友里はにんまりと笑っていった。「バイクできたのね」

「はい」美由紀はとまどいがちに頭をさげた。千里眼が相手ではぐうの音もでなかった。

友里はとがめるようすもなく、ポケットからキーの束をだして、美由紀にわたした。

「わたしのクルマをつかって」

「え、でも……」

「いいの。わたしはまだ残業があるから、ここのプライベートルームに泊まることにするわ。着替えもあるし。でも新車だから、傷つけちゃだめよ」

友里がいたずらっぽく笑うと、美由紀もつられて笑った。通用口に荒井が姿をあらわした。まってて、といって友里は荒井のほうへ歩いていった。

美由紀はしゃがんで、えりにいった。「さあ、帰ろうね。先生が送ってあげるから」

しばらく黙りこくったのち、えりは不安そうにいった。「……帰らなきゃ、いけないの？」

「うん。だって、えりちゃんにはおうちがあるもの。お父さんもお母さんも心配してるよ」

えりは顔を隠すようにうつむいた。

美由紀はえりの肩に手をやった。「だいじょうぶ。先生もいっしょについていってあげるから。怒られないようにたのんであげる。いいでしょ？」

えりはためらいがちにうなずいた。

「それからね」美由紀は顔を近づけていった。「ゲームの攻略法をおしえてあげるわよ、ドラゴンクエストⅧの」

「ほんと?」えりの目に輝きが宿った。

「ほんとよ。次のカウンセリングの時間は、いっしょにドラクエⅧをやりましょうね」

えりは微笑んだ。まだ力なく笑っただけだが、きょう初めてみせた笑顔だった。

「よし、じゃあ、いこう」美由紀が声をかけると、小さな身体がゆっくりと立ちあがった。荒井の話では昼すぎまで熱があったというが、いまは多少疲労のいろはあるものの、血色もいいようだ。立ってからまた不安がぶりかえしたのか、えりはささやかな抵抗のそぶりをみせた。が、結局は美由紀にしたがった。美由紀はえりと手をつないで、ゆっくりと歩きだした。

両親

野口内閣官房長官は安全保障室の壁の時計を見あげた。午後九時。今夜も徹夜になりそうだ。

胃がまたきりきりと痛みだした。薬を茶で流しこんだ。熱い茶が腹の底に沈んでいってしばらくのあいだだけ、痛みがやわらぐように感じる。やはり医者に診てもらうべきだろうか。だが、いま入院という事態は是が非でも避けたい。入院したとたんに国会であることないことをいわれて、官房長官の座からひきずりおろされることは火をみるよりあきらかだ。とりわけ、酒井が黙ってはいまい。

野口は酒井のほうを見た。円卓テーブルについたままうたた寝している大臣が多いなかで、ひとりだけ熱心に書類をみている。いや、みるふりをしている。いつ総理が入室してきても、いいところをみせられるようにと思っているのだろう。あいにく、今夜はもう総理はおいでにならない。腰痛がひどくて、立って歩けないほどだという。気持ちはよくわかる。野口はそう感じた。こんなに気が休まらない毎日では身体の二、三か所が痛くなってもふしぎではない。

電話が鳴った。若い職員がでた。職員は野口を見ていった。「官房長官、奥さまです」

野口は手もとの受話器をとるなりいった。「きょうも遅くなる。夜食は外でとる」

「またですか」妻のうんざりした声がきこえる。「いまは大事な時だから、それならそうと、早めに連絡をくださいっていってるのに」

「ああ、すまない。今後はなるべくこちらから電話するようにつとめる」ひと呼吸おいて、野口はきいた。「加奈子は元気にしてるか」

「ええ。きょうは家具を見にいってましたよ。仁史さんの時間が少し空いたといって、一緒にクルマで日本橋へ……」

仁史というのは娘の結婚相手だ。野口は早口にいった。「とにかく、風邪だけはひかないように気をつけろといっておけ。また電話する」

返事もまたずに受話器を置いた。ふうっと息を吐いた。椅子の背に身をあずけたとき、酒井の視線がこちらに向いているのに気づいた。

「結婚式の話はしなくていいんですか」酒井はいった。

「きみには関係のないことだ」野口がぴしゃりというと、酒井は無表情のまま書類に目を戻した。

しばらく静寂が流れた。静まりかえった安全保障室に、大臣らのいびきが響いていた。

きょう国家転覆寸前の危機があったことなど、もはや遠い過去のようになっていた。同時に、恒星天球教が送りつけてきた五日の猶予ののち政府首脳を攻撃するという脅迫は、はるか未来のことのように感じられた。これがわが国政府の長所でもあり、短所でもある。喉もと過ぎれば熱さを忘れる。さきのことはあまり考えない。それが日本という国だった。

廊下からきこえてくるあわただしい足音が、野口の物思いをやぶった。扉が開き、ひとりの職員が息をきらして飛びこんできた。脇に書類の束を抱えている。職員は大声でいった。「送られてきた教団幹部の画像ですが、正体が判明しました」

職員の声に、眠っていた大臣たちが顔を起こした。大蔵大臣の口もとからよだれが糸をひいて落ちたのがみえた。だが、武士の情けだ。野口は気づかないふりをした。

職員は書類を一枚ずつ列席者に配りはじめた。

野口は職員にきいた。「こんなに早く、素性がつかめたのか」

「ええ」職員は手を休めずにいった。「もともと警視庁が教団幹部らしき人物として行方を追っていた男だったので、顔写真を送ってすぐに確認がとれました」

なんてことだ。野口は顔に手をやった。これでは事件が早期解決してしまう。結婚式に出席せざるをえなくなる。

防衛庁長官がいった。「さっそく警察庁長官に連絡して、全国に指名手配してもらいましょう」

「いや、まて」野口は書類を見ずに、老眼鏡をはずした目をこすった。「ミサイルや爆薬をおもちゃのように使いこなす相手だ、へたに刺激したのでは報復の恐れがある」

酒井経済企画庁長官が憤然としていった。「ではどうするんです。黙ってまってろというんですか」

「そうはいわん」野口は老眼鏡をかけなおした。書類を見た。掲載されている顔写真は例の画像と同一人物に相違なかった。詳しいプロフィールを読む前に、野口は口をひらいた。「一部の警察関係者を、千里眼のカウンセラーと組ませてひそかに捜査させるんだ」

「カウンセラーをですか?」陸上幕僚長がいった。「なぜです。彼女らは捜査に関してはしろうとのはずですよ」

「あの画像を見てわかるとおり、この男は異常だ。異常心理に詳しいプロに捜査に加わってもらったほうが効率がいい」

捜査はゆっくり進展しなければいけない。カウンセラーらの助言をきくとか、数日張りこみをするとか、そういう展開が理想的だ。脅迫内容にあった五日後の襲撃を阻止したあと、二日かけて会議をひらく。それで日数がかせげる。結婚式の悪夢から逃れるためには、それが最良の手段だ。

「警察庁長官にはそうつたえておこう」野口はいった。「では、きょうのところは解散だ」

帰宅を望んでいた大臣たちに異論はなかった。みな、おもむろに席を立って伸びをした。

ただひとり、書類を手に駆けこんできた若い職員だけが、ぼうぜんと立ちすくんでいた。気持ちはわからないでもない。だが、政府の上層部というのはこういうものだ。野口はその職員を無視して、立ちあがった。

「官房長官」酒井が歩み寄ってきた。「もし来週まで事件の解決がずれこんでも、ご心配なく」

「どういうことだね」

「娘さんの結婚式ですよ。たとえ会議があっても、官房長官は式に出席できるように取りはからいますから」

その日の会議では酒井が官房長官代理を務めたいと申し出ているわけだ。野口の心中を見透かしてそういっているのだろう。野口はぶっきらぼうにいった。「いや、結構。たとえ娘の結婚式でも、国家の一大事となればそちらが優先する」

酒井はふんと鼻を鳴らした。あからさまに軽蔑するような視線を送ってから、背を向けて立ち去っていった。

いけ好かない男だ。野口は手もとの書類をまとめにかかった。胃がまた痛んだ。

ふと、奇妙な罪悪感にさいなまれた。胃痛ぐらいのばちがあたってても当然かもしれない。なぜか、そんな気がした。

八王子まで四キロ。その標識が岬美由紀の視界に入った。時計の表示は午後九時四分。中央高速の下りはやや混んでいた。もうすぐ春休みに入ることもあって、田舎へ帰る若者が多いのかもしれない。長距離トラックのほかに乗用車が目についた。タクシーは高速道路でも数を減らしていた。東京の西のはずれまで帰宅する社員にタクシー券をだせるような、羽振りのいい企業が多くあったのはもう何年も昔のことだ。

だが、不況のなかでも東京晴海医科大付属病院という職場は数少ない例外のひとつだった。こういうときにも、院長がすすんでクルマを貸してくれる。BMWのステアリングはなめらかで、振動もほとんどなく、じつに静かだった。つい、自分でも気づかないうちに加速してしまう。高速道路のフェンスごしにひろがる街の灯が、流星のように後方へと飛びさっていく。

「岬先生」助手席の宮本えりが、ぼそりといった。クルマに乗ってからひとことも口をきかず、ただ外をながめていたえりが、はじめてしゃべった。

美由紀はきいた。「なあに？」

「さっきのもうひとりの先生、なんでわかっちゃったの？」

「わかったって、なにが？」

「岬先生がバスじゃなくて、オートバイできたってこと」

「ああ」子供はあんがい、大人どうしの会話をよくきいているものだ。美由紀はいった。

「友里先生のことね。あれは、わたしの目の動きをみてわかったのよ」

「そんなの、わかるの？」

「うん。なにかを思いうかべたとき、人間は自分でも気づかないうちに視線がおどるの。左上に視線を向けたときには、どこかで見たことがある情景を想像してる。右上に向けたときには、逆にこれまでいちども見たことのないものを思いうかべているの。左下に向いたときには、音とか声とかを思いだそうとしているときで、右下に向いたときには、暑いとか寒いとか、あるいはなにかに触ったとか、身体で感じることを思いうかべているときなの」

「それで、なにに乗ってきたかわかっちゃうの？」

「さっき友里先生が、きょうはバスできたのってたずねたとき、わたしはバスのなかの風景を思いうかべられなかった」美由紀は苦笑した。「どうごまかそうかと思ったんだけど、そのせいで実際には見ていない、きょうのバスのなかの風景を想像しようとしたのね。それで、自分でも気づかないうちに視線が右上にいっちゃった。だからバスに乗ってないってわかっちゃったのよ」

「ふうん」えりはつぶやいた。「なんだか、こわい」

「だいじょうぶよ。友里先生はすごくいいひとだから」

「岬先生も、そういうことができるの？　わたしの目をみて、考えてることとかわかっちゃうの?」

「あるていどはね」あまり警戒心をいだかせないように注意しなくては。そう思いながら、美由紀は軽い口調でいった。「これはカウンセラーになりたてのころに習う技術のうちのひとつなの。でも、友里先生ほどうまくいかないけどね。もっと勉強しなきゃ」

「いいなあ。おもしろいことが習えて」

「学校でも、いろいろとおもしろいことを教えてくれるでしょう?」

「ぜんぜん。学校、つまんない」

「どうしてつまんないのかな?」

「先生が……イヤ」

「担任の先生が?」

えりが小さくうなずくのを、美由紀は視界の端にとらえた。

美由紀はクルマを左の車線にいれて減速した。えりが学校のことを話してくれるのは、はじめてのことだ。すこしでも会話できる時間を長びかせたかった。後続のクルマが次々と勝ち誇ったように追いこしていった。白のポルシェ、グレーのシーマ、それに薄汚れたジャガー。

美由紀はきいた。「でも、学校にはお友達、いるでしょう」

「いない」

「どうして？　おなじクラスの子と、あそんだりしないの？」

えりは黙りこくった。顔をそむけて、窓の外を見つめた。ひとりごとのようにつぶやいた。「まだつかないのかなあ」

美由紀はため息をついた。会話もこれまでか。

大勢いる相談者のなかで、美由紀は宮本えりに対して特別な感情を持っていた。彼女は、自分の子供のころによく似ている。そう感じていた。親の愛情を感じられず、ふさぎこんでいるせいで、学校で友達もつくれない。教師に対しても不信感を持っている。悩みを打ち明けられる相手がいない。美由紀もおなじ苦しみを味わった。だからこそ、救ってあげたかった。悩みから解き放ってあげたかった。

「えりちゃん、話したくなったら、いつでも声をかけてね」

美由紀はそういって、追いこし車線に入ってアクセルを踏みこんだ。ジャガーの後ろにぴたりとつけると、左手の車線の隙間にすべりこんで追いぬいた。いったん右に出て、シーマとわずかな車間距離を保ちながら、ふたたび並行するクルマの姿がなくなるや、ステアリングをわずかに左にきってシーマとポルシェを追いぬき、また右の車線へと戻った。前方の視界はひらけていた。アクセルを強く踏んだ。バックミラーに目をやった。ポルシェのヘッドライトがみるみる小さくなっていった。

八王子インターチェンジで降りて、八王子の郊外へ向かった。バイパスから甲州街道に入ったところで、ナビゲーション・システムのスイッチを入れた。えりの家の住所を音声入力すると、道すじが表示された。便利な機械だ。もっとも、軍用のGPSならもっと詳細な地図が表示されるのだが。

GPSは米軍が管理する軍事システムであり、民間には部分的に貸しだされているにすぎない。軍事上の必要があればいつでも民間の使用を差しとめる権限が、米軍にはある。しかも、こういう民間用のGPSはアメリカで軍用に使用されているものより、わざと信号を劣化させてある。民間より軍のほうが高い位置測定精度を得られるようにしてあるのだ。

八王子と高尾の中間に位置する山道に入った。畑のなかに民家が点在する、ひっそりとした風景だった。家の窓からこぼれる明かり以外は、闇につつまれている。

えりの家は、そんな環境のさらに外れのほうにあった。木造の一戸建てだった。二階の窓に明かりはついているが、カーテンは閉まっていた。正面に停車した。玄関に宮本という表札がみてとれた。小さな庭には犬小屋があった。吠えたてるのがきこえた。すぐに家の人間が顔をだすだろう。

エンジンを切り、美由紀はいった。「えりちゃんは、わたしのことをきらい？」

「岬先生のこと？」

「うん」

えりは首を振った。「きらいじゃないよ」

「じゃあ好き？」

「うん」

「よかった。じゃあ、先生のこと信頼してくれる？」

えりはうなずいた。

「ありがとう。ねえ、えりちゃん。さっき持ってた手帳みたいな本、あるでしょう。あれ、ちょっと貸してくれない？」

えりはおびえた顔で見た。「どうして？」

「べつに悪いことはしないわ。ただ、えりちゃんが大事にしてる本がどんなのか、知りたいだけ」

えりは無言で拒んだ。

「えりちゃん、約束するから。ぜったいに取りあげたりしないって」

「ぜったい？」

「ぜったい。約束する」

えりはためらいがちに、ジャンパーのポケットから教典をとりだした。

ありがとう、そういって美由紀は教典を手にとった。わりと新しいものだ。ひらいてみると、細かい字で印刷された教義がページを埋めつくしていた。神は現世を、魂の闘争の場として齎《もたら》したものなり。魂の闘争の場とは、燃えさかる炎の中にして、冷たき氷の修練の場なり。そんなことが延々と記されていた。絵は一枚もなく、漢字が多用されている。子供が読んで理解できるとは思えない。なぜ彼女は、これを大事にしているのだろう。

「えりちゃん、これ、どこでもらったかおしえてくれない？」

えりは黙りこくっていた。美由紀がえりの顔を見つめているのに気づいたらしく、身体ごと背を向けてしまった。表情から、なにかを察しとられるのを恐れたのだろう。なぜ隠すのだろうか。話せないわけでもあるのだろうか。

たずねようとしたとき、玄関の明かりがついた。曇りガラスの引き戸が音をたてて開いた。えりの両親がパジャマ姿であらわれた。就寝するにはまだ早いように思えるが、それがこの一帯の習慣なのかもしれない。

いきましょ、といって美由紀はドアをあけた。えりがためらうことはわかっていた。さきに話をつけなければならない。美由紀は両親に歩みよっていった。

「こんばんは」美由紀はいった。「夜分遅くすみません」

四十歳前後の、やせほそった神経質そうな顔だちの男性。このあたりの畑を管理している自営業者。それがえりの父親だった。宮本秀治は眼鏡の眉間を指でおさえ、美由紀の顔をじろりとみた。それからクルマのほうに目をやった。表情に怒りのいろがひろがった。

クルマから降りたばかりのえりに、つかつかと歩みよった。「こんな時間まで、いったいどこにいた！」

「まあまあ、お父さん」えりの母親、宮本侑子《ゆうこ》があとを追った。三十代後半の、どこにでもいそうな主婦といった感じの女性だった。ふたりとも、晴海医科大付属病院をたずねたときと大差がない印象だった。

「お父さんのジャンパーまで勝手に持ちだして！　さあ、くるんだ」秀治がえりの手をとり強くひいた。えりが泣きそうな顔で、美由紀に救いを求めた。

「まってください、お父さん」美由紀はあわてていった。「えりちゃんは熱をだして昼過ぎまで寝こんでいたんです。むりをさせちゃいけません」

秀治は眼鏡ごしにじろりと美由紀をみた。「あんたは黙っててくれ」

「そうはいきません。電話でもご説明したように、えりちゃんはわたしのところへ来たんです。ひとりでこのおうちに帰れば、だれも弁護してはくれないでしょう。だからわたしに助けを求めてきたんです」

「あんたはこの子の弁護士かね？　でしゃばるのはよしてくれ」秀治は侑子をみて、声をはりあげた。「だいたい、カウンセリング科だかなんだか知らないが、おまえがこの子をそんなところへ行かそうっていいだしたのがいけないんだぞ」

「あら」侑子は腹を立てたようだった。「あなたも賛成してたじゃない。登校拒否をなおせるのなら、ぜひお願いしようとかいってたじゃない」

「ちっともなおってないじゃないか。きょうもまた、学校をさぼってどこかをふらついて。どれだけ親に恥をかかすつもりだ。さあ、こい！」

秀治が手をひこうとすると、えりは身をよじって抵抗した。

「ちょっとまって」美由紀は秀治の前に立ちふさがった。「えりちゃんがどこへいっていたか、ご存じないんですか」

「しらんよ」秀治ははき捨てるようにいった。「おおかた、いちばん安い切符を買って、ずっと電車に乗って時間をつぶしていたんだろう。山の手線を何周もするとか」

「いいえ。それどころじゃありません。えりちゃんは千葉の富津岬までいっていたんです。それも、木更津からはタクシーで移動していたんです」

「なんだって！」と秀治。「どこにそんな金がある！」

侑子が甲高い声でいった。「そういえば、きょう買い物にいったときお財布をあけたら、一万円ほどなくなってたわ。えり、あんた……」

秀治がどなった。「どろぼうをはたらくとはなにごとだ！」

「何度いわせるんです！」美由紀は大声でいった。「えりちゃんにはなにかわけがあったんです。そうでなきゃ、東京湾観音にまでひとりでいくはずがありません」

「東京湾観音？」秀治は眉をひそめた。「なんだそりゃ？」

「ほんとに、ご存じないんですか」

「しらん」

美由紀はためらったが、このままではらちがあかない。手にしていた恒星天球教の教典をさしだした。「この本がなにか、ごぞんじですか」

秀治はうけとった教典の表紙をじっと見つめた。侑子も、秀治の肩ごしにそれをのぞきこんだ。一瞬ののち、ふたりそろってさけび声をあげた。「恒星天球教！」

「知っておられるようですね」

「当たり前だ。テレビのニュースでよくやってるじゃないか。頭のおかしな連中のことだろう。こんなもの、うちに持ってこないでくれ！」秀治はいまいましげにいうと、教典を地面に投げすてた。

えりがあわてたように、地面に落ちた教典に駆けよった。それを大事そうにひろいあげ、胸もとにしまいこんだ。

両親はぼうぜんとしてそれを見つめていたが、やがて秀治が大声をあげた。「なんでそんなものを拾うんだ！　捨てておけ！」

秀治がえりの腕をつかんだ。えりは逃れようと抵抗した。ジャンパーの裾から、教典がこぼれ落ちた。えりはそれを拾おうとしたが、秀治は腕をはなさなかった。えりは教典に手をさしのべたまま、顔を真っ赤にして泣きじゃくった。

侑子がいった。「えり！　そんなもの拾ってくるんじゃありません！」

　しかし、えりはなおも泣きつづけながら教典を拾おうともがいた。

「いってわからない子はこうだぞ！」秀治は、もういっぽうの手をふりあげた。美由紀の全身に、緊張が走った。

　美由紀から秀治まで、距離は一メートル以上あった。しかも美由紀は、まっすぐ秀治のほうを向いていなかった。どちらかというと半身だった。だが、秀治の平手はえりの頬めがけて振りおろされた。美由紀のとっさの判断は、手技ではなく足技だった。すかさず背を向け、顔をふりむかせ首と肩をねじることによって、下半身のひねりを先導する。脚を直線的に斜め上、秀治の目の前に繰りだした。中国拳法でいう後旋腿《こうせんたい》、すなわち後ろまわし蹴りの動きだった。だが、なにも蹴らなかった。脚を高くあげて秀治の鼻先に繰りだしたまま、ぴたりと静止した。同時に秀治の平手が、音をたててその脚を打った。だが、美由紀の姿勢は安定しきっていた。平手打ちひとつでは、微動だにしなかった。

　秀治は目を丸くして凍りついた。自分の平手をさえぎった紺色の物体がなんなのかわからず、あぜんとしているようすだった。それがジーパンをはいた脚だと気づくまで、数秒かかったようだ。鼻先にずり落ちた眼鏡をかけなおしながら、美由紀の顔をみた。

　美由紀は静かに脚をさげ、あっさりといった。「暴力はやめてください」

　武力にうったえるつもりはなかったが、美由紀の俊敏な動きは抑止力として効果をあげたようだった。秀治と侑子はたじろいで、ひとまずヒステリーはおさまった。

教典を拾いあげて、美由紀はいった。「えりちゃんが持っていたこの教典、あなたがたはごぞんじなかったんですか」

秀治はうつむきかげんのまま、複雑な面持ちで首を振った。美由紀は侑子に目をやった。侑子は脅されたような顔をして、あわてたように首を振った。

美由紀のなかに妙な気分がこみあげてきた。夫婦の反応は、美由紀が予測していたものとはまったく異なっていた。

「とにかく」秀治は咳ばらいした。「えりが学校をさぼってなにをしていたか、皆目見当もつかん」

侑子がいった。「えりにきいてみるしかないわね」

「だめです」美由紀はぴしゃりといった。「いずれ本人から話したがるときがくるでしょう。そのときまで、まつんです」

「だが」秀治は顔をしかめ、声をはりあげた。「こんなあやしげな物を手にして、そんな遠くまでいって……」

「どならないでください」美由紀はいった。「えりちゃんが、おびえてるじゃありませんか」

ふたたび、侑子が嚙《か》みつくようにいった。「岬先生とおっしゃいましたよね。わたしたちはたしかにあなたがたに、えりのカウンセリングをお願いしましたけど、それは登校拒否がなおるっていうからなんですよ。よけいなおせっかいを焼いてもらうためじゃありません」

「そうだ」秀治がいった。「カウンセリングというのはもう金輪際、キャンセルさせてもらう。さあ、もう帰ってくれ」

「そうはいきません。わたしはえりちゃんのカウンセラーです。えりちゃんがすすんで学校にいくようになるためには、ご家庭の問題を解決するのがいちばんです。失礼ですがお見受けしたところ、ご両親ともあまりお子さんの心情に気をくばっておられないように思えますが、いかがですか」

秀治は美由紀をにらみつけた。「うちのどこに問題があるってんだ！」

侑子もつづけた。「へんな言いがかりはよしてください！」

美由紀はかっとなって応酬した。「子供をぶとうとしたり、大声をはりあげたりする両親に問題がないと思ってらっしゃるんですか！」

「えりはうちの子だ！」秀治はわめきちらした。

「だからといって、あなたがたの態度がゆるされるわけじゃありません。子供を傷つける権利が親にあるわけじゃありません！」

「よけいなお世話だ！」

「いいえ！　わたしにはえりちゃんを助ける義務があります！」

「どこにそんな義務がある！　えりはうちの……」

「やめて！」さけんだのはえりだった。

えりは目を泣きはらしながら震える声でいった。「もうやめて」

美由紀はとまどった。自分はえりを追いこんでしまったかもしれない。

しゃがんで、えりの顔を正面からじっと見つめた。「ごめんね、えりちゃん。わかった。先生はもう帰る。きょうはよく眠ってね」

「帰っちゃうの？」

「うん。でも、またくるから」

「こなくていいんだよ」秀治がいった。

美由紀はさっと立ちあがり、秀治をにらみつけた。さっき美由紀がみせた動きはまだ効力をもっているらしい。秀治はあわてて目線をそらした。

「お父さん」美由紀はつぶやいた。「わたしをきらうのは勝手です。でも、この子はなにか、わたしたちの想像をこえた問題をかかえてるんです。けっして、追いつめないでくださ い。えりちゃんのほうから話すまで、むりに話させようとしないでください」

「ああ、わかった」秀治は投げやりにいって、えりの手をひいた。さあ、いこう。えり。

鬱陶しげな口調でそういった。

えりは美由紀に手をさしのべた。美由紀が教典をかえそうとすると、侑子が口をさしはさんだ。「やめてください」

「でもこれは、えりちゃんのですし……」

「ちがいます!」侑子はいった。「えり、どこで拾ったかしらないけど、そんなものに手をだしちゃいけません。いいわね?」

えりのうるんだ瞳が、美由紀をとらえた。美由紀は微笑みかけていった。「だいじょうぶ、えりちゃん。わたしは約束は守る。これはえりちゃんのよ。でもいまは、お父さんもお母さんも、えりちゃんがこれを持ってると心配するみたい。だから、先生があずかっておくね。必要なときはいつでもいって。すぐわたしてあげるから」

えりは返答に困ったようすだった。すがるような目で美由紀を見ていた。だが、秀治が強引に手をひいた。えりは抵抗するそぶりもみせたが、結局はしたがった。

両親はえりを連れて、ひとことのあいさつもなく玄関の戸の向こうに消えていった。

美由紀はしばらく、その場に立ちつくした。秀治のどなる声がきこえた。えりの泣く声がきこえた。美由紀は思わず一歩踏みだした。が、思いとどまった。自分はあくまでカウンセラーなのだ。親と子の関係まで立ちいる権限はない。

いつのまにか、寒気がしのびよっていた。春先になっても、このあたりの夜の冷えこみはきつかった。夜空をみあげた。星がきれいだった。都心ではけっしてみることのできない空だった。あたりには人けはない。周辺の民家の明かりも、だんだん消えはじめている。冷気だけが静かにこの一帯をつつみはじめていた。

悲しかった。カウンセラーとして、あの子のためになにひとつできなかった。自分の子供のころを思いだした。えりと似た境遇にあった子供のころ。両親の無理解。それを恐れて、ひきこもる毎日。両親を許す気になったのは、ずっとあとのことだった。そしてそのときには、両親はこの世にいなかった。

静かになった。家のなかから、なにもきこえなくなった。いや、美由紀のクルマのエンジン音がさるのを待っているのかもしれない。

ここには、自分の居場所はない。寂しさを感じた。美由紀はゆっくりクルマのほうへ向かった。ドアをあける前に、もういちど空をみあげた。またたく星の光に、えりのうるんだ瞳がかさなるように思えた。

捜査

けたたましいベルの音に、仙堂は跳ね起きた。バランスを崩し、床に転げおちそうになった。オフィスの仮眠用ベッドに寝そべっていたことを思いだした。そうだ、昨夜から航空総隊司令部に泊まっていたのだ。横須賀基地での事件から最初の夜ということもあって、航空自衛隊は警戒態勢をとりつづけていた。暗闇で壁をまさぐり、スイッチを押した。明かりがついた。

腕時計に目をやった。午前四時十六分。まだ窓の外は真っ暗だ。寝つきをよくするためにブランデーを飲んだせいか、ベルの音がひどく不快だった。インターホンではなく、緊急用の無線だ。デスクの上のスピーカーに手をのばし、スイッチをいれた。

「緊急連絡」スピーカーから声がした。「青森県仁谷市の市街地で大規模な火災発生。周辺区域は……」

スピーカーをきった。それ以上の内容は司令部へいけばすぐに判明する。制服の上着をとり、扉をでた。廊下はあわただしかった。当直の自衛官らがみな小走りに司令部に向かっている。仙堂の前をいく男の後頭部は鶏の尻尾のような寝ぐせがついていた。こんなときだけは髪がないほうが有利だった。身だしなみを整えるのについやす時間が少なくてすむ。

司令部にはすでに大勢の人間が詰めかけていた。壁ぎわのモニターの前にはそれぞれオペレーターが座り、各方面との連絡に追われている。中央のテーブルには大きな地図が敷かれ、その周囲に仙堂の部下たちが集まっている。

仙堂はテーブルに近づいた。地図は青森県全域のものだった。仁谷市内の直径五百メートルほどの区域が赤い丸で囲まれている。仙堂はいった。「報告を」

二等空佐が早口にいった。「消防が出動して消火および救助活動にあたっていますが、火の勢いが強く夜明けまでの鎮火は困難との見通しです」

間髪をいれず仙堂はいった。「北部航空方面隊に連絡。ただちに三沢基地から救難隊とヘリコプター空輸隊の出動を命じる。現地警察とも協力して救難活動にあたれ。空佐、すぐに防衛庁長官および航空幕僚長に連絡をとれ。自衛隊法第八十三条2項により、緊急を要する災害救助と判断し、県知事からの要請なく出動に踏みきると。いますぐ出動させるんだ。わかったな」

了解、空佐はそう答えてオペレーターのほうへ駆けていった。仙堂はテーブルを囲む将補と一佐にきいた。「火災の原因は判明しているのか」

「目撃者の話では」将補がいった。「地面を揺るがす轟音とともに、一軒の民家から火柱があがり、たちまち周囲に燃えひろがったとか」

「その民家は特定されているのか」

「はい」一佐が地図の下から衛星赤外線写真をとりだした。一か所を中心として、放射状に家屋がなぎたおされているようすがわかる。爆風によるものだろう。一佐はいった。「五十八歳の会社員、溝口雄治さん宅。新築されたばかりの木造家屋だったそうです。入居は来月初旬を予定していたため、家のなかにはまだ誰も住んでいなかったらしいです」

となると、やはり今回もガス爆発などの事故とは考えにくいわけだ。爆発の威力からみても、これまでの恒星天球教による爆弾テロと同種のものと考えるべきだろう。それにしても、横須賀基地のミサイル制御室での工作からわずか十数時間で次のテロにおよぶとは。しかも首相官邸からは遠く離れた青森の民家をターゲットにしている。まさに情け容赦のない無差別ぶりだった。

「幕僚長の話では、警察が教団幹部のひとりの素性をつきとめたという話だった」仙堂はつぶやいた。「それなら、なぜぐずぐずしてるんだ。こうしているあいだにも被害は拡大するいっぽうだ」

一佐が深刻そうにいった。「教団のメンバーがどれくらい存在するのかさえ、あきらかではないんです。今後は同時多発テロに対する警戒さえも必要になるでしょう」

そのとおりだ。テロは一か所ずつとはかぎらない。教団幹部たちが全国各地でいっせいに決起することもありうる。それが教団にとってどのようなメリットをもたらすのかは判然としないが、テロの動機に論理的説明を求めるほうが筋違いなのかもしれない。

「すべての基地に連絡」仙堂はいった。「どのような災害発生にも対応できるよう、救難隊を常時スタンバイさせておくこと。それから、各航空方面隊長に次のことを肝に銘じておくようにつたえてくれ。敵は海の向こうではなく、本土のなかにいる。一瞬たりとも気を緩めるな。以上だ」


午前九時すぎ。この時刻に出勤しているのは、児童の相談者を多く受け持っている美由紀のほか数人しかいない。子供たちは登校前にカウンセリングを受けにくる。社会人の相談者がやってくるのは、たいてい午後からだ。

東京晴海医科大付属病院のエレベーターのなかで、美由紀はひとり壁にもたれかかって目を閉じた。きのうはよく眠れなかった。ベッドに入っても、宮本えりのことばかり考えていた。寝つけないので、テレビをつけた。午前四時ごろから、どのチャンネルも青森県の火災について報じていた。思わず駆けだして、救助に飛んでいきたい衝動にかられた。だが、民間人の美由紀には不可能だった。時がたつにつれて増えていく犠牲者の数を、ただ見守るしかなかった。三沢基地の救助部隊は全力をあげて救難活動をおこなったはずだ。それでも多くの人命が失われた。午前六時の段階で、爆発および火災による死者は二十八人、行方不明者四十一人。またしても強力な爆薬が使用されたらしい。自衛隊どころか消防に第一報が入る以前に、すでに大勢の人々が命を落としていただろう。

恒星天球教という謎の集団に対して、美由紀は激しい怒りを感じた。宗教とは広く人々の救済につとめるものではないのか。この無差別テロにいったいどんな意味があるというのか。集団殺戮を肯定できる宗教などあるはずがない。

エレベーターの扉が開いた。廊下に人けはなかった。憂鬱な気持ちをひきずりながら歩いた。すぐにいっそう落ちこまざるをえなくなる、そんな光景が目に入ってくるだろう。それでも一縷《る》の希望を抱いて歩いた。

カウンセリングルームのドアの前に立った。ノックをした。返事はなかった。ドアを開けた。室内には、だれもいなかった。

やはり。落胆の念が押し寄せてきた。宮本えりはこなかった。昨夜のあの時点で、えりの保護者がカウンセリングをキャンセルすると申しでた。そういう解釈が正しかったのだろう。

なぜ、宮本えりの両親はあんなに荒れていたのだろうか。自分の子になぜ、つらくあたるのか。ふつう家庭の不和には理由があるはずだ。しかし、宮本家はつましいながらもそれなりに安定した家庭が築かれている。父親が酒びたりになっているとか、薬物を摂取しているとか、物理的な要因があれば顔色をみればわかるはずだ。そういったようすは皆無だった。それでも、なにかがおかしかった。両親ともに、妙に怒りっぽく、いらだっていた。

もう宮本えりに会うことはないのだろうか。相談者の希望に添ってカウンセリングをする、それがカウンセラーのつとめだ。こちらから一方的に相手の人生観に口出しすることはできない。

だが、宮本えりは恒星天球教の教典を手にしていた。恐怖のテロ集団となんらかの関わりがある、それはれっきとした事実だ。ほうっておいていいのだろうか。えりは昨夜、美由紀のもとに救いを求めてやってきた。それなのに、美由紀はえりを自宅に送っただけで、なにもできなかった。それが賢明だといえるだろうか。

がらんとした部屋のなかを見つめながら、美由紀は考えた。

カウンセラーとしての職務はどうであれ、いますぐにでも宮本えりのところへ行きたい。行って力になってあげたい。だがそれを実行に移したら、自衛隊を辞めたときとおなじだ。もうルール違反は犯したくなかった。自分はこの病院の職員なのだ。

友里先生に相談してみよう。それが一番はやい。

美由紀は静かにドアを閉め、廊下を歩きだした。こうしているあいだにも、宮本えりが現われてくれるのを願っていた。ごめんなさい、先生。遅れちゃって。笑顔でそう呼びかけてほしかった。だが、それは無い物ねだりに等しかった。美由紀はエレベーターに乗り、ひっそりとした廊下が閉じていく扉の向こうに消えていくのを見守った。

最上階に着いたエレベーターを降りると、清潔な廊下がまっすぐ前方に伸びていた。執務室はこの先を折れた突き当たりにある。この時刻なら、友里はまだ執務室できょうの予定を確認しているはずだ。

この三十階は院長専用のフロアになっている。院長の執務室のほかに応接室、プライベートトルームなどがある。それらのドアは閉ざされていた。美由紀は執務室以外に足を踏みいれたことはなかった。

執務室のドアはあいていた。なかをのぞくと、アンティーク調の大きなデスクに友里がおさまっているのが目に入った。針金のように細いフレームの眼鏡をかけて、手もとの紙に目を落としている。失礼します、そうつげて美由紀は執務室に入った。

友里が顔をあげた。当惑のいろがかすめた。美由紀は立ちどまった。友里の表情がなにをうったえたのか、すぐにわかった。接客中だったのだ。デスクの前に置かれた来客用の椅子に、ひとりの男性が腰かけているのを、美由紀はみた。

友里は眼鏡をはずした。さばさばした表情を浮かべながらいった。「おはよう、美由紀。こんなにはやくどうしたの」

「いえ、すみません。来客中だとは思わなかったもので」

「ちょうどいいわ」友里は椅子の背に身をもたせかけた。「あなたもいっしょにお話をうかがったら?」

美由紀はとまどいがちに、訪問者をみた。全身に電気が走った。以前にみた顔だ。四十代なかば、小柄で、がっしりした体格。しわのめだつグレーのスーツにネクタイという、最小限の身だしなみ。伸びほうだいでくしゃくしゃになった天然パーマらしき髪型、浅黒い顔の奥まった目に宿る光が、美由紀のほうに向けられていた。ふしぎな目をしていた。たぶん色素が薄いのだろう。見つめられると、X線で脳の奥まで見透かされるかのような錯覚におちいる。

「はじめまして」男は立ちあがり、軽く会釈をした。表情は硬いままだった。

「いえ、はじめてじゃないです」警戒心をいだきながら、美由紀はいった。「きのう剣道場にいらっしゃいましたね」

ようやく、男の口もとがかすかにゆがんだ。「よく覚えておいでですね。声をおかけしようかと思ったんですが、やはり正式に訪問してからのほうがいいと思いまして」

「そう、前に会ったの」友里はそういったが、さして気にとめるようすもなかった。「こちらは警視庁捜査一課の刑事さんなのよ」

「蒲生誠《がもうまこと》といいます。よろしく」男はそっけない口調でそういって、懐から警察手帳をさしだした。射るような視線が、美由紀をまっすぐにとらえた。

手帳をみなくても、本物の刑事であることは一目瞭然だった。これは嘘をついている人間の表情ではない。警察関係者には過剰に権威的なふるまいをして威圧感をあたえようとする者もいるが、この蒲生という刑事はそういうタイプにはあてはまらない。ふてぶてしさは演技ではなく、自信のあらわれとみるべきだ。かなりの経験を積んで、人をみる目もそれなりに培ってきた、そう自負しているのだろう。

同時に、美由紀は蒲生の表情になにか敵対心のようなものを感じた。自分を敵視しているのだろうか。だとしたら、なにを根拠にしているのだろう。

友里はいった。「どうぞおかけください、刑事さん。美由紀も」

美由紀が部屋の隅にある椅子をはこんで、蒲生のとなりに腰をおろすと、友里は口をひらいた。「恒星天球教の幹部のひとりについて、素性が判明したんですって」

蒲生が淡々といった。「きのうのミサイル事件の直後、首相官邸にインターネットで画像ファイルが送られてきたんです」

友里が手もとにあった紙を美由紀にさしだした。パソコンの画面をプリントアウトしたものだった。中央のウィンドウに、おさまりきらないぐらい大写しになった男の顔があった。まるでウィンドウに目、鼻、口があるようにみえた。うつろな目はきのうの西嶺を思いおこさせる。

「教団での信者名は比手利架というらしい」蒲生は手帳をひらいて読みあげた。「政府の依頼でこの写真を警視庁の資料と照合した結果、すぐに正体が判明した。角屋和夫《かどやかずお》、三十三歳。埼玉県安多良市で紺の詰め襟服のまま外出していたのを付近住民に目撃され、以来行方をくらましていた男だ」

友里がきいた。「すると、ニュースでよく報じられていた、例の……」

「そう」蒲生はうなずいた。「家宅捜索で恒星天球教白書という文書が見つかったという、例の自営業者です。教祖の阿吽拿の顔写真だけが破りとられていた、あの白書の持ち主です」

美由紀はきいた。「自営業者というと、どんな仕事をなさっていたんですか」

「畳屋だ。実家は角屋畳店という老舗の畳屋で、この男はその四代目の後継ぎだ。父親はその道じゃよく知られている職人らしい。家宅捜索でも家のなかには商品の畳がたくさん立てかけてあった。もっとも、この角屋和夫の代になってからは、畳づくりは従業員にまかせっきりだったらしい。従業員の話では、角屋和夫はときおり上京しては、ある会社に身を寄せていたようだ。正社員というわけではないが、そこで働いていたと思われる」

「どんな会社ですか」と友里。

「五反田にある東洋ライフケア・コーポレーションという会社だ。この会社はずっと警視庁が別件でマークしていたので、資料があった」

「東洋ライフケア?」美由紀はたずねた。「事業内容は?」

「催眠商法だよ」蒲生は語気を強めた。「表向きは健康器具や健康食品、老人介護用品の販売となっているが、そちらはほとんど利益をあげていない。収益のほとんどは催眠商法だ。商店街などで道ゆく主婦を勧誘して一か所にまとめて、たくみなセールストークで商品を買わせるっていう、あれだ」

友里が眉間にしわを寄せた。「すると、その会社が……」

蒲生はうなずいた。「おそらく、恒星天球教の本体とみてまちがいないでしょう。ただ、現時点では家宅捜索に踏みきることはできないんです。自宅に恒星天球教の白書があり、教団幹部を名乗って政府に画像データを送りつけたこの男が、東洋ライフケア・コーポレーションの社員でもあった。それだけの事実しか判明していないのでね」

「なぜです」友里は不審そうにいった。「その会社が催眠商法をはたらいているのなら、その名目で捜査の令状がとれるじゃないですか」

「そうかんたんにはいかんのですよ」蒲生はため息をつき、ポケットからセブンスターをとりだした。断わりもなく、口にくわえてライターで火をつけた。「これが詐欺商法なら容易に令状がとれます。有名無実のゴルフ場の会員権を売ろうとしたとか、ありえない儲け話をもちかけたとか、物証がありますからね。しかし催眠商法はそうはいかない。健康セミナーと称する集会に集められた主婦たちは、自分たちからすすんで健康食品を購入しているんです。もちろん健康食品とは名ばかりで、お茶の葉っぱだとかカルシウム入りの菓子だとか、毒にも薬にもならないしろものばかりですがね。だが、嘘とよべるほどのものでもない。食べればガンも治るとか、そんな根拠のないでまかせをいえば詐欺になるんですが、連中ははなっから健康食品だと称している。法的には問題はないわけです。主婦たちが催眠術にかかってるっていう、明確な証拠がいるといわれたんで、心理学者にも相談したことがあるんですがね。それを証明する方法はいまのところ、ないようですな」

ふいにおかしさがこみあげて、美由紀は笑った。友里もおなじように感じたらしく、苦笑した。

蒲生は怪訝な面持ちできいた。「なにがおかしいんです」

「いえ、べつに」友里は咳ばらいしたが、なおも笑みをうかべていた。「刑事さんがあまりにも真剣に、催眠術にかかるとかそういう言い方をされるものですから」

「なにかまちがってますか」

美由紀はいった。「催眠術にかかるという表現は、専門的にはまちがってるんです。催眠術という魔法のような技術があって、それをかけると人を意のままにあやつることができるという誤解です。おわかりですか」

蒲生は首をふって、デスク上の灰皿にタバコの灰を落とした。「わからんね。私がみたところ、あの催眠商法にかかった主婦たちはあきらかに、主催者側のいいなりになっていた。何万円もする健康食品を、十個買えといわれたらなにも考えずに即座に買ってしまうんだ。現金のない主婦には金をおろしてきなさいというと、銀行へ飛んでいって金を用意してくる。まさにテレビでやってる催眠術ショーそのままだよ。私はこの目で見た」

友里が頭をかかえた。美由紀も思わずため息をついた。こういう頑固な人間がいちばんたちが悪い。

「あなたがみたものは事実です」美由紀はなるべくおだやかにいった。「でも、その主婦たちが魔法みたいな催眠術にかかっていたわけじゃありません。そもそも、催眠術だなんて言い方はしません。専門的には催眠法または催眠誘導法といって、オカルトや超能力じゃなく心理学の技法のひとつなんです」

「すると、科学的根拠があるというのかね」

「ええ」友里が大仰にうなずいた。「そりゃ、もう。催眠は欧米の精神医学界ではカウンセリングにおける最良の心理療法だと位置づけられてます。むろん、この東京晴海医科大付属病院でもそういう考え方に沿っています」

美由紀はつづけた。「催眠というのは、人為的にトランス状態つまり理性が鎮まって本能的になる状態をつくりだすことです。モーツァルトの音楽をきいたり、草木を観賞して心地よさを味わった段階ですでに人はトランス状態に入っているんです。催眠誘導法は、暗示の言葉によって相手をそういうトランス状態にいれるんです」

蒲生はタバコをくわえたままいった。「振り子をかざして、あなたは眠ーくなる、とかそういうやつか」

「まあそうです」美由紀はうなずいた。「もちろん、そんなあやしげなしゃべり方をしたのでは相手が警戒心をいだいてしまうので、トランス状態には入れません。だからもっとやさしく言葉をなげかけるんです。身体が温かくなるイメージだとか、頭がすっきりするイメージだとかを言葉でゆっくりと、くりかえし伝えるんです。振り子を見つめさせるのは、ほかに注意がそれないようにするためです。なにか一点を見つめさせると、きこえてくる暗示に耳をかたむけやすくなるんです。見つめさせるものはなんでもいいんですが、わたしはペンライトを、友里先生はライターを使っています。そのうえでリラックスできるように暗示の言葉をつたえていくと、相手はおだやかな気持ちになって理性であれこれ考える必要がなくなり、トランス状態に入るんです」

「東洋ライフケア・コーポレーションのセミナーでは、そんなにおだやかな話し方をしていなかった。もっとエキセントリックな、早口でまくしたてるような物言いだった」

「催眠商法が目的なら、そうでしょう。トランス状態にはゆったりとした心地よさを味わう弛緩性のものと、ディスコで踊ったりするときに生じる緊張性のものとがあります。催眠商法の場合は後者です。過剰に緊張を生じさせることでも、トランス状態へ誘導することができるんです。コマーシャルで商品名を何度も連呼するものがあるでしょう？　あれとおなじです。リズムにのせられて、いつのまにか理性で反発できなくなるんです」

「理性で反発できなくなったら、つまり意のままにあやつられるってことじゃないのか」

「いいえ」友里がいった。「トランス状態に入っても、人間は意識を失うわけじゃありません。意識がある以上は、どうしてもいやだと思うことは反発します。ただ、理性のはたらきが鎮まっているぶんだけ、ふつうなら拒否することでもわりとすんなり受けいれる可能性が高まるということです。ちょうどおおぜいでお酒を飲んで盛りあがった状態とおなじです。裸になれといわれても拒否するでしょうけど、野球拳をやるていどなら拒否しなくなるでしょう。あれとおなじです」

蒲生はいたずらっぽくきいた。「ご経験が?」

友里が顔をしかめた。美由紀は身を乗りだした。「刑事さん、催眠というのはつまり、そういうものなんです。だから専門的には催眠術にかかるという言い方ではなく、催眠によるトランス状態に入るとか、催眠誘導されるとか、そんな表現が的確なんです。催眠誘導法はたんなる技術ですから、こつさえ覚えればだれにでもできます」

「それをやればだれでも商売にひっかかるわけか」蒲生はタバコの煙をくゆらせながらいった。

「いいえ」美由紀は首を振った。「そうじゃありません。俗に、催眠術にはかかる人とかからない人がいるなんて話があるでしょう。つまり催眠誘導されても、深いトランス状態に入るか入らないかは千差万別なんです。これは外見で見分けがつくものではないので、実際にためしてみないことにはわかりません。理不尽な暗示でも受けいれてしまうほど、深いトランス状態まで誘導されるひとは全体の一、二割だといわれています。だから催眠商法ではセミナーと称しておおぜいの人々を集めておくんです。大多数のひとは暗示をきかされてもそれほどトランス状態に入れず、途中で飽きて帰ってしまうでしょうけど、最後まで残っていた人たちはたいへん深いトランス状態に入ってるので、理性で反発できずに、すすめられた健康食品を買ってしまうのです」

「すると」蒲生は灰皿にタバコを押しつけた。「その深いトランス状態に入ったひとは意のままにあやつれるわけじゃないか。テロをはたらかせることもできるだろうし、自殺しろといったらするんじゃないのかね」

「それが誤解なんです」と友里。「トランス状態では理性が鎮まっていても、完全に消滅してしまうわけではありません。わずかでも理性がのこっている以上、人間は理由もなく自分の命を絶ったり、犯罪をおかしたりすることはできません。だから催眠で可能になるのはせいぜい、健康食品を買わせるていどです。それも長時間にわたるセミナーをへて、大人数のなかからわずかにのこった一部のひとたちだけに通用することです」

「だが、恒星天球教の信者勧誘セミナーは全国で催され、そこには何万人もの人間が集まっているともいう。その深いトランス状態とやらに入った連中だけでも信者になったら、そいつらは教祖のいいなりになるロボットと化すわけだ」

「そんなにかんたんにはいきません」美由紀はいった。「どんなにその宗教団体を盲信して深いトランス状態に入ったとしても、テロや自殺を暗示の力で実行させることはぜったいにできません。人間の心は、そんなに弱いものではないんです」

「催眠だけならそうかもしれないが、薬物とかはどうかね。以前に社会問題になったカルト教団も薬品を多用していた。それらによって洗脳だとか……」

美由紀は言葉尻をひったくった。「洗脳だとかマインドコントロールだとか、そんなものは心理学用語にはありません。マスコミが勝手にさわいでるだけです」

友里がつづけた。「たしかにLSDを投与すればそれだけ理性がはたらかなくなるから、暗示は受けいれやすくはなります。でも、それは催眠誘導によるトランス状態と大差ありません」

「しかし、大量に投与したら？」

「それこそ完全に理性がはたらかなくなるので、なにかを命じても実行できるだけの思考もはたらかなくなります」

蒲生は怒ったようにいった。「戦時中の日本だってナチス同様、集団マインドコントロール国家だったわけだろ」

「いいえ」美由紀は辛抱強く応じた。「あれはたんに情報を制限されていたというだけです。過去のさまざまなカルト教団にしても、どちらかというと社会的知識に疎い人間を勧誘して、そこにつけこもうとするんです。これらは洗脳というよりは、たんにねじ曲がった教育を植えつけているだけです。ただしい知識を与えてあげればいいんです」

「では恒星天球教の信者連中は、マインドコントロールされてるわけじゃなく、無知のせいもあって自分の意志で信者になってるってのか?」

美由紀はいった。「そのはずです。信仰心が他人に理解できないことは多々ありますが、本人は真剣に考えてその道を選んだんです」

「すると、洗脳ってのは漫画の世界であり、現実にはありえないというわけか」蒲生は言葉をきった。考えるそぶりをしてから、友里と美由紀をかわるがわるみていった。「ところであなたがたは、それだけの知識がおありだということは東洋ライフケア・コーポレーションと似た商売をやってるってことですな。催眠を商売に利用しているわけだから、催眠商法の一種なわけだ」

友里がなにかをいいかけた。だが、頭に血が上った美由紀のほうが早かった。「意味がまったくちがいます。わたしたちはカウンセリングをおこなっているんです。そのうえで、神経症や精神病の回復に有効だと思われる場合に、催眠誘導を用いるんです。催眠で売っているわけではありません。なにより、わたしたちは相談者の幸せのために働いているんです。商売優先じゃありません」

「幸せね」蒲生は肩をすくめた。「恒星天球教もそういうだろうよ。自分たちは信者の幸せのために働いているんだとね」

美由紀は憤った。さらなる反論をくりだそうとした。だが、友里がとがめるような声でいった。「美由紀」

美由紀は友里をみた。友里は表情をかえていなかった。どんなときにも平常心を保ちつづける、カウンセラーとしての鉄則をいまも忘れずにいた。ふいに、美由紀のなかにまた恥ずかしさがこみあげてきた。すぐに自制心をなくしてしまう、自分を恥じた。

「刑事さん」友里はおだやかさのなかに、ほんの少し冷ややかさをただよわせた口調でいった。「なんとおっしゃられてもけっこうです。しかし、わたしの病院を侮辱されるためにお越しになったんじゃないでしょう。ご用件は?」

「これは失礼しました」友里の物静かな態度に、蒲生もさすがに気まずさを感じたようだった。「じつは上司にいわれてきたんです。この角屋和夫という男の行方を追っているんですが、さっぱり情報が得られないんです。しかし、彼の勤務先の東洋ライフケア・コーポレーションに恒星天球教との関わりがあるなら、社長がなにか知っているはずです。まだ公式に捜査はできませんが、専門家であるあなたにその社長にお会いいただければ、なにかわかるのではと思いまして」

「わたしがですか」友里がきいた。

「ええ」蒲生は咳ばらいした。「政府首脳のたってての願いだと、うちの上司がいってました。なんでもあなたは、相手の考えていることを見透かす能力をお持ちだとか。千里眼とか」

「過大評価しすぎです。それにミサイルの一件を解決したのは、彼女ですよ」友里は美由紀に微笑みかけた。

蒲生がじろりと美由紀をみた。またX線で見透かすような目つきだった。「まあ、私はあまり突飛な風評は信じられないたちなんですが、催眠とか集団心理とかに造詣《ぞうけい》の深い方々でもあることとですし、捜査にご協力いただければさいわいとも思います。なにしろ、この角屋和夫の声明によると、あと四日のうちに全国の警察が教団に対する干渉をやめないかぎり、ふたたび政府首脳をテロの標的にするというんです。猶予もわずかですし、政府のお偉方も手の打ちようがなくて困ってる、そんなところじゃないですかね」

「弱りましたね」友里の顔に翳《かげ》りがさした。「わたしたちは私立探偵じゃないんです。捜査に協力を求められても、いつもというわけにはいきません」

「そうですか」蒲生は身体を起こして立ちあがりかけた。「まあそれはあなたがたのご自由です。しかし、いま拝聴したようにあなたがたは催眠の専門家でいらっしゃる。それにこちらの病院の神経科やカウンセリング科の患者には、恒星天球教の元信者も多くいらっしゃるそうですね。捜査に協力していただかない代わりに、警察でそのひとたちに事情聴取をさせてもらうというのはどうですかね」

「だめです」美由紀はきっぱりといった。「うちの病院で受けいれているのは、テロには無関係な末端の信者の方々だけです。それも、ご本人のほうから社会復帰したいという申し出があった方にかぎられています。彼らは少しでも教団に対する宗教的依存心をなくし、立ち直ろうと努力しています。そんなときに、事情聴取などをして強い精神的ショックをあたえるべきではありません」

「あなたがそう思うのはかまわない」蒲生は平然といった。「だが今回の件は国家的規模の非常事態なんです。政府から働きかけて、裁判所の執行命令をとるぐらいたやすいことなんですよ」

「脅しですか」友里は顔をこわばらせた。「協力しなければ面倒なことになる、そういうんですね」

「脅してなんかいません。ただ、協力していただいたほうがいいと申しあげたまでです」

美由紀は蒲生に強い反感を抱いた。おそらく、この男は警視庁の捜査本部から是が非でも友里佐知子の協力を得てこいと命令されたにちがいない。そのためには手段を選ばないのだろう。友里が一日この建物をあけただけで、どれだけ支障があるかをまったく意に介していない。カウンセリングの希望者は山のようにいる。病院のほうでも、友里がみずから担当している入院患者の数はかなりの数にのぼる。この刑事はしらないのだ、友里佐知子を必要とする人間がどんなに多いかを。

友里はデスクの上で両手を組みあわせ、静かにいった。「わかりました。協力しましょう」

「ありがたい」蒲生はひざをぽんと叩いて、立ちあがった。「さっそく手配します。一時間後には社長と面会できるでしょう。それでは」

蒲生はそういいのこし、美由紀には目もくれずに戸口へ向かっていった。勝ち誇ったように、後ろ手に乱暴にドアを閉めた。

「友里先生」美由紀は抗議しようと立ちあがった。

「しかたないでしょう」友里はやや疲労をおびた声でいった。髪をかきあげて、深刻そうな顔で美由紀を見かえした。「うちの職員や患者のかたがたに、迷惑をかけるわけにはいかないわ」

「でも、なぜそうまでして協力させたいと思うんでしょう」

「たぶん、きのうの一件で政府筋のひとたちを驚かせたからでしょう。奇跡をなしとげた魔法使いのように思われたのよ」友里は苦笑した。「ほとんど神頼みね」

美由紀は深くため息をついた。「このてのことは、偏見の嵐ですね。催眠にしろカウンセリングにしろ、なんでもうさんくさいものに思われがちになる」

「わたしも千里眼だなんて呼ばれて久しいから。完全に色モノね。異常心理について学んだことのないひとたちにとっては、教団がらみの事件はどうとらえたらいいか糸口さえも見えない、理解しがたいことに思えるんでしょう。だから専門家にすべてを押しつけようとするのね」苦笑いをうかべた友里の視線が、美由紀の手もとに向いた。「美由紀、でかける用意をしてちょうだい」

「わたしも同行するんですか」

「今度のことは、わたしひとりじゃ手に負えないわ。テロだとか捜査だとか、無縁の存在だもの。その点、あなたが一緒にいてくれれば心強いわ。もちろん、あなたさえよければだけど」

「ええ、喜んで」美由紀は答えた。友里の力になれることがうれしかった。それに、恒星天球教の正体と目される東洋ライフケア・コーポレーションの社長に会えば、宮本えりが教典を手にしていたことの真相もひきだせるかもしれない。そして……。

「こら」ふいに友里が笑みをうかべた。「だめよ。この件が終わったら、ちゃんと定期検診は受けてもらうわよ」

美由紀はびくっとした。一瞬ののち、友里が自分の表情から心のなかを読んだのだと悟った。予定が詰まればしばらくのあいだは定期検診を受けずに済む。美由紀はそう思ったのだ。視線が左上に向かい、かすかに表情がほころんだのを見逃さなかったのだろう。

美由紀は笑った。「不意を突かないでくださいよ」

「健康がいちばん大事なの。あなたにもよくわかってるでしょう？」

夫を病で亡くしているせいか、こういうときの友里の言葉は母親の小言のような響きを帯びていた。健康を気づかってくれるのはうれしいが、やはり診察は苦手だった。美由紀はいった。「仕事が充実してるので、あまり休みたくないし……」

「だから、いっそう充実できるように診断を受けておきなさい」友里は優しさと厳しさが入り混じった、母親のような目で美由紀を見つめた。「いいわね。これは医者としての忠告よ」

催眠商法

午前十時。

館山自動車道はなぜかひどく混んでいた。標示板によるとこの先で事故があったらしい。舌打ちしてステアリングをきった。牛の歩みのようなクルマの列から抜けだして、タクシーを内房線の木更津駅のほうに向けた。

千葉内房タクシー株式会社に勤務して三年。その前は千葉市内の信用金庫に勤めていたが、折りからの不況でつぶれた。さらにその前には東京都内の消費者金融に勤務していたが、そこもつぶれた。嫌気がさしてタクシー運転手になることを志したはいいが、いまの職場も先行きはあやしかった。一日のノルマ、三万円に達しないことはざらにあった。理由はかんたんだ。この風景をみればわかる。線路も電車も少ないこの辺りではどこの家庭にも自家用車がある。わざわざタクシーをつかまえる人間はいない。

右手の雑木林ごしに東京湾がみえた。アクアラインが完成しても、タクシーの売り上げはほとんど変わらなかった。通行料だけで片道何千円もとられるような道路にのってまで、川崎にいきたがる客などいるわけがない。いっそのこと、ひとまわりして元の場所へ戻ってこられる無料の水上道路をつくってくれたほうがましだ。そのほうがよほど、観光客によるタクシーの需要につながるだろう。

手をあげている人間を視界の端にとらえた。ずいぶん背の低い客だった。あやうく見逃すところだ。ブレーキを踏んだ。さいわいにも、後続車はなかった。タクシーをバックさせて客の前につけた。

後部ドアをあけたとき、妙な気配がした。コートを着た小柄な客だと思っていたが、それはコートでなく背広の上着だった。身体にあわない、大きなグレーの背広をはおった小さな女の子だった。小学生ぐらいだろうか。背広の前をかきあわせて、ちぢこまるようにしてシートに乗りこんだ。あぜんとしていると、女の子はぼそりと行き先をつげた。

「東京湾観音」

「信じられんね」春先とは思えない強い陽射しのなか、田園調布の高級住宅街を歩きながら、警視庁捜査一課の蒲生誠がいった。「全国で七万人ともいわれる恒星天球教の信者たちが、すべて自分の意志で入信したっていうのか？」

かなり石頭の刑事だ。あとにつづきながら、美由紀はいった。「そうです。集団マインドコントロールなんて、ぜったいに不可能です」

蒲生はふんと鼻をならした。「それなら、信者たちはいったいなにを望んで恒星天球教の一員になったんだね」

美由紀と歩調をあわせていた友里佐知子がこともなげにいった。「信者にきいてみればいいでしょう」

「きいたさ。脱退した元信者に任意同行を求めたこともある。だが連中はなんていうか、みんな画一的におなじことばかり口にするんだ。脱退したとはいえ教団はすばらしい、すばらしいとそればかりなんだ。なんといったらいいか、その……」

美由紀がいった。「ロックアーティストの熱狂的ファンみたいなものでしょう」

「そう。それだよ」

「信者の心理もおなじでしょう」友里はいった。「教義が受けいれやすいものだったり、教祖が魅力的だったり。そういう理由があるからこそ、人々は教団にひかれていくんでしょう」

「ふん」蒲生は苦々しくいった。「その教祖の阿吽拿というのは、いまから会いにいく人間である可能性が高いわけだ。魅力的かどうか、ぜひその目でたしかめてもらいたいものですな。あなたのその千里眼で」

美由紀はこの蒲生という男の内面をつかみかねていた。敵対心をむきだしにしたかと思えば、妙にすなおなところもある。あるいはこれが、ベテランの刑事というものかもしれない。訓練をつんだカウンセラーにもそうやすやすと心のなかを見透かされないことが、刑事としての経験値の高さをあらわしているのかもしれなかった。

国道に沿った歩道をしばらく歩いて、ふいに蒲生は足をとめた。ひたすらつづく塀の上には瓦が整然と並んでいる。古式ゆかしい純日本風の邸宅をとりまいていると思われた。目の前には、その玄関があった。立派な門がまえだ。大きな観音開きの木造の扉だった。表札には「八巻《やまき》」とあった。蒲生はわきのインターホンのボタンを押した。女性の声で応対があった。警視庁の蒲生ですが、刑事はそうつげた。ほどなくして、扉は音もなく開いた。古めかしいのは外見だけで、オートメーション化されていた。この邸《やしき》の主人にもおなじことがいえるのだろう。美由紀はそう思った。外見と中身は正反対、そんな可能性がある。

扉をはいると、美由紀は思わず息を呑んだ。美しい日本庭園がひろがっていた。松の木に囲まれた青い芝生の広大な敷地だった。随所に池があり、色とりどりの鯉が無数におよいでいた。ふしぎなことに塀を一枚へだてただけで、外のクルマの音が完全に遮断されている。きこえるのは水流のせせらぎだけだ。庭園のなかにつくられた細い道がはるか向こうの平屋へと伸びている。その途中には茶室がもうけられていた。

蒲生はポケットに両手をつっこんで、足ばやに庭園を横ぎっていった。ここへきたのもはじめてではないらしい。友里が庭園を眺めわたしながらあとにつづいた。美由紀も、それにならった。

茶室の向こうには、池に渡しかけられたアーチ状の小さな赤い橋があった。そこに、ひとりの男がたたずんでいた。灰色の着物をまとい、手には紙の袋をもっている。年齢は六十歳近く、頭は禿《は》げあがり、体型はセイウチのようにでっぷりと太く、背丈も百七十センチ以上ある、わりに大柄の男だった。男はうすら笑いをうかべながら、片手を紙袋のなかにいれてはなにかを池に撒《ま》いている。鯉のえさだろう。

「八巻さん」蒲生が声をかけた。

男はこちらをみた。鼻が低く、目が細い猿顔だった。たぶん幼児期からずっと顔がかわらなかったのだろう、美由紀はそう思った。そんなつくりの顔だ。

蒲生は初対面どうしを紹介した。「こちらは東京晴海医科大付属病院の院長の友里佐知子先生と、岬美由紀先生。こちらは東洋ライフケア・コーポレーションの八巻晃三《こうぞう》社長」

八巻は目を細めてじっと岬の顔を見つめたあと、友里のほうへ目をやった。口もとをゆがませていった。「あんたがあの、千里眼使いの女かね」

蒲生が腕組みした。「ごぞんじだったんですか」

「しっとるよ」八巻は肥満しきった身体をゆさぶりながら近づいてきた。「週刊誌でよく話題になっとるからな。お会いできて光栄です。私の心のなかも見通せるのかね」

「さあ」友里は笑って首をかしげた。「わたしはべつに占い師じゃありませんから。あなたを驚かせるより、すばらしい庭園をながめるほうを選びますね」

八巻はにやりとした。「そうだろう。ここは最高のやすらぎの場だよ。庭園の整備だけでも四億円はかかってる。むろん土地代はべつだがね」

蒲生が口をさしはさんだ。「それだけの金を得るためには、ずいぶんやましいこともしてきたんでしょうな」

八巻は横目で蒲生をみた。「はて。なんのことかわからんね」

「健康用品や老人介護用品を取り扱うだけで、七百億円もの年商を上げ、三千万株以上の株式を発行し、九百人もの従業員を擁するとは、ちょっと常識はずれじゃありませんか」

「なにがいいたい」

「あなたは催眠商法のエキスパートだ。それと同時に」蒲生はくしゃくしゃの髪をかきむしった。「恒星天球教とも関わりがあるのではないかと、われわれはにらんでおるのですがね」

ふいに沈黙がおとずれた。八巻は黙って蒲生を見かえした。その視線がゆっくりと友里に向けられ、最後に美由紀をみた。目が線のように細くなり、口もとに白い歯がのぞいた。

「なにをいいだすかと思ったら」

八巻は大声で笑った。辺りの静けさを破る豪快な笑い声だった。

美由紀は八巻の表情をじっと観察していた。なにもない。屈託のない笑いというほかはない。秘めごとをしている人間の、卑屈で大仰な笑いではない。それに八巻は堂々と顔面をさらし、両手も隠そうとしていない。隠しごとがあるようにみえない。

蒲生はそう思っていないのか、冷ややかにいった。「角屋和夫さんというのは、あなたの会社の社員でしょう」

笑い声がぴたりとやんだ。八巻がさぐるような目で蒲生をにらみつけた。「たしかにうちの臨時雇いの社員に、そういう名前の男がいるが」

「角屋和夫は恒星天球教の幹部です」と蒲生。

「あの男が」八巻は眉間にしわをよせた。どこへいくともなく、庭園の芝生の上を何歩かあるいた。「そんなことが」

蒲生がきいた。「ごぞんじなかったとおっしゃりたいんですか」

「しらん。そんなことは、いっさいしらなかった」八巻は蒲生の疑いぶかげな視線を感じとったらしく、声をはりあげた。「誓ってもいいぞ!」

「角屋はきのうから行方をくらましてます。所在を、ごぞんじじゃありませんか」

一瞬の間をおいて、八巻はくりかえした。「しらん!」

胸をちくりと刺されたような感触を美由紀はおぼえた。すぐさま、それを声にだした。「いいえ。あなたはごぞんじのはずです」

「わたしもそう思うわ」友里がつづけた。「さっきまではよくわからなかったけど、いまの刑事さんの質問にはあきらかな反応があったわ。あなたは角屋和夫氏の居場所を知っている」

八巻の顔がみるみるうちに紅潮した。「ばかな。なにを戯言《ざれごと》をいっとるんだ」

「戯言じゃありません」美由紀はきっぱりといった。「さきほど、あなたの視線は左上に向かいました。見たことのある光景を思いうかべたんです。すなわちあなたの頭のなかには、角屋さんの居場所がうかんだんです」

「しらん！」八巻は紙袋を投げ捨て、両手を着物の袖につっこんだ。「しらんといったら、しらん！」

友里があっさりといった。「嘘をつく人間は本能的に肌の露出を隠そうとします。両手を隠すのもその一例です」

八巻はめんくらった顔で、自分の腕をみた。手を着物から出そうとせず、友里に厳しい口調でいった。「次にあんたが私の手をみたときは、歯をくいしばったほうがいいぞ」

「おや」蒲生がいった。「いまのは暴力をふるうぞという脅しですか」

八巻は怒りをあらわにした。「ひとの家にきて大きな顔をされるのは迷惑だ。でてってくれ！」

蒲生はひきさがらなかった。「角屋の居所をきいてからです」

頭に血がのぼった犬のように、八巻は歯をむきだしにして唸った。が、しばらくしてふいにその表情がやわらぎ、べつのいろが浮かんだ。友里をみて、ぼそりといった。「なあ、あんた。あんたに話がある。ことと次第によっては、協力してやらんこともない」

蒲生が前に進みでた。「ぜひきかせてもらいたいですな」

「あんたに話す気はない」八巻は苦々しくいった。「刑事さんには、ちょっと席をはずしてもらいたい」

蒲生は不平そうな顔をして口をひらきかけたが、友里がそれを制した。「刑事さん、ここはわたしたちにまかせて」

八巻は子供のようにそっぽを向いた。

蒲生は嫌悪のいろを浮かべていたが、やがて小さくうなずき、背を向けた。庭園のはずれのほうへと、さっさと立ちさっていった。

美由紀も追いはらわれるかと思ったが、八巻は気にしていないようすだった。

「で、どんな話ですか」友里はきいた。

「あんた、東京晴海医科大付属病院の院長さんだろう」

「そうです」

「十年くらい前、うちの会社から晴海医科大付属病院に業務提携を申しでてたんだ。うちの健康用品を病院に置いてくれってな。ところが相手にされなかった」

「まあ、むりでしょうね」友里はいった。「そのころはまだわたしの就任前でしたが、うちではそんなあやしげな商品はあつかいたくありませんから」

「そう堅いことをおっしゃらんでいただきたい。うちでもいろいろ工夫してるんだよ。それで、ものは相談だが」八巻は咳ばらいし、声をひそめた。「ぜひ、瞬間催眠のこつをおしえてもらいたい」

「瞬間催眠ですって？」友里は目を丸くした。

「そう、瞬間催眠だ。カウンセラーのエキスパートばかりが集まっているあんたのところなら、てばやく催眠誘導する方法を知っているだろう。それをおしえてほしい」

「知ってどうするんです」

「それは、あんたらの知ったことではない」

友里はあきれたようにいった。「どうせ、催眠商法に利用されるおつもりでしょう。何時間もセミナーをやったんでは効率がわるいので、ほんの数秒ぐらいで相手を買う気にさせる方法が知りたい、そんなとこでしょう」

「ちがう」と八巻。「あれは催眠商法などではなくまっとうな商売だ。それはともかく、私のほうでもいろいろ勉強して、催眠というのが心身の健康に有意義だってことはよくわかったつもりだ。だが、その方法がめんどくさいんだな。あの自己催眠の方法、ええと、なんといったかな」

「自律訓練法」美由紀はいった。

「そう。それだ。あんなめんどくさいもの、やってられるか。身体が温かいとか、額がすずしいとか、実感がわくまで時間がかかりすぎる。それに体得するのもひどくむずかしい。うちのセミナーでも客からひんぱんに質問されるんだが、なにしろうちの社員もなかなか自律訓練法で実感を得られずにいるんだ。だから、あんたらならもっと有効で即効性のある方法をしってるだろうと思ってな」

美由紀は首を振った。「瞬間催眠なんて、そんな方法はありません。催眠は時間をかけてゆっくりとおこなうものです。自律訓練法は洗練された方法ですし、毎日練習すればかならず……」

「そんな言葉にごまかされるか！」八巻はさけんだ。「うわさでは、あんたたちはどんな相談者でもたちどころに催眠誘導できるそうだな。つまり、自律訓練法なんかよりずっとすばらしい自己催眠法を知ってるはずだ。だから儲《もう》かってるんだろう。瞬間催眠の方法をおしえろ」

美由紀はひそかにうんざりした。こういう申し出をしてくるのは、八巻が最初ではない。テレビ局やマジシャンのプロダクションからカウンセリング科にときおり、勘違いの電話がかかってくる。座興で一瞬にして催眠術をかけるとか、そんな技はありませんかね。だれか先生を派遣してくださるとか、もしくはやり方を伝授していただけるだけでもありがたいのですが。世の中は広い。マスコミに身をおきながら、テレビ番組でやっているようなやらせの催眠術が本当だと信じきっているひともいる。催眠療法で名高い東京晴海医科大付属病院カウンセリング科なら、そんな瞬間催眠の秘伝があるだろうと考えているのだ。

友里は眉をひそめた。「それをおしえて、わたしたちにはなんのメリットがあるんですか？　角屋和夫という人物の居所をおしえてくれるとか？」

「そこまではいわん。だが、あるていど協力はしてやろう。とにかく、私が関心を持ってるのは催眠の方法だ。それを知れば、うちでも本をつくって売ることができる。本ってのはいい商品でな。少ないコストで大儲けできる。ようは、そのネタってわけだ。瞬間的にきく自己催眠法、それが時代のニーズに合っておるんだ」

美由紀はだんだん腹が立ってくるのを感じた。催眠というものの技術面だけに興味をしめすのは素人によくあることだが、この男はそれを商売に結びつけようとしている。ありもしない瞬間催眠法を勝手にあるときめつけて、しかも自分の手中におさめようとしている。誤解、偏見、そしてあこぎな商魂のかたまりだった。催眠が世間にうさんくさく思われがちなのは、こういう不道徳な人間が存在するせいだ。

だが、友里はなにも気にしていないような口調でいった。「ええ、お察しのとおりです。瞬間催眠の方法は知ってます」

「ほんとかね！」八巻は嬉々としていった。「それは、どんな方法なんだ？」

「それより前に、あなたは催眠の定義を知ってますか」

「もちろんだとも。人為的にトランス状態にいれて、脳波をリラックスできる状態にすることだろう。アルファ波から、シータ波にいたるぐらいまでいけば、かなり深いトランス状態だ」

「そのとおりです」と友里。「催眠を魔法よばわりするひとが多いなかでは、かなり立派な知識をお持ちですね。そういう深いトランス状態に、わずか三秒で誘導できる方法がありますよ。それも、個人差なくどんなひとにも通用する方法です。まあ、これにくらべれば自律訓練法なんて時代遅れですわよね」

「それはすごい！　で、どんな方法かね。じらさずにおしえてもらいたい」

友里は笑みをうかべた。「これはビジネスですから」

「わかった。金か？　いくらほしいんだ」

しばらく沈黙が流れた。友里はじらすように庭園を眺めわたし、ひとりごとのように小さな声でいった。「この屋敷と会社を含む、あなたの全財産」

沈黙がおとずれた。吹いていた風がぱたりととだえる、そんな静けさだった。

やがて、八巻がその静寂を破った。「なんだと。冗談も休み休みいえ！」

「いやならいいんです」友里は背を向けようとした。「この自己催眠法がどんなに画期的なものか、あなたもよくわかっているでしょう。それぐらいの価値があるしろものです」

「ちょっとまってくれ」八巻はためらいがちにいった。「わかった。たしかにあんたのいったとおりの効力がある方法なら、それだけの資財をなげうってでもほしい。あんたたち東京晴海医科大付属病院に匹敵する催眠の技術を有することになるからな。セミナーや本の刊行、いや、うちもカウンセリング業務をはじめれば、十分に元がとれるからな。だが、三秒で深いトランス状態に誘導できるってのは本当なんだろうな。もしいんちきだった場合は、あんたの全財産でつぐなってもらう。それぐらいのことでなきゃ、応じられんだろう」

「けっこうですよ。あなたがちゃんと確証をえられるような手はずをとりましょう。よろしければ、あなたと私の弁護士を面会させて書類をつくらせますが」

「わかった。では、さっそく手配しよう。書類ができあがったら、すぐにでもその驚異的な自己催眠法をお教えねがいたい」

「ええ」友里は微笑んだ。「お約束します」

八巻は満足げにうなずいてから、美由紀のほうをみた。「ところで、あんたもこうしてみるとずいぶんべっぴんさんだね。それに知識もかなりあるとみた。どうかね、うちで働かないかね」

美由紀は苦笑いした。「いえ、けっこうです」

「そういわずに、いちどうちの会社の案内だけでもさせてくれ。社長室のなかをぜひお目にかけたい。武士の鎧《よろい》がかざってあるんだ、武田家の。それも本物だぞ」

「はあ、すごいですね」美由紀は気のない返事をかえした。「機会があれば拝見したいです」

「そうだろう。どこに連絡をとればいいかね。ええと、なに先生だったかな?」

友里がくすりと笑った。美由紀はため息をついた。こんな場所でむだな時間を浪費したくはない。名刺入れを出し、名刺を一枚さしだした。「連絡はダイヤルインの番号へ。不在のときは携帯電話の番号も書いてありますから」

名刺を受けとると、八巻は満面に笑顔をたたえた。友里のほうを向いた。瞬間催眠の種明かしを楽しみにしてるよ、さっそく書類の手配をするから。そういった。そして背を向けると、子供のように軽い足どりで屋敷のほうへと駆けていった。

美由紀はひどく不安になった。あまりにも常識はずれで、乱暴な取り引きだった。こんな取り引きを成立させようとする八巻のほうも非常識だが、それを申しでた友里のほうもなにを考えているのか。

「先生、本気ですか。自己催眠の習得には何週間もかかります。だれでも三秒で深いトランス状態に入る自己催眠法なんて……」

「ふつうは、ありえないわね」

「でも、そうなると先生の財産が……」

「いいの。わたしに考えがあるから。こうでもしなきゃ、お灸を据えられないわ」

友里がいたずらっぽく笑った。美由紀はめんくらった。友里がこんな女子高生のようなそぶりをみせたのははじめてだ。

そのとき、背後に足音がした。美由紀がふりかえると、蒲生がゆっくりと歩みよってきた。「なんの話をしてらっしゃったのか、きかせてもらえますかな」

「たんなるビジネスの話です」友里はなにかを思いだしたかのように、小さく笑った。「でも、うまくすれば刑事さんの知りたいこともひきだせるかもしれませんね」

蒲生は不審そうにいった。「断っときますが、あの男と取り引きされるのは感心しませんな。なんといってもやつは……」

「恒星天球教とは関わりないと思います」友里はきっぱりといった。「彼の表情からすると、角屋さんというひとの居場所以外には、なにかを隠しているようすは見受けられませんでした。そうでしょ、美由紀？」

「ええ」美由紀はうなずいた。「わたしもそう思いました」

八巻という男が催眠商法を熟知し、それで富をえていることは疑いの余地がない。だが恒星天球教の話題がでたときには、秘めごとがあるようにはみえなかった。

「ま、いいでしょう」蒲生は不満の残る表情で庭園を見渡した。「刑事は疑うのが仕事ですが、あなたがたのお話も参考ていどにうかがっておきましょう」

美由紀はきいた。「すると、刑事さんはまだあの社長さんを疑っておいでですか」

「当然だ。たとえばこの屋敷がテロに遭ってないことさえ、あやしく思えてくる。あの男が恒星天球教と関わりがないとするなら、真っ先にテロの標的にされそうに思えるがね」

「そうですか?」美由紀は疑問を口にした。「あの無差別テロは、お金持ちの屋敷をねらっているわけでもないでしょう」

「いや。そういう意味じゃない」茶室を指さした。「立派な和室じゃないか。いまのところ、テロの被害にあった場所の共通項はそれだけでね」

「どういうことです」

「お寺に神社に民家に旅館、料亭に日本料理屋。いずれも和室があったんだ。それも最近建てられたり改装されたりしたばかりの、立派な和室がね」

「なるほど」友里がつぶやいた。「でも、なぜでしょう。反日感情を抱いた外国人の犯行だとか?」

「その可能性もふくめて、捜査中です」蒲生はぶっきらぼうにいった。

美由紀のなかでなにかがうごめいた。理路整然とした推論ではない。直感のたぐいともちがう。だが、なにかがおぼろげながら、ひとつの形にまとまりつつあった。やがてそれは、衝動となって美由紀の心を揺さぶりはじめた。たしかめたい、そういう衝動だった。

気づいたときには、走りだしていた。門に向かって、走っていた。美由紀、と友里が呼ぶ声がした。だが、いまは足をとめられなかった。なにかが、自分を突き動かしていた。

教育

パトカーは八巻邸から少し離れた路地に停車していた。美由紀は後部座席に飛びこむと、置いてあった自分のハンドバッグをあけた。どうかしたんですか、驚いた声で制服警官がふりかえった。美由紀はなにも答えなかった。確証はない。だから、言葉で答えられるものではない。

ハンドバッグから、IBM製の小型のモバイルパソコンをとりだした。技術の進歩はすごい。つい数年前のノートパソコンに匹敵する機能が、この薄っぺらい手帳サイズのなかにおさまっている。モバイルパソコンをひらいてスイッチをいれた。携帯電話の底にあるコネクタを、パソコンのコネクタに押しこんだ。PCカードやケーブルがなくてもダイレクトに接続できる。せっかちな美由紀にはおあつらえ向きの機種だった。

音声認識入力のアイコンをクリックして、すぐ声にだしていった。「インターネット接続」

「ネット接続中、しばらくおまちください」という表示がでた。

開け放した後部ドアを、友里が息をきらしながらのぞきこんだ。蒲生はその後ろに立って、しかめっ面でタバコに火をつけていた。

友里が困惑ぎみにきいた。「どうしたっていうの、いったい」

「どうも気になるんです」携帯パソコンが電子音をたてた。ネット接続完了、抑揚のない音声がそう告げた。画面のブラウザには検索ページが表示されていた。

美由紀はいった。「角屋畳店。検索開始」

音声で入力したキーワードはただしく漢字変換された。ほどなくして検索結果があらわれた。コンピュータの合成音声が表示を読みあげた。「キーワード、角屋畳店を含むホームページの検索結果。全部で百二十七件あります。一、日本の畳職人リスト、一・五メガバイト。二、畳屋さん紹介、一・一メガバイト。三、東京都畳商業組合ホームページ、二・〇メガバイト、四、安井商事株式会社ホームページ……」

美由紀のなかで警鐘が鳴った。すかさず声にだした。「安井商事株式会社ホームページを表示」

画面が切り替わった。写真とテキスト文書で構成されたシンプルなホームページだった。音声がテキストを読みあげる。「安井商事株式会社。小社は愛知県名古屋市の長者町にある、壁紙・カーペット・畳の取り扱いをおこなう企業です。澪木住宅株式会社と業務提携しております。畳は明治時代から受け継がれている老舗、角屋畳店のブランド畳を採用し……」

角屋畳店の畳は、安井商事という会社に委託販売され、そこから全国へ出荷されているようだ。美由紀はいった。「停止。検索ページを表示」

ふたたび検索ページが表示された。

「安井商事株式会社。検索開始」

検索結果があらわれた。音声がそれを告げる。「キーワード、安井商事株式会社を含むホームページ。全部で三百六件あります。一、安井商事株式会社ホームページ、一・六メガバイト、二、商業建築業界リスト、二・五メガバイト、三、カーペット・カタログ、三・一メガバイト……」

美由紀はさらにつづけた。「絞りこみ検索、以下のキーワードを追加。出荷先。建築。改築。検索開始」

また表示が消え、新たに検索結果が表示された。音声が読みあげた。「キーワード、安井商事株式会社、出荷先、建築、改築を含むホームページの検索結果。全部で三十一件あります。一、茨城県の重要文化財、澪郡、要伶寺、一・八メガバイト」

蒲生がはっとして、タバコをくわえたまま車内をのぞきこんだ。

コンピュータの音声はつづいていた。「二、日本料理店『ひとわ』ホームページ、一・二メガバイト。三、ようこそ仙台へ、旅館『大郁屋』ホームページ、二・一メガバイト。四、愛知県蒲郷市粕壁神社の改装工事のお知らせ、〇・九メガバイト。五、長門の名店、料亭『夕村』、一・八メガバイト……」

「なんてことだ」蒲生が緊迫した声でいった。「無差別テロの標的にされたところばかりだ」

音声はさらにつづく。まだテロの標的になっていないところもあった。札幌の結婚式場、金沢の料亭、岐阜の農協本部……。

「どういうことなの」友里がきいた。

音声を聞き流しながら、美由紀はいった。「無差別テロの標的にされているのはすべて、つい最近建築か改築されたばかりで、しかも角屋畳店でつくられた畳を使っていたってことです」

「なぜだ」蒲生は嚙みつくようにいった。「なぜ教団が、角屋の畳の出荷先を破壊する必要があるんだ」

美由紀は静かにいった。「これは推測ですけど、角屋ってひとはたしか家宅捜索の寸前に恒星天球教白書から教祖の顔写真を破りとったんですよね？　ほんらいなら白書ごと持って逃げるべきだったんでしょうけど、そうするとどこかで捕まったときに素性がばれてしまう。しかし、なんとかして教祖の顔だけは隠さねばならないと思った。そして破りとった写真を……実家にたくさん置いてあった、売り物の畳のなかに隠した」

「なるほど」友里がつぶやいた。「そのまま畳は出荷されてしまった。だから教団はすべての畳の出荷先を調べあげ、教祖の写真を焼却しようとした。そういうことね」

「まさか」蒲生がつぶやいた。「首相官邸以外のすべてのテロの目的はそれだったたってのか。爆薬からミサイルまでつかって無差別にみせかけたが、本当のねらいはその紙の処分だったと？」

美由紀はうなずいた。

蒲生は顔をしかめて首を振った。「ばかげてる。一枚の紙切れを、どうしてわざわざ隠そうとするんだ？　証拠を隠滅したかったら、さっさと燃やしてしまえばいいだけのことだろ」

「いいえ」美由紀はいった。「角屋というひとは教団幹部として、熱心な信者だったはずです。多くの宗教の信者と同様に、彼も教祖の尊顔を焼くことなど、おそれ多くてとてもできなかった。しかし、のちにそれを知った阿吽拿という教祖が写真の処分を命じたんでしょう。とにかく、角屋畳店の出荷先のうち、まだテロの標的にされていないところにはすぐに連絡するべきです。これはインターネットで判明したおよその出荷先にすぎません。正確なところはこの安井商事という会社に直接きいてみるべきでしょう」

「ああ、わかってる。全国の警察に警戒にあたらせる。そして、該当するすべての場所の畳をしらべてみよう。それがもし本当なら、そうまでして恒星天球教が隠したがってる教祖の写真をぜひともおがみたい。もう灰になっちまったかもしれんが、残っている可能性だってある。それが八巻晃三だったら、即身柄を拘束することになるだろう」

蒲生はタバコを投げすてた。刑事にもマナーを守らない人間がいる。美由紀はそう感じたが、口にはださなかった。蒲生は悪びれるようすもなく吸いがらを踏みつけると、助手席にとびこんでマイクをつかんだ。本庁の呼びだしにかかった。

「美由紀」友里は不安そうにいった。「一連のテロで犠牲になったひとたちは、そのたった一枚の写真のために命を奪われたってこと?」

「ええ、おそらく」

「なんてことなの」友里は両手で顔を覆った。「さまざまな異常心理をみてきたけど、こんなのって信じられない」

そのとおりだった。美由紀はぞっとするような寒けを感じた。事態は、自分たちの身近に迫っている。東京晴海医科大付属病院では、おおぜいの元信者たちの社会復帰を助けている。すなわち岬美由紀も友里佐知子も恒星天球教の敵対者なのだ。その恒星天球教の恐るべき実態の一部が浮き彫りになった。その凶悪な牙が、いつ美由紀たちに向けられるかもしれない。そんな恐怖が全身を支配した。

電話が鳴った。自分の携帯電話だと、美由紀は気づいた。パソコンから携帯電話をはずし、着信ボタンを押した。「はい、岬ですが」

しわがれた男性の声がした。「こちら、千葉内房タクシーと申しますが」

午後の陽射しにかわりつつある。一時をまわったぐらいだろう。春先とはいえ、まだ日が傾くのは早い。

そんなことを感じながら、美由紀は代金をさしだした。タクシーの運転手はそっけなく受けとった。きのうの運転手にくらべると、きょうは年齢はいくらか若いが愛想はなかった。個人ではなく法人のタクシーだからだろう。

走りさるタクシーをながめた。神田川にかかる橋の上は、トラックやワゴンなどの業務用車両がとだえることなく往来している。だが、歩道にはあまり人けがない。この近辺は埠頭や工場ばかりだ。それらに用がなければ、だれも寄りつかない。

美由紀はため息をついて、ふりかえった。タクシーが乗せてきた小さな客は、きのうとおなじようにばつの悪そうな顔でうつむいた。ちがっているのはジャンパーでなく背広の上着をきていることだけだ。

「えりちゃん」美由紀は近くにしゃがんだ。「どうして千葉までいくの？　東京湾観音にいくのが、どうしてそんなに重要なのかな？」

えりは顔をそむけた。美由紀が位置をかえてのぞきこむと、えりはうつむいた。

きのうクルマで送ったとき、表情から思考が読みとれることについて話したのを思いだした。「ごめん、えりちゃん。考えをさぐったりしないから、顔をかくさないで。おねがい」

えりはためらいがちに顔をあげたが、まだ不安そうに視線をおどらせていた。

ほんとうは教典のことをききたい。だが、絶対に無理強いしてはならない。いまはこの子の心を開くことに集中すべきだ。

美由紀は笑いかけた。「きょうもまた、お父さんの上着をきてるのね。どうしてなのかな。ふつうのお洋服をきてるほうが、ずっとかわいいのに」

えりはまたうつむいて黙りこくった。

「きょうは暑いね」美由紀はえりの両肩に手をかけた。「こんなにぶあつい上着をきてるとへんよ」

美由紀がうながすと、えりはすんなりと上着をぬいだ。緑のカーディガンに青のスカートを身につけていた。

美由紀は上着をたたんで腕にかけた。「いいお洋服じゃない。ねえ、えりちゃん。途中からだけど、学校へいこう。先生が送ってあげるから」

えりの表情が曇った。激しく首を振った。

「やっぱり、いきたくないの？」

えりはうなずいた。

「どうして？」

えりはうつむいたまま、肩を震わせた。やがて、大きな涙のつぶがしたたりおちた。えりは顔を真っ赤にして泣きじゃくりはじめた。

「えりちゃん」美由紀は肩をそっと抱いた。「ねえ、泣かないで。むりになんていわない。きょう、千葉へいってたことも、お父さんたちには内緒にしてあげる。だから、ひとつだけおねがい。学校にいきたくないのは、なんでなのかな。なにがいやなの？　おしえて。力になってあげるから」

えりは泣いたまま顔をあげた。「ほんとに？」

「うん」美由紀は大きくうなずいた。「だからおねがい。ぜったいに、えりちゃんが困るようなことにはならないから。おしえて。どうして、学校にいきたくないの？」

えりは瞳にいっぱい涙をためていた。泣いているせいで、言葉が思うようにでてこないようだった。それでも懸命に息をすいこんで、徐々におちつきをとりもどしてきた。美由紀は黙って、えりの顔を見つめつづけた。やがて、えりの口がひらきかけた。

対処

デスクの上に数十枚のプリントをぶちまけた。座っていた女性教師は、目を丸くして顔をあげた。四十歳すぎぐらいの、やせた神経質そうな女だった。宮本えりのクラスの担任で、坪内という名だときいている。厚く塗りたくった化粧はまるで顔に貼りついたパックのようだった。

美由紀はデスクのわきに立って、坪内を見おろした。「これがなんだか、おわかりでしょう」

坪内は怪訝な顔でプリントに目を落とした。美由紀は周囲を一瞥した。美由紀が足を踏みいれてから、職員室のなかは静まりかえっていた。教師たちはぽかんと口をあけてこちらをながめているか、そ知らぬふりをして顔をそむけているか、どちらかだった。

「これが、どうかしましたか」坪内はプリントをながめたままいった。

「英語に化学に物理。どれも大学入試の問題集をコピーしたものです」美由紀は怒りをおさえながらいった。「そしていずれも、あなたが担任をしている宮本えりちゃんに課題として押しつけたものでしょう」

坪内は椅子の背に身をあずけた。手にしたボールペンをもてあそびながらいった。「ああ、そのことですか」

「ほかの子がふつうに授業に参加してるなかで、えりちゃんだけはこんなものをやりなさいといわれて、しかもできるまで帰しませんと脅された。それらは事実なんですか」

「そんなにおおげさなもんじゃありませんよ」やれやれというように、坪内は身体を起こした。「うちのクラスでは、何度いっても遅刻してくる子にはむずかしい問題をだしますよといってあるんです。一日おくれるたびに、一学年ずつ上の問題をやらせるんです。もちろん、解けないことはわかってますよ。でもそれで懲りて、遅刻してこなくなるものなんです」

「つまりこの大学受験の問題が出されたのは、それだけ連続して遅刻したえりちゃんのせいだとおっしゃるんですか」

「ある意味では、そうです」坪内はあっさりといった。「何度いっても遅刻をくりかえす。それでご両親に電話をかけたら、かえってどやされてしまう始末でしてね。うちでは時間どおりに学校にいくよう指導してる、うちの子が悪くなったのは学校のせいだなんて、一方的におっしゃるんです」

「たしかに、あの家は少々変わっています。ご両親と意思を通じあうにも骨がおれるでしょう。しかし、だからといってえりちゃんを苦しめることはないはずです。これじゃ、いっそうえりちゃんは登校できなくなるじゃありませんか」

「そんなことはありません」坪内はボールペンでデスクの上を指した。「これらのプリントをこなさなくても、反省文を十枚書いてきたら許してあげることになってます」

「反省文だなんて、そんなものはむりに書かせるものじゃありません。えりちゃんに悪いことをしたという罪の意識を植えつけることになります」

坪内は上目づかいに美由紀をみた。「そうですよ。なにがいけないとおっしゃるんです。遅刻をくりかえすことは悪いことだと、きっちり教えこむためには最善の策だと思いますけど」

「えりちゃんは好きで学校をさぼっているのではありません。本人も話したがりませんが、れっきとした理由があるんです」

「児童は学校へ通うのが義務です。それができないのは本人に自覚がないせいです」

あきれるほどにステレオタイプな教師だった。自分の責任を棚にあげて、すべてを子供のせいにしてしまっている。いまだにこんな教師がいるなんて。

美由紀はデスクに両手をついて、身を乗りだした。「授業に参加できなければ、えりちゃんは学力的にどんどん遅れていってしまうでしょう。それに友達とも話があわず、孤立してしまいます」

「それもこれも、遅刻してこなければいいだけの話です」

坪内は腕時計に目をやった。自分は時間に追われている、そういいたげな態度だった。

美由紀はこの女性教師の方針にどんな意味があるのか、気づきつつあった。「あなたはえりちゃんを見せしめにしてるんでしょう。ほかの子たちに遅刻させないための、捨て石にしてるんです。それじゃ体罰とおなじです。いえ、もっと悪い。陰湿ないじめも同然です」

坪内はむっとした。「あなたはいったい、なんの権限があってそんなことをおっしゃるんです。カウンセラーとおっしゃいましたが、ちゃんと資格を持っておられるんですか」

「当然です」説明しようかとも思ったが、無意味だと悟った。臨床心理士という資格があることさえ知らない人間がほとんどだ。

美由紀はあえて静かにきいた。「えりちゃんを今後、どうされるつもりですか」

「べつにどうもしません。いままでどおり、遅刻しないように指導していきます」

「あなたは責任のがれをされるつもりですね」美由紀は怒りを隠さずにいった。「学校はあさってから春休みになる。新学期からは、担任がべつの先生にかわる。このまま問題をひきずったまま、手をはなれるのを待ってるんです」

「だからどうしろというんですか」坪内はにたにたと笑いをうかべた。「これがわたしの指導法ですし、ほかの児童はちゃんとしたがってくれてます。教師としてのやり方について忠告してくださるのはかまいませんが、わたしも忙しいんです。それに、この学校には文部省から派遣されてきているスクールカウンセラーがいます。宮本えりさんをご家庭で指導されるのは勝手ですが、学校にまででしゃばってこられるのはおかどちがいです。わかりますか」

美由紀は坪内の顔をじっと見つめた。いまはなにをいってもむだだ。こういう陰険な人間は、へりくつで優位に立つことに全力を注ごうとする。その結果、議論は極端に子供じみてしまう。

「ええ。よくわかりました」美由紀はそういいのこし、戸口へと向かった。

廊下にでるとき、坪内が吐き捨てるようにつぶやいたひとことが美由紀の耳にとどいた。大きなお世話。そういった。自分が児童だったら、この扉に蹴りをあびせていただろう。美由紀はそう思った。だがむろん、そんなことはしなかった。わたしはあの子を、宮本えりを苦難から救わねばならない。むだにエネルギーを消費しているひまはない。

国の内部に巣食う敵には対処しにくい。会議が終わったばかりの安全保障室で、野口内閣官房長官はぼんやりそう思った。

なぜか一九五〇年代半ばの六全協決議のことばかり思いだす。たぶん、いま目の前にある危機についても、あのような解決法を望んでいるからだろう。敵意むきだしの相手がみずから穏便路線に転じてくれれば、これほど楽なことはない。しかし、そんな楽観論を恒星天球教にあてはめるのは不可能に近い。彼らはたんに権力を欲しているだけではない。暴力と破壊を好み、みずから国家そのものを滅ぼしたがっているように思える。わが国がこんな癌《がん》細胞を抱えこむことになろうとは、予想もしていなかった。これでは対外的な信用さえも失ってしまう。

列席者の大臣たちが席を立ち、部屋をでていく。きのうにくらべると、列席者たちの表情は重かった。いや、ほんらいあるべき空気になったのだろう。政府首脳陣は恒星天球教に死刑宣告を受けている。猶予は四日。その事実が、ようやく能天気な大臣たちにも受けとめられたらしい。

酒井経済企画庁長官が扉に向かう途中で足をとめ、ふりかえった。「官房長官、どうかされましたか」

「いや」野口はいった。「ちょっと考えごとをしているだけだ。先にでてくれ」

「あまり深刻になられると、お身体にさわりますよ」酒井はいかにもつくったような笑いをうかべていった。「娘さんの結婚式まで、日数もないですし」

野口は不快な気分になった。「すまないが、ここでその話は遠慮してくれないか。国家の有事について論じる場で、私のプライベートな話題をもちださんでくれ」

「こりゃ失礼」酒井は悪びれたようすもなくいった。「以後気をつけます」

大臣たちにまじって酒井が扉の向こうに姿を消すと、野口はようやく胸をなでおろす気分になった。

胃の痛みが増している。少し身体を動かすだけでも、かなりの苦痛がともなう。野口はテーブルに両肘をつき、うつむいた。

今回の会議では警察庁長官から捜査の進展状況について報告があった。角屋和夫が身を寄せていた東洋ライフケア・コーポレーションに関して、いくつかの事実が浮かびあがった。三年前からの脱税疑惑、健康セミナー開催のさいに会場を提供してもらうため区役所に贈賄をおこなったとされる疑惑などがあった。催眠商法によって不当に高価な食品を売りつけられたとする被害届けも数多くあるが、立件は困難だという。同社の社員は催眠商法その他の事業内容にはかたく口を閉ざし、かんたんな質問にすら応じようとしない者がほとんどだという。社長の八巻晃三は大学で社会心理学を学んでおり、その知識をうまく利用して催眠商法による資金集めを実践していると思われる。同時に、八巻には暴力団とのつながりもあり、中国やロシアから拳銃を密輸していたといううわさもある。警視庁のプロファイリング・チームによる推察では、東洋ライフケア・コーポレーションそのものが恒星天球教としての裏の顔を持っているという可能性が高く、九十パーセント以上の確率で八巻晃三が阿吽拿教祖であると断定できるという。

警視庁では東洋ライフケアの内偵をすすめるいっぽうで、社長の八巻晃三に捜査本部の刑事を接触させ、ようすをみたという。きのう野口が要請したとおり、千里眼のカウンセラーも同行したらしい。カウンセラーの意見では八巻と教団の接点は感じられなかったというが、警察庁長官はその意見に懐疑的のようだった。われわれは捜査のプロです、警察庁長官はそういった。占いを頼りにする方針は持ちあわせていません。

ひょっとして自分は、神風のような奇跡が起こることばかりを期待しすぎているのだろうか。野口はそう思った。六全協のみならず、安保闘争も時間とともに下火になり、オイルショックも当初の騒ぎほどには大きな問題にならず、湾岸戦争への自衛隊派遣問題も、戦争自体の決着が早かったためにことなきをえた。戦後の日本はまさに放任主義の政策がすべて最良の結果に結びついていた。だがここへきて、そういう方針によってもたらされる恩恵が絶対的なものでないことが、しだいにあきらかになってきた。バブル崩壊、平成大不況、そしてカルト教団・恒星天球教の台頭。

思想から経済まであらゆるジャンルにおいて、放任主義の国内政策でなければ、こうまでカルト教団が勢力をのばすことはなかっただろう。しかし同時に、戦後の高度経済成長もありえなかったはずだ。利点を得ようとすれば、副作用はかならずつきまとう。どこかの国のことわざにあるように、窓をあければそよ風だけでなく、埃《ほこり》も一緒に吹きこんでくるものだ。

放任か。結婚について娘の加奈子にいった最後の言葉がそれだった。好きにしろ。加奈子にはそういった。それ以来、いちども口をきいていない。そういう態度をとれば、結婚をあきらめてくれると踏んでいた。だがそれは過ちだった。加奈子はあの野党の若手国会議員との結婚をきめてしまった。

手放しで事態が好転することなど、ほんらいありえないのではないのか。だとするなら、いまの自分にいったいなにができるのだろう。結婚式への欠席を正当化するために会議を長引かせるなど、やはり論外だ。それ以前に、野口自身が命を落とすこともありうる。それが、いま目の前にある危機なのだ。

もし自分が恒星天球教の攻撃によって死んだら、娘はどうするだろう。

いや、そんなことを考えるのはよそう。事件は解決目前だという警察庁長官の言葉を信じるべきだ。戦後、日本は平和を維持してきた。自分の内閣官房長官の任期中にかぎって、それが崩壊するとは思えない。

野口は顔をあげた。ふと、室内にまだひとりの人間が残っていることに気づいた。頭のはげた、航空自衛隊の制服を着た人間だ。たしか仙堂という名の航空総隊長だった。仙堂はなぜか酒井経済企画庁長官が座っていた席で、テーブル上の埃を紙の上にかき集めるようなしぐさをしている。野口の視線が注がれていることなど、まったく意に介していない。

「きみ」野口は声をかけた。「どうかしたのかね」

仙堂はびくついたようすで顔をあげた。いえ、べつに。そう答えて、薄笑いをうかべた。

野口がじっと見つめていると、仙堂は手にした紙を水平に持ちながら、そそくさと扉へと向かっていった。

野口はぼうぜんとしてその背を目で追っていたが、仙堂が退室すると、椅子の背に身をうずめた。思わず漏れた自分のつぶやきを耳にした。「自衛隊じゃ総隊長が机の掃除をするのか？」

弛緩

午後七時半をまわっている。

二メートル四方もある大きな檜の風呂に、八巻晃三のでっぷりとした身体がおさまっていた。かゆみを感じたのか、背中を風呂桶の内側に押しつけ、身体をゆすった。白い湯気をたてる湯が海原のように波うった。

上機嫌らしく、鼻歌を口ずさんでいた。肥満しきったうえに、たるみきった身体の肉をタオルでこすりながら、ときおりなにかを思いだしたように無邪気な笑い声をあげた。

浴室の窓はあいていて、夜空にぽっかりとうかんだ満月がみえている。八巻は浴室の戸口を背にして、その窓をみあげる位置に身体を移した。演歌とも浪曲ともとれる歌を、いっそう声をはりあげて歌いだした。ふつうの民家なら近所から苦情がくるだろう。だが、ここは広大な敷地をもつ八巻邸のなかだ。周囲には静寂につつまれた日本庭園だけがひろがっている。愚痴をこぼすのは池の鯉ぐらいのものだろう。

戸口に背を向けていた八巻は、浴室にひとが忍びいったことにまるで気づいていないようすだった。爪に透明なマニキュアが塗られた、白くほっそりした女性の手が八巻のはげあがった後頭部に近づきつつあることを、知るよしもなかった。

女性の手は電気コードにつながれた小さな吸盤を三つ持っていた。それを八巻の後頭部に、正三角形に位置するように貼りつけた。八巻はまだ気づかない。調子にのって鼻歌に興じつづけている。

十秒ほどすぎた。八巻の片手が頭にのびた。後頭部に違和感をおぼえたらしく、爪をたてて かきはじめた。その爪が徐々に吸盤に近づいていく。指先が吸盤に触れた。

八巻の手が凍りついた。一瞬ののち、大きな波をたてて八巻は上半身をおこした。電気コードをさぐりあて、吸盤をひきはがした。それを顔の前にもっていき、しばしながめる。それからこちらをふりむいた。汗だくになった顔には、驚きもしくは恐怖の感情がうかんでいた。

一部始終をながめていた美由紀は、笑いをこらえるのに必死だった。吸盤をはりつけた友里佐知子は、手もとのノートパソコンを操作するのにいそがしかった。

「なんだ!」八巻は大声をあげた。「どこから入った!」

八巻は浴室にいる人間の顔を見わたした。友里、美由紀、それに八巻の顧問弁護士。むろん、八巻以外はちゃんと服を着ていた。とくに弁護士は、このサウナのような蒸し暑さのなかでもネクタイひとつゆるめずにいた。眼鏡をかけていたが、くもってしまったのではずしたようだ。近眼で焦点があわないのか、または困惑を深めているせいか、さかんに目をしばたたかせている。

「いったいなんの用だ！」八巻は顔を真っ赤にしてさけんだ。

「静かに」友里は冷静にノートパソコンをあやつりながらいった。「もうじき、データがでますから」

「データだと？　なんのだ」

ピッと電子音がした。画面に脳波をあらわす流線形のグラフが表示されたことを、美由紀はみてとった。友里はため息をつき、パソコンの画面を八巻に向けた。「これ、なんだかわかりますよね」

八巻は風呂桶から身を乗りだし、食いいるように画面を見つめた。

友里はいった。「いまから一分前のあなたの脳波。みてのとおり、アルファ波からほとんどシータ波へ移行しています。ごぞんじのとおり、これはきわめて深いトランス状態です」

八巻は口をあんぐりあけて、友里をみあげた。「まさか、これが」

「そう」友里はそっけなくいった。「わずか三秒で深いトランス状態に入る自己催眠法。つまりたんなる入浴ね」

ぼうぜんとしたまま、口をわなわなと震わせている八巻に、美由紀は説明した。「たしかに自律訓練法が時代遅れだっていう、あなたのお考えは正しい部分もあります。シュルツが自律訓練法を考えだしたのはずっと昔のことです。その当時は人間にとって最もリラックスできる行為、すなわち入浴というものがいつでもできるわけではなかった。すきなときにお湯をわかし、すきなだけ入ることができなかった。だから解消しないストレスもあった。でも現代ではちがうんです。お風呂に入ることで、最大限に深いトランス状態に入ることができるんです。ただみんながそのことを、意識していないだけの話です」

「そういうわけです」友里はノートパソコンをたたみ、フロッピーディスクをひきぬくと弁護士に投げてよこした。弁護士がめんくらいながら受けとると、友里はいった。「それが証拠のデータ。さっき交わした書面の条件と照合してちょうだい。わたしは八巻さんに契約どおりの自己催眠法をお教えしました。明朝からさっそく、八巻さんのすべての資産の差し押さえにかかってちょうだい」

「ちょっとまて!」八巻は立ちあがろうとしたが、全裸であることを思いだしてまた湯船に沈んだ。「こんなものは詐欺だ!」

「そうかしら」友里は軽い口調でいった。「なんなら訴えてくださってもいいわよ。裁判になればあなたの会社の営業内容がすべて明るみにでることになるわ。いままで警察が踏みこめなかった催眠商法のからくりも、詳細にわたって検討されることになるでしょう。そうなってもいいというんなら、好きにすれば?」

友里はにっこり微笑んで、戸口へ向かっていった。八巻はゆで蛸《だこ》のように赤くなった顔で、歯をくいしばってうめき声をあげた。半泣き顔だった。弁護士が歩みよった。八巻は怒りをあらわにし、子供のように両手で湯をすくって弁護士にあびせかけた。この役立たず！　そうさけんでいた。美由紀はしぶきをさけて、戸口の外へ駆けだした。

ひっそりと闇につつまれた日本庭園を玄関のほうへ歩きながら、美由紀は友里にきいた。「先生。本気で、八巻さんの資産を差し押さえるつもりですか」

「いいえ。ただ、こうしておけば彼も反省するでしょう。恒星天球教の幹部だっていう、角屋和夫というひとの居場所もおしえる気になるでしょう」

得意そうにいって髪をかきあげる友里の横顔をみるうちに、美由紀は複雑な気持ちになった。

「どうかした？」視線を感じたように、友里がきいた。

「いいえ、べつに」美由紀は笑った。「ただ、友里先生がこんな方法をとるなんて、意外でした」

「そう」友里ははしゃぎ気味だった自身の態度を反省したのか、申しわけなさそうな顔になった。「ごめんなさい。わたしも気がすすんだわけじゃないけど、たまにはこういう強引な手段が必要になることもあるわ。これ以上テロの犠牲になるひとがいないように、一刻もはやく恒星天球教の正体に近づかなきゃいけない」

池の水面に街路灯の光が映りこんで、ゆらめいていた。昼間はきこえなかった鹿《しし》おどしの音が、一定の間隔をおいて庭園に響いた。

友里は苦笑した。「それにしても、さっきの八巻さんはすばらしく深いトランス状態に達してたわよね」

美由紀はうなずいた。「ふつうのひとが入浴したときの平均値より、ずっと深かったですよね」

「あれだけ大きなお風呂に入っていれば、ふつうよりずっとリラックスできて当然よね」リラックス。宮本えりの家にもこんなに大きな風呂があれば、もっと精神的にリラックスできるかもしれない。人間の心理は結局、ささいなことできまる。ちょっとした環境のちがいのせいで、ストレスがたまるか解消されるかにつながるのだ。

友里の言葉が、美由紀のもの思いをやぶった。「えりちゃんのことを考えてるのね」

表情にでていたのだろう。我にかえり、美由紀は息を吐いた。「きょうは午後からずっと、ことあるごとにえりちゃんに結びつけて考えてしまうんです。彼女が恒星天球教とどんな関わりを持っているのか、その真相をつきとめることは重要です。でもそれ以上に、解決すべき問題があるように思えてしかたないんです。両親は妙に怒りっぽい。子供はそのせいもあって精神面で追いつめられている。なぜ、そんな状態にあるんでしょう」

「実の親子でない場合とかに、多くみられる例よね」

「でも、あの親子はれっきとした血のつながりがありますし、父親にはそれなりに収入があり、母も子も健康体です。借金もないときいています。問題があるようにはまったく見うけられないんです。でも、なぜああなんでしょう。なぜ、リラックスできないんでしょう」

屋敷のほうから八巻のどなる声がした。おまえにいくらはらってると思ってるんだ！

友里は肩をすくめた。「世の中には、お風呂に入ってもリラックスできずに怒ってるひともいるからね。それはともかく、原因を心理学の範疇だけに求めちゃだめよ」

「どういうことですか」

「わたしは脳外科医としての知識と経験があるうえで、臨床心理学をまなんだの。そのせいで、さまざまな要因を考えることができるのよ。たとえば頭痛ひとつにしても、ストレスによる心因性のものかもしれないし、あるいは脳に異常があるかもしれない。なにか問題がおきたら、心理学以外の事例も考えてみることね」

「心理学以外の事例ですか」

「そう。これまでカウンセラーは、心理学っていう切り口だけですべてを解決しようとしすぎてきたわ。でも、世の中はそればっかりじゃないもの。えりちゃんのことも、おなじことがいえるかもね。家族がリラックスできないのは、物理的要因があるかもしれない。それぐらい、間口をひろげて考えることね」

玄関に達した。友里が外へでた。美由紀もそのあとにつづこうとして、ふと足をとめた。庭園をふりかえった。ふつうの家が何軒、この敷地におさまるだろう。だれもがこんな環境に暮らすことができれば、心の病はもっと減少するにちがいない。そういう意味では、友里のいったとおり、対人関係だけでなくほかの要因もたえず心理に影響をおよぼしているのかもしれない。

「リラックス……か」美由紀はひとりごちた。鹿おどしの音を耳にしながら、玄関の戸をくぐり、日本庭園をあとにした。

府中の航空総隊司令部の地下二階の廊下を、仙堂芳則は歩いていた。腕時計をみた。午後九時五十分。約束の時刻まであと十分ある。だが、もうまてない。一刻もはやく結果が知りたい。

何人かの自衛官とすれちがった。敬礼をかわしたが、相手の顔は見なかった。心ここにあらず、そんな心境だった。自然に歩が早まっていた。

技術部の札がついたドアの前にきた。ここは航空幕僚監部技術部の出張施設のうちのひとつだ。ドアをあけて足を踏みいれた。前方に伸びる通路の左右では白衣を着た男たちがコンピュータを操作したり、航空機のエンジンを分解したり組み立てたりする作業に追われていた。左手が技術第一課、右手が技術第二課だった。技術第一課は航空装備品などの研究改善の計画と総合調整・技術研究と技術開発の要求、技術資料の整理、制式・規格と取り扱いの技術指導などをおこなう。第二課は航空機・航空整備器材・航空支援器材・航空機搭載器材の研究改善・制式と規格、航空機などの技術資料の収集や航空機などの取り扱いに関する技術指導を実践する。

航空総隊長の仙堂はこの部署からあがってくる報告書を目にすることはあっても、直接足をはこぶことはめったになかった。しかし、きょうばかりは書類で結論を提出させるわけにはいかない。自分の耳できかねばならない。

通路を進んだ。突き当たりのドアをあけると、こじんまりとしたオフィスだった。机に向かい、顕微鏡をのぞきこんでいる技術者がひとりいた。長いあごひげに病的なほどやせこけた頬の持ち主だった。仙堂は声をかけた。「畠山《はたやま》」

畠山は顔をあげた。こちらを見て、うつろな目で笑った。「やあ、仙堂さん」

防衛大時代から仙堂とは同期だったが、入隊後にまったく対照的な道を歩んだ親友。それが畠山だった。こんなときに頼りにできるのは、彼しかいない。

「結果はどうだ？」仙堂はきいた。

「まあ、見てよ」

畠山が身を引いた。仙堂は顕微鏡をのぞきこんだ。一か所の根元から、三本の毛髪に分岐している。その拡大映像が目に入った。

「それで、どこのメーカーかわかったか」

畠山は笑った。「それがね、ずいぶんよくできてるんだよ、こいつは。ふつうの国内メーカーの増毛法じゃ、もっと簡単なやり方をしてる。だから髪を洗うときに注意が必要になる。ところがこいつは、自然かつ耐久性のある増毛法を実現してるんだ。これほどの技術力を持つメーカーはそうはないだろう」

仙堂はいらだった。「だから、そのメーカーがどこかをきいてるんだ」

「そういわれてもねえ」畠山はにやつきながらあごひげをなでた。「僕たちは航空技術の専門家だよ。警察の鑑識じゃないし、まして男性かつらの研究所でもない」

「そうか」仙堂は落胆を感じた。「まあ、そうだよな」

「だけどね」畠山はにやりとした。「不可能を可能にするのはエンジニアの仕事だからね」

畠山は引き出しを開け、一枚のチラシをとりだした。増毛法の広告らしい。白人の男性モデルが写っていた。文章はすべてフランス語だ。

「インターネットで見つけて、プリントアウトした。パレ・ロワイヤルっていうフランスのメーカーだよ。そこに説明してある増毛法の技術解説と、この毛髪の加工法が一致してる。世界の名士が発注してるっていう、男性かつらの最高級ブランドらしい。そのぶん、値が張るよ」

「酒井経済企画庁長官が使用してる増毛法は、いくらぐらいなんだ」

「そのチラシによると、増毛法ってのは面積で計算するらしい。部分的にはげてるだけなら安いってことだな。でもあんたの場合、全体に必要だからな。増毛法だけじゃなく植毛法も併用することになるだろう。表の一番下の価格じゃないのか？」

チラシには価格表が載っていた。一番下の値段を見て、仙堂はつぶやいた。「三十六万三千フラン？」

「そう。日本円で七百万円ってとこだな」

「七百万だと」仙堂は思わず声をあげた。「なんてふざけた値段なんだ」

「なら、もっと安い国内メーカーのに頼りなよ」

「それでは意味がない。自然な仕上がりじゃないといけないんだ。だいたい……」

仙堂は言葉をのみこんだ。ふいに畠山の顔がこわばったからだった。畠山の視線を追って、ふりかえった。杉谷監察官が、ドアのところに立っていた。

「ああ、監察官……」仙堂はあわてていった。「こんなところへ、なにをしに？」

「あちこち見回るのが私の仕事でね」杉谷は硬い顔をして、仙堂の手もとに視線を落とした。「それは、なんです」

困った。まさか総理府庁舎の安全保障室で拾ってきた経済企画庁長官の毛だとはいえない。仙堂はその場しのぎに答えた。「これは……資料です」

「資料？　なんの？」

「テロの手がかりを追っているうちに、気になる遺留品を見つけて、それで……」

「テロ？」杉谷は眉をひそめた。「恒星天球教のですか」

「ええ、まあ……」

「そんな重要な遺留品なら、警察の捜査本部に提出すべきでしょう」

「むろん、そうするつもりです。ただこれはなんというか、正式な遺留品ではなくて、私の勘みたいなものに従って調べているだけで……」

「それなら、技術部の設備や技術者を使うべきではないと思いますが」

「はい、ごもっとも」

杉谷は怪訝そうな顔で仙堂と畠山をかわるがわる見やったが、やがて強い口調でいった。

「上官が勝手な行動をとると隊の規律が乱れます。以後お気をつけ願いたい。それから、その遺留品とやらについてですが、発見から調査結果までの一部始終を文書にして提出してください。ほんらい自衛隊が手をつけるべき分野ではないが、やってしまったことはしかたがない。調査結果を添えて出せば警察も苦言を呈《てい》しにくくなるでしょう。文書ができしだい、すみやかに私から警察へ提出します。いいですね」

「ええ。わかりました」

仙堂が敬礼すると、杉谷は疑いぶかげな顔をしたまま、ドアの外へ立ち去っていった。

「やれやれ」仙堂はため息をついた。

畠山がデスクに腰かけていった。「どうするつもり？　内容を報告書にしたためるなんて」

「そんなものは、なんとでもなるさ。よく調べたら事件とは関係ありませんでしたといえばいいんだ。それより」仙堂はふたたびチラシを見つめた。「七百万とはな」

「空将ともなれば、それぐらいの貯金はあるだろう？　まあ、よく考えてみることだな」

仙堂は唸った。国家公務員である以上、階級があがっても給料はそれほどでもない。奮発すれば払えない額ではないが、妻は納得してくれるだろうか。まして、息子の信二が進学をきめられず、しばらく親のすねをかじるような状況になったとしたらどうする。

わかった、どうもありがとう。仙堂はそういいのこし、立ち去ろうとした。

そのとき、畠山がぼそりといった。「ねえ、仙堂さん」

仙堂はふりかえった。

畠山は、なにかの書類に目を落としながらいった。「スキンヘッドってのも威厳があっていいと思うよ。アメリカの将軍とかにゃ多そうじゃない」

元気づけるためにいってくれたのだろうが、仙堂はよけいに落ちこむ気がした。たしかに軍人はそうだろう。しかし、自分はたんなる公務員なのだ。

「よく考えてみる」仙堂はそういって、チラシをていねいに折りたたみ、胸のポケットにしまいこんだ。

後催眠

冷たい夜気のなか、美由紀は宮本えりの家から十メートルほど手前でバイクを降りた。上下ともジーンズを着て、スニーカーをはいてきたのは、今晩は野宿同然になる覚悟をしていたからだ。

家に歩みよった。予想したとおり、すでに明かりは消えていた。えりの部屋はたぶん二階だ。いまごろは、ぐっすりと眠りこんでいるだろう。きのうとちがい、犬が吠えなかった。これぐらいの時刻になると、完全に往来がとだえるのだろう。犬も安心して寝静まっているようだ。

家の周囲を歩いてみた。雑木林や畑ばかりだった。家の背後にまわりこんでみると、小さな裏庭があった。塀の向こうに物干し竿がみえる。どこにでもある一軒家だった。異なっているのは、付近に家がないことだけだ。ぽつんと孤立したたたずまいは、なんとなく寂しげだった。

裏庭からすこしはなれた草むらに、椅子がわりになりそうな石がころがっていた。そこに腰をおろした。きょうは月があかるかった。風はすこし強く、雲の流れは速かった。夜間のスクランブル発進を思いだした。どんなに天気が悪くても、高度をあげると徐々に雲の切れ間に月の光がのぞきはじめ、やがて雲海のうえにぽっかりとうかぶ月の姿がみえる。そこで水平飛行に移る。気が遠くなるような強烈なGのなかでかいまみた風景に、きょうの夜空は似ていた。

ジーパンの尻ポケットから、小型モバイルパソコンを出した。それを開いて電源をいれた。ワードプロセッサのアイコンをクリックしてから、音声認識入力のボタンをおした。こうしておけば、気づいたことをすべて文章にして記録しておける。

「現在、午後十一時半」しゃべったとおりに記録されるのを確認し、モバイルパソコンをかたわらに置いた。「宮本えりちゃんの家の近くに待機中。今夜の目的はふたつ。家族になんらかのストレスを蓄積させている外的要因がないかどうか、そして宮本えりちゃんが、なぜ千葉の東京湾観音へでかけるのかを確認することにある」

パソコンの画面をみた。ただしく変換され、表示されている。美由紀はつづけた。「まず、家族のストレスについて。たとえば急な山の斜面に建てられた家や、河川の岸近くに建てられた家に住んでいる場合、居住者は知らず知らずのうちにストレスをためていることがある。たとえば肩こり、腰痛といった健康面にあらわれ、ひどい場合は胃潰瘍《かいよう》などにもなりうる。たえず緊張感にさいなまれているので忍耐力が欠如し、怒りっぽくなることもある。ただし、居住者たちはその原因に気づかない。理由がわからないまま、無意識のうちにいらだったり、ささいなことで口論をおこしたりするようになる。その意味では、宮本家の状況は似ていると考えられる。ただしここには崖くずれが起こりそうな斜面もなければ、堤防も川岸もなにもない」

言葉をきった。静かだった。辺りにはだれもいない。クルマの音ひとつきこえない。国道まではかなり離れている。平和で、平穏で、のどかだった。草木のにおいが風にのってはこばれてくる。枝葉がかすかにざわめく。畑のほうからは、虫の音が届いていた。

ストレスがたまる原因は存在しない。そうとしか思えなかった。この辺りはまさに心身ともに健康に暮らすのには理想的な場所だった。空気が澄んでいた。都心にありがちな埃っぽさもない。心地よいばかりの自然。それがここをとりまく環境のすべてだった。

「まいったなあ」美由紀はつぶやいた。「ストレスの原因なんてどこにもないよ」

モバイルパソコンのハードディスクが小さな音をたてた。画面をみると、いまつぶやいたとおりの言葉がきざまれていた。まいったなあ。ストレスの原因なんてどこにもないよ。

苦笑した。だが、事実だ。ハードディスクの作動音なんて、よほどの静寂でなければきこえないはずだ。ここにはその静けさがある。公害とも騒音とも無縁の世界がある。

ため息をつき、張りのある声でいった。「とにかく、ここで十分な心理面のリラクゼーションがえられるかどうか、ためしてみることにする。自己催眠をおこなって、周囲の環境がまったく気にならずにリラックスできれば、ここには精神面に悪い影響をあたえる外的要因は存在しないことになる」

言葉が記録されたことを確認して、石の上に座りなおした。足を前になげだし、上半身はうつむきかげんにして身体の力を抜いた。両手はひざの上に投げだした。目を閉じて、いちど深く深呼吸した。

理論上、自己催眠によってトランス状態に入るためには、自律訓練法の六段階の暗示をひとつずつおこなうことになっている。だが、慣れてくればそんなに多くの暗示をおこなう必要はない。いくつか自分自身に暗示をあたえれば、自然にトランス状態に入っていくことができる。

美由紀はつぶやいた。「手足が温かい」

身体の力を抜ききって、その実感がわいてくるのをまった。こういうとき、積極的になろうとして無理にイメージを強めようとしてはいけない。自己催眠はずっと受動的な心理状態を保ちつづけねばならないのだ。心のなかで、その暗示をくりかえした。手足が温かい、手足が温かい。この暗示は、寝つけないときには自宅でよくおこなっている。ほどなくして、手足の温度があがるように感じられた。自己暗示が効力をもちはじめたのだ。

「頭がすっきりしている」つぶやいた。手足の温かさに対して、頭部は涼しさをイメージする。自己催眠に慣れていれば、このふたつの暗示だけで自分をトランス状態に誘導できる。どんなに緊張していても脈拍を遅くすることができ、おちつきをとりもどし、眠けをさそうことができる。

だが、リラックスしきれなかった。ストレスの外的要因がみつかったわけではない。姿勢のせいだった。硬い石の上でうずくまっていてはリラックスにも限度がある。目をあいた。ため息をついた。地面をみる。草はやわらかかった。なにか敷物をもってくればよかったと思ったが、かまわなかった。髪ににおいがつくかもしれないが、帰ってからシャワーをあびればいいだろう。地面に腰をおろし、その場に横になった。とがった草の先にかすかな痛みを感じたが、気になるほどではなかった。

手足を投げだし、目を閉じて、自己暗示をくりかえした。手足が温かい、頭がすっきりしている。

今度は、身体がゆっくりと重みを増すのを感じた。これは全身の筋力が抜けていくせいだ。リラクゼーションが深まっている。トランス状態に入り、その深度も増していく。辺りが気にならなくなり、ぼんやりとした心地よさのなかにいるのを感じた。おだやかに水のなかをただよっているようだ。十分にリラックスできている。やはり、この環境は爽快感をもたらす。ほかには、なにもない。澄んだ空気、静かな環境。それ以外には、なにもない。

いや。

さっきからなにか、もやのようなものを感じる。なんだろう。目を閉じたまま、視界になにか妙なものがうかんできている。まぶたをとおして明るさが感じられるのは、月の光のせいだ。だがそれ以外に、なにかがある。なにかが、リラクゼーションを妨害している。

目を閉じた暗闇のなかにオレンジいろの光が浮かんだ。それが帯状に長くなり、目の前をちらつくように感じられた。妙だ。こんな気分はいままで体験したことがない。リラックスしようとすればするほど、オレンジいろの幻覚は強くなる。不快感がこみあげてきた。どうしようもなく気分が悪くなった。身体に自然に力がはいっていた。肩に、腕に、力がはいっていた。目をあいた。身体をおこした。額に手をやった。汗がにじんでいた。

「なんだろう」ハードディスクの作動音を耳にしながら、美由紀はいった。「十分にくつろごうと思ったのに、なにかにかき乱された。心理的なものじゃない。ひどく気分が悪かった。なんだか、乗り物酔いのように……」

空をみあげた。前とかわらなかった。だが、今度はひどく気になるものが目に飛びこんできた。月の光をバックに、何本かの細い平行線が空に黒くうかんでいた。さっきまでは気にしていなかったが、いまはちがっていた。

「これだったんだ」美由紀はひとりごちた。

美由紀は宮本家の玄関のチャイムを押した。返事はなかった。むりもない。この環境のなかでは、深夜にたずねてくる客がいようはずがない。昼間ですら皆無の可能性もある。

それでも、美由紀はチャイムを押しつづけた。迷惑なのはわかっている。だが、どうしても確認したいことがあった。

やがて、どこかの窓から明かりが漏れてきた。だれか起きたらしい。靴をはく音がして、錠がはずれる音がきこえた。引き戸がひらいた。えりの母親、侑子がパジャマ姿のまま顔をのぞかせた。

すっかり化粧をおとしているせいもあって、まぶたがひどく重そうにみえた。うつろな目がしだいにさだまってきた。美由紀の顔を見つめて、不快そうにいった。「なんですか。こんな時間に」

「もうしわけありません。非常識なのは、重々承知しています。でも、どうか話をきいてください」

そのとき、えりの父親の秀治の声がした。「どうしたんだ」

パジャマにガウンをはおった秀治が、不機嫌そうな顔で歩いてくるのがみえた。眼鏡の向こうに眠たげな目があった。侑子と並んで立ち、美由紀をみると、露骨に嫌悪をしめした。「またあんたか。えりはもう寝ているよ。帰ってくれ」

秀治が戸をしめようとした。美由紀はとっさにその手を押さえた。「一分だけ、話をきいてください」

「なんだ」秀治は首の後ろをおさえながら、顔をしかめた。

「おふたりとも、このところ肩こりや腰痛がひどくありませんか。とくに寝入りばなのときに、それが強まることを感じませんか」

「やぶからぼうになんだ」秀治はいらだったようすだった。「こんな夜中にたたき起こして、そんなことを……」

「あるかないかをきいているんです。おねがいですから、答えてください」

秀治は舌うちしたが、いまいましげにつぶやいた。「まあ、あるにはある」

「お母さんは？」美由紀はきいた。

「ええ」侑子は不審そうな顔でいった。「腰が痛くて目が覚めることがあります」

「洗髪中に髪の毛が多くぬけたり、読書中に目がかすんだり、水分をとったときに酸味を感じたりすることがよくありますよね？」

「あるよ」秀治はぶっきらぼうにいった。

美由紀は侑子に目をやった。侑子もうなずいた。

「それに」美由紀はいった。「理由もないのに焦げくさいにおいを感じたり、皮膚がちくちくしたり、耳もとでなにかをたたくような音がきこえたりする」

「ああ、そのとおりだ」秀治は怒りをあらわにした。「それでなんだ。俺たちは精神異常だとでもいうのか。カウンセリングを受けろとでもいうのか」

「いいえ」美由紀は静かにいった。「でも、心身に異常がおきているのはたしかです。それは、この家の立地条件にあったんです」

「なんだと?」秀治は片方の眉をつりあげた。

「あれです」美由紀は空を指さした。「この家のほぼ真上を、高圧電流が通っています。この家はまちがいなく、強力な電磁波の影響下にあるんです」

「電磁波ですって?」侑子がきいた。

「ええ。電磁波によって脳血管に血行障害が起き、白内障や脱毛症、眼病、吐き気、倦怠感、頭痛、心臓の異常などにつながるんです。鉄塔の規模からみて、この高圧電流は一万マイクロワットを超えるマイクロ波を周囲に撒き散らしています。日本ではなんの安全基準もありませんが、アメリカではこの数値は……」

「いい加減にしてくれ!」秀治はどなった。「そこに高圧電流があるからって、勝手にきめつけるな!」

「きめつけてるわけじゃありません。それに、こういうことは当事者も少しずつ影響をうけているので、自覚のないまま症状が悪化しているのです。わたしはさっき、自己催眠でリラクゼーションをとってみようと思いました。ところが十分にリラックスできるはずの状態で、なにかがそれを妨害してるんです。自己催眠でトランス状態に入ると、そういう部分にはとても敏感になります。さきほどは、視神経になんらかの外的要因がくわわっていたのを感じました。あれが電磁波の影響なんです」

「また催眠か。こんどは風水師でも連れてこい。門がまえを変えろとか、好きなだけほざけばいい。だが、相手をするのはもうたくさんだ」

「そんなことはありません。前にもいったとおり、催眠はオカルトでなく科学的なもので……」

「催眠なんかくそくらえだ！」

そのとき、秀治の肩ごしになにかが動くのをみた。えりだ。こちらへ歩いてくる。

美由紀の視線を追って、秀治はふりかえった。侑子もふりむいた。そして、ふたりともぼうぜんと立ちすくんだ。

えりがふらふらとこちらへ歩いてくる。きょうもまた、大きな背広の上着をはおっている。靴をはいた。まるで両親の姿がみえないかのようにまっすぐ戸口へ向かってきた。秀治と侑子のあいだをぬけて、外へ歩きだした。

「えり！」秀治がさけんだ。「またお父さんの上着を持ちだして……」

美由紀は手をあげて秀治を制した。なにかがおかしい。えりのほうへ走った。えりはふらつきながらも、道を歩きつづけている。その前にまわりこんだ。えりちゃん、そう声をかけた。えりはなにも答えなかった。無表情だった。目はうつろだった。意識はある。判断力もある。だが、いまは自分のすることに没頭している。歩くことだけにとらわれている。そんな感じだった。立ちどまった美由紀をよけて、えりは歩きさっていった。

秀治と侑子が追ってきた。「どうしたってんだ、いったい」

美由紀はいった。「後催眠暗示」

「なに？」と秀治。

「まちがいありません。えりちゃんは後催眠暗示をうけてる」

「催眠術にかけられてるってのか？」

美由紀は答えなかった。ふたたび駆けだし、えりのもとに近づいた。ひたすら歩きつづけるえりのとなりで歩調をあわせた。

いちど催眠によって相手を深いトランス状態にいれ、目がさめたあとで特定の行動を起こすような暗示をあたえておくことを後催眠暗示という。だがそれは、世間が思っているような万能の魔法ではない。たんに暗示によって、そういう行為におよぶのが有意義だと信じこまされているだけだ。だから無理にひきとめて揺り動かすだけでも、後催眠暗示は解ける。だが、できればそんなことはしたくなかった。えりが不快になることはしたくなかった。

「えりちゃん、わたしの声をきいて」美由紀は相手に最適と思える話し方とリズムをこころがけた。「いまあなたは、とてもいい気分で歩いています。これからなにをしにいくのかな」

「電車に乗る」えりは歩きながらいった。

「電車で、どこまでいくの？」

「青堀駅」

「それからどうするの？」

「バスに乗る」

「どこまでいくの？」

「富津公園」

「それから？」

「タクシーに乗る」

「東京湾観音についたら、どうするの？」

えりはなにもいわなかった。足どりがはやくなった。

「えりちゃん」このままでは転んでけがをするかもしれない。美由紀は寄り添うようにしていった。「よくきいて。このまま三つ数えたら、身体の力が抜けて、その場でゆったりとします。ちゃんと受けとめてあげるからだいじょうぶ。ひとつ、ふたつ、みっつ」

ふいにえりが足もとからしゃがむように崩れおちた。美由紀はそれを抱きとめた。えりは目をとじて、ぐったりとしている。こういうときは、すべての後催眠暗示を終了させたと思わせなければならない。そうでないと、暗示の残効が消えないままになる可能性がある。

「えりちゃん、あなたは東京湾観音に着きました。さあ、どうするの？」

えりが身体を起こしかけた。「上まで昇る」

美由紀は間髪をいれずにいった。「さあ、上まで昇りました。なにをするの？」

突然、えりは立ちあがった。目を閉じたまま、上着の前をひらいた。身体をすこし、揺り動かした。動作はそれだけで、あとはただ立ちつくした。

「それだけ？」美由紀はきいた。「いま、なにをしたの？」

えりは黙りこくっていた。

「だれに、そうしろっていわれたの？」

やはり、返事はない。

美由紀はえりの身体を抱きよせるようにささえながら、いった。「よし、えりちゃん。いまのすべてを命令したひとがだれであれ、いまからわたしが五つ数えたら、すべての命令は完全に解けます。もう二度とこの時間に出かけようとは思わないし、こんな気分になることもいっさいありません。いつでも頭がすっきりして、自分の思ったように行動できます。じゃあ数えるよ。ひとつ、ふたつ。手、足に力がぐんと戻ってきた。みっつ、身体じゅうに力がぐうんと戻ってきた。よっつ、目の前もあかるい。まわりの音もようくきこえてます。さあ覚めるよ。目が覚めたあとは、もうだれの命令にもしたがわなくていいの。いつつ。はい」

えりは目をあいた。あぜんとした顔で、美由紀をみつめた。

「えり！」秀治が近づいて声をかけた。「だいじょうぶか」

美由紀が微笑みかけると、えりの瞳に感情の光が戻ってきた。顔がくずれ、泣きそうになった。むりもない、夢遊病から覚めたのとおなじなのだ。

美由紀はえりの小さな身体をやさしく抱きしめた。静かな声でいった。

「怖かったね。でもだいじょうぶ。もう平気だから。ねえ、ひとつだけおしえて。えりちゃんを東京湾観音にいくように命令したのは、だれなの？」

えりは泣きじゃくりながらいった。「わかんない」

「わからないってことは、知らない人だったってこと？」

「わかんない」

「そう。じゃ、どこかへんな場所へ連れていかれたってことはない？」

美由紀の胸に顔をうずめたまま、えりは首を振った。「そんなことない」

「だれかに、へんなこといわれたことはないの？　催眠をやってみないかとか、誘われたことはない？」

「ない」

美由紀はポケットから恒星天球教の教典をだした。えりちゃん、ちょっと顔をあげて。そうささやいた。えりの視線が、教典をとらえた。だが以前とはうってかわって、表情にはなんの変化もなかった。

「これ、えりちゃんが持ってた本だよね。おぼえてる?」

「うん」

「どこでもらったか、わかる?」

「……わかんない」

「でも、前はとても大事にしてたじゃない? どうしてたいせつにしてたのかな?」

「しらない。もういらない」

「なぜいらないと思うの?」

「わかんない」えりはつぶやいた。「もうイヤ」

美由紀はえりの頭をなでた。自分の不可解な行為を意識したせいで、恐怖をおぼえ混乱したのだろう。いまは休ませたほうがいいかもしれない。えりの小さな手を握った。そのとき、美由紀のなかに電気が走った。えりの手首に小さな、蚊にさされたようなあとがある。

「えりちゃん、これ、どうしたの?」美由紀はきいた。

えりは顔をあげて、触れられた手首をちらと見た。しらない、そうつぶやいて、また美由紀に抱きついた。

「ごめんね、えりちゃん」いまは彼女に休息をとらせるべきだ。美由紀はそう思った。

真相の究明は明日からでいい。「さあ、おうちに帰って寝ましょうね」

「やだ」えりは涙声でいった。「また、学校いかなきゃいけない」

「だいじょうぶ」美由紀は笑いかけた。「先生が力を貸してあげるから」

場違い

美由紀は東京晴海医科大付属病院の院長執務室で、壁の時計に目を向けた。午前九時十六分。爽快な朝とはいいがたかった。きのうも考えごとをしていたせいで、なかなか寝つけなかった。えりのことについていろいろ仮説を組んでみたが、納得のいく結論はだせなかった。

友里佐知子はいつものようにデスクにおさまっていた。美由紀の報告をひととおりきいたあと、たずねてきた。「それは、まちがいなく後催眠暗示だったの?」

「はい」美由紀は来客用の椅子に座っていた。「たしかです。えりちゃんは毎朝東京湾観音にでかけるよう、何者かに後催眠暗示を与えられていたんです」

「やれやれ」部屋の隅でキャビネットのなかを眺めていた蒲生がつぶやいた。「また催眠ですか」

友里はため息をつき、美由紀を手まねきした。美由紀が立ちあがってデスクに近づくと、友里は小声でささやいた。「えりちゃんが恒星天球教の教典を持っていたってのは、刑事さんにいわないほうがいいわね」

「ええ、そう思います」美由紀もつぶやいた。

蒲生がふりかえってきいた。「なにをこそこそ会話してるんです」

美由紀は質問を無視し、蒲生にいった。「後催眠暗示はれっきとした技術です。禁煙したいひとに、このあとずっとタバコがまずく感じられるという暗示をあたえると、ほんとうにそのように感じてタバコをやめられるんです」

「ほんとに？」蒲生は目を丸くした。「まさに魔法じゃないか」

「ちがいます。そういう催眠療法にもちゃんと裏付けがあるんです。人間は苦手を克服しようとするとき、理性で努力しようと自分にいいきかせます。すると理性であれこれ考えがちになり、かえって本能的な力が抑制されて達成できなくなってしまいます。ようするに、がんばろうとすればするほどうまくいかなくなるんです。これを努力逆転の法則といいます。しかし催眠によるトランス状態に入れて理性のはたらきを抑えると、十分に自分の力が発揮できます。それでタバコをやめる意志も確固たるものになるんです」

「ほう。努力逆転の法則ねえ。しかしタバコがやめられるってのは魅力的だな。ぜひ俺にも催眠をかけてもらいたい」蒲生は白い歯をみせた。

とぼけたひとだ。美由紀はそう思ったが、友里は笑顔をうかべた。「どうぞ、いつでもいらしてください。でも相談料はいただきますよ」

蒲生は一転して仏頂面に戻った。鼻を鳴らして、またキャビネットに向きなおった。

友里が美由紀にいった。「でも、催眠暗示というのは万能じゃないんだから、本人のいやがることは強制できないはずよ。あくまで本能的にそうすることを好むようにしむけるとか、それぐらいの効力しかないもの。禁煙だとか、食べ物の好ききらいをなくすとか、乗り物酔いをなおすとか。あくまで本人が催眠暗示を受けることをのぞんでいなきゃ、効果はでないはずよ」

「そうなんです。でもえりちゃんの場合、うまくもとの心理を利用されていました。それで暗示が効いたんです」

「というと?」

「えりちゃんは登校を拒否しがちなので、代わりにどこかへいくという暗示を受けいれやすかった。そうすることによって学校にいかなくてすむからです。あとで話をきいてみたところ、えりちゃんは自分が大人になったつもりで外出して、東京湾観音までいくようなイメージを植えつけられていました。だから父親の上着をはおってでかけたんです」

「でもいったい、えりちゃんにそんなことをさせて何になるというのかしら」

「それは謎のままです。それに、いつどこでその催眠暗示をあたえられたのかもわかりません。催眠中の記憶がなくなることはないので、本人はおぼえているはずなんですが、だれに催眠誘導されたか覚えていないというんです」

「催眠は完全に解いたの?」

「はい。現在ではまったく後催眠暗示は残っていません。ふつうの意識状態です。でも、暗示をうけたときのことを覚えていない。それと関係があるかどうかわかりませんが、手首に注射針のあとがあったんです」

友里はしばらく考えているようすだったが、やがて上目づかいにいった。「なるほど、薬物ね。カウンセリング科では薬品はいっさい使っていないけど、アンフェタミンで中枢神経を刺激すれば、興奮状態だったときの記憶が飛ぶこともありうるのよ。アンフェタミンと催眠暗示を併用した可能性があるわね」

「便利なものですな」蒲生が皮肉っぽくいった。「すると、やはりマインドコントロールは可能なわけですな。その薬品を注射して、どこかに爆薬をしかけてきなさいとか、ミサイルを発射しなさいとかっていう催眠術をかけられれば、本人はそれを実行したうえで、催眠術をかけられた記憶をなくしてしまい、完全犯罪になる。そういうことですかな」

「ちがいます」美由紀はうんざりしていった。「薬物で記憶が飛ぶというのは、お酒に酔っぱらって一時的に記憶をなくすのとおなじことです。薬物を使ったからといって、催眠暗示でいっそう凶悪なことをさせられるという意味じゃないんです。暗示はせいぜい、本人が拒絶しないていどのものしか与えられません。犯罪を起こさせるとか、自殺させるといったことはいっさい不可能です。えりちゃんも東京湾観音へ行くという、ただそれだけの軽い暗示しか受けていないんでしょうが、しかしなぜか、何者かがその催眠暗示をあたえたときの記憶をわすれさせるために、薬物投与をした可能性があるっていうことです」

「ふむ」蒲生は美由紀をじっと見すえた。「その何者かとは?」

美由紀は口をつぐんだ。恒星天球教だといえば、蒲生は目のいろを変えるはずだ。それは避けたかった。

妙な気配が美由紀をつつんだ。蒲生がなぜか美由紀を見つめつづけたからだった。色素の薄い瞳が、例のX線のような視線を発していた。まるでカウンセラーが、ひとの心理を読みとろうとするときの目つきに似ていた。

電話が鳴り、美由紀は我にかえった。蒲生はそ知らぬ顔で、また室内をぶらついた。

蒲生はなにを見ていたのだろう。自分の表情に、なにかがあらわれていたのだろうか。美由紀は考えた。だが、わからなかった。臨床心理士としての技術を身につけていない人間が、そうかんたんに心理を読みとれるとは思えない。だが美由紀のほうも、この年季のはいった刑事の顔からは内面をさぐることができなかった。

友里の手がデスクの電話にのびた。受話器をとらずに拡声ユニットのスイッチをいれた。

「はい」

「あんた、友里院長かね」スピーカーが割れるほど大きな声だった。それが八巻の声であることは、美由紀にはすぐわかった。

「そうですが」

「きのう会った八巻だがね。あんたに話がある」

「いそがしいんで、手みじかにどうぞ」

「あんたはひどすぎる！」八巻はいっそう声をはりあげた。「けさからいろんな連中がきて、家財に差し押さえの紙を貼りだした。このままじゃ私は一文なしになってしまう！」

「代わりになにかいただけるのなら、権利を放棄してもいいですけど」友里は蒲生に視線を送った。「角屋和夫さんの居場所についての情報提供など、理想的だと思いますが」

息を呑むのがきこえた。だが一瞬の間をおいて、八巻の声がいった。「わかった！　おしえてやる！」

友里は美由紀を見て、微笑をうかべてウィンクしてみせた。


午前十時半。

曇り空の下、二階建ての木造アパートの一階部分には、二十人以上の警官がつめかけていた。代々木上原には高級住宅街もあるが、すこし裏手にまわればこういう老朽化したアパートがたくさんある。家賃は二万円台、風呂はなく、コインランドリーも共同。親の金で上京している学生などはまったく住みたがらない。居住者は賃金の安いところで働いている外国人か、独居老人と相場がきまっていた。むろん東洋ライフケア・コーポレーションの社員である角屋は、もっと高い収入を得ているはずだ。ここはあくまで隠れ家として借りている、そういうことだろう。

手袋をした警官がノックをくりかえした。角屋さん、あけてください。警察です。何度か呼びかけた。返事はない。やがて、数人の警官が扉を蹴破ろうとしはじめた。大家が不在で鍵が借りられなかった、蒲生はそういっていた。警官が扉を蹴るたびに壁がきしみ、アパート全体が揺らいだ。二階から白髪頭の老人がしかめっ面をして見おろした。

美由紀は友里とともに、警官たちの後方でそのようすをながめていた。警察の指示で手袋をはめていた。だが、自分は刑事ではない。カウンセラーなのだ。これですべてが解決の方向へむかってくれることをひそかに期待していた。こうしているあいだにも、予定をキャンセルしたカウンセリングがたくさんある。相談者たちをこれ以上、困らせたくはなかった。なにより、宮本えりの身が心配だった。

大きな音をたてて扉があいた。警官たちがなだれこんだ。

蒲生が近づいてきて、友里と美由紀についてくるよう指示した。それにしたがって蹴破られた扉のほうへ向かった。

靴をぬいであがる必要はなかった。玄関先からでも室内は見とおせた。四畳半ていどの一室だけ。部屋の主はいなかった。敷きっぱなしのふとん、たんす、十四インチのテレビ、本棚。からになったカップラーメンの容器やペットボトルが散乱し、足の踏み場もない。異臭もはなっていた。すっぱいにおいだ。

靴のままあがりこんでいた蒲生が、枕もとにあった書類を手にしてながめた。それを読みあげながら、こちらへ歩いてきた。「きょうはこちらにおいでの奥様がたの、よろこんでいるお顔がみたくて参上しました。……こりゃ、健康食品セミナーの台本だな」

美由紀はいった。「じゃあ、角屋さんてひとが催眠商法の司会者だったわけですか」

「なるほどね」友里がつぶやいた。「八巻社長が彼をかくまおうとしたわけだわ」

蒲生は髪をかきむしった。「でも、いったいどこに消えたんだ」

部屋のなかを調べていた警官のひとりが、小さな段ボール箱を手にして歩みよってきた。

「蒲生さん」

箱のなかに電気コード、ペンチ、ドライバーがあるのがみえた。蒲生が手をつっこんで、かきまわした。やがてビニールにつつまれた、直方体の粘土の塊のような物体をつかみだした。「なんだこれは?」

美由紀のなかに緊張が走った。見覚えがある物体だった。美由紀はいった。「C4爆薬です。ダイナマイトの二倍の爆速をもつ、強力な破壊力の軍用爆薬です」

警官が驚いた顔をした。「なんでそんなこと知ってるんです」

「自衛隊でみましたから」美由紀は手をのばし、爆薬をにぎった。

蒲生はびくついたようにいった。「おい。慎重にあつかえ」

「起爆装置がなきゃ、ショックで爆発したりはしません」美由紀は淡々といって、それを段ボール箱にほうりこんだ。「どうやら恒星天球教の信者としては、次のテロの準備をしていたようですね」

「大家の話では、角屋はほんの一、二週間前にひっこしてきたばかりらしい」蒲生はしばらく考えこんでいたが、顔をあげて警官をふりかえった。「角屋畳店の出荷先のリストは？」

べつの警官が紙片のはさまれたクリップボードをさしだした。「これです」

蒲生はそれに目を落とした。「やつがテロ活動のためにこの部屋に越していたのだとすると、最も近い標的は……」

美由紀はそれをのぞきこんだ。いちばん近いと思われる住所はすぐに目に入った。読みあげた。「渋谷区南植町、南植神社」

「よし、いこう！」間髪をいれずに蒲生が叫び、外へ駆けだした。警官たちがいっせいに従った。

美由紀は友里と顔を見合わせた。友里は髪をかきあげ、浮かない顔で首を振った。美由紀も釈然としない気持ちになった。自分たちはいったい、なにをやっているのだろう。ひとを救うはずのカウンセラーが、見ず知らずの警官たちに囲まれて右往左往している。ただそれだけだった。彼らは容疑者の安全など意に介さない。少なくともそうみえる。だが、美由紀にとってはひとを追い詰めたり、傷つけたりするなどもってのほかだった。結局のところ、わたしはまたおなじことをしている。美由紀はそう思った。形は変わっても、国家権力の側に加わっている。個人のしあわせどころか生命さえも果てしなく軽んじる人々のもとにいる。離れようとすればするほど、また元のもくあみになる。努力逆転の法則。それが美由紀の人生だった。

座禅

パトカーで南植神社に移動するのに要した時間は、せいぜい十分ていどだった。民家の谷間にある、ごく小さな神社だった。すでに立ち入り禁止の柵がつくられ、見張りの警官が立っていた。きのう角屋畳店の出荷先からテロの標的がすべて割りだされたため、ここも警察の管理下に置かれていたのだ。

鳥居をくぐると左右を狛犬にはさまれた十段ほどの石段があり、そのすぐさきに賽銭箱があり、社殿がある。かなり古びた社殿だった。軒下には蜘蛛の巣が張りめぐらされ、壁には苔がはりついている。だが、角屋畳店から畳が運びこまれたということは、内部は改装されているのだろう。

美由紀と友里は警官たちとともに鳥居をくぐった。陽の光があたらないのか、周囲の裸木は力なくほっそりとしている。地面は枯れ葉で覆いつくされていた。石段をあがる前に、かたわらに手水舎《ちょうずや》があることに気づいた。水がでているようすはない。たまっているのも雨水のようだ。参拝する人間がいたとしても、寄りつきはしないだろう。

社殿の正面にきた。角屋さん、いるんですか。蒲生が呼びかけた。返事はなかった。あたりはひっそりとしている。ひとの気配はまったく感じられない。

蒲生はひとりごとのようにつぶやいた。「ここの畳はまだ調べていない。角屋が狙ってくる可能性は十分にある」

「蒲生さん」警官のひとりがいった。「爆発物処理班がきました」

美由紀はふりかえった。ヘルメットに防護マスクを着用した警官がふたりあがってきた。蒲生がいった。「社殿のなかを調べてくれ」

爆発物処理班はうなずいて、正面の扉の前にすすんだ。南京錠がかけてあったが、バーナーの炎で金属の閂《かんぬき》自体を焼き切った。観音開きの大きな扉を、ふたりの警官が左右に押しあけた。

美由紀は凍りついた。吹雪にみまわれたような寒けが全身を襲った。

扉の向こうに、異様な光景がひろがった。

無人と思っていた社殿のなかに、十数人の人間がいた。全員がこちらを向いて、横に五人ずつ三列ほどにならび、座禅を組んでいる。紺の詰め襟服は、ニュースで何度か目撃情報が紹介されていた恒星天球教の信者服だ。男も、女もいた。老人も若者もいた。いずれも無表情でうつろな目つきのまま、口もとをかすかに動かしながら、なにかをぶつぶつと唱えている。

社殿の床には畳が敷き詰められていた。光沢を放っている。真新しいものであることは一目瞭然だった。角屋畳店のものだろう。

警官たちは静止したまま、固唾《かたず》をのんでその光景を見つめていた。動けないといったほうが正確だろう。恒星天球教の信者が集まっている場は誰もみたことがなかった。しかもその眺めは想像を絶していた。信者たちは警官など眼中にないばかりか、目前の扉があいたことさえ気づいていないかのようだ。全員が口にしている教義か呪文のような言葉も統率がとれているようには思えない。それぞれが自分の世界に埋没し、外界からの刺激を完全に遮断しているようにみえた。

最前列の中央にすわっているのが角屋和夫であることに、美由紀は気づいた。あの顔の輪郭がわからないほどアップで撮られた画像と、まったくおなじ目をしていた。魚あるいは爬虫類のようなぎょろ目で、しかも焦点があわず虚空をさまよっている。あとの信者たちも、顔はちがいこそすれ目つきは大差なかった。

「角屋和夫だな」蒲生が声をかけた。だが、変化はなかった。彼らはまるで、べつの空間に存在しているかのようだった。

美由紀は鳥肌がたつのを感じた。カウンセラーになってから三年、自分はひとの精神の異常に対する偏見を完全にぬぐいさったつもりだった。どんな精神状態にあろうと、人間である以上は対等な立場で接すれば、かならず理解しあえる。それを学んできたはずだった。だが、いま目の前にひろがる光景はそれらを超越していた。こんな精神状態はみたことがない。そう思った。アルコール中毒とも、薬物中毒ともちがう。宗教に対していかに強い依存心を抱こうとも、こんな状況にはおちいらない。彼らはまるで人形だった。主体性を完全に喪失し、ただ座禅しなにかを唱えつづける人形と化していた。

「話しかけるだけじゃ無理のようね」友里はいった。「直接身体に触れれば、正気に戻すことができるかも」

美由紀はいった。「でも、危険じゃないですか?」

「そうはいっても、このままほうっておくわけにはいかないでしょう?」

友里が社殿にあがろうとした。扉を大きく押しあけたとき、ぶらさがっていた南京錠が音をたてて落ちた。友里がなかへはいろうとしても、信者たちは隊列をくずさず、ひたすら無表情に座禅しつづけていた。

が、次の瞬間、様相は一変していた。信者たちは突如、いっせいに両手を上につきあげた。叫び声をあげた。全員が目をむき、口を大きく丸くあけて、意味不明の大声を発した。犬の吠える声のようでもあり、怒りの雄叫びのようでもあり、悲鳴のようでもあった。無限に息がつづくかと思えるほど、信者たちは声を発しつづけた。

角屋の手をみたとき、美由紀は時間がとまったような気がした。高々とあげられたその両手のなかには、黒い直方体の物体があった。しかも、金属部分に赤い豆電球が点滅している。

Ｃ４爆薬。起爆装置が作動している。

「先生、危ない！」美由紀は叫んで飛びだした。友里がふりかえったとき、美由紀はその身体に飛びついた。友里の身体を強引に社殿からひきはなし、地面に押し倒した。周囲の警官たちがいっせいに地面に伏せるのが一瞬だけ視界に入った。

爆発音がとどろいた。閃光があたりをつつんだ。

友里の悲鳴がきこえた。だがすぐに、耳がきこえなくなった。なんの音もしない。すさまじい風が吹き荒れた。美由紀は友里の身体にしがみつき、地面に押しつけた。永遠とも思えるほど、長い時間がすぎた。そう思えた。突風が力を弱めた。実際には数秒のことだったのだろう。風がやみはじめたとき、意識が遠のいていった。気を失い、闇の世界におちた。

そこから、水面に急速に浮上するように、急速に意識が戻ってきた。戦闘機の強烈なＧに翻弄《ほんろう》されたときと、おなじ感触だった。目を開いた。視界は真っ白だった。砂埃と、煙だった。たくさんの枯れ葉が舞っているのがみえたとき、失明していないことをさとった。吐き気がこみあげてきた。それでも強引に、正気を保とうとした。失神しかけたとき、むりやり意識をひきもどそうとすることに、美由紀は慣れていた。ジェット戦闘機のパイロットにとっては、それが日課だった。急上昇から水平飛行に移ったときのマイナスＧを彷《ほう》彿《ふつ》とさせる。そんな気持ちの悪さだった。地上で体験するのははじめてだった。

ざわざわと人の声がきこえる。鼓膜も破れずにすんだようだ。強烈な刺激臭が鼻をついた。血のにおい。それが美由紀の頭のなかに刷りこまれていたのは、楚樫呂島での災害派遣活動の経験からだった。重傷を負った人々が運びこまれた避難所で、このにおいをかいだ。

自分の下に友里がいるのを思いだした。青白い友里の顔を見つめた。友里は目を閉じ、ぐったりとしていた。ぴくりとも動かなかった。

「先生」美由紀は身体を起こそうとした。激痛が走った。背骨が思うように動かない。腕の力でなんとか身体を浮かし、友里のわきに転がった。友里の全身をながめた。美由紀がかばったおかげで埃はあまりかぶっていない。

ようやく、上半身に感覚が戻ってきた。美由紀は這いながら友里の顔に近づいた。「先生！」

友里のまぶたがぴくりとした。やがてゆっくりと目を開き、ぼうぜんと美由紀をながめた。

安堵がおとずれるのを美由紀は感じた。「先生、だいじょうぶですか」

「ええ」友里は力なくいった。表情はやわらいだが、微笑むところまではいかなかった。

「なんとかね」

旅行

東京晴海医科大付属病院のカウンセリング科のオフィスで、美由紀はデスクについていた。

オフィスのなかは閑散としていた。午後二時すぎ。ほとんどのカウンセラーは出払っている。美由紀もほんらいならこの時間にはカウンセリングをおこなっている。それができないのは、警察の捜査に協力するため、きょう一日の予定をキャンセルしてしまったからだ。

身体のあちこちが痛んだ。たおれたときに膝をすりむいていた。駆けつけた救急隊員にガーゼと消毒液をもらい、自分で手当てした。救急隊員たちはそれどころではなかった。燃えさかる社殿から運びだされてくる遺体を運ぶのに忙しかった。遺体といっても、ほとんど原型をとどめてはいなかった。そのいくつかを美由紀も目にした。身体のどの部分なのか、説明をきかないかぎりわからないありさまだった。消防車のわきで毛布にくるまって待っていたとき、蒲生がやってきて告げた。信者は全員死亡した。

さいわいにも、警察側は軽傷者が数人でただけで済んだ。目の前であれだけの爆発があったにも関わらず、助かったことが信じられなかった。だが、しばらくして美由紀は状況を分析した。ふつうのC4爆薬なら周辺の家屋もすべて爆風で吹きとんでいたはずだ。青森県での被害がそうだった。社殿で使用された爆薬は異なっている。おそらくイトチリン混合C4だったのだろう。酸化イトチリンは空気よりも軽いので爆風は上へ向かう。だから爆心から数メートル以内だけは破壊されるが、周囲に被害は及ばない。自衛隊でもトンネル崩落事故の救出などでは、イトチリン混合C4を用いることがある。しかし、なぜ今回の爆破にそのような爆薬を使用する必要があったのかはわからない。近辺の家屋に、巻き添えにしてはならない場所があるのだろうか。

美由紀はそのことを蒲生に話したが、蒲生は例のX線のような目でじろりと見かえしただけで、なにもいわなかった。近所を調べたほうがいいんじゃありませんか、そう美由紀が念を押すと、わかってる、そういった。それっきり、蒲生は美由紀に構おうとはしなかった。妙な刑事だった。いまだに美由紀に警戒心を抱いているようにみえる。なにか秘めごとがあるようにも思えるが、それがなんなのかははっきりしない。

警察のなかには楽観的な見方をする者もいた。これですべて片がついたかもしれんな、ある刑事はそういった。角屋という男はテロにあたって中心的役割を果たしていた。すなわち、角屋自身が恒星天球教のリーダーだったかもしれない。教祖の阿吽拿だとか、ナンバーツーの徒呈羅という人間がいるというのは、角屋のでっちあげにすぎないのではないか。末端の信者連中はともかく、テロに関わっていた凶悪な幹部たちは、これで自決したのではないか。そういっていた。

恒星天球教の行方も気になったが、それ以上に友里佐知子のことが心配だった。事件後の現場では、友里は毛布にくるまって震えていた。美由紀が話しかけても、青ざめた顔で小さくうなずくばかりだった。やはり、相当なショックだったのだろう。警察は美由紀と友里に事情聴取をしてきた。何人かの警官にいきさつを繰り返し話した。それが終わってようやく解放されると、友里はかすかに落ち着きをとりもどした。それでも午後の予定はすべてキャンセルせざるをえなかった。しばらく休みたい、友里は力のない声でそういった。

自衛隊の幹部候補生として訓練を積んだ美由紀とはちがって、友里佐知子はごくふつうの民間人だ。彼女のあまりに気丈な性格から、美由紀はそれを忘れつつあった。医療にたずさわる者として遺体は多く見ているだろうが、自身が死の恐怖に立たされたのは初めてのはずだ。ただ、友里がショックを受けた理由はそれだけではあるまい。美由紀もおなじく衝撃を受けていた。理解しがたい現実、それが目の前にあった。あの信者たちの目。あんな精神状態はみたことがない。どんな環境におかれても、どんな薬物中毒に陥ろうとも、あのような精神状態にはならないはずだ。異常心理にはどこかに理解できる側面がある。彼らにはそれがまったくなかった。しかも、全員で自爆する道を選んだ。どんなに深く催眠誘導されようとも、自殺する暗示を与えられて実行するはずがない。だとすると、彼らは自分の意志で自爆したことになる。しかし、なぜ。

いずれにせよ、友里佐知子が深い心の傷を負ったことはたしかだった。彼女を現場に行かせないで済む方法はなかったのか。美由紀はそう自問自答した。美由紀だけが捜査に協力すればよかったのではないか。だが、警察側は美由紀ではなく友里の能力を欲している。だとするなら、自分はなんなのだろう。友里のボディガードだろうか。そうだとしても、彼女を危険にさらしてしまった自分はボディガードさえ満足につとめられないことになる。

両肘をつき、デスクの表面をながめた。わたしはなにもできないのだろうか。

ふいに目の前にコーヒーカップが置かれた。白い湯気が立ちのぼっている。おどろいて顔をあげた。カウンセリング科科長の新村が、わきに立っていた。

「コーヒーをどうだね」新村はいつものごとく、愛想よくいった。

「ありがとうございます」美由紀はカップを手にしてひと口すすった。口のなかに痛みが走った。爆発のときに切ったのかもしれない。

「だいじょうぶか」新村が心配そうに顔をのぞきこんだ。

「平気です」美由紀はカップを置いた。「それより、友里先生の具合いはどうです?」

「ああ、身体のほうは心配ない」新村の目にかすかに不安のいろがよぎった。「だが、精神的なショックは大きかったようだ。いまプライベートルームで休んでるが、数日は仕事をキャンセルしたほうがいいだろうな」

「そうですか」美由紀はつぶやいた。

「そうだ、友里先生から伝言があるよ。ありがとう、あなたは命の恩人だって」

美由紀のなかに複雑な気持ちが渦巻いた。「いいえ。わたしたちが助かったのは運がよかったからです。あんなに社殿に近づくべきじゃなかった。警察に捜査をまかせて、わたしたちは後ろで見ているべきだったんです。友里先生にも、そう進言すればよかった」

「気にしすぎだよ」新村は美由紀の肩をぽんとたたいた。「すなおに無事を喜ぶべきだ。そうじゃないか?」

「ええ」弱音を吐きたくなる。美由紀は自分がそんな境地にいることをさとった。「でも、これからどうすべきかわからなくて……」

「すこし休暇をとるといい。友里院長も、きみのことを心配してたぞ。このところ働きすぎだって」

美由紀は苦笑した。「本業のカウンセリング以外のことで忙しくなっているだけです。それに、休むといっても、わたしには相談者の子供たちのことがありますし」

「院長にきいたよ。宮本えりという子の話を」

「ええ。とりわけ、えりちゃんのことが心配です。あの子は恒星天球教の教典を持ち、なぜか東京湾観音にいく催眠暗示をあたえられていた。催眠は解きましたが、住んでいる場所には強烈な電磁波の影響がある。あれでは、今後もずっと家庭不和がつのるばかりです」

「ご両親に、そのことをつたえてみたら？」

「つたえました。でも相手が冷静でないので、ききいれてくれません」

新村はふっと笑った。「じつはそのことで、友里院長からきみ宛てのプレゼントを預かってきてるんだ」

「プレゼント？」

新村は懐から封筒をだし、なかからチケットの束をとりだした。

美由紀はそれを受けとった。おどろいてたずねた。「東京・鹿児島間往復航空券？」

「そう」新村はうなずいた。「鹿児島にいいホテルがある。院長が旅行するときには常宿にしているところだそうだ。えりちゃんは明日から春休みだろう？　お父さんもたしか自営業だったね。家族旅行をプレゼントすれば、さすがにお父さんも嫌がらないんじゃないか？」

「でも、いいんですか？」

「ああ。ホテルのほうは院長が手配してくれるらしい。二泊三日だ。二泊すれば、家を離れて精神がリラックスしたことが比較的はっきりとわかるはずだよ。それを実感することができれば、えりちゃんのご両親もきみの意見に耳を傾けるんじゃないか」

たしかに、その可能性はある。だが、だからといってこんなに唐突に旅行の準備が整えられるものなのだろうか。「こんなにたくさんの航空券を、どうやって予約できたんですか？」

「それは私の力さ。日本エア・インターナショナルに勤務していたときの同僚に頼んで、まとめてあいている席を予約してもらったんだ」

「でも、なぜこんなにたくさん……」

「きみも一緒にいってあげるべきだからだ。静養にもなるし、えりちゃんがよろこぶよ」

「でも、ご両親がなんていうか」

「航空券とホテル代をだしてあげるのに、同行を拒否するはずはないだろう。嫌がっても、気にしなければいい」

九州へ旅行か。たしかにいい静養になる。しかし、美由紀にはほかにも仕事がある。

「科長、ご好意はたいへんありがたいんですが、わたしはほかにも予定があるんです。春休み中にも七人の子供たちのカウンセリングを毎日つづけることになってます」

新村はまってましたとばかりに、満面の笑いをうかべた。「だから、それだけの枚数の航空券を用意したのさ。きみの担当している子供たちとそのご両親みんなで旅行にいってくればいい。いい環境ならそれだけでカウンセリングの効果もあがる」

「全員ぶんの旅費をだしてくれるんですか？」

「ああ」新村はことものなげにいった。「ご心配なく。病院の経費で落とせるよ。院長は採算を度外視して、子供たちのことを考えてくれている。いや、きみのことをなによりも考えてくれているのかもしれないな。とにかく、これで宮本えりのすべての悩みが解決できるといいね。それに、これは重要な仕事だぞ。宮本えりが立ちなおったら、教団についての手がかりを思いだす可能性だってあるんだから」

航空券をながめるうち、美由紀は胸に熱いものがこみあげてくるのを感じた。友里のやさしさが身にしみた。

感謝します、美由紀はそういった。「うれしいです、とても」

新村はうなずいていった。「じゃ、私はこれから仕事だから。カウンセリングの人事を決めなきゃ」

「あ、科長」美由紀はふと思いついたことを口にした。「人事をお考えになるのなら、ちょっとお願いしたいことが」

「なんだね」

「じつは、スクールカウンセリングのことなんです」

午後三時をすぎた。

終了のチャイムが響きわたった。まだ廊下には児童の姿はない。春休み前の最後の授業だ、時間いっぱいまで教師がねばろうとしているのだろう。がらんとした廊下で、美由紀はひとりたたずんでいた。

荒々しく引き戸があいて、ノートやプリント類を手にした女性教師の坪内が教室からでてきた。こちらに歩いてくる。宮本えりの担任だ。足どりにいらだちがあらわれている。顔を真っ赤にしながらつぶやいていた。こんなこと、あるわけがないわ。

「坪内先生」美由紀はそっけなく声をかけた。「どうかしたんですか」

坪内はよほどいらだっていたのか、すぐわきに美由紀がいたことに気づいていなかったらしい。足をとめ、こちらをみた。その顔に怒りがひろがった。「またあなたですか。なんの用です」

「べつに。えりちゃんを迎えにきただけです」

坪内は眉をひそめた。厚化粧にひびがはいるのではないかと思えるほど、眉間にしわを寄せていた。「あなた、あの子になにをしたんです」

「どういうことですか」

「とぼけないでください」坪内は嫌悪感をむきだしにしていった。「あの子はなぜか、わたしが持ってくる問題集の答えを知ってました。あなたがどうにかして、答えをおしえたんでしょう」

やはり。そうくると思った。美由紀は平然といった。「どうしてわたしが、あなたの持ってくる問題集を知ってるというんです。それならべつの問題を出せばいいでしょう」

「出しましたよ」坪内の顔に困惑のいろがよぎった。「でも、それらもちゃんと正解した」

「えりちゃんの実力でしょう」

坪内はむっとしていった。「そんなはずありません。大学入試の問題ですよ。解けるはずがないんです」

「でも解いた。そうでしょう?」

坪内は手もとのプリントをひろげて、美由紀に押しつけた。「こんな問題、あの子に解けるわけがないでしょう」

美由紀はプリントの問題を読みあげた。「DNAを構成している塩基対をふたつ選べ。アデニン・ウラシル、アデニン・チミン、アデニン・グアニン、チミン・グアニン、チミン・シトシン、ウラシル・グアニン、グアニン・シトシン、ウラシル・シトシン。で、えりちゃんはアデニン・チミンとグアニン・シトシンを選んで、ちゃんと正解になってますね」

「いいですか、あんな遅刻魔で理科の授業もろくに受けてない子に、こんな問題が答えられるわけがありません」

「えりちゃんの学力が不足していると思うなら、なぜちゃんと授業を受けさせてあげないんです」

坪内は大仰に顔をしかめた。「そんなことは大きなお世話だっていってるでしょう。あなたに答える義務はない。どういう方法でカンニングしたか知りませんけど、こんなものは認められません」

「カンニングじゃありません。えりちゃんはちゃんと正解したんです。わたしがきのうの夜、おしえてあげたんです。出題者の心理の読み方をね」

「なんですって?」

「えりちゃんはアデニンとかチミンとか、なんのことかさっぱりわからなかったでしょう。でも、こう考えたんです。前半がアデニンになってるのが三つ、後半がシトシンまたはグアニンになっているものがいずれも三つ、前半がウラシルまたはチミンになっているものがいずれも二つ。そして、前半がグアニン、後半がウラシルまたはチミンなのがそれぞれひとつだけです。ここでまず注目すべきは三つもでてくるものです。出題者は常に正解が最初にあり、それから偽の答えをつくって正解がわからないようにしようとします。だから必然的に正解にかぎりなく近いものをなるべく多くつくります。よって三つもある、前半にアデニン、後半にシトシンまたはグアニンという形がいずれも正解の可能性が高い。ただその両者が結びついたものは単純すぎるので除外。次に注目すべきなのはひとつしか出てこない名称です。正解を目立たなくするためにばらばらの名称をならべるというのも出題者特有の心理ですが、そういう一個ずつ個別の名称のなかには必ず正解があるものです。だから前半がグアニン、あるいは後半がウラシルまたはチミンになっているもののなかにも正解がある。すると該当するのはアデニン・ウラシル、アデニン・チミン、グアニン・シトシンの三つ。いっぽう、五つを超える選択肢の場合は九割方、正解はいちばん最初には置かれないので、正解はアデニン・チミンとグアニン・シトシンです。おわかりですか」

「そんな、ばかな」坪内はぼうぜんとして見かえした。「すべての問題を、そうやって正解したっていうんですか」

「そうです。もともと試験問題なんて、しょせんは作成者の心理にもとづいてつくられたパズルみたいなものです。そうした解法のメソッドはぜんぶで十八種類しかありません。それらをすべておぼえてしまえば、どんな問題でも楽勝です」

「でも」坪内ははき捨てるようにいった。「そんな方法で正解するなんて、まっとうなやり方じゃないわ」

「なぜです」

「きまってるでしょう。受験生はちゃんと勉強して……」

「えりちゃんは受験生じゃありません」美由紀はきっぱりといった。「小学二年生の女の子です。そんな子に大学受験の問題を押しつけること自体、まっとうなやり方ではありりません」

「うるさい人ね」坪内はつぶやいて、美由紀の手からプリントをもぎとった。「あなた、何様のつもりですか。親でもないのに、訳知り顔であんな遅刻魔の子をかばって。どうせお金で雇われてるんでしょうけど、もっと身のほどをわきまえてくださいな。だいたいあなたは、なんの権限があって校舎に立ち入ってるの。部外者は外へ出てください」

美由紀はなにもいわなかった。坪内の肩ごしに、こちらに近づいてくる年配の男性が目に入ったからだった。学年主任の教師だった。授業が終了したら、ここに来ることになっていた。

「坪内先生」学年主任は声をかけた。

坪内はあわててふりかえった。「ああ、主任。ちょっとこちらのかたと指導についての相談をしてまして」

「ほう」主任はいった。「それで、参考になる話はきけたかな」

「いえ」坪内は首を振った。「学校の問題は学校で解決することですから」

主任はうなずいた。「そうだろう。だからあなたもなにかあったら、彼女に遠慮なく相談するといい」

「え？」坪内は当惑ぎみにたずねた。「どういうことですか」

美由紀はいった。「来年度から正式にこの学校のスクールカウンセラーに就任することになりました。以後、お見知りおきを」

「あなたが？」坪内は目をみはった。「でも、どうして……」

「わたしが自分から志願したからです」

坪内はあぜんとして美由紀を見つめていたが、やがて不服そうに主任をみた。「こういうのもなんですが、こんなひとをカウンセラーとして迎えるのはどうかと思います。もっと経験のあるひとのほうが……」

学年主任が表情を硬くした。「こんなひとってことはないだろう。岬先生は東京晴海医科大付属病院の臨床心理士だぞ。スクールカウンセリングで最高に定評があるときいている。うちの学校でも岬先生をお迎えできるのは、非常に幸運なことだ」

「そういうわけです」美由紀は坪内にいった。「さっきの話ですが、あなたが条件をつけたとおり、えりちゃんは大学受験の問題集に正解しました。ほうっておいても明日から春休みになり学年が変わりますから、あなたは肩の荷がおりるでしょう。でもその前に、はっきりさせておきたかったんです。えりちゃんはあなたのルールにのっとって、遅刻をすべて帳消しにしました。あなたの指導法に不適切な部分があることに、早急にお気づきになることを、切に望みます」

坪内は打ちのめされたように下を向いた。

「大学受験？」主任は怪訝な面持ちになった。「なんの話だ」

「いえ、べつに」坪内はそういったが、表情には焦燥のいろがあらわれていた。ちょっと話がある、学年主任は坪内にそういった。それから美由紀に向きなおり、軽く頭をさげた。「今後とも、よろしくおねがいします」

美由紀は礼をかえした。

うなだれた坪内が学年主任とともにさっていくと、美由紀は教室のほうをみた。児童たちがぞろぞろとランドセルを背負ってでてきた。そのなかに、宮本えりの姿があった。ほかの児童たちに、さよならと声をかけて手をふった。笑顔があった。美由紀はほっと胸をなでおろした。あの女性教師の課題をクリヤーしたことで、自然にあかるくなれたのだろう。それが友達との垣根をとりはらう第一歩になるだろう。

えりがこちらをみた。満面に笑みをうかべて駆け寄ってきた。「岬先生」

「えりちゃん、おめでとう。うまくいったみたいね」

「うん!」

「でも、あの技術はあんまりつかっちゃだめよ」

えりが怪訝な顔をした。「そうなの?」

「うん。テスト勉強はちゃんとしないとね。そうじゃないと、お父さんやお母さんも喜んでくれないよ」

両親のことをいわれて憂鬱になったのだろう。えりは暗い顔をしてうつむいた。

「心配しないで」美由紀は笑いかけた。「じつは、いいプレゼントがあるのよ」

別れ

夜が白々と明けはじめた。警視庁捜査一課の蒲生誠はコートの襟をひきよせながら、まだクルマの姿がほとんどない車道を警視庁に向かって歩いた。ここ数日、捜査本部に泊まりこんでいる。家には毎晩、電話をいれているが、いつも留守電だ。妻は早く寝るだろうし、息子は外をふらついているだろう。

夜を徹しての張りこみはこたえる。若いころはなんでもなかったが、歳とともに持久力が低下している。ほんの二、三時間でいい、横になりたかった。そんな理由で本庁へ舞い戻ってくる姿を、同僚だったあいつはどう思うだろうか。おまえ、墓参りで俺の仇を討つとかいっといて、そのていたらくか。そういうだろう。蒲生は苦笑した。そう、俺も歳をとった。

トレーナーを着たジョガーが白い息を吐きながら通りすぎていった。若い連中の体力がうらやましい、そんなふうに感じるようになった。それでも、まだ身体は動く。いまのうちに、すべてを解決してしまいたい。心の奥につっかえているものを、きれいさっぱりと流してしまいたい。

門のところにいた制服警官は顔見知りだった。敬礼だけして通用口をくぐった。こんな早朝には、駐車場も静寂に包まれている。停車しているパトカーのボンネットには霜がおりていた。建物に入った。当直の人間しかいない受付の前を通って、二階にあがった。ざわつきが徐々に大きくなってきた。廊下を歩いて、捜査本部へ向かった。

恒星天球教のテロ犯罪に対する特別捜査本部は、この二階にある。事件に関連して全国から寄せられる情報の数は半端ではない。この時間でも数十人の警官がひっきりなしに対応に追われている。

広島でテロ未遂事件発生、大声でだれかがそう告げたのが、廊下まで響いてきた。ただちに広島県警に連絡をとり、詳細をきけ。べつのだれかがそういった。動きがあったらしい。胸さわぎをおさえながら、蒲生は捜査本部のドアを入ろうとした。

そのとき、若い刑事のひとりがでてきた。蒲生が声をかけようとすると、その刑事はぶっきらぼうにいった。「蒲生さん、石木参事官がお呼びです」

なにをいわれるのかは見当がついていた。蒲生は室内に入ると、参事官のデスクへまっすぐに向かった。

眠たげな目で姿勢を崩しながら電話の応対をする刑事たちのなかで、警視庁刑事部参事官の石木はひとり背を伸ばして座っていた。年齢は蒲生よりやや若い。褐色のスーツをきちんと着こなしているが、あまりに情報が多く整頓がつかないのか、デスクの上には書類が散らばっていた。

　石木は切れ長の細い目でじっと蒲生を見つめた。「いままでなにをしていた」

「張りこみを……」

「きみは科学捜査研究所に畳を運搬する任務があったはずだ」石木は強い口調でいった。

「なぜ命令に従わない」

「調べたいことがありまして」蒲生は周囲の刑事たちの視線が背に刺さるのを感じていた。「報告書は読まれましたか」

「いちおう目は通した。だが、きみには与えられた仕事がある」

　思ったとおり、頑固な人間だ。蒲生はいらだちをおぼえた。「この事件には、まだわれわれが把握しきれていない裏が……」

「きみの考えは憶測にすぎん」石木は蒲生の言葉を制した。「報告の内容はあまりにも現実ばなれしているうえに、なんの根拠も裏づけもない。取るにたらない内容だ」

「それは偏見です」岬美由紀という女にもおなじことをいわれたな、そう思いながら蒲生はいった。「催眠という分野は専門家以外には突飛に思えるものです。しかし今回の件は、数年前の私の同僚のときとおなじく、催眠を凶器として用いている可能性があるんです」

「ばかな。ありえない」石木はいった。「私も大学で心理学全般を学んだ。催眠療法の実態について、きみよりは知識があるつもりだ。催眠で他人をあやつったり、自殺に追いこむなどナンセンスだ」

一般論だ。この石木という参事官も一般論にとらわれている。蒲生はそう思った。しかし、そんな常識が通用するのなら、俺の同僚は命を落としたりはしなかった。

蒲生の思考を見ぬいたように、石木はいった。「きみは数年前の事件で感情的になっているんだろう。そのことは忘れろ。今回の事件はまったく性質が異なるものだ。いいか、二度はいわないぞ。きょうの自分の任務はわかっているだろうな」

「はい」蒲生は淡々と答えた。「全国から収集された角屋畳店の畳を、科学捜査研究所へ運搬するトラックの護衛につくことです」

「実行しろ。以上だ」石木はそういうと、椅子ごと横を向いた。

蒲生はその澄ました横顔を殴りつけたい衝動に駆られた。この男にはなにもわかっていない。こういう事実は、現場に接した刑事にしかわからないのだ。

踵をかえした。こちらを見ていた刑事たちが視線をそらした。かまわない。ひとりになっても、俺は自分の信念にしたがう。命を落とした同僚に代わって、俺が真実を暴いてみせる。

午前七時のチャイムが鳴った。

羽田空港の国内線ロビーはかなりの人出だった。春休みの初日のせいもあるのだろう。美由紀は七番ゲートの前に集まった人々を眺めるにつけ、妙にうれしさがこみあげてきた。七組の家族はいずれもつながりはなかった。共通項は、子供が美由紀のカウンセリングを受けていることだけだ。子供たちの両親と、子供の兄弟姉妹を含めて、全員で三十人近くになる団体になった。いくら新村科長のコネを使ったといっても、きのうの時点でこれだけのチケットをとるには相当の手間と金を費やしただろう。しかも美由紀もおどろいたことに予約された座席はすべてスーパーシートだった。快適さを犠牲にするなんて、カウンセラーの私たちにできるわけないだろう。新村はそういって笑っていた。美由紀は圧倒された。いちどにこれだけの経費をつかうことははじめてだろう。友里が今回の問題をどれだけ大きく考えてくれているかが、うかがいしれた。

子供たちはロビーを走りまわって奇声をあげていた。自閉ぎみだとか、不登校だとかいわれている子供たちが、いまは顔をかがやかせて遊びまわっている。旅というのはこういう効力がある。いつもの生活からぬけだし、まったく異なった世界にいざなわれるのだ。

宮本えりは同世代の女の子と仲良くなっていた。旅行用トランクの上に乗って遊んでいた。えりの父親、秀治が苦い顔をしてそれを見ていた。だが、叱りとばさないだけましだった。侑子のほうはほかの主婦との会話に夢中になっていた。

美由紀は秀治に歩みよった。「今回はご無理をいって、ほんとうにもうしわけありません」

「ふん」秀治は暑苦しそうな顔を手にしたパンフレットであおいだ。「あんたはいつも、いきなりすぎるんだよ。まあうちは自営業だから、仕事はあるていど自由になるんだが。しかし、こんなことであんたがいってた妙な理屈が通ると思ったらおおまちがいだぞ」

「はい、どうもすみませんでした。でも、これもお子さんのカウンセリングの一環だと思って、おつきあいください」

「ほんとに、世話の焼ける子だ」秀治は眼鏡をかけなおしながら、いらだちを隠そうともせずにいった。「まあこれで、いままで払ったカウンセリングの代金をかえしてもらったようなもんだ。最初から旅行にいってればよかったよ」

ごもっともです。美由紀はあっさりといってひきさがった。腹は立たなかった。秀治の態度は以前より、いくぶんやわらいでいたからだった。侑子のほうも同様だった。まんざら旅行がいやというわけではないのだろう。なにより、大きな旅行用バッグや上着の下のポロシャツがそれを物語っていた。

チャイムが鳴り、アナウンスがつげた。鹿児島行き二六三便のお客さま。ゲートにおならびください。

父親たちが重そうに腰をあげ、子供たちに呼びかけた。おい、いくぞ。子供たちはその声をききつけたが、両親のところへいく前に、美由紀のほうへ駆けよってきた。美由紀の手をひっぱって、いこういこうと口々にいった。

「ちょっとまって」美由紀はためらいながらいった。「先生は、お見送りなの」

「えー」子供たちがいっせいに大声をあげた。「なんで?」

子供たちの残念そうな顔をみると、美由紀のなかに罪悪感が生じた。きのうひと晩じゅう考えたあげくの決断だった。

「こっちでやり残した仕事があるの。ごめんね。でも九州では、お父さんやお母さんといっしょにゆっくり楽しんできて。それがきょうから三日間の、先生のカウンセリング。わかった?」

はあい、と子供たちが声をあげるなかで、宮本えりだけがうつむいた。美由紀はえりに歩みより、おなじ目の高さにしゃがんだ。「えりちゃん、おねがい。そんな顔しないで」

えりはもじもじしながらいった。「先生といっしょにいきたい」

「うん。でもね、先生はえりちゃんのために問題を解決しにいくのよ」

えりが顔をあげて、たずねるように見かえした。

美由紀はいった。「えりちゃんを千葉の東京湾観音までいかせてた、悪いひとをさがしにいくの」

「それ、だれ?」えりがきいた。

「まだわからないの。えりちゃんも覚えてないみたいだし」

えりは当惑ぎみにうなずいた。「よくわかんない。なんか、しらないうちに外へでかけるとか、そういうことしてた」

美由紀はうなずいた。「そういう悪い魔法をかけた相手をやっつけるの。そのためにも、えりちゃんには安全なところにいてほしいの。ねえ、えりちゃん。この手首のあと、いつついたかわかる?」

えりは自分の手首を見つめ、首をかしげた。

この子はなにも隠しごとをしていない。そぶりをみればわかる。やはり、薬物を注射されたのだ。

「そろそろいくぞ」ひとりの父親がいった。

美由紀は笑いかけた。「じゃ、みんな、よろしくね。達也くん、あなたはいちばん年上なんだから、みんなの面倒をみてあげて」

「先生」べつの女の子がいった。「わたしも先生といきたい」

僕も、わたしもという力のない声がつづいた。美由紀はとまどった。相談者はカウンセラーに強い依存心をもっている。ほんの少し冷ややかな態度をとっただけでも相談者は傷つく。そんなナイーヴな関係。それが相談者とカウンセラーだった。

「ごめんね、みんな」美由紀はやさしくいった。「でもこれが、先生からのお願いなの。わたしがいなくても、お父さんやお母さんと仲良くして。だいじょうぶ、帰ってきたらまたいっしょに遊ぼうね。だから、元気だして」

子供たちの顔に少しずつ輝きがもどっていった。えりはまだうつむいていたが、美由紀がじっと見つめると、顔をあげて見かえした。

美由紀は声をはりあげた。「さあ、飛行機に乗りおくれると笑われちゃうよ。いそいで」

子供たちが黄色い声をあげていっせいに両親のほうへ駆けていった。それぞれ荷物を手にすると、両親とともにゲートへ向かっていった。先生、さようなら。子供たちがそういった。子供の両親たちも、頭をさげてあいさつした。宮本えりの両親にくらべると、ほかの参加者はみな好意的だった。宮本秀治と侑子は、仏頂面で軽く頭をさげただけだった。

美由紀は笑顔で手を振った。全員がゲートの向こうに消えていくまで、ずっと手を振りつづけた。宮本えりは、最後までこちらをふりかえっていた。いよいよゲートをくぐらねばならないとき、えりはもういちど手を振った。さびしそうな顔だった。なにかしゃべった。さよなら、そういったのが口の動きでみてとれた。

「さよなら」そういってから、美由紀は心のなかにぽっかりと闇につづく穴があいたような気がした。果てしなく沈んでいく、底のない闇。もう会えないのでは。なぜか、そんなふうに思った。

美由紀は首を振った。その考えを追いはらった。そんな非科学的な予感めいたものに心をうばわれるなんて、心理学者のはしくれとして恥ずかしいことだ。わたしはかならず、問題を解決してみせる。あの子のほんとうの笑顔をとりもどしてみせる。なにがあっても、ぜったいに。

南房総

　正午すぎ、美由紀は千葉県富津市の大坪山山頂へつづく参道へバイクを乗りいれた。GSX—R1100Hのエンジン音が辺りの木々に響きわたった。鳥たちがいっせいに飛び立った。昼すぎだというのに、のどかな静寂があたりをつつんでいた。舗装されたゆるやかな山道を蛇行しながら、山頂にまつ東京湾観音に思いを馳せた。いよいよだ。

　鹿児島に飛び立った一行を見送ってから、空港の化粧室で軽装に着替えた。白のTシャツにジーンズのジャケットを羽織り、ジーパンにスニーカーという服装で、ナイロンリュックを背負った。羽田空港から大坪山めざしてバイクを駆った。途中、ファーストフードで昼食をとり、コンビニエンス・ストアで地元の地図を購入して位置をたしかめた。目的地は駅からかなり離れていた。クルマがないと不便なところにある。それも、付近の道路事情に詳しくないとたどり着けない場所にあった。えりは、タクシーに乗って現地へ向かう催眠暗示を与えられていた。そういう暗示は、実際にここへきたことがある人間でないかぎり思いつかないだろう。

　参道はトンネルにつづいていた。明かりのないトンネルの内部は暗闇につつまれていた。

夜気のようなひんやりとした風を肌で感じた。身を切るような寒さだった。ずいぶん古いトンネルのようだ。出口が徐々に近づいてきた。風もふたたび温かくなってきた。トンネルの出口に丸く切りとられた向こうの光景に、すでに白亜の観音像の足もとが見えていた。トンネルを抜けると、青空を背景にして山頂にそびえ立つ観音の全身が目に入った。美しい観音だった。こちらからみて左に身体を向けていた。富津市内を見おろしているのだ。冠をかぶり、両手を胸の前におき、衣の裾をひきずっている。

人けのない駐車場にバイクを停め、観音像に歩みよった。国定公園になった山頂は観音を中心にしてベンチやブランコ、公衆電話、売店、それに東京湾をみおろす展望台が配置された広場になっていた。観音のまわりを歩いて広場を一巡した。閑散としていた。観音の正面にある賽銭箱に参拝している老夫婦、売店で買い物している年配の女性、展望台にいる若者のカップル。いずれもクルマで来たのだろうが、服装ひとつをみてもわざわざ遠方からでかけてきたようにはみえない。観光名所とはいえ、おおぜいの人間が集まるようなところではないのだろう。

観音像の足もとに近づいた。五十六メートルもの身長があるわりに、細くスマートな足もとだった。戦没者の慰霊碑があった。昭和三十六年開眼されたとある。みあげると、ふっくらとした柔和な顔だちに微笑があった。古い時代につくられた観音像のどこか冷たい神秘さがただよう微笑とはちがい、この観音は新しいせいか親近感のあるやさしい顔をしていた。特定の宗教と結びついているわけでもないらしい。まして、恒星天球教などとのつながりはいっさい感じられない。

胎内めぐりの入り口は、観音の左足のかかと付近にあった。築四十年になる建造物であることを考えると、一瞬ためらいがよぎった。だが、えりは毎日ここをたずねては、このなかに入ったのだ。そう思いなおして短い階段をあがった。窓口に立ち寄ると、五十歳ぐらいの女性が顔をのぞかせた。五百円、女性はそういった。ナイロンリュックを肩からおろして財布をだそうとすると、また女性がいった。それ、預かるから。なかには貴重品以外、持ちこめないのよ。展示品ぬすんだりするひとがいるから。仏頂面でそういった。美由紀は携帯電話と財布だけをだして、リュックを女性にあずけた。五百円硬貨をわたすと、女性はプラスチック製の番号札をくれた。6番だった。観音の胎内に五人いるということだろうか。たずねようとしたが、女性は週刊誌に目を落とした。質問にすすんで答えてくれそうなムードではなかった。さきに胎内めぐりをすませよう。美由紀はそう思った。

観音の内部に入った。コンクリート製の螺旋階段がつづく、せまい通路。それだけだった。観音の背中側には小窓があけてあるので、東京湾がみえる。螺旋階段を一周するたびに、壁の看板が「一階」「二階」と階数を教えてくれる。五階からは、看板の近くに小さな仏像が安置してあった。マリア観音、薬師如来《にょらい》、不動明王ときて、八階からは七福神が出迎えた。八階が大黒天、九階が恵比寿、十階が毘沙門天《びしゃもん》、十一階が弁財天、十二階が福禄寿、十三階が寿老人、十四階が布袋《ほてい》。十五階には七福神全員が勢ぞろいした宝船がまつってあった。いずれも比較的新しいものであることが、顔だちからわかる。盗みだしてもさほどの値はつかないだろう。

その十五階ではふいに階段が水平な通路へとつづき、強風が前方から吹きよせてきた。進んでいくと陽の光があった。観音像の外側に、金網が張りめぐらされた通路があった。観音が胸の前に添えている両手の上を歩く趣向になっている。大きな指が美由紀の足もとに見えていた。高所恐怖症ではなかったが、さすがに足が震えた。さびついた金網の向こう、くっきりと観音像の影がおちた大坪山の斜面が眼下にみえている。通路はせまく、斜めになっていて滑り落ちそうだ。やっと金網の通路が終わると、ふたたび観音の胎内に入った。また螺旋階段がつづいているが、徐々に通路が細くなっているのがわかる。帰りもあの手の上を通らねばならないことを思い、憂鬱な気分になった。

ふたりの参拝客とすれちがった。ひとりは杖をついた老人、もうひとりはロングコートを着た長髪の男性だった。ふたりとも参拝には慣れているのか、表情ひとつ変えずに軽い足どりで階段をおりていく。老人のほうは美由紀をちらとみたが、長髪の男性はまったく視線をあわせなかった。

小窓から入ってくる風が強い。太平洋側から吹きつける風だ。観音像全体が揺れているのを感じた。築四十年。いつしか、手すりを握るてのひらに汗をかいていた。

十八階では、観音像の背中のほうへ飛び出す通路があった。観音の左肩の裏側に出て三、四メートルほどでまた胎内に戻る。今度もフェンスはあったが、東京湾に面しているせいでスリルはずっと大きかった。吹きつける冷たい風、潮のにおい。波の音がきこえる。海が荒れているのがよくわかる。美由紀は眼下を一瞥しただけで、足ばやに通りすぎた。しばらく胎内の通路を進むと、右肩にもおなじような外側への通路があった。二度めのせいか、さっきよりは恐怖を感じなかった。

螺旋階段をあがって十九階に着いた。やや広い空間があった。コンクリートに囲まれた三メートル四方ぐらいの殺風景な部屋だった。この場に似つかわしくない、黒いレザー張りの長椅子があった。白髪の男女が腰かけていたが、たがいに面識はないようだった。ふたりとも、手持ちぶさたそうに足もとに視線を落としていた。部屋の隅からは、幅わずか五十センチていどの階段が上にのびているが、そのわきには内部に蛍光灯がはいった看板があり、点灯していた。参拝中、しばらくおまちください。看板にはそう記されていた。階段に歩みよった。階段の前にはなぜか足拭きマットのようなものが敷いてある。その手前で立ちどまり、上をみあげた。階段は四、五メートルほど上でなにかの部屋に通じているらしい。天井がみえていた。もっとよくみようとのぞきこんだとき、背後から声がした。「いかんよ、お嬢さん」

ふりかえると、老人がこちらをみていた。老人は看板に顎をしゃくった。「順番をまたにゃならん」

「順番？」美由紀はきいた。

「そう」と老人。「ひとりずつしかあがれん」

いま、だれかがこの上に昇っているらしい。美由紀はたずねた。「なぜ、そんな規則があるんでしょう」

「この観音様も建ってずいぶんになるからねえ。あまり大勢が頭のなかに入ると、重みで首がぽっきり折れるかもしれんからな」老人はそういって、笑い声をあげた。顔をしわだらけにして、歯のない口をあけて笑った。

年配の女性が顔をしかめて老人をみやった。美由紀のほうも見たが、なにもいわずにまた床に目を戻した。

すると、二十階が最上階ということだろう。ここは観音の首あたりだろうか。美由紀は小窓に歩みよった。雲の動きがはやかった。風が強まったようだ。壁がきしみ、床が揺れている。宮本えりもここで順番をまったのだろうか。えりがもし恐怖しなかったのだとすると、よほど強力に暗示が効いていたのだろう。

階段を降りてくる足音がした。五十歳後半ぐらいのスーツ姿の男性が、階段を降りきってマットを踏んだ。同時に、チャイムが鳴って看板が消灯した。男性は美由紀の前を通りすぎ、下へ降りていった。

老人がゆっくりと立ちあがり、おぼつかない足どりで上への階段に歩みよった。老人がマットを踏むと、またチャイムが鳴って看板が点灯した。

老人が階段をのぼっていくのを見届けてから、美由紀は長椅子に腰をおろした。看板の仕掛けといい、長椅子といい、すくなくともここまで昇ってくる参拝客の数はかなりいるのだろう。地元の人間にとっては、神社や寺に毎日お参りにいく感覚なのかもしれない。

五分ほどすぎた。老人が降りてきた。白髪頭の女性が待ちかねたように立ちあがった。その女性が階段をあがっていった。老人が階下に降りていき、美由紀はしばしひとりきりになった。だが、すぐに別の人間が昇ってきた。三十代後半ぐらいの、がっしりとした体格の男だった。褐色のジャンパーに黒のスラックスといういでたちだった。男は長椅子に腰かけ、腕組みをした。美由紀のほうには目もくれなかった。

美由紀以外の参拝客は妙に場慣れしているように思えた。床が風に揺らいでも眉ひとつ動かさず、小窓から外を見おろすこともない。あまりにも冷静すぎる。目の前にいるこの男も例外ではなかった。口を横一文字に結んで、ひたすら虚空を見つめている。なにか話しかけてみるべきだろうか。そう思ったとき、年配の女性が階段を降りてきた。チャイムが鳴って、看板が消灯した。

美由紀は立ちあがった。老婦人とすれちがい、階段のマットを踏んだ。チャイムをきいてから、階段をあがった。

最上階は海に面した側の壁が存在せず、鉄格子がはめこまれていた。風はことさらに強かった。海岸の岩場を白波がしきりに洗っているのを眼下にとらえた。だが、恐怖はなかった。途中の小窓やフェンス越しにみた光景よりはずっと開放感があった。明るい陽射しのなかにひろがる空と海、風に運ばれてくる潮風がなんともいえない心地よさを演出していた。あるいは、この最上階まで昇る人がとだえないのはこの感覚に病みつきになった人が多いせいかもしれない。高層ビルからガラス越しにのぞむ風景にはない自然な空気を味わいながら見晴らしのよさを堪能する。ある意味で最高の贅沢かもしれなかった。

美由紀はふりかえった。背後の壁にはかがんで通れるぐらいの出入り口があった。向こうから線香のかおりがする。そこをくぐりぬけた。

参拝室だった。ここが観音様の胎内めぐりの終着点だ。六畳ほどの広さだったが、床は畳ではない。正方形のコンクリート板が敷き詰められていた。窓のない空間だった。照明はなく、出入り口から差しこむ陽の光を唯一の明かりにしていた。正面には大きな仏壇があり、大小の観音像がまつってある。なかでも中央にあるものは純金のような光を放っていた。屛風《びょうぶ》のミニチュアには金箔が貼りめぐらされ、お経が書きこまれていた。盗難をおそれているのは、このあたりの品々だろう。だが、金にあかせて造ったという感じのけばけばしさはなく、むしろ質素で簡潔な仏壇だった。風にゆらぐ無数のろうそくの光にうかびあがる、おだやかな笑みをうかべた観音像の顔が、線香の煙とあいまって心がなごむ空間を現出していた。幻想的というのとはすこしちがう。恒星天球教などのカルト教団信者が好むような、エキセントリックな雰囲気や神秘主義のようなものは皆無だった。仏壇の手前に据えられた賽銭箱に硬貨を投げいれて拝んだ。純粋に、戦没者への慰霊の気持ちをこめて拝んだ。そうすることが自然に思える場所だった。

わからない。えりはいったい、なんのためにここへ来させられていたのか。みたところ防犯カメラはないようだが、賽銭箱にはしっかりと鍵がかかっているし、観音像などを盗んだら後続の参拝者がすぐに気づくはずだ。ひとりずつしか入れないのだから、密談もできない。仏壇とその背後の壁には空間がなく、室内にはほかに隠れられるような場所もない。すなわち、ここへ参拝以外の目的で来ることはありえない。だが、えりにそんなことをさせて恒星天球教になんのメリットがあるというのだろう。ここが国定公園である以上、賽銭はすべて自治体のものになる。参拝者を増やしても、ほかの営利団体がもうかることなどない。なにより、いくら参拝者が多くても賽銭などは微々たるものだ。

ひきかえし、参拝室を出た。もういちど鉄格子の向こうに東京湾を見渡してから、せまい階段を注意深く降りた。待合室の人間は増えていた。紺のハーフコートを着た大学生ぐらいの男が例のジャンパー姿の男にならんで長椅子に座っている。美由紀がマットを踏み、チャイムが鳴ると、褐色のジャンパーが立ちあがった。なにもいわず、美由紀のわきを通りすぎて階段をあがっていった。

ハーフコートの男もまた、無表情のまま身体を凍りつかせている。美由紀は話しかけず、その場をさることにした。万がいち相手が恒星天球教の信者だった場合、さぐるような言葉をかけられたら対抗手段をとる暗示をあたえられている可能性もある。できれば、真相が判明するまでトラブルは避けたかった。

螺旋階段を一階まで降りるあいだに、さらにふたりとすれちがった。五十歳ぐらいの女性と、ステッキを手にした七十すぎぐらいの男性だった。ずいぶん参拝客がいるものだ。そう思った。下の公園にはあまり人けがなかったが、胎内ではすでに九人の人間に会っている。ほとんどが無表情で、なにも話さない。ただひたすら、最上階へいくことだけを目的としているようにみえる。だが、その最上階にはなにもなかった。これはなにを意味しているのか。わからない。いまはまだ、わからないことばかりだ。ここには角屋畳店からの畳もなく、カルト教団とのつながりもみとめられない。静かで、のどかな観光地。それだけだった。しかし、かならずなにかがある。

外にでた。窓口の女性に話をきいてみたところ、毎朝のように来ていた小学生ぐらいの女の子のことをおぼえていた。そのほかにも、ここへくる参拝客のほとんどは毎日あるいは隔日でやってくる常連だという。なにか共通点はありますかときくと、そうねえ、愛想のなさってことでは共通してるわね。そういった。無言でやってきては、入場料をはらって階段をあがっていくだけ、あいさつひとつ口にしない。それがほとんどの常連客たちの共通項だという。

広場に唯一存在する売店「観音会館」にも立ち寄ってみた。店にいた年配の女性は浮かない顔をしていた。参拝客についてたずねてみた。観音様の胎内めぐりにやってくる常連客がこの一、二年ほどのあいだに増えたのは知っているが、それらの人々は売店にまったく寄りつかないのだという。売り上げはさっぱりですよ、そういっていた。気の毒に思い、あらめをひと袋買った。それをかじりながら、近くのベンチに腰をおろした。ここからなら胎内への入り口がはっきりみえる。

観音を見あげて、ぼんやりと思った。ひょっとしたら宮本えりは他者に催眠暗示をうけたわけではなく、自己催眠に入っていたとは考えられないだろうか。学校にいきたくないという気持ちが昂じて、どこか遠くへいくべきだという自己暗示を無意識のうちにつくりだした。戦没者慰霊のための参拝なのだから、悪いことをしているわけではない。むしろ、学校に通うよりもずっと立派なことをしている、そう自分にいいきかせることもできる。そう思いこむことで、学校にいかなくても平気に感じられる心理状態を保ちつづけたのではないか。

いや。それでは手首にあった注射針の痕《あと》について説明がつかない。恒星天球教の教典を手にしていたことも謎のままだ。

「おや」男の声が、美由紀のもの思いを破った。「これは奇遇ですな」

美由紀は横をみた。ベンチのわきに警視庁捜査一課、蒲生誠が立っていた。口もとには冷ややかな微笑があった。着ているグレーのコートはかなり古びたものだった。両手をポケットにつっこんで、わきの下には折りたたんだ新聞をはさんでいた。

「刑事さん」美由紀はいった。「どうして、ここへ?」

「さあてね。平和を愛する警察官としては、戦没者の霊をなぐさめることも義務のうちかと思ってね」

美由紀のなかに暗雲がたちはじめた。蒲生をにらみつけていった。「尾行したんですね」

「いやいや、とんでもない。ただ、きみも子供たちと一緒に鹿児島へ飛ぶときいていたのに、なぜか居残りをしたんでね。どうしたのかと思っただけだ」

「ということは、羽田空港でも見張っていたんですか。そういえば、晴海医科大付属病院にお越しになる前にも、剣道場に来ておられましたね。わたしを容疑者と見なしている、そういうことですか」

「どうかな」蒲生は世間話をするような口調でいった。「ただ、これだけはいえる。この件に関して出会った人間のなかで、きみが最も変わった存在だということだ」

「変わった存在?」

「元自衛隊のパイロットで、兵器や爆薬にも詳しくて、現在はカウンセラーとして催眠術を習得している。刑事の目のつけどころとしては、さほど悪くないと思うがね」

蒲生は美由紀の出方をみているにちがいない。美由紀はきいた。「わたしが恒星天球教の幹部だとでもいうんですか」

「いや。そうはいってないよ。ただ変わってるというだけだ。しかもその上司が、千里眼と異名をとる女ときた。いっそう興味がつのるというものだよ。そうじゃないかね」

ただ変わっているというだけで、根拠もなく自分ばかりか友里佐知子にまで疑いの目を向けはじめている。美由紀は怒りをおぼえたが、それを態度に出さないようにつとめた。

「催眠やカウンセリングが偏見をもたれるのはいつものことです。こういう事件が発生したら、いぶかしく思われるのも世間ではありがちなことでしょう。でも、それよりさきに調べなきゃならないことがあるんじゃないですか。きのう、神社で自爆した信者たちの手がかりはつかめたんですか」

「いや」蒲生はため息をつき、額に手をやった。「さっぱりだ。ただ、連中が全滅したわけでないことはわかったよ。恒星天球教の幹部たちは、まだ生き残ってる」

「というと？」

蒲生は小脇にかかえていた新聞をさしだした。でたばかりの夕刊紙だ、そういった。美由紀はそれを受けとった。広島でテロ未遂、見出しにはそうあった。

「けさ早くのことだ」蒲生はいった。「角屋畳店の畳が出荷されたさきはすべて現地の警察が内偵をしていたが、そのうちのひとつ、広島県の新築されたばかりの住宅に二人組の侵入者があった。警官が飛びだすと、用具一式を投げすてて逃げだした。のこされた用具には、C4爆薬と起爆装置、ガソリンが含まれていた」

「捕らえられなかったんですか」

「警官が踏みこんだとき、二人組は和室にいて作業中だったようだが、とっさにガラスを割って脱出したらしい。二階の部屋だ。ふたりとも例の紺の詰め襟服を身につけていたそうだ。県警では検問を張ったが、まだ網にかかってない」

「へんですね」美由紀は思ったままを口にした。「きのうの神社の一件で、すでに警察がテロの目的に気づいていることぐらい、察しがついているはずです。それなのに、警戒されているとわかっているところへ出向いて、目的もはたさず逃げだすなんて。もしきのうのひとたちとおなじ心理状態にあるなら、踏みこまれた時点でただちに自爆するはずですが」

　蒲生は唸って、頭をかきむしった。美由紀のとなりに腰をおろした。「自爆させようにも、起爆装置の準備ができてなかったんだろ。とりあえず、あんたは今回の件にかぎっては容疑者からはずれているわけだ。きのうの夜はちゃんと、自分のマンションにいたようだし」

「すると、どこかでテロが起きるたびに、わたしがどこにいたか把握するために尾行をつづける、そういうことですか」

「いや、そうでもない。角屋畳店から出荷された畳は、きょうじゅうにすべて回収され、警視庁に運ばれることになってる。阿吽拿教祖の顔写真が、まだ残っているかもしれないからな」蒲生は美由紀を見つめた。不敵な笑みをうかべていった。「無差別に思われたテロに、畳という共通点があったことを見ぬいた人間がたったひとりだけいる。いま、俺の目の前にな。あやしむべきだとは思わないかね？」

そよ風がふいた。美由紀は観音像のわきに目をやった。散歩している老夫婦に、春の日の午後の陽射しがふりそそいでいた。彼らとすれちがい、褐色のコートを羽織った四十代後半ぐらいの男性がひとり歩いてきた。男は周囲に目もくれず、はやい足どりで胎内めぐりに入っていく。きょう目撃した、観音像のなかに入る十人めの人物だ。

美由紀は蒲生がまだ自分を見つめているのに気づいた。蒲生を見かえした。「いってきますけど、わたしたちは事件とは無関係です。刑事さんは直感をたよりにされてるみたいですけど、まったくあてがはずれてます」

「そうかな。自分ではいい線いってると思ってるけどな。あんたの先生は相手の顔をひとめ見て心のなかを見透かすって評判だが、われわれの職業も似たようなものだ。人生の裏表を知る機会にめぐまれ、人間観察の眼をやしなってきてる。ある意味では、刑事特有の千里眼を持っているんだよ」

「ひとを疑ってかかるうちは、心を読むことはできません。偏見にとらわれて、事実誤認に行き着くのがおちです」

「まあ、まて」蒲生はベンチに座りなおすと、前かがみになっていった。「こんなに空気のうまいところまで来てるんだ、もう少し仲良くしないか。おたがい協力して、真相をあばいていく。そのことに異存はないだろう?」

「ええ。でも、猜疑心にとらわれすぎないでください」

「猜疑心か」蒲生は観音を見あげた。「そりゃみとめる。俺はあんたたちを疑ってかかってる。だがそれは、あんたたちの言い分がどうもへんに思えるからだ」

「どういうことですか」

「あんたたちはことあるごとに、催眠術でひとを犯罪の道に走らせることはできないとか、教団に入信させることはできないとか、自殺させることなど不可能だとかいう。だが、本当にそうなのかな」

ふしぎな気配を感じた。美由紀は蒲生の横顔をみた。目尻にたくさんのしわが寄っている。年輪を重ねた横顔だった。

「何年か前のことだ」蒲生は静かな口調でいった。「俺の同僚だった刑事が死んだ。オーケストラの演奏会がひらかれている会場で、突然ピストル自殺した。彼は連続発生していた不審な自殺や事故を捜査していた。ある者は感電死し、ある者はトラックに轢《ひ》かれて死んだ。その刑事の死後、彼のデスクから書きかけの報告書がみつかった。どんな内容だと思う？　死んだ人々はすべて催眠術をかけられていた可能性がある。なんらかのきっかけによって、自殺したくなるという催眠術をかけられていたというんだ」

美由紀は苦笑まじりにいった。「オカルトみたいな話ですね」

「その捜査には、ある優秀な若いカウンセラーが加わっていた。多重人格の女性を治療中だったようだ。同僚の刑事が死んだあと、そのカウンセラーや多重人格の女性も行方不明だ」

「そのカウンセラーが怪しいと、そういうんですか。みんなに自殺したくなる催眠暗示をあたえて行方をくらましたと」

「そうばかりでもない。そのカウンセラーもおなじ催眠にかかって自殺をはかったというわさもある。病室でコップの水を飲みだしたら、呼吸ができなくなり、窒息したというんだ」

「……死んでしまったんですか？」

「いや」蒲生はつぶやいた。「一命はとりとめたはずだ。ところが警察で事情をきこうとしたところ、どこへともなく行方をくらましてしまった」

「妙な話ですね」

「ああ。とにかく、事件に関わっていた全員が死亡あるいは行方不明になっちまった。捜査は打ち切られ、真相は闇のなかだ。俺は同僚の報告書をひきついだが、上にはみとめられなかった。催眠術で自殺なんて、ナンセンスというわけだ。この点、うちの上司とあんたとは気があいそうだな」

蒲生がこちらをみた。美由紀は黙って、地面に視線を落とした。冬のうちに木々の根もとに降りつもった落ち葉が数枚、風に吹かれて足もとにながれてきた。

「だが」蒲生は咳ばらいした。「あの事件に前後して、恒星天球教というカルト教団の存在が浮かびあがってきた。同僚が捜査していた連続死の件も、恒星天球教のしわざではないかとする意見がでてきたんだ」

美由紀はいった。「そうだとしても、わたしの理論はまちがってません。催眠で……」

「自殺させることなんかできません」蒲生の発したせりふは美由紀の後半とぴったり重なった。「いうと思った。どうだね。俺にもひとの心を読む才能があるだろう」

美由紀はため息をつき、顔をあげた。「集団自殺など理不尽なことが起きると、それをオカルトのようにみなすのは人の常です。その原因を催眠に求めたがるのも、いまに始まったことじゃありません。でも、ちゃんと勉強すればわかることです。催眠とは暗示、つまり暗に示す間接的な言葉によってひとをトランス状態に誘導するだけのことなんです」

「同僚の捜査では、被害者は直接自殺しなさいという暗示をあたえられていたのではなくて、自殺したくなるほど辛い記憶を思いださせる暗示をかけられていたという事実が浮上していた。どうだ、そういう形ならひとを自殺に追いやることができるんじゃないかね？」

「むりですよ」美由紀は首を振った。「なんらかのきっかけで辛い記憶がよみがえるような後催眠暗示をあたえることは可能ですが、人間はそれで自殺なんかしません。過去のその辛さを味わった時点で自殺しなかった以上、記憶が鮮明によみがえったからといって自殺を思いたつことはありません。あなたがたに必要なのは、わたしをつけまわしたりむやみにひとを疑うことではなく、心理学の専門書を一冊買ってきて熟読することです。なんなら、いい本を見つくろってあげましょうか」

「けっこうだ」蒲生はかすかにいらだちをのぞかせた。「催眠と名のつく本はぜんぶ読んだ。どれもあんたのいうとおり、催眠でひとの嫌がることは強制できない、その一点張りだ」

「もっとよく読めば、それが至極まっとうな理論であることがわかるはずですが」

蒲生は真顔で美由紀を見つめた。「いいか、たしかなことがひとつだけある。俺の同僚は自殺するようなやつじゃなかった。家庭にも仕事にもめぐまれていた。それが急に自殺した。目撃者の話によると、オーケストラの演奏でシンバルが打ち鳴らされた直後に、銃をこめかみにあてて引き金をひいたというんだ。それに、あとから鑑識の調べでわかったことだが、同僚の頭部から摘出された弾丸は普通のものとはちがってたんだ。ニクトロセンという殺傷力の強い弾丸だった。命中すると体内で弾頭が細かい粒になって飛び散るってやつだ。この弾丸をつかうと、三十八口径でも四十五口径かそれ以上並みの破壊力を発揮できる。闇市場ではそのぶん高値で取り引きされてるってしろものだ。そんな弾丸を、一介の刑事が入手できると思うか？　陰でかなり大きな組織が動いていた、俺はそうみているんだ」

「わざわざ自殺するためにそんな弾丸を装塡《そうてん》していたんですから、自分の意志で自殺したんじゃないですか」

「そんなはずはない。あいつは自殺したその日、自宅のビデオデッキで深夜番組の録画予約をしていたんだぞ。最初から自殺するつもりの人間がそんなことをするか？　異常だよ。ぜったいにありえないことだ。本人の意志以外の、なんらかの力がはたらいていたんだ。何者かに殺傷力の強い弾丸を渡され、それで自殺するような催眠術をかけられた。そう考えるほうが筋が通ってる」

「催眠は超能力じゃないので意志をねじ曲げる力なんかありません。本人がすすんでおこなうべきだと思っていないことは……」

「それならきのうの恒星天球教の信者たちはどうなんだ！　連中がもし催眠をかけられていたら？」

「またその話ですか」

「とにかく、ここへきて死んだ同僚の報告書が再評価されてるんだ。ひとを自殺に追いこむ催眠術がある、われわれはそうにらんでいる。もしあるとすれば、それをないと言い張っているあんたたちも当然あやしいってことになる」

蒲生は言葉をきった。自分がいつしか冷静さを失っていたことに気づいたようすだった。口をつぐんで、視線を広場に向けた。困惑したような表情がうかんだ。

美由紀はふっと笑った。「刑事さん。いましゃべりながら、自分がどんな行動をとったかおぼえてますか？　われわれってところで、なぜ指先で鼻の頭をかいたか自分でわかりますか？　それは、お話になったことのそこの部分だけが嘘だからです。警視庁でもそんな話はまゆつばだと思われてるんでしょう？　あなたひとりだけが同僚を信じて、独断で捜査をおこなっているんでしょう？」

蒲生の顔におどろきのいろがかすめた。いらだちをただよわせながら顔をそむけた。それでも美由紀にじっと見つめられていると居心地が悪くなったらしい。舌打ちをして立ちあがった。

美由紀は内心、やすらぎを感じていた。この刑事もごくふつうの人間なのだ。

「刑事さん」美由紀はおだやかにいった。「同僚をなくされたのはショックだったでしょう。そのお気持ちはわかります」

「あんたになにがわかるというんだね」

「わかります。心の病を救うのが、カウンセラーの仕事ですから」

蒲生は一瞬怒りのいろを浮かべたが、ためらいがちに言葉をのみこんだ。背を向け、黙って観音像を見あげた。

蝉

たそがれがいつしか闇夜にかわっていた。美由紀は空を見あげた。星はなかった。厚い雲が上空を覆い尽くしているのがわかる。かすかに光点がまたたいた。雲の切れ間に星がのぞいたかと思ったが、ちがっていた。その光は明滅しながら一定の速度で移動していた。かすかに轟音がきこえた。羽田に向けて高度をさげていく旅客機だった。羽田空港を離着陸する国内便は、この東京湾上空で旋回して向きを変え、それぞれのコースをとる。宮本えりのことを思った。いまどうしているだろう。家族と仲良くやれているだろうか。家族不和は電磁波による心身への悪影響のせいだ、自分はそう断言した。はたしてそれは正しかったのだろうか。たった二泊三日のあいだ高圧電線からはなれたといって、実感できるくらいに心身が回復するだろうか。

車両乗り入れ禁止と記されたブロックの上に腰かけて、真っ暗な空にぼんやりと白く浮かびあがる観音像を見あげた。照明を当てたらさぞきれいだろう。自由の女神や東京タワーに劣らぬ神秘的な姿になるにちがいない。だが、ここはニューヨークでも都心でもない。人けのない千葉のはずれの山頂にすぎない。辺りにはひとかけらの明かりもなかった。文字どおりの暗闇が周囲を包んだ。それでも夜目がきくのは、日が暮れる前からずっとここにいたからだろう。徐々に暗くなるなか、美由紀はずっと東京湾観音をながめつづけていた。

風が冷たくなった。身を切るような寒さだ。羽織るものをもってくるのを忘れたな、そう思った。海に近い山林のなかの冷えこみは予想以上だ。しのびよってくる冷気がしんしんと身にしみた。吐く息が白くそまっている。明け方にはいっそうの底冷えになるだろう。

背後に足音がした。美由紀は顔をあげた。蒲生だった。両手をポケットにいれ、身をちぢこませている。コートを着ているぶんだけ美由紀ほどの寒さは感じていないはずだが、いささか大仰に思えるほど寒そうなふるまいをみせた。

「冷えるな」蒲生はいった。「いつまでこうしているんだね?」

「さあ」

「宿はとらなかったのか」

「ええ」

ふうん、と蒲生は低くいった。「クルマのなかにいたほうがいいんじゃないか。これからもっと寒くなるぞ」

美由紀はふりかえった。すぐ後ろの駐車場には、エンジンのかかった紺のスターレットが一台停車していた。蒲生のクルマだった。一瞬気持ちが揺らいだが、また観音像に目を戻した。

「やれやれ」蒲生は深くため息をついた。タバコの煙のように大きな白い息が、美由紀の前にただよってきた。蒲生はきいた。「ここへ通っていたという、例の女の子のことを考えているのか」

美由紀はうなずいた。

蒲生は美由紀にならうように観音をみあげた。「その子、恒星天球教と関わりがあるんだろう?」

美由紀は蒲生の顔をみた。蒲生はちらと美由紀をみて、つぶやいた。「図星だな」

「なぜそう思ったんですか」

「催眠術をかけられてこんなところまできていた、そんなふしぎな子供は日常にはいないもんだ。それにあんたのかたくなな態度。千里眼じゃなくても一目瞭然だ」

「えりちゃんを取り調べるつもりですか」

蒲生はうんざりしたようにいった。「そんなことはしない。俺にも中学二年になるボウズがいる。刑事だからって、冷血漢というわけじゃないんだ」

「むやみにひとを疑っておいてですか」

「俺は、自分の信念にしたがって行動しているんだ。それはいまも変わらん。あやしいものはあやしい。ただ、いかなるときにも手段をえらばず捜査を最優先するってわけじゃない。子供の気持ちが落ち着かないうちは、土足で踏み入ったりはせんよ」

　ほんとうは羽田で宮本えりに事情をきくこともできたのだが、あえてそうしなかった。蒲生はそう主張したいのだろう。しかし、いささか虫のいい話にきこえた。蒲生はここへきて、自分のほうが譲歩しているかのようにほのめかしている。

　美由紀はきいた。「わたしになにかききたいことがあるんですか」

「ああ。あんたが恒星天球教とつながりがあるかどうか」美由紀が顔をあげてにらみつけると、蒲生はすぐに両手で反論を制した。「わかってる、わかってる。答えはノーだろ。さっきもきいた」

「わたしの答えが不満なんですね」

「まあそうだ。だがとりあえずは、もっと簡単なことを質問したい。ここで、なにを待ってるんだね？」

「待ってるわけじゃありません。ただここへ来れば、えりちゃんに施されていた催眠暗示の意味がわかるんじゃないかと思っただけです」

「それで、見当はついたのか」

　美由紀は首を振った。「えりちゃんの催眠暗示を解いたのだから、きょうはだれかのもくろみどおりにはいかなかったことになる。だからなんらかの動きがおきるんじゃないかと思ったんですが……」

「恒星天球教と関わりがあるのなら」蒲生はいった。「なにか悪さをするように仕向けられていたんじゃないのか。角屋畳店の畳はここにはいっさい運びこまれていないから、一連のテロとは関係がないと思うがね。もっと単純な犯行かもしれない。たとえばなにかを盗んでくるとか」

「催眠暗示で犯罪は実行させられないといったでしょう。本人のなかに悪魔的な本能がひそんでいれば別ですが、えりちゃんはそんな子じゃありません。それに、カバンとか手荷物は観音様のなかには持ちこめないんです。賽銭箱にもしっかり鍵がかかってますし、盗みをはたらくのは不可能です」

「ああ、そうだな。さっき富津市役所に電話して、ここの警備状況を調べてもらったよ。防犯カメラはないが、十九階の待合室にあるマットには警備会社の手によって体重計が仕込んであるそうだ。ひとりの参拝客がマットを踏んで最上階に昇り、また降りて来てマットを踏む。昇るときより降りたときのほうが体重が重くなっていると警報が鳴る仕掛けだ。だから仏像や観音像なんかを持ちだそうとすれば、すぐ御用になる」

むろん、マットを踏まずに飛びこえてしまえば警報は鳴らない。だが待合室にあれだけ次々に参拝客がやってくる以上、そんなことはできないだろう。とはいえ、その警備にはもうひとつの抜け道がある。美由紀はいった。「営業時間外に侵入すれば、電源は切れてるでしょうから警報も鳴らないでしょうね。ガードマンもいないし。たとえばいまならだいじょうぶなはずです」

「だが入り口にはしっかり鍵がかかっている。たしかに午後五時に閉まって翌日の午前八時にまた開くまで、なかは無人だ。五時以降も居残りしようと思っても、なかに入るときに渡される番号札を出るときに返却しなけりゃならない。番号札がすべて返却されるまでは閉めないんだ。だから侵入するなら真夜中に入り口をこじあけるべきなんだろうが、それなら観音じゃなくあっちの売店でも襲ったほうがましだろう。なにしろ、この観音様のなかに飾ってある仏像のたぐいはそれほど価値があるものじゃない。それに宝石類とちがって骨董品は金に換えるのが難しいんだ。俺が泥棒なら、ここへは忍びこまんね」

「でも、えりちゃんをここに来させたのにはなにか目的があったはずです」

蒲生は美由紀を見つめた。あいかわらず詮索するような目つきだった。本心を語っているかどうか、疑わしいのだろう。美由紀はかまわず観音の足もとに目をやった。

「八時か」蒲生が腕時計をみていった。「ほんとに、帰らないつもりかね」

美由紀は黙っていた。手がかりをつかむまで、ここを動くつもりはない。そのためには何日でも見張りをつづける覚悟だった。

蒲生はため息をついて、踵をかえした。蒲生がクルマのほうへ歩きだしたとき、美由紀は顔に冷たいものが降りかかるのを感じた。空をみあげた。夜の闇にうかぶ灰色の雲が、風にふかれて激しく形を変えていた。天気が大きく崩れそうだった。

蒲生も雨を感じたらしい。足をとめた。「朝まで、そこにいる気か？　見張りはできるだけ体力を消耗しないところでやるもんだ。刑事の鉄則だよ」

「わたしは刑事じゃありません」

「そう噛みつくな。カウンセラーでも刑事のまねごとをする気があるなら、その道のプロの意見には耳を傾けるべきだと思うぞ」

美由紀はなにもいわず、広場のなかを見渡した。雨やどりできそうな唯一の場所は売店の軒先だった。それでも海から吹きつけてくる冷たい風をしのぐことはできない。電話ボックスのなかにいればもう少しましかもしれない、それでも気温の低下はふせげない。

蒲生がいった。「心配するな。俺は刑事だ。若い娘とふたりきりになったからって、へんなことはしないさ」

美由紀は思わずふりかえった。自分でも気づかないうちに硬い表情をしていたらしい。

蒲生が一瞬顔をひきつらせた。

美由紀はいった。「当然です」

蒲生は笑って、スターレットに顎をしゃくった。「来いよ。クルマのなかはヒーターがきいてる。それとも、まだ俺が怖いか？」

美由紀は憤然とした。ナンパをしかけてくる若者のような言い草だ。だが、そういう連中はやりすごせばそれで終わりだが、この刑事はいつまでも現場にくっついてくる。最後は根くらべになるだろう。そのとき、自分がさきに疲労しきったのでは始末におえない。もったいをつけてから、美由紀は立ちあがった。なにもいわずにクルマのほうへ歩きだした。蒲生の顔から不安のいろが消えた。にやりと笑いながら、美由紀を先導した。

クルマに乗ってほどなくして、雨足が強まった。フロントグラスに大粒の雨が叩きつけられては、しずくとなって流れ落ちた。それにあわせて東京湾観音の白い姿が揺らぎつづけていた。

エンジンをかけたまま、ヒーターと車内灯をつけていた。ウィンドウの内側は白く曇っていた。美由紀は助手席のシートにおさまり、窓枠に肘をついて外を見やっていた。目の前に煙がただよってきた。わきを見ると、運転席の蒲生がタバコに火をつけていた。換気のできない状況でタバコの煙は公害同然だった。美由紀は不快に思ったが、苦言を呈するところまではしなかった。間借り人に文句はいえない。

「あんた、兄弟は?」煙を吐きだしながら、蒲生はきいた。

「いません」

「ご両親は?」

「いません」美由紀は蒲生を見つめた。「わたしを疑っているのなら、家族構成ぐらい調べてあるでしょう」

「悪かった」蒲生はタバコをくわえたままいった。「ご両親は、旅行中の事故で亡くなったんだってな」

「ええ」

「だが、娘が防衛大卒のエリートになったわけだから、誇りに思ってただろう」

「ちっとも。自衛隊入りには猛反対されました。それ以外にも、わたしがやろうとしたことすべてに否定的でした」

「親ってのはそんなもんだ。ひとり娘ともなればなおさらだろう」

「わかってます」美由紀は外をみた。風にゆらぐ草木を見つめながらいった。「いまでは、よく」

しばらく沈黙がながれた。蒲生がきいた。「自衛隊をやめたのも、ご両親が亡くなられたことに関係しているのか？」

刑事とふたりきりになった以上、質問ぜめにあうことは予測していた。美由紀はぼんやりといった。「いえ。べつに」

「じゃあ、なにが原因だね」

美由紀はうんざりしながら、シートに座りなおした。「嫌気がさして職場をやめることは、そうめずらしくないと思いますけど」

「なぜ嫌気がさした？　あんたは自衛隊でも優秀なパイロットだったそうじゃないか」

「理由なんかありません。ただ……」

「ただ？」

風が強さを増していた。木が枝をすりあわせてざわめく音が車内にまできこえてくる。枯れ葉が舞った。風は東京湾から吹きつけてくる。太平洋の上をはるか遠くから旅してきた風が、房総半島を駆けぬけていく。

美由紀はいった。「わたしが幼稚園に通っているころ、近所の公園で一匹の蟬《せみ》をつかまえました。帽子の中にいれて、自分のうちへ持って帰ろうとした。でも、小学生ぐらいの男の子たちに見つかっちゃいました。その男の子たちは、わたしから蟬をとりあげました。ひとりの男の子が、駄菓子屋で買った爆竹を持ってました。男の子たちは笑いながら、火をつけた爆竹を蟬の背中にシールで貼りつけ、手をはなしました。蟬は空を飛んで……」

口をつぐんだ。話しても意味がない。思いだすだけでも、そのときの怒りや悲しみがよみがえってくる。自分がわんわん泣き叫んだことはおぼえている。そのあとは、どうだったかおぼえていない。ただ、大人になっても蟬の声をきくだけで、自然にそのときの情景が思い浮かぶ。自分よりもずっと身体の大きな男の子たちの乱暴な言い草。ヒステリックな笑い声。美由紀は夏という季節がきらいだった。蟬の声を耳にしたくはなかった。

「よくあることだ」蒲生はぼそりといった。「男なら、ガキのころいちどはやったことがある」

美由紀は蒲生をにらんだ。蒲生はあわてたのかタバコの煙にむせた。「冗談だよ」その言葉が真実かどうか、美由紀はさぐろうとしなかった。表情を観察することもなく、顔をそむけた。どっちだろうとかまわない。その一点だけをとらえて、残酷な子供だということはできない。

蒲生はなめらかなしぐさで口もとのタバコをつまみ、煙を吐いた。「それを思いださせるから、戦闘機乗りは嫌になった。そういうことかね」

「そんなものじゃありません。でも、小さかったころのことですから、ショックだったのはたしかです。わたしはばらばらになった蟬の死体を集めて、泣きながら家に帰りました。家の庭にお墓をつくってあげるつもりでした。両親はイヤな顔をしました。そんな汚いものに触るんじゃありません。そういいました。両親が蟬をどうしたのかはわかりません。たぶん捨てちゃったんでしょうけど」

「両親とはどうやって仲なおりした？」

「仲なおりはしませんでした。ずっと口をきかなかったわけじゃないですけど、ことあるごとに反抗してたのは事実です。防衛大に入ってからは、ほとんど家にも帰りませんでした。両親が幼いころの出来事をわたしがずっとひきずっていることを、気づいていたかどうかはわかりません。でも、ほんとうはわたしを心配してくれてたんです。すくないお給料のなかから、わたしの将来のためにこつこつと貯金をしてくれていた。それがわかったのは、両親が死んだあとでした」

蒲生はややおどけたような口調でいった。「いくらなんでも蟬が死んだくらいで……」

美由紀は語気を強めた。「幼児期というのはそんなものです。だから親や教師のつとめは重要なんです」

「おいでなすった」

「なにがです」

「いまのいままで、あんたはとても女らしい顔をしてた。こんなことをいうとまた誤解されるかもしれんが、ようするにかわいい顔をしてたよ。それがいま、またカウンセラーってやつに戻っちまった」

「それがわたしの職業ですから」

「カウンセラーになる前は、そんなしゃべり方じゃなかったんだろう？　俺だけじゃないと思うが、カウンセラーって職についている人間の話し方ってのは、なんだか芝居じみてきこえるんだ。妙に発声が明確で、演劇の役者みたいだ」

「発声練習はしました。東京晴海医科大付属病院ではそれが研修に含まれてるんです。カウンセラーは会話が命ですから」

「声優さんのほうが向いてるんじゃないかね。あるいは歌手とか」

ちゃかすような口調だった。美由紀はかっとなった。「わたしの人生はわたしがきめます！」

静寂がおとずれた。天井に打ちつける雨の音だけが響いた。

蒲生はふっと笑った。「そう。それがききたかったんだよ」

「え？」

「あんたがどれだけ主体性があるか、知りたかった」蒲生はタバコをひと口吸った。「はじめて会ったときから、あまりにも友里佐知子先生にべったりだったんでね」

「友里先生は尊敬できるひとです」

「それはそうだろう。だが、俺が気になっていたのは、あんたが本心では恒星天球教のようなカルト教団の存在を認めているのか、それとも否定しているのかということだ。というのは、前にもいったように宗教は信者たちを救うことを売りものにしている。いっぽう、あんたたちカウンセラーも集まってきた相談者たちを救おうとする。これは同種のものに思えるんだが、ちがうかね」

美由紀が口をひらきかけると、蒲生は即座にそれを制した。「わかってる、それはちがうんだろう。前にもきいたな。だがあんたが、友里佐知子という特定の先生を盲信してカウンセラーになったとするのなら、それは一種の宗教的な依存心に立脚したものだといえなくはないか？」

まったく間違っているとはいえない。どんな分野であれ先人についていこうとする意識は、ある種の依存心を含んでいるものだ。リーダーとメンバー。経営者と社員。先輩と後輩。それが宗教的だといえば、そうなのだろう。

「わたしは楚樫呂島の大噴火のとき、被災地で救助活動をしました。そのとき、友里先生のひたむきで献身的な姿勢にひかれたんです。そういう意味では、宗教に入信するひとたちとおなじ心理があったかもしれません。ですが、わたしはそれによって自分が救われると思ったんじゃありません。ただ、自分の生きるべき道がそこにあると感じたんです」

蒲生はタバコを灰皿に押しつけた。「いっそう宗教めいているようにきこえるけどな」

「いいえ。科学的に精神面での苦しみを救済する、東京晴海医科大付属病院のカウンセリング科のような機関が存在しなければ、人々は宗教に依存せざるをえなくなってしまいます」

「あんた、そのカウンセリング科ってのをすばらしいところだと思うか?」

「ええ」

蒲生はため息をついた。「やっぱり、宗教の信者とおなじように思えるな。信者もその宗教団体を礼賛しがちだ」

「意味がちがいます。宗教は、その信者になることが人生にとって最良の道だと説くでしょう。でもカウンセリングは、できれば一生お世話にならないほうがいいんです。神経症や精神病におちいらずに過ごせたほうがいいですからね。わたしがいっているのは、東京晴海医科大付属病院は尊敬できるカウンセラーがおおぜいいる、方針もしっかりしている、それにとても勉強になるところである、それだけです」

「うちのボウズが荒くれ者になっても、カウンセラーの世話にはならんがね」

「なぜです」

「俺の家内は精神分裂病ってやつでな。いまでも精神科に通って薬をもらってる」

「……カウンセラーには、相談されたんですか」

「ああ」蒲生は苦々しげにうなずいた。「一回の相談料に三万円もとられた。それが週に一回、家内はいっこうによくなる気配がない。俺はそのカウンセラーにきいたよ、いつまでつづくんだってね。そうしたら、奥さんが治るまで、そうぬかしやがった。半年もつづけたかな、だがなんにもならなかった。あとでそいつが、なんの資格も持たないもぐりだったとわかった」

「その種のトラブルはよくききます」美由紀はいった。「カウンセラーになるには、臨床心理士という資格があるんですが、絶対に必要というわけじゃないんです。美容師は資格がないと営業できませんが、カウンセラーは無資格でも看板をかかげられるんです。おかげで、世の中は得体の知れないカウンセラーでごったがえしてます」

「だからカウンセラーってのは信用できない。ひとを助けるふりをして金だけせしめていく、どっかの宗教団体と変わらないように思えてならないのさ」

「それはちがいます。そんな現状だからこそ、全員に臨床心理士の資格取得を義務づけているカウンセリング科の存在が重要なんです。刑事さんのような目にあうひとがひとりでも少なくなるように、専門機関の発展が必要なんです」

蒲生は苦笑してつぶやいた。「どう転んでも、あんたの職場はすばらしいって話になっちまうんだな」

「刑事さんは警視庁を悪い職場だとは思わないでしょう。それとおなじことです」

「いや」蒲生は苦笑した。「最低の職場だよ」

美由紀は蒲生をみた。蒲生はシートを倒し、目を閉じた。朝からずっと美由紀をつけまわして、疲れたのだろう。こうしておなじクルマに乗せておけば、休めるという計算もあったのかもしれない。

雨のなかの観音像をながめながら、美由紀は頬づえをついた。

奇妙な状況だった。刑事とふたりきりになって、だれも寄りつかない夜の国定公園を見張っている。なにがあるのか、なにがおこりうるのかさっぱり見当もつかない。それでも、ここに手がかりを求めざるをえない。そう思ってやってきたら、こうなった。

カウンセラーは人前でいらだちをみせないものだ。友里佐知子は常々そうおしえてくれた。だが、きょうの美由紀はいらいらしてばかりだった。何度も声を荒げ、怒鳴って、蒲生をにらみつけた。このところ、ずっとわすれていた感情だった。

しかしそのぶん、いまはとても気が楽になっていた。この刑事の前では、とりつくろう必要がない。本当はこんな関係になってはいけないのかもしれないが、美由紀はひさびさに他人の前でカウンセラーとしての肩の荷をおろし、ふつうの自分の姿に戻れたような気がした。こんな気分にさせるのは唯一、友里佐知子だけだ。なんでも見抜いてしまう彼女の前では、美由紀も自然体にならざるをえない。

あるいはこの刑事も、それに近い素質をそなえているのかもしれない。カウンセラーとしての自分を演じなくても、その垣根をこえたところへすっと飛びこんでくる、そんな勘のよさをそなえているように思えた。ふてぶてしく感じられるが、慣れればどうってことはないだろう。ただ、そのいっぽうで捜査についてはまったく見当ちがいのところに目をつけている。ふしぎな刑事だった。妙に人なつっこくもあり、短気でもあり、職務に忠実な男でもあった。

いや、わからない。リラックスしているふりをして、美由紀の動向をさぐっているのかもしれない。そうだとしたら、美由紀よりも一枚うわてということになる。

そう思ったとき、蒲生のいびきがきこえはじめた。思いすごしだったようだ。美由紀は深くため息をついた。わたしひとりに見張りをまかせるつもりかしら。部下じゃないのに。

征服

大隅半島の最南端、佐多岬に位置する鹿児島ロイヤルホテルの廊下を、宮本秀治は浴衣を着て軽い足どりで歩いていた。温泉あがりに一杯やって、ほかの父親たちとゴルフの話で盛りあがった。明日はコースにでてみよう、そんな話になった。こんなに機嫌がいいのはひさしぶりだ。そういえば、肩の凝りも感じなくなった。身体を動かすたびに重く感じていた腰も、すこぶる調子がいい。きょうはよく眠れそうだ。

部屋の前まできて、ふと立ちどまった。となりの部屋が気になった。えりの部屋は静かだった。子供たちは母親たちと一日じゅう黎明館から城山展望台、磯庭園へと観光コースを旅しながらはしゃぎまわったはずだ。もう疲れて寝静まっているだろう。

それでもやはり、わが子の部屋をたずねたくなった。ドアの前にいき、軽くノックをした。返事はなかった。ひきかえそうとしたとき、鍵がはずれる音がして、ドアがそろそろと開いた。妻の侑子が顔をのぞかせた。

「侑子」秀治はいった。「ここにいたのか」

「うん」侑子はやや当惑ぎみにいった。「なんだか、一緒にいてあげたくて」

侑子の気持ちはよくわかった。秀治もそんな気がしていた。いまになって、子供をひとりきりにしたくなくなった。いままでえりに迷惑をかけていたことが、徐々に認識できるようになってきていた。

部屋のなかに入った。薄明かりの下、えりはベッドで眠っていた。秀治は静かに歩みより、ベッドのわきの椅子に腰をおろした。

きょうはホテルの内外で、えりの笑い声をきいた。ほかの子供たちと、楽しそうに遊びまわっていた。もう何年も、そんな声をきいていなかったような気がする。いや、そんな生易しいものではない。自分はえりがはしゃいだ声をあげるたび、耳障りで、やかましい声だと感じていた。何度も怒鳴りつけた。やがてえりは、笑わなくなった。なにごとも、小声でしかしゃべらなくなっていた。

シーツの端から顔をのぞかせているえりの寝顔を見やった。安らかな顔をしていた。えりにとっても、ひさびさに楽しいときが過ごせているのだろう。友達も多くできただろう。だが、家庭のほうはどうだろう。秀治は考えた。えりは父親である自分に対して、また心をひらいてくれることがあるだろうか。いまになって身勝手な話だが、秀治は後悔していた。わが子に、つらくあたりすぎてきた。自分でも気づかないうちに短気をおこしていた。それらの罪ほろぼしになることがあるだろうか。自分はしがない自営業者だ。こんなに豪勢な旅行は、うちの家計では当分むりだろう。これからも、せせこましい家庭で両親と一緒にすごさなければならない。えりはどう思うだろうか。

えりの額から鼻先にかけて、髪がひとふさ垂れかかっているのに気づいた。秀治はそっと手をのばして、それをはらおうとした。だが、顔に軽くふれただけで、えりが目を開いてしまった。

えりはじっと秀治を見つめた。いままでも、えりはこういう目をしていた。怯えるような、恐れをいだくような目。いまその目が秀治をまじまじととらえていた。

「えり」秀治は小さな声でいった。「起こしちゃったな」

「なに？」えりがささやくような声できいた。

「いや、なんでもないよ」秀治は気まずさを感じながらいった。「えり、きょうは楽しかったか？」

「うん」

「旅行にきてよかったと思うか」

「うん」

そうか。秀治はつぶやいた。「なあ、えり。ちょっとだけきいてくれ。俺は……お父さんは、いろいろ仕事のこととかで、疲れてた。だから最近、話す機会があまりなかった。せっかくだから、いまきいておきたい。お父さんに、なにかいいたいことはあるか？」

「いいたいことって？」

「いや、つまり……。こういう旅行にもっと行きたいとか、ほかに遊びにいきたいところがあるとか」

　えりはぼそりといった。「べつに」

「遠慮しなくていいんだ」秀治はため息をついた。これでは赤の他人を誘っているのもおなじだ。もっと率直にいおう。「えり、いままでお父さんはよく怒鳴ったり、叱ったりしてきたよな。お父さんはそれが、自分でもただしいことだと思ってきた。働いて、家族みんなに飯をくわせているのは俺だという自負があった。でもな、それはちょっと勘違いしてたみたいだ」

　えりは黙って、秀治を見かえしていた。口もとはシーツに隠れていた。

「そのう」秀治は、背後できいている侑子が気になってしかたなかった。「どういう理由だったかはよくわからないが、お父さんはちょっと変だった。疲れてたせいかもしれない。だから、えりに当たり散らすことが多かったんだと思う。だがそれは、やっぱりまちがいだった。反省してるよ。ごめんな」

　えりは動かなかった。だが、大きな瞳がかすかにうるむのを、秀治はみた。

「これからは、もっとやさしくなりたいと思う。お父さんもまだ、勉強しなきゃいけないことがいっぱいあるんだ。そう気づいたよ。だから、えりが安心して過ごせる家にしていきたいと思う。文句があったら、いつでもいってくれ。もうぜったいに、怒鳴ったりしない。話しあっていこう、な?」

しばらくして、えりは小さくうなずいた。それからシーツの下にもぐりこんで、顔を隠してしまった。

秀治はとまどった。だが、最初はこうならざるをえないだろう。理解を深めていくには時間がかかる。焦っても、あわててもいけない。自分は長いあいだ、子供に苦痛をあたえてきた。子供が心をひらいてくれるまで何年かかろうとも、辛抱しなければならない。親であることを自覚するなら、それは避けて通れない道だ。

秀治は立ちあがった。ふりかえると、侑子が笑顔をうかべていた。瞳が水面のように輝いていた。ずいぶんみたことのない笑顔だった。気づけば侑子とは、言い争いばかりをしてきた。こんな時間をもつこと自体、考えもしなかった。

いこう、秀治は侑子にいった。侑子はうなずいた。ふたりで部屋を立ちさろうとしたとき、背後で声がした。「お父さん」

ふりかえった。えりがシーツから顔をのぞかせていた。えりは小さな声でいった。「おやすみなさい。お母さんも」

胸の奥から、しばらく忘れていた感情がこみあげてきた。おやすみ。そういった。えりが目を閉じると、秀治は侑子の肩をそっと抱き、部屋をあとにした。

雨は明け方にはやんだ。風はあいかわらず強かったが、夜明けとともに雲の切れ間から陽の光がさしてきた。木々が枝葉をすりあわせてざわめき、流れる雲がときおり太陽をさえぎる。そのたび、広場に寒暖の落差がつくられる。

美由紀は一睡もしなかった。タバコのにおいがしみついたスターレットのなかで、ずっと東京湾観音をみつめていた。白亜の観音像は、朝日を受けてまばゆいばかりに光りかがやいていた。

蒲生が目をさましたときには、空はすっかり晴れあがっていた。午前六時半をまわっていた。蒲生はむっくりと身体を起こし、ドアをあけて外にでた。ちょっと買い物してくる、そういって参道を歩いて下っていった。美由紀にきかれない場所で、警視庁に電話するのだろう。だが、一連の事件における自殺に、催眠がかかわっているという蒲生の持論を捜査本部が支持しているとは考えにくい。彼もいまや一匹狼なのだ。

しばらく時間が経った。クルマが入ってくる音がした。一台の白い小型ワゴンが駐車場に乗りいれてくる。停車し、見覚えのある年配の女性がふたり降り立った。観音の窓口と売店の人間だ。ふたりはこちらに一瞥をくれたが、なんの関心もしめさなかった。広場を歩いていき、それぞれの職場へ向かっていった。

ひとを自殺に向かわせる催眠術があるにちがいない、そういう蒲生の主張はまるで見当はずれだったが、ひょっとすると美由紀の推測もそれと大差ないのかもしれない。そう思えてきた。宮本えりがここへ足を運ぶように暗示を受けていた、その事実には深い意味はなかったのではないか。恒星天球教という宗教に入信させるための前段階として、深い信仰心を育てるべく、日々の参拝を欠かさないような暗示をあたえておいた、それだけのことではないのか。そうだとすれば、参拝する場所はここにかぎらず、どこでもよかったことになる。ただできるだけ遠く、いくのが困難な場所まで足を運ばせることが、信者へのひとつの修練だと教団側は思っているのかもしれない。あるいは催眠暗示がどこまで有効なのかを試す実験の意味あいしかなかったのかもしれない。

だが、やはりもっと複雑な裏がある気がしてならない。たんなる実験だとしたら、あの暗示は巧妙にあたえられすぎている。催眠暗示は相手のもつ潜在的な欲求に沿う形であたえなければならない。宮本えりは学校へいきたがらなかった。その下地を巧みに利用して暗示が効力を発揮するようにしてあった。恒星天球教の人間たちは、宮本えりが登校拒否をしがちだという日常まで調べあげていたことになる。

運転席側のドアがあいた。蒲生が白いビニール袋をさげて乗りこんできた。ドアを閉めると、袋のなかをまさぐって缶コーヒーをとりだした。飲むか、ときいてきた。美由紀はそれを受けとった。

「なんか変化あったか」蒲生はポカリスエットの缶をあけながらきいた。

「さっき窓口と売店のひとが出勤してきました。そろそろ営業時間です」

「ふうん。平和なもんだ。きょうも一日、ここでねばるつもりか」

「ほんとうなら九州で二泊三日してくる予定だったんです。その期間内の予定は、すべてほかのひとに代わってもらってます」

「すると今晩もここに泊まる気か？　悪いが、俺はほかにも仕事が入るかもしれん。昼すぎにはひきあげるつもりだ。もちろん、このクルマごとな」

「どうぞ、ご自由に」

「あいかわらず強情だな。また雨が降ったらどうするつもりだ」蒲生はそういいながら、カーラジオをつけた。交通情報だった。チャンネルをひねると、天気予報がながれてきた。千葉県南部、きょうは東の風のち南東の風、晴れでしょう。沿岸の海域の波の高さは一メートル五十センチでしょう。気温は高めで、初夏を思わせる陽気になりそうです。降水確率は日中、今夜ともに0パーセントでしょう……。

「運が向いてきた」美由紀はいった。

「おいおい」蒲生は顔をしかめた。「こんなところに若い娘をひとりで残していけると思うか。それも野宿をきめこんでる娘を」

「心配ならもうひと晩、一緒におつきあいしたら？」美由紀は笑った。「もちろん、このクルマごと」

蒲生は唸って、シートに身をしずめながらポカリスエットをすすった。

そのとき、ラジオがつげた。ただいまはいりましたニュースです。けさ七時三十分ごろ、東京都港区の警視庁科学捜査研究所の倉庫から出火する騒ぎがありました。

蒲生は跳ね起きた。ポカリスエットが気管に入ったらしくむせた。美由紀はボリュームをあげた。

「現在、消防車が出動して消火にあたっていますが、火の勢いが強く、全焼はまぬがれないとの声もあります。同研究所では、警視庁が捜査中のあらゆる事件の証拠品の鑑定を受け持っており、倉庫にはそうした証拠品が多数保管されていたとみられることから、今回の火災がさまざまな事件の捜査に大きな影響をおよぼすことが懸念されています。なお、倉庫内は火気厳禁とされていますが、火元は倉庫内部の可能性が高いとみられるため、消火後はすみやかに警察の現場検証がおこなわれるものと思われます」

「なんてこった」蒲生は信じられないという顔をした。コートのポケットから携帯電話をとりだし、ダイヤルした。相手はすぐにでたようだった。蒲生はいった。「蒲生だが。いま倉庫火災の話をきいたが、例のブツはどうなった」

意気消沈するさまがはっきり横顔にあらわれた。そうか、それで……全部か。わかった。

蒲生はつぶやくようにいって、電話を切った。

「どうしたんですか」美由紀はきいた。

「畳だよ」蒲生は答えた。「例の角屋畳店から出荷された畳だ。全国から集めて、科学捜査研究所の倉庫に保管してあった」

「それじゃ……」

「ああ。全滅だ。やられたよ」蒲生は鳥の巣のような頭をかきむしった。「だがどうしてなんだ。あの倉庫は厳重な警備がしかれてる。なかにはライターひとつ持ちこめない。どうやって放火したんだ」

妙な感触が美由紀のなかにこみあげてきた。「きのう、広島の住宅に侵入した二人組がいましたね」

「警察に踏みこまれて、放火しそこなったやつらだろ」

「そのふたりの目的は、その場を放火することじゃなかったのでは?」

「どういうことだ」

「あの時点で警察が角屋畳店の畳に目をつけていることは、彼らも知っていたはずです。それなのにその二人組は部屋に侵入した。しかも自爆もせずに逃げおおせた。ほんとうはそのとき、すでに目的を達成していたんじゃないかしら」

「ってことは……」

「畳のなかにリモコン式または時限式の発火装置を一個だけ組みこんだ。それをさとられないために、C4爆薬を現場に残しておいて、さもテロが未遂に終わったようにみせかけた」

「そうか。連中は警察の手で畳が回収され、一か所に集められると予測したんだ。そして、そのあと発火装置を作動させれば、すべてを灰にすることができる」

「教団が証拠を隠滅する手助けをしたことになりますね、警察は」

「くそ!」悪態をついてから、蒲生は真顔で美由紀をみた。「おそれいったよ。あんたの仲間たちはそうとうフットワークがいいようだな」

「何度いわせるんです。わたしは教団とは関わりありません」

「どうだか」蒲生は吐き捨てた。「ミサイルに催眠術に爆薬に発火装置。在日米軍から警視庁まですっかり手玉にとられてるときてる。これじゃ日本は恒星天球教に征服されちまうぞ!」

　すべてが灰になった。たった一枚の証拠を隠滅するためにどこまでも執拗になる、おどろくほど執念深い集団だった。しかもその策略はじつによく練られていて、無駄がない。自己顕示欲にとらわれて尻尾をだした過去のテロ集団やカルト教団とはまったく異なり、恒星天球教は息をひそめて地下に潜っている。正体はようとして知れない。

　エンジン音がきこえた。またクルマが駐車場に入ってきた。赤の軽自動車が一台、数メートルはなれたところに停車した。ひとりの男性が降り立った。美由紀のなかに妙な感触があった。みたことがある人間だ。帽子をかぶり、色のちがうコートを着ているが、まちがいない。きのう観音の螺旋階段を昇るときにすれちがった三十代半ばの男だ。

男を注視している美由紀の視線に気づいたのだろう、蒲生がいった。「あの男、どうかしたのか」

「きのう来てたひとだわ」

「あいつが？」

「きのうも観音のなかに入ってた」美由紀は男を目で追った。はやい足どりで、観音の足もとに向かっていく。

美由紀は腕時計をみた。八時一分。三十代半ばの男が営業開始直後に現われて、なかに入ろうとしている。それも二日連続で。これがふつうの参拝のはずがない。

男は観音の左足付近へ向かった。木に視界を遮られて、こちらからは見えなくなった。

美由紀はドアをあけて外にでた。どこへいく、蒲生がそういった。美由紀はいった。「刑事さんはここで見張ってて」

おい、と蒲生が告げるのがきこえた。美由紀がドアを叩きつけたので、そのさきはなにをいったのかわからなかった。蒲生にとっては不服だろうが、従ってくれるだろう。ここに陣どっていれば容疑者に広場から逃げられる心配はない。

美由紀はバイクに歩みよった。ナイロンリュックをとりだし、なかをみた。タバコの箱よりひとまわり大きい、銀色に光る物体をとりだした。それをジーパンの尻のポケットに押しこんだ。

いちど最上階まで昇らねばならない。だが、それで手がかりはつかめるはずだ。美由紀はそう確信しながら、観音に向かって駆けだした。

無謀

野口内閣官房長官は総理府庁舎の三階にある医務室で、聴診器を胸にあてられながら物思いにふけっていた。

角屋和夫の脅迫内容によれば、教団が政府首脳をテロの標的にするのは明日だ。在日米軍基地、自衛隊基地のすべてに厳戒体制が敷かれ、たとえ通行証があっても関係者以外の立ち入りは終日禁止されることになった。それでもまだ不安はある。連中がどんな手を使ってくるのか、まったく知らされていないからだ。

医者は聴診器をはずしながらいった。「問題ありませんね。胃潰瘍にもなっていないようだし。食べ過ぎじゃありませんか?」

「まさか」野口はワイシャツのボタンを閉めながらいった。「食事は適量にしている。酒も飲まない。ほかに原因があるだろう」

医者は浮かない顔で首を振った。「考えられませんね。心因性のものでしょう。悩みごとがあったりすると、ストレスで胃痛につながります。やがて潰瘍につながったりもしますが、いまのところはその兆候はみられませんね」

「悩みごとか。政治家に悩みがないはずがなかろう」

「そうでしょうね」医者はカルテになにか書きこんだ。「いちおうお薬をだしておきますが、心配でしたら後日精密検査を……」

「いや、いい」野口は立ちあがった。精密検査なんてとんでもない。そんな悠長なことはしていられない。

ではお大事に。医者の声を背に受けながら、野口は廊下にでた。

首相の腰痛も悪化しているらしい。原因は心因性のものだという。おそらくいまが、戦後でも最も政治家にとってきつい時期なのだろう。自分たちは運の悪い時代を担当した、やがてそう思う日がくるのだろうか。自分たちが地ならしした道の上を、苦労を知らない若手議員が大手を振って歩いていくのを、黙って見送るしかなくなるのだろうか。

「おとうさん」背後から声がした。

ふりかえると、娘の加奈子がいた。加奈子は総理府の職員だった。二階でおもに事務をしている。ふだんは三階以上には用がないはずだ。

「どうかしたのか」野口はきいた。

加奈子は微笑をうかべた。「さっきインターホンで秘書のかたに連絡したら、医務室に行かれたってきいたから、心配しちゃって。どこか悪いの?」

「べつにどこも悪くはない」野口は憤然としていった。「事務のほうも忙しいんだろう。

早く戻ったほうがいい」

野口は加奈子の肩ごしに近づいてくる男に気づいた。飯野仁史。野党第一党の若手議員、加奈子の結婚相手だった。

飯野はにこやかな笑顔をうかべ、会釈した。

野口は神経を逆なでされたような気がした。政治家特有の見え透いた作り笑いを、こともあろうに私に向けるとは。

「会議に戻る」野口は背を向けて立ち去ろうとした。

「おとうさん」加奈子が呼びとめた。「仁史さんが、お話ししたいことがあるって……」

野口は立ちどまったが、ふりかえることはなかった。

飯野がためらいがちに口をひらいた。なんと呼べばいいのかわからないからだろう。

「官房長官、そのう、今回の結婚のことなんですが……」

「きみらが決めたことだ。私には関係ない」

加奈子がいった。「でも、おとうさんにも式に出席してほしくて」

飯野があわてたようにいった。「官房長官にもご出席いただけるように、急遽《きゅうきょ》都内で式を挙げることにしました。赤坂のホテルで午後二時からです。ほんの少し時間を割いていただければ……」

「そんな時間はない」

野口はきっぱりというと、歩きだした。足音はついてこなかった。ぼうぜんと見送るふたりの視線を背に感じていた。

娘の結婚式に出たがらない親などいるものか。だが、相手が悪い。こんな結婚ではノーコメントを通さざるをえなくなる。喜びも悲しみも表わすことができない。

角を折れてエレベーターの前に行くと、酒井経済企画庁長官が立っていた。

「ああ、官房長官。医務室に行っておられたんですか」

「きみには関係ない」

「たいへんですねえ。なにしろ国家の有事と娘さんの結婚が重なったのでは……」

野口は大声をあげた。「きみには関係ないといっているだろう！　私の私生活に首をつっこむひまがあったら、経済企画庁長官としての職務をまっとうしろ！　経済の立て直しに全力をつくせ！　わかったか！」

酒井はびくついて、後ずさった。エレベーターの扉があいた。扉ごしにきこえたのか、乗客は目を丸くしてこちらをみていた。野口は乗りこんだ。酒井は身をこごめながら、そろそろとエレベーターから遠ざかっていった。

野口はわきにいる若い職員にいった。「早く閉めろ」

職員がボタンを押した。胃が激しく痛んだ。だが、苦痛に顔をゆがめたくはなかった。背すじを伸ばして、しっかりと立ちつづけた。そう、これが内閣官房長官としての務めだ。

そう思った。

陽が傾いてきた。美由紀は腕時計をみた。午後四時二十五分。

美由紀は売店「観音会館」の店頭をながめるふりをして、手もとの小型モバイルパソコンに目を落としていた。観音像には背を向けているが、代わりに蒲生が観音の出入り口を注視しつづけている。美由紀が顔を隠さねばならない理由はただひとつ、きのう観音の胎内で出会った人間に気づかれないためだ。用心がすぎる、蒲生はそういって難色を示したが、美由紀はそうは思わなかった。

朝のうちにいちど最上階まで昇ったあとは、少しずつ場所を変えながら一日じゅう観音に出入りする人間を見張りつづけた。参拝客のほとんどはやはり普通でない雰囲気をただよわせている。ここでなにかが進行している。そう思えてならなかった。

蒲生は店のわきにもたれかかり、紙コップに入ったコーヒーをすすっていた。コートは脱いで手にかけている。コーヒーを口もとへ運びながら、ぼそりといった。「またひとり入っていく。髪を茶に染めた婦人、年齢は五十歳ぐらい。猫背、赤いコートだ」

美由紀はモバイルパソコンのモニターを傾けて、そこに映りこんでいる背後の風景をとらえた。蒲生が特徴をつたえた人物が短い階段をあがり、窓口へ向かっている。美由紀は片手でパソコンのキーを操作して打ちこんだ。茶髪の女性、五十歳ぐらい、猫背、赤いコート。モニターにはいままで出入りした人間のリストができあがっている。これで五十七人めだ。

しばらく時間がすぎた。きょうもまた、たそがれ時が近づきつつあった。白亜の観音はオレンジいろの光を背に受け、駐車場のほうに長い影をつくっている。広場には人けはなかった。

「なあ、岬美由紀さん」蒲生が横目でこちらをみた。「教団が政府につたえてきたタイムリミットは明日だぞ。なのに俺たちは、きのうからずっとここで観音様を見物してる。こんなことしてなんになるんだね」

「さあ。でも、なにか異様な気配を感じるんです。そうは思いませんか?」

「どこがかね。異様なのはほかならぬ俺たちだろう。中年男と若い娘がこんなところに来てたんじゃ、不倫旅行とまちがわれるぞ」

美由紀は蒲生の言葉を無視した。「参拝客のわりにはせかせかしすぎてます。五十七人中、三十人以上がわき目もふらずに観音様の胎内に向かい、足ばやにでてくる」

「ほかに見るべきものがないからだろう。何度もきてりゃ、このあたりの景色にも飽きてくるさ」

「飽きてるのなら来る必要はないはずです。それなのに、あやしい三十人ほどのなかには、きのうわたしが見かけた人がほぼ全員ふくまれています。たぶん彼らは毎日ここへ来ているんです。宮本えりちゃんとおなじように」

「催眠術をかけられてるとでもいうのか?」

「ええ。まばたきの回数が少なく、なにもしゃべらず、上のほうへ昇っても窓の外の景色にまるで関心をしめさないばかりか、高いところを怖がるようすもない。理性の意識水準がかなり低下しているんでしょう。催眠暗示によるトランス状態に入っている可能性が高いです」

　蒲生がまたコーヒーをすすった。口もとがみえないようにささやいた。「またひとりできた。四十歳ぐらい、紺のロングコート、サングラス。三十分ほど前に入っていったやつだな」

　美由紀はモバイルパソコンのモニターに反射した男の特徴を確認した。リストをスクロールさせ、該当する人物のところに「出」とつけくわえた。

　蒲生がきいた。「すると、あいつらは恒星天球教の信者だというのか?」

「たぶん」

「なら、つかまえて話をきこう」

「だめです。後催眠暗示が効いて行動しているのなら、その暗示の内容をすべて実行しないうちに覚ました場合、混乱におちいる恐れがあります。事実、わたしは出かけようとしていた宮本えりちゃんの暗示を途中で解きましたが、彼女は泣きじゃくりました。暗示は最後まで実行させたほうがいいんです。それに、えりちゃんがそうだったように、ほかのひとたちも薬物を注射されて催眠暗示をうけたときのことを思いだせないようにしてあるにきまってます」

「そんなことといって、あいつらがテロを働こうとしていたらどうする」

「もう。何度いわせるんですか、催眠暗示では犯罪は引き起こせないっていってるでしょう。これだけのひとたちが暗示のとおりに動いているってことは、暗示の内容はひどく無難なものにちがいありません。上まで昇ってお参りがしたくなるとか、それぐらいのことでしょう。たぶん恒星天球教への信仰心という下地をうまく利用して、ここへ来させられているんでしょう」

「教団となんのつながりもない、こんなところへか？　解せんな。尾行してアジトをつきとめるべきじゃないのか？」

美由紀は首を振った。「そんなことをしてもむだです。彼らはえりちゃんとおなじく、ふつうの一般市民です。自宅にいるところを、特定の時刻になったら出かけてくるような暗示がほどこされているだけです。おそらく恒星天球教の信者勧誘セミナーに出席して、そこで暗示を受けたとか、そのていどのはずです。テロをおこなう幹部クラスの連中とはまったくちがいます」

「どうしてそう言い切れる？」

「彼らの行動です。あれはふつうの催眠によるトランス状態です。横須賀米軍基地のミサイル制御室で自殺したひとや、神社で自爆したひとたちのような、説明のつかない異質な心理状態じゃありません」

蒲生は口をひらきかけたが、観音のほうに目を向けた。小声でささやいた。「またひとり、観音からでてきた。さっきの茶色の髪の婦人だ。五十歳ぐらい、猫背、赤いコート」

美由紀はモバイルパソコンを操作した。だが、どうも気になる。参拝者たちの行動や人数以外にも、なにかおかしなところがある気がしてならない。それがどういうところか、いまひとつぴんとこない。あとでリストアップした人々の特徴を調べてみる必要がありそうだ。

蒲生はからになった紙コップをぐしゃりと握りつぶした。「あの婦人のあとをつけてみる」

「やめてください。そんなことは無意味です」

「どうしてだ。あいつをかばうつもりか？」

「第一容疑者のわたしから、目を離してもいいんですか？　これが最後の別れになるかもしれないですよ」

蒲生は美由紀を見つめた。苦々しげに舌打ちし、また店の外壁にもたれかかった。「こうまであんたに振りまわされることになろうとはな。うちの上司でもこんなに人づかいは荒くないぞ」

　美由紀は苦笑いした。愚痴をこぼしながらも美由紀の指示にしたがっている蒲生がどことなく可愛く思えた。美由紀に対する疑念が晴れたわけではないだろうが、美由紀の言い分があるていど正論だと感じてくれているのだろう。

「そろそろ時間だな」蒲生は腕時計をみたが、顔をあげた。「おっと、ひとりでてきたぞ。三十代、褐色のジャンパー、中肉中背」

　奇妙な感触をおぼえた。美由紀はモバイルパソコンの表示をスクロールさせた。該当する人間はいなかった。ふりかえった。蒲生がいったとおりの男が、駐車場へ立ちさっていく。がっしりした体格で、身長は百七十センチぐらい。髪はやや薄め。身体よりも大きめのジャンパーに、黒のスラックスをはいている。

「どうした」蒲生がきいた。

「へんね」美由紀はいった。「あのひと、観音様に入っていくところ見ましたか?」

「さてね。覚えがないな。だが、出てきたんだから入ったんだろう」

「でも記録してないわ」

「忘れたんじゃないのか?」

「いえ、そんなはずは……。だけど、どこかで……」

　駐車場に立ちさる男の後ろ姿を見つめながら、記憶の霧のなかからひとつの形がうかびあがってきた。そうだ、きのうの観音の胎内だ。彼は十九階の待合室にいた。老人、白髪頭の女性につづいて美由紀が順番を待っていると、あの男が長椅子に座った。

「きのう観音様のなかで見かけたわ」美由紀はいった。「服装もそのときとまったくおなじだし」

「どういうことだ」

「まさか、ひと晩じゅうなかにいたんじゃ……」

「そんなはずないだろう。参拝客には番号札をわたしてチェックしてる。ぜんぶの番号札が返されないかぎり、ここは閉めないはずだ」

観音の足もとから扉が閉まる音がきこえた。次いで、鍵がかかる音。窓口をつとめていた年配の女性が、ハンドバッグを片手に姿を現わした。柵をひっぱりだしてきて、階段の入り口に置いた。営業時間が終了したのだ。

美由紀はモバイルパソコンの表示をいちばん上からチェックしていった。どの人間にも「出」のマークがついている。だが、ある一か所でスクロールをとめた。三十五番目その人物だけ「出」のマークがなかった。

美由紀はモバイルパソコンを蒲生に手わたした。「この男だけ、外にでたのが確認されてません」

「男性、青のジャンパー、三十代半ば、長身」蒲生は読みあげて、眉間にしわをよせた。

「どうしてだ」

「営業時間終了ってことは参拝客の番号札はすべて窓口に戻されてるんでしょう。でも実際には、ひとりがきのう入場した人物で、ひとりはでてきていない」

「ひとりがなかに隠れていて、番号札を渡されて入れ替わったってのか」

「そう」美由紀は観音をみあげた。「いまも、ひとりがなかに隠れてるんです」


東京晴海医科大付属病院の執務室で、友里佐知子は書類の整理に追われていた。あの爆発では軽い脳震盪《のうしんとう》を起こしてしまったらしい。美由紀が身を挺《てい》してかばってくれなかったら、より強い爆風を受けて意識不明に陥っていたかもしれない。しばらく寝こんでいたが、ようやくショックから立ちなおった。昼すぎから、少しずつ仕事を再開した。

デスクの上には休んでいたあいだにたまったカルテが山積みになっている。このところカルテは増えるいっぽうだ。しかも岬美由紀が留守をしているせいもあって、カウンセリング科も人手不足になっている。美由紀はいまごろ、どうしているだろうか。えりの両親とは心を通わせることができただろうか。鹿児島でのんびりと静養できているだろうか。

ひと息ついて、友里は椅子をまわして窓の外を見やった。

日没まであとわずかだ。夕陽につつまれた東京タワーは美しかった。六本木方面の繁華街にはネオンがともりはじめている。じきに小宇宙のような夜景が辺りを覆いつくすだろう。だが、その美しい景色の向こうにじつは不況の波がしじゅう押しよせている。重税、雇用不安、ローン地獄。人々の肩にはそれらの問題が重くのしかかっている。これでは精神を病む人間はあとをたたない。

電話が鳴った。友里は受話器をとった。秘書の声で、鹿児島の宮本さんというかたからお電話です、そう告げた。つないで、そういった。ほどなく、男性の声がきこえてきた。

「お世話になっております。今回の旅行に参加している宮本ですが」

「ああ、宮本さん」えりの父親だろう。友里は直接話したことがなかった。美由紀からは横柄な態度をとる親だときかされていたが、第一声は妙にていねいだった。友里はきいた。「どうかされたんですか」

「じつは、その、ひとことお礼をと思いまして。このようなすばらしい旅行を実施していただいて、ほんとうに感謝しております」

「いいんですよ。これもカウンセリングの一環だと思って、楽しんでください」

「そのほかにも、ちょっと自分でもよくわからないんですが」えりの父親はためらいがちにいった。「こちらへ来てから、とても身体の調子がいいような気がするんです。気持ちもおちついて、なんというか、ほんらいの自分に戻れたように思えるんです。だからおそらく、岬先生がおっしゃってたとおりのことなんだろうと」

「ああ、そうですね。電磁波にかぎらず、公害などのさまざまな環境が家庭の人々の心理状態を圧迫していることはめずらしくありません。でも、実感していただいてなによりですね。できれば、もうちょっと安全なところに引っ越されてはどうですか」

「はい、東京に帰ったらすぐそうするつもりです。あ、少しおまちください。えりが、話したいというので」

担当でもない相手に、相談者の子供が積極的に話したがるとは意外だった。数秒経って、女の子の声がきこえてきた。「もしもし」

「こんにちは、えりちゃん」友里は愛想よくいった。

「えっと」えりは言葉を選んでいるようすで、たどたどしくいった。「友里先生。旅行をプレゼントしてくれて、どうもありがとうございます」

「いいのよ」友里は思わず笑った。「お礼は岬先生にいって。わたしは、手つだってあげただけだから」

「岬先生、いますか?」えりはきいた。

妙な気分になった。友里はたずねた。「どういうこと? 美由紀は……いえ、岬先生は一緒に鹿児島にいるんでしょう?」

「いえ」えりは淡々といった。「仕事があるから、一緒にいけないって」

友里のなかに電気が走った。動揺が声に出ないよう注意しながらいった。「そう。どこにいくって言ってたか、きいた?」

「うん。東京湾観音にいくって。悪いやつをさがしにいくの」

美由紀は恒星天球教の手がかりをつかもうとしているのだろう。だとしたら、ひとりでほうっておくわけにはいかない。

「友里先生」えりの不安そうな声がきこえた。「岬先生、危ないことはしないよね？」

友里は笑いかけた。「だいじょうぶよ、そんなことにはならない。約束するわ。だから、安心して遊んできて」

「うん。わかりました」

「じゃ、気をつけてね。さよなら」

さよなら、とえりが返事をかえしてから、受話器を置いた。

美由紀という子は、どこまで正義感が強いのだろう。彼女は損得を考えず、どんな危機にも飛びこんでいく勇気を持っている。それも、たったひとりの子供のためでも。

無謀なことだけはしなければいいが。そう思いながら、友里はインターホンのボタンを押した。はい、と秘書が応えた。友里はいった。「新村科長を呼んで」

胎内

日が暮れた。昨夜とおなじく、東京湾観音がそびえ立つ大坪山の広場はひっそりとしていた。だが、きょうは晴れていた。月がでている。天空を覆いつくす無数の星のまたたきがある。デートの帰りに寄り道するには最適のところかもしれない。しかし、いま美由紀はそんなロマンチックな状況にはおかれていなかった。同伴者はぼさぼさ髪の中年の刑事で、美由紀のほうもまる二日、おなじ服を着たっきりだ。

天気がいいせいか、日没後も大坪山山頂に出入りする人間はとだえなかった。ドライブがてら広場の展望台へ足を運ぶ若者の姿が多かった。彼らの姿が見えなくなるまで、美由紀は根気強くまった。そして、午後九時すぎにしてようやく広場は無人になった。

いったん近所のスーパーへ降りて調達してきた懐中電灯で足もとを照らしながら、観音へ歩いていった。

「まてよ」蒲生が走って追ってきた。「俺も刑事だ。不法侵入を見逃すわけにはいかん」

美由紀は歩を緩めなかった。「ええ。だから観音様のなかにいる人間をつかまえにいくんです」

「応援を呼ぶべきだ。千葉県警に連絡すれば十分で機動隊を動員できる」

「だめです」美由紀は足をとめた。「あのひとたちのことです、パトカーが接近したら自爆するにきまってます」

「それなら、レンジャー部隊の連中に潜入させよう。相手はひとりだ、位置を確認して一気に取り押さえれば自爆するひまもないさ」

「いいえ。畳が一か所に集められることを予測して発火装置を仕込むような相手ですよ。警察無線ぐらい傍受していると考えるべきです。とにかく警察に動きがあれば、すべて筒抜けになってしまうでしょう」

「俺はまだ、あんたを信用したわけじゃない。しかしだ、そのう、もしあんたが事件に関わりがないのだとしたら、危険な目にあわせることはできない」

「心配いりません」美由紀は笑った。「警視庁捜査一課の刑事さんが一緒ですから」

蒲生はめんくらったようすだったが、美由紀はそれ以上の反論をまたずに歩きだした。

「だが」蒲生が追いかけながらいった。「いったいどこに隠れているというんだ。なかは殺風景な螺旋階段がつづくばかりだろう」

「探してみなければわかりません」観音の左足に近づいた。数メートル先に、胎内めぐりの入り口へつづく短い階段がある。

美由紀は立ちどまった。地面がぬかるんでいる。昨晩降った雨のせいだ。懐中電灯の光を向けた。地面には、おびただしい数の足跡があった。足跡を見るにつけ、ひとつの仮説がおぼろげに浮かびあがってきた。

「なんだ」蒲生がきいた。

美由紀はしゃがんで、足跡を照らした。「これ、みてください。なんだと思います?」

「参拝客たちの足跡だろう。それがどうかしたのか」

「足跡の深さをみてください」美由紀はいった。「観音に向かう足跡はどれも、妙にくっきりと残っています。これなんか、靴底の模様まで明瞭にわかるほどです。ところが、観音からでてくる足跡はどれも薄いんです。模様どころか、足の大きささえはっきりしない」

「軽くなったってことか」

「そうです。なにか重いものを持って入り、出てくるときには持っていなかった」

「だが、手荷物は窓口に預けなきゃいけないんだろう?」

霧がかかったようにぼやけていたものが、ひとつの形をとりはじめた。参拝客たちに抱いていた妙な違和感はこれだったのだ。「刑事さん、参拝にきていたひとたちの服装に共通点があると思いませんか?」

蒲生は少し考えてから首を振った。「いや。コートやらジャンパーやら、みんなばらばらだったぞ」

「そのコートやジャンパーがあやしいんです。きょうの日中は汗ばむほどの陽気でした。それなのにみんな、厚手の上着を羽織っていた。それも身体よりかなり大きなものをね。えりちゃんもそうだった。わざわざ父親の上着を持ちだして、それを着てでかけていた」

「上着の下になにか隠して、観音のなかに持ちこんだってのか。それもこの足跡から察するに、かなり重いものを」

「ええ」美由紀はうなずいた。

「爆薬か？」

「いえ。それならこんなにおおぜいの人間が、何度も足を運ぶ必要はないはずです。ほんの数キロのＣ４爆薬で観音像を粉々にすることができます」

「じゃあ、いったいなんだ」

「調べてみなければ、わかりません」美由紀は顔をあげた。「とにかく、一刻をあらそう事態なのはまちがいないでしょう。これでもまだ、なかに入るべきでないといいますか？」

　蒲生はため息をついた。「よし、わかった。だが、俺はあんたにぴったりとくっついていく。妙なことをしたらその場で取り押さえるぞ。わかったな」

　わかってます、美由紀はそう答えて立ちあがった。短い階段を駆けあがり、低い柵をまたいで、入り口の扉の前に立った。扉は木製だった。ノブに手をのばした。

そのとき、耳をつんざく音が鳴った。美由紀はびくっとして手をひっこめた。自分の携帯電話が鳴っていた。困惑して、電話をとりだした。着信ボタンを押し、耳もとにあてた。

「もしもし」

「あんたか」男の声だった。「私だ。八巻晃三だよ」

美由紀はうんざりした。やはり名刺をわたすべきではなかった。「こんな時間になんの用です、八巻社長」

「なんの用だと？」八巻の声は悲痛のいろをおびていた。「わかってるだろう」

「わかりません。いったいなんですか」

「差し押さえだよ！　角屋の居所をおしえたら、資産の譲渡は白紙撤回する、そう約束したじゃないか。なのに、きょうの昼間からいろんな連中が押しよせてきて、家具やらなんやらに差し押さえの紙をべたべた貼りつけてる。浴室の洗面器にまで貼ってるんだぞ。信じられるか、洗面器だぞ！　私に無一文になれというのか！」

「どならないでください。事情はよくわかりませんが、友里先生のほうではもう手を打ったはずですし……」

「さっきから連絡しているのにいないんだよ！」

「それはとうぜんです。もう九時すぎですよ。病院はとっくに受付時間をすぎてます」

「だから電話番号を知ってる、あんたにかけたんだ。いったいどうしてくれるんだね」

八巻の声が受話器から離れる気配がした。どなる声がきこえる。「おい、それはかんべんしてくれ。食器まで持っていくことないだろう。めしを手で食えっていうのか」

美由紀はいらいらした。こんなことにかまっているひまはない。「八巻さん、とにかく明朝、病院のほうに電話してください。朝九時なら先生も出勤してますから。では」

返事もきかず、電話を切った。蒲生が怪訝な目できいた。「だれだね。もっと真剣に話してあげなくていいのか」

「そのうちカウンセリングを受けにくるでしょう」美由紀は軽くいって扉に向きなおった。ノブを握ったが、鍵がかかっていた。先を曲げたヘアピンを鍵穴にさしいれた。これぐらいの扉ならシリンダーの数は五つか六つぐらいだ。それを奥から順に回転させていく。てごたえがあった。ノブをまわし、ゆっくり手前にひいた。扉は音もなくあいた。

「手慣れたもんだ」蒲生が低く口笛をふいた。「自衛隊ってところはずいぶん器用な人間を育てるもんだな」

「被災地の救難活動で最も多いのは、民家に閉じこめられた人の救出ですから」美由紀は懐中電灯をひろった。「さあ、いきましょう」

観音の胎内に足を踏みいれた。昼間とはまったく異なる空間のようにみえた。暗闇につつまれた階段を懐中電灯の明かりだけを頼りにあがっていく。足音がひときわ大きくこだまする。一周すると、小窓から月明かりが差しこんでいた。日中よりも波の音がよくきこえる。小窓のわきの看板を照らしだすことで、かろうじて何階かを知ることができる。

美由紀は前方に意識を集中していた。螺旋階段だけに、視界は常に数メートルしかきかない。侵入者がすぐさきに待ちかまえている可能性もある。ふいにでくわしても、防御の姿勢だけはとれるようにしておかねばならない。

五階にさしかかった。蒲生はすでに息をきらしていた。苦しげな息づかいが背後からきこえる。美由紀は立ちどまった。

蒲生がささやいた。「そう急がんでくれ」

美由紀はため息をついた。懐中電灯の光で周囲を照らした。怪しいところはなにもない。五階と記された看板の周囲に光を走らせた。ふいに真っ黒な顔に目を光らせる恐ろしげな顔が現われた。蒲生が息を呑む気配がした。

美由紀は笑った。「不動明王ですよ」

「寿命がちぢむかと思ったぞ」蒲生が吐き捨てるようにいった。「なんて形相をしてるんだ」

「そんなことをいうとばちがあたりますよ。不動明王は悪魔を屈服させるためにわざと恐ろしい姿をしてるんです。おとなしく仏道に従わないものをむりやりにでも導き救済するという役目を持っているんです」

「むりやりにか。どこかのカルト教団を連想させるな。そう思わないか?」

「いいえ。不動明王はれっきとした真言宗の教主、大日如来の使者ですから。お心は慈悲ぶかいんでしょう」

「あんたは博学だな」蒲生は肩をすくめた。「うちのボウズにも見習わせたいよ」

「お子さんの成績はよくないんですか」

「さっぱりだ。せっかくいれてやった塾にもいかずに遊び歩いてる。英語が大の苦手でね。あんた、英語は得意か?」

「防衛大では英語とフランス語の専攻でした。あとは幹部候補生学校でロシア語を少々」

「ロシア語、話せるのか?」

「ひとことだけ。トゥイ・チュエペエリ・ゾブウニュエ・イポオニ、イジイイズ・ゾオナ・イポオニ。あとは仕事に必要ないんで忘れました」

「どういう意味なんだ?」

「あなたの飛行機は日本の領空を侵犯している、即刻退去せよ」美由紀はあっさりといった。蒲生はあっけにとられたようにぽかんと口をあけていたが、美由紀は気にせずに行く手をみあげた。「さあ、昇りますよ」

「ああ」蒲生の低い返事がきこえた。

湿った靴でおおぜいの人間が昇り降りしたせいか、階段は滑りやすくなっていた。窓のない側の階段を歩くときには真っ暗になり、窓のある側では月光さえまぶしく感じられた。

明暗の落差のなかを歩いた。ときおり立ちどまっては、物音がしないか耳をすませた。だが、かすかな波の音しかきこえなかった。

蒲生のペースにあわせてときおり休みながら、十階までできた。美由紀はふいに、前方になんらかの気配を感じた。蒲生にとまるように手で合図した。懐中電灯をゆっくりと気配のするほうに向けた。小窓だった。光に照らされたとたん、なにかが大きな音をたてた。足がすくんだ。が、直後に翼をばたつかせ、一羽の鳥が飛び立った。

美由紀は額の汗をぬぐいながらいった。「寝ているところをじゃましちゃったみたいね」

また歩きだした。階段の幅は徐々に狭まってきた。気温もさがってきたようだ。小窓から吹きつけてくる東京湾からの潮風が、肌に冷たく突き刺さってくる。

十五階まで昇った。観音の手の上の通路があった。一歩踏みだした。屋外の夜気が全身をつつんだ。フェンスの向こうは真っ暗だった。景色がみえないぶん、恐怖も大きかった。無限につづく暗黒の空間のように思えた。観音の手の上を歩いた。蒲生も高いところは苦手らしく、手すりにしがみついていた。

ふたたび胎内の螺旋階段に戻った。観音全体が風に揺らいでいるのがわかる。昼間は気にならなかったが、壁や天井がきしむ音がしている。懐中電灯で照らしてみると、あちこちにひびが入っているのがわかる。築四十年だ、それも当然だろう。

蒲生も怖じけづいたのか、階段を昇りながらつぶやいた。「信心深い連中は、こういうところでも怖がらないのかな」

「催眠暗示で恐怖を感じにくくしてあったんでしょう。高所恐怖症をなおす催眠療法もありますからね。お酒を飲むと高いところが怖くなくなるってのとおなじですよ」

「一杯やってくるべきだったかな」蒲生はいった。「しかし、足跡にあれだけの差がつくほど重い荷物を隠し持って、よくこんな急な階段を昇れたもんだ」

「催眠によるトランス状態に入れば、無意識のうちにセーブしている体力を十分に発揮することができます。ふつうの精神状態よりも疲れ知らずになることもあるでしょう」

階段を昇りつづけた。気温はいっそうさがり、揺れもひどくなってきた。まるで船の上にいるようだった。やがて、広い空間にでた。十九階の待合室だった。当然のことながら、ここも真っ暗だった。階段のわきの看板も消灯している。

長椅子を懐中電灯で照らした。かがんで、椅子の下も調べた。人が隠れられるようなスペースはない。

「ここにいないとなると」蒲生が頭をかいた。「この上しかないってことになるな」

美由紀は最上階につづく階段に懐中電灯の光を向けた。「きょうになってでてきた褐色のジャンパーの男を、わたしはきのうこの待合室でみました。あのあと最上階に昇ったんでしょう。そのまま、最上階に潜んだんでしょうか」

「だが、待合室にはほかにも順番待ちをしている人間がいたんだろう。あがったまま降りてこなかったら、その人間がへんに思うんじゃないかね」

美由紀はきのうの待合室を思いおこした。褐色のジャンパーの次に、大学生ぐらいの紺のハーフコートを着た男がまっていた。だが、その男もうつろな目をして、無感情のままぴくりとも動かずにいた。

「ここに出入りしているほとんどのひとが恒星天球教に催眠暗示をあたえられていたのだとすると、降りてこないひとがいたとしても無視するような暗示がつけくわえられている可能性もあります。褐色のジャンパーの男はこのマットをまたいで通り、看板のランプを点灯させずに上へあがったんでしょう」

蒲生は階段をみあげた。ひと息ついていった。「上へあがってみるか」

美由紀はうなずき、階段に向かった。マットを踏んだが、電源が切れているのでなんの反応もなかった。ふりかえって蒲生にきいた。「昇るときより降りるときのほうが重くなっていると警報が鳴るんでしょう？　その逆はどうなんですか」

「降りるときのほうが軽くなっていた場合か？　盗難防止用の設備なんだから、それには反応しないと思うぞ」

「じゃあ、参拝者たちが隠し持っていた物をこの上に置いてきても、警報は鳴らないわけだ」美由紀はそうつぶやいて、階段を昇りはじめた。昇りながら段数を数えた。十五、

十六、十七……。高さにすると三メートルほどだろうか。二十段きっかりで最上階に昇りついた。
　これまでの小窓とちがい、一面の壁が完全にとりはらわれて鉄格子ごしに東京湾全体が見渡せるこの最上階は、月光をまんべんなく受けて明るかった。潮のにおいもはこばれてくる。東京湾は真っ暗だったが、その向こうにおぼろげなネオンの光の集合がある。川崎の工業地帯だろう。

　その反対側の壁にある入り口をくぐって、参拝室に入った。ろうそくは消えていたが、まだ線香のかおりは残っていた。懐中電灯で天井と壁を照らした。あいかわらず、なにもない。がらんとした空間だった。

　蒲生が賽銭箱のほうへ行き、仏壇を眺めわたした。大きくため息をつくのがきこえた。

「なにもないな。ひょっとして連中が隠し持ってたのは小銭じゃないのか。御利益があるってんでたくさん小銭をかかえてきた。それをこの賽銭箱にいれて帰っていった」

「それなら賽銭箱があふれかえってるはずですよ」美由紀は足ばやに仏壇に近づいた。けさみたとおり、金箔の観音像が並んでいた。右端の像に手をのばした。像をどかすと、その向こうに銀色の物体があった。美由紀はほっとした。「よかった、だれにも見つからなかったみたい」

「それ、なんだ？」

「デジタルビデオカメラですよ。けさここへ置いて、録画をまわしておいたんです。四時間ほどしか録画できませんが、参拝者のようすは映っているでしょう」

手帳のように小さなカメラの側面を開けた。三インチの液晶モニターが組みこまれていた。巻戻しボタンを押した。テープの最後までまわると、自動的に電源が切れるようになっているので、バッテリーは十分に残っていた。あるていど巻き戻して停止ボタンを押した。再生した。

部屋の隅から、参拝室全体をとらえた映像が映った。さいわいにも、かなり鮮明だった。客が現われた。若い女性だった。微笑をうかべて髪をかきあげながら、参拝室に入ってきた。コートではなく、薄いブルーのシャツワンピースを着ている。仏壇を眺めわたした。カメラのほうをみたが、気づかなかったらしい。だが、好奇心に目を輝かせている。催眠暗示を受けているようには見えない。小銭をだして、賽銭箱にいれ、手をあわせておがんだ。そして背を向け、部屋をでていった。

蒲生が眉をひそめた。「なんでもないじゃないか」

「いまのはただの参拝客ですよ」美由紀はいった。「目つきもふつうだし、コートも着ていない」

つづいて、ひとりの男性が入ってきた。黒のロングコートだった。まっすぐ仏壇のほうへ向かってくると、賽銭箱の前で立ちどまった。そのまま静止した。表情にはなんのいろも浮かんでいない。

「こいつは怪しいな」蒲生がつぶやいた。

さらに数秒立ちつくしたあと、急に男はコートの前をはだけた。美由紀は鳥肌がたつのを感じた。

男のスラックスのベルトと腹部のあいだに、青いビニールにつつまれた物体があった。長さは三十センチぐらい、太さは五、六センチといったところだろうか。ビニールの表面に浮きだした質感から、なにか硬い棒状のものが何本か入っているように見える。男はそれを賽銭箱に置いた。ゴトッと重い音がした。そして奇妙なことに、手をあわせておがんだ。顔をあげ、背を向けた。一連の動きはからくり人形のようだった。

男が歩きさっていく。ビニールの包みは賽銭箱の上に残されたままだ。

固唾をのんで映像に見いった。男が立ちさったとたん、参拝室の映像に異変が起きた。重くこすれるような音がきこえた。カメラの位置からちょうど対角に位置する隅に、異様な動きがあった。

「なんだ」蒲生が食いいるように画面をみつめた。

床の敷板の一枚が徐々に持ちあがっているようだ。だれかが押しあげているのではなく、機械じかけのように一定の速度で、敷板が直角になる形へ上がっていく。敷板の下に金属のアームがとりつけられているのがみえた。ひとりの人間が出入りできるくらいの穴が床に開いた。穴の下からは電灯のような明かりが漏れている。だれかが顔をのぞかせた。穴から這いでてきた。男は参拝室に上がると、辺りを見まわした。

美由紀は映像のなかの男の特徴を口にした。「青いジャンパー、三十代半ば、長身。きょう入ったまま出てこなかったひとだわ」

参拝室にだれもいないのを悟ると、男はすばやく賽銭箱に駆け寄り、青いビニールにつつまれた荷物を手にした。やはりそうとうな重さのようだ。両手でかかえながら、部屋の隅に戻っていく。一段ずつ穴のなかに降りていく。はしごがあるようだ。男の姿が穴のなかに消えると、敷板が音もなく閉じていった。完全に閉じきると同時に、次の参拝客が部屋に入ってきた。コート姿の年配の女性だった。

「なんてことだ」蒲生はつぶやいた。「この下に潜んでやがる」

たしかに、この観音は頭の上に冠をかぶったデザインになっている。頭部の大きさだけでも七、八メートルはあるはずだ。十九階からあのせまい階段で三メートルほど上昇したところに、この参拝室はある。十九階と二十階のあいだには、階段の高さのぶんだけ空間があるのだ。

美由紀はモニターの映像を見た。年配の女性もまた、コートのなかから青いビニールの包みをとりだした。今度は平らな円形の板状のものが入っているようだ。それを賽銭箱の上に置き、両手をあわせておがんで、立ちさった。

映像を見ていた蒲生がいった。「やっぱり連中は教団の意のままにマインドコントロールされてたわけだ。こんな怪しげな行為を、疑いもせずにおこなうなんて」

「いいえ。たぶんこのひとたちはビニール袋の中身についてはなにも知らされてないんでしょう。渡されたものを上着の下に隠して持っていき、賽銭箱の上にそなえる。それが御利益のあることだという暗示を受けているんでしょう。えりちゃんが教典を持っていたのはそのせいです。こういう参拝の仕方が自分にとってプラスになる、暗示でそう信じこまされているんです。そのていどの暗示なら理性の反発を受けず、確実に効力を発揮するはずです」

「だがそれなら、荷物はどこから運んできたんだ。それに中身はなんなんだ。こんなところでなにをたくらんでる？」

美由紀はビデオのスイッチを切った。「本人にきくしかないでしょう」

懐中電灯で参拝室の隅を照らした。敷板はまったく違和感なく、床のなかに溶けこんでいる。物音もしない。

額から汗がしたたり落ちてきた。気づかないうちに無数の汗が粒となってわきだしていた。螺旋階段とちがい、この部屋は蒸し暑かった。窓がなく、海辺の湿気をはらんだ空気だけが出入り口から流れこんでくる。

美由紀は部屋の隅に歩みよった。一メートル四方ぐらいの敷板の周囲に隙間はなかった。

かがんで、軽くふれてみた。かなりの重量がありそうだ。てこをつかっても動かせそうにはない。そのぶん、なかにいる人間の耳に、美由紀たちの話し声がとどいていない可能性もある。まだ侵入者に気づいていないかもしれない。

「さて」蒲生がささやいた。「どうやって開ける?」

「ノックするしかなさそうね」

ふんと蒲生は鼻を鳴らして、近づいてきた。美由紀の肩に手をかけて、さがってろ、そういった。上着の懐に手をいれ、拳銃をとりだした。ごく標準的なニューナンブ三十八口径だった。

美由紀はいわれるままに、蒲生の後ろに退いた。蒲生は敷板の前にしゃがみこむと、拳銃のグリップで敷板を数回、力まかせに打った。耳をつんざくほどの音が観音の胎内に響きわたった。

蒲生は立ちあがり、数歩さがった。拳銃の撃鉄を起こした。まっすぐ右腕をのばし、敷板を狙った。

数秒がすぎた。なんの反応もなかった。

しかしそのとき、羽虫が飛ぶような音がかすかにきこえた。床に微妙な振動を感じた。モーターが作動するような気配を感じた。同時に、敷板のふちから光が漏れてきた。まばゆい光だった。実際にはそれほどでもないのかもしれないが、ずっと暗闇にいたせいで目が慣れていなかった。敷板の下から壁にひとすじの光が描かれた。その光の幅がどんどん大きくなる。敷板が垂直にあがった。

人影はみえなかった。正方形にあいた穴から光があふれている。それだけだった。

蒲生は黙って穴に向かい銃をかまえている。賢明だ。美由紀はそう思った。警察だと告げたのでは、相手が即座に自爆の道を選ぶかもしれない。なにより、令状がない。相手と同様、こちらも不法侵入者なのだ。

さらに数十秒がすぎた。依然として、穴にはなんの変化もない。物音ひとつきこえない。

蒲生は右手だけで構えていた拳銃に左手を添え、じりじりと穴のほうへ近づいていった。彼の位置からも、穴の底はみえないはずだ。内部をたしかめるには、穴のすぐわきに立つしかない。

一歩ずつ、ゆっくりと穴に近づいていく。ほんの少しでも動きがあれば、すぐ発砲できる体勢だった。警察官のわりには、実戦的な構え方だった。銃口の向きと目線をしっかり重ねている。あれなら、とっさのときにも狙いをはずすことはなくなる。美由紀は蒲生の背をみつめながら、そう思った。

突然、光のなかに黒い塊が出現した。同時に、甲高い絶叫が響いた。女の悲鳴に近いが、男の声だった。シルエットのように浮かんだ男の顔に、ぽっかりと大きな口があいているのがみてとれた。笑っているような、泣いているような、奇妙な絶叫だった。

ふいを突かれても蒲生はたじろがなかった。だが、逆光のせいか、男の顔の近くに細い筒状の物体がのぞいていることに気づかなかったらしい。美由紀の目にはそれが銃身だとわかった。蒲生に警告する前に、男は発砲した。蒲生ははじかれたように後方へ倒れ、うずくまった。

美由紀はすでに駆けだしていた。男は蒲生にしか注意を払っていなかった。足音をきいてはじめて、美由紀の存在に気づいたらしい。銃声がとどろいた。弾丸が耳もとをかすめ飛ぶ音がした。美由紀は左向きに半身になって床に転がり、足からスライディングしながら右足の爪先が鼻先にくるぐらい振りかぶった。男が狙いを定めなおす前に、その腕に右脚を振りおろして内から外へ踵《かかと》で蹴った。変則的な煽《あお》り蹴りだった。踵が金属ではなく、骨に命中したことを衝撃で感じた。狙いどおり手首に当たった。拳銃が宙に飛ぶのを視界の端にとらえた。何度か床の上で跳ねる音もした。かなり遠くへ飛んだようだ。拾うためには穴からでなければならないだろう。

だが、男の動きは美由紀にも予想がつかなかった。男は穴のふちに手をかけると、おどろくほどの身の軽さで穴から飛びあがった。さっきのビデオでみた動きとはまるでちがっていた。床に倒れていた美由紀は体勢を立てなおすのが遅れた。男の足が勢いよく美由紀の横腹を蹴りこんだ。激痛が走った。だがその勢いを利用し、美由紀は後転した。二回後ろに転がり、足をしっかり床につけて立ちあがった。左手で蹴られた横腹をさすった。ひりひりする痛みがあった。が、肋骨が折れていないことは指先で確認できた。

青いジャンパーの男は、ビデオの映像でみたよりずっと大柄だった。身長は百八十センチを超えているだろう。髪は短くかりあげている。目は細く、鼻はゴリラのように低かった。肩幅があり、がっしりとしている。鍛えている人間の体型だ。

男は床に視線を走らせた。拳銃の行方をさがしているのだろう。そこにすきがあった。美由紀はすばやく前に出ながら身をよじり、右足を直線的に繰りだしながら身体のねじりで半円を描き、男の頭部めがけて後ろ回し蹴りをはなった。確実なタイミングをとらえたかに思えたが、またしても男の動きは意外だった。美由紀の繰りだした上段ねらいの後旋腿を男の右腕が受けた。それも、ふくらはぎの部分を確実にとらえた。しまった、と美由紀は思った。男はそのまま、いま美由紀の身体を唯一ささえている軸足に蹴りをあびせた。腰の力で踵を押しだすように蹴ってきた。電気のように痛みが走り、美由紀はバランスを崩して倒れた。男はそこを狙って背中に蹴りを浴びせてきた。激痛が全身をつらぬいた。美由紀は身体ごと転がって遠ざかろうとした。男は執拗に追ってきた。しかし次の蹴りを受ける寸前に、美由紀は仰向けの体勢から背筋を利用して上半身を跳ねあげて立ちあがった。男の蹴りは間一髪で空をきった。

すぐにふりかえり、身構えた。男はぼんやり立ちつくしている。そうみえる。うつろな目、だらしなくあいた口、だらりと垂れさがった両腕。だが、どんな動きにもおどろくほど機敏に反応できる素質をそなえている。こんな人間がいるだろうか。

美由紀は口のなかに血の味を感じていた。だが、身体の痛みから察するに致命的なダメージはまだ受けていない。たんに口のなかを切っただけだろう。そう思いながら、相手の動きを分析していた。後旋腿のふくらはぎを受けて軸足を虎尾脚《こびきゃく》で蹴る、拳法のセオリーどおりの防御と反撃だった。かなりの使い手だ。だがそれ以上に、異常なほど気配を完全に消していることが脅威だった。どんな武道家でも構えから技にうつる寸前には眼球や顔の筋肉に微妙な動きがあらわれるはずだ。この男にはそれがない。警戒心も恐怖心も抱かず、理性にたよらず、ただ反射的に技を繰りだしてくる。まるでロボットだった。それも、臨機応変な判断力を持つ戦闘ロボットだ。

うめき声がきこえた。倒れていた蒲生が身体を起こしかけた。男の視線が一瞬、蒲生のほうに流れた。美由紀はそこを突いた。駆けよって男の左足にローキックを浴びせた。が、蹴りが命中する寸前に男は踵を外側にずらして衝撃をやわらげた。美由紀の蹴りはインパクトはしたが十分でなかった。男はそのまま右方向へ回転し、後掃腿《こうそうたい》の要領で美由紀の両足をはさみ、身体をねじった。こうなると美由紀はうつぶせに倒れるしかない。だが身体が床に激突した瞬間、美由紀は勝機を感じた。まだ互いの足がからみついて離れない。相手はすぐに攻撃に移ることはできない。美由紀は右足の踵と太腿の裏側で男の左脚をしっかりはさみ、腕の力で身体を左に回転させた。男はバランスを失った。男が倒れると同時に美由紀は起きあがった。男の反応も早かった。すでに上半身が起きあがっていた。数メートルの距離があった。美由紀はためらわなかった。左足を進めて身体を右に向け、飛び上がって空中で身体をひねりながら踵を内から外へ繰りだした。男は飛び後ろ回し蹴りをかわす体勢はとれなかった。美由紀の踵が男の頬に命中した。男ははじけ飛び、床に転がった。

　仏壇のすぐ近くに着地し、美由紀はふりかえった。手ごたえはあったが、なぜか警戒心がこみあげた。男は勢いを利用して蒲生のほうへ転がっていった。そこで体勢を立てなおした。床からなにかをひろいあげた。拳銃だった。男のものではなく、蒲生のニューナンブだった。身体をおこした蒲生のこめかみにそれを突きつけた。男は蒲生をひきたてた。蒲生は苦痛に顔をゆがめながら、右手で左腕をかばった。そこから血がしたたり落ちていた。

「動くな」男がはじめて口をきいた。抑揚のない声が、コンピュータの音声を連想させる。

　美由紀は身体を凍りつかせた。これだけ離れていては、打つ手がない。なにより、この男には理性の正常なはたらきが感じられない。抵抗すれば即座に発砲するだろう。

「わかった」美由紀はいった。「抵抗はしない。だから銃をおろして」

「さがれ」男はいった。

美由紀はあとずさった。男は蒲生を人質にしたまま、穴のなかに戻るつもりだろうか。

「話し合いましょう。目的は何？　なにが望みなの？」

男は黙っていた。表情ひとつかえなかった。ただ右腕に力をこめたように見えた。銃口をしっかりと蒲生に押しつけた。蒲生の顔に恐怖のいろが浮かんだ。男は無表情のままだった。なんの迷いもためらいも感じられなかった。

「やめて！」美由紀は思わず声をあげた。そのとき、あとずさった美由紀の背中が仏壇にぶつかった。鈍い音がした。それからなにかが、転がる音。美由紀は視線を走らせた。金色の観音像のひとつが仏壇の上を転がった。棚から落ちた。真鍮《しんちゅう》でできていたのか、床にあたって甲高い金属音をはなった。

その瞬間、異変がおきた。男は突然目を見張り、口をぱくぱくさせた。なにかに怯えるように、身体を震わせた。拳銃を投げ捨て、蒲生から離れた。男は床に転がった。這いずりまわった。

美由紀は男のあまりにも予測不能な行動を、ただぼうぜんと目で追っていた。蒲生は警戒しながらも、男に歩みよっていった。男は部屋の一角でなにかをひろいあげた。美由紀の全身に緊張が走った。男が穴からでてくるときに持っていた拳銃だった。撃鉄を起こす音がした。だが、男は美由紀にも蒲生にも狙いをさだめなかった。自分のこめかみに銃口をあてた。

「だめ！　やめさせて！」美由紀は叫んだ。

反射的に蒲生が捨て身の体当たりをした。銃口は男のこめかみから逸れ、銃声が響いた。天井の一部が砂埃となって崩れ落ちた。美由紀は飛びかかった。男の手から銃をもぎとった。男はなおも、銃を奪いかえそうとした。蒲生が右手の手刀で男のうなじを打った。男は失神し、床に倒れた。

静寂がおとずれた。観音の内部は水をうったように静まりかえっていた。

蒲生はうめき声をあげて、男のとなりに座りこんだ。顔をしかめて、左腕を右手でおさえた。

美由紀は蒲生の前にかがんだ。「腕をみせてください」

「心配ない。かすっただけだ」

「でも止血しないと」

「そうだな。このネクタイをつかってくれ」

蒲生が喉もとに手をやった。美由紀は蒲生の襟からネクタイをほどき、蒲生の左腕に巻いた。ざっくりと裂けた袖には血があふれ、白い肉がみえていた。何針か縫わねばならないだろう。ネクタイを包帯がわりにして縛りつけた。蒲生は顔をしかめて唸った。額は汗びっしょりだった。

「すまない」蒲生は礼を口にした。それから倒れている男を見やった。「しかし、どうやらうわさを裏づける事態になってきたぞ」

「どういうことですか」

「いまのを見たろう。この男はいきなり自殺をはかった。それも金属音を耳にした瞬間にだ。俺の同僚とおなじだ」

たしかに見た。だが、やはりありえない。どんな人間であれ、そんな形の暗示を受けいれるはずがない。

美由紀はいった。「金属音なんて、日常でもさかんに耳にするはずです。このひとはいままでずっと、それをきかなかったというんですか」

「小さな音じゃ反応しないのかもしれん。あるていど大きな音だとか、高い音だとか、そういうことなんだろう」

美由紀は男の拳銃をひろいあげた。コルトガバメントだった。

「どういうことなの」美由紀は慎重に銃の撃鉄をおさめながらいった。「拳銃を手にしていたのに、わざわざそれを投げすててこの銃で自殺しようとするなんて」

横須賀基地のできごとが脳裏をよぎった。あの西嶺という男も、兵士の拳銃を奪うチャンスを無視しておきながら、軍曹のデトニクス四十五口径でみずからに引き金をひいた。

蒲生は額をぬぐった。「その拳銃で自殺しろっていう催眠術がかけてあったんだろう。理由はさっぱり見当がつかんが」

「そんな催眠は不可能です。ひとを自殺させられる催眠暗示なんかありません」

「まだそんなことをいうのか。その目でみただろう」

説明がつかないのは自殺をはかったことだけではない。あの格闘での超人的な強さ、機敏さ、それに相反して人間性をまったく感じさせない氷のような冷たさ、冷酷さ。いずれも通常の意識状態とは思えない。しかし、こんなことは催眠でも薬物投与でも不可能だ。これではまるで、心理学の知識を持たない蒲生のような人々が思い浮かべる、SFの世界の催眠術にほかならない。だが、いま現実にそれは目の前にある。

「まあいい」蒲生は腕をかばいながら立ちあがった。「どうやら、あんたがこの連中の仲間でないことだけははっきりしたようだ」

「どうも」腑《ふ》に落ちない気持ちのまま、美由紀はぼんやりと応じた。

「それより」蒲生は開いた敷板のほうをみた。まぶしげに目を細めながらいった。「連中はいったいなにを企んでいたんだ」

敷板の裏側には一片に金属製の蝶番《ちょうつがい》がとりつけてあり、油圧式のアームで上下するようになっていた。アームはコンクリート製の壁にナットで固定されていた。敷板はかなり重量があるようだ。人の手では押しあげられないだろう。それを開閉させるアームは頑丈であるばかりか、かなりのパワーを必要とするはずだ。それには相応の電力がいる。どうやって電力を供給しているのか。

穴から真下へ伸びるはしごがあった。美由紀はそれを一段ずつ降りていった。はしごにはおよそ三十センチごとに溶接した痕がのこっていた。これらもあの参拝者たちが、分担しながら運びこんだものだろう。

隠し部屋の床に降り立った。美由紀は息を呑んだ。

ここはもともと部屋として活用する予定のない空間らしく、壁に沿って縦横にむきだしの鉄骨が張りめぐらされている。錆びついた鉄骨には蜘蛛の巣が張っていた。床には埃が積もっているうえに、ドライバーやペンチなどの工具が散乱している。光は、この空間の天井にぶらさがった裸電球からもたらされていた。床面積は八畳ほどあり、天井までの高さは三メートルほどある。

その室内の大部分を占拠しているのは、異様な機材一式だった。二メートル四方を囲む柵のなかに、無数の基板が組みこまれ、それぞれがおびただしい数のコードで連結されている。一か所では油圧式のシリンダーらしきものが回転している。それらを土台とし、高さ二メートルほどの鉄製の櫓《やぐら》が組まれ、先端には壁のほうに向けて直径一メートルほどのパラボラアンテナが設置してある。アンテナや櫓には、赤いランプを点滅させている黒い箱があちこちにとりつけられている。柵の外側には三台のノートパソコンが設置され、いずれもモニターが点灯していた。

「手を貸してくれ」蒲生が失神した男を抱えながら、はしごを降りてきた。

美由紀ははしごの下で男の身体を支えた。男はベルトで後ろ手にしばってあった。男を床に寝かせ、蒲生のほうをみた。はしごを降りきった蒲生は美由紀と同様に、あっけにとられてあやしげな機械をみつめた。「なんだね、こりゃ」

「さあ」美由紀は機械に歩みよった。見てくれについては考慮していないため、ひどく不格好なメカニズムだが、ちゃんと機能しているようだった。システムの中心は何十枚もの基板にわけられているようだが、これは上着の下に隠して持ちこめるようにするためだろう。基板に使われているCPUは最新のものだが、アメリカ製ではない。手を触れないように注意しながらのぞきこんだ。CPUに記載されたTM5551という型番が読みとれた。ロシア製だ。それも、主に暗号解読や情報分析に使われる軍用のものだった。自衛隊の電子機器に関するテキストで読んだことがある。ただ、CPU以外のサーキットを構成しているのはどこにでもある基板用部品のようだ。これらは秋葉原の電気街でも買い揃えることができるだろう。基板の下に、直方体の箱状の物体がいくつも存在するのがみえる。バッテリーだった。サーボ603という商品名がみえている。リチウムイオン式で、ホバークラフトや屋外用大型電子レンジに使用されるものだ。家庭用電源の数十倍の電圧が必要なときに用いられる。ほんらいならもっと大型のサーボ803かニレッドX900をつかうべきなのだろうが、やはり服の下に隠して運搬することを考えて、このような小型のバッテリーを複数接続する形にしたのだろう。回転しつづけるシリンダーは、システムの稼動状況にあわせて電圧を調整するコンバーターの役割をはたしているようだ。コンピュータが管理するプログラムに従って作動するのだろう。

基板から櫓へ伸びる無数のコードが、パラボラアンテナに直結している。アンテナはロッキード・マーティン社のEPR6100だ。NATO諸国の軍用基地で味方の管制誘導用のデータ送信につかわれる。アンテナをよくみると、ケーキのように扇状に切断され、また接合されたあとがあった。これも分解されて少しずつ持ちこまれたのだ。

蒲生がパラボラをみあげていった。「なにかの通信でも傍受してたのか」

美由紀のなかに複雑な疑念がうかびあがった。通信の傍受が目的ならこんなに大掛かりな設備は必要ないはずだ。このアンテナはなにか大きなデータを送信するのにつかわれる。そのデータはすべて、コンピュータが管理しているにちがいない。

ノートパソコンを見た。左端のパソコンにはここを中心とした関東地方の地図がうつしだされている。GPSの表示だった。中央のパソコンには乱数のデータがスクロールしつづけている。暗号化されたプログラムだろう。そして右端には、インターネットのブラウザが表示されていた。ウィンドウズやマッキントッシュに多用されている種類のものではない。特定の暗号化されたファイルをみることができる、オリジナルのプログラムが組みこまれたブラウザかもしれない。そのウィンドウに表示されているのはこのあやしげな機械の全体図だった。美由紀はフラット・ポイントに指をすべらせてカーソルを移動させ、完成図のアンテナの部分を指してクリックした。画像が切り替わり、文字表示がでた。コンピュータの音声が読みあげた。「EPR６１００設置法。パラボラ部分を完成させてからデータ送信用コード、電源、起爆装置セキュリティ・システムの順に配線する。設置時はまずパラボラアンテナを北北西に向けてナット・コンピュータの微調整シークエンスを作動させる。このときデータ送信用コードの第十六基板すなわちエステス波変換ユニットおよび低周波電圧調整ユニットの数値が１５０ｅｔｒを超えた場合、電波障害が発生する危険があるので……」

ブラウザのボタンを操作して完成図の画像に戻った。美由紀はいった。「この機械の組み立て方みたいね」

「なんの機械なのかわかるか」

美由紀は基板の部分にカーソルを合わせてクリックした。また文字表示があらわれ、音声がながれた。「発信装置中枢部分。基板は全部で六十一枚ある。一番から二十番までが短1帯域、二十一番から四十番が長2帯域、四十一番から六十番が長3帯域で、六十一番がそれら三つの形式の自動切換と制御用のものである。六十一番のスタンダードCPUと各形式の最終基板をコードで接続することで連動させる。ジャマーのコントロールはすべてコンピュータが担当するので……」

ジャマー。不吉な言葉だった。航空兵器用語では敵に対する妨害電波の送信機を意味する。完成図の画像に戻り、三つあるノートパソコンのうち左端のものをクリックした。

「GPS連動制御」コンピュータ音声がつげた。「ディセプション波のすべてをプログラム化し実行する。管制塔のレーダー波を受信し、その帯域に自動調整する。ディセプション波の目標は北北西三二八度、羽田国内線管制塔メイン・レーダー。プログラムを実行するにはまずネット回線を接続し……」

「国内線管制塔！」美由紀は震撼した。我をわすれてさけんだ。「そんな！　まさかそんなことが！」

「なんだ、いったいどうしたんだ。ディセプション波ってなんだ？」

美由紀は気をおちつけようと懸命に努力した。「レーダー妨害電波のことです。いえ、正確には欺瞞《ぎまん》電波といいます」

「欺瞞？」

「電子戦で最も高度とされている戦術です。妨害電波はたんに相手の周波数とおなじ電波をぶつけてレーダーの機能を麻痺させるだけですが、欺瞞電波はそのうえで相手のレーダーに偽の情報を送りこんで、情報を誤らせるんです」

「それを、羽田空港の管制塔に向けて送りこむってのか」

美由紀はうなずいた。「羽田を離着陸する国内便は、すべて房総半島の木更津上空で旋回し、それぞれの空路をとることになってます。木更津にナビゲーショナル・エイド、つまり航空援助施設があって、そこからの電波を頼りに飛ぶからです。だから国内便の旅客機の機影は、羽田空港からみてすべてこの東京湾観音の方角にとらえるんです。ここから欺瞞用の電波を送信したら、旅客機の機影を消すことも、あるいは存在しない機影をレーダーにキャッチさせることも自由自在です。そうなったら管制塔は侵入してくる旅客機を把握できず、大混乱になります」

「連中の目的はそれだったのか」

「飛行中の機影を欺瞞電波で誤認させるためには、航空援助施設の送信設備より高い位置から送信しなければなりません。かといって、鉄塔を組んだりヘリコプターを空中待機させたのでは発信源がすぐ特定されてしまいます。そこでこの観音像を電波発信用のタワーに利用したんです。なにもしらない信者たちに御利益があるという催眠暗示をあたえて材料を運びこませ、ここに隠れている人間がひとりでこつこつと組み立てた。ここで作業をおこなう人間は一日交代で、参拝客を装ってあがってきては、番号札だけを渡して入れ替わったんです」

「ちょっとまて」蒲生が手をあげた。「あんたはいったな。服の下に機材を隠して運んできた連中は、自分が犯罪に関わっているとは知らないから、催眠術がきいておとなしくしたがっていると。だがここに隠れて、これを組み立てた人間についてはどうなんだ。テロの目的もちゃんと認識してたことになる。催眠術で犯罪を実行させられないのなら、そんなことも不可能なはずじゃないか。それになにより、あいつは自殺をはかったんだぞ。これがマインドコントロールや洗脳でなくてなんだというんだ」

「わかりません」美由紀はつぶやいた。混乱している思考を整理するには、しばし時間を要した。「たしかに、あれはふつうの意識状態ではなかった。自分の意志の力で動いているのではなく、だれかにあやつられている、そんな感じだった。でも催眠や薬物投与では絶対ありえないことです。だから、わからないんです」

蒲生がため息をついた。「ようやく認めてくれたな。あんたにも、わからないことがあるんだ」

「事実をいっているんです。催眠や薬物投与では、脳の正常な働きを……」美由紀は口をつぐんだ。

泡が水のなかを浮かびあがってくるように、ひとつの仮説が美由紀のなかに浮上した。それが水面ではじけた。そんなことがあるだろうか。いや、なくはない。ここで起きていることが絵空事でなく現実だとしたら、それしか考えられない。

美由紀は身をひるがえして、部屋の隅で倒れている男のほうへ駆けていった。男はまだ失神していた。近くにしゃがんだが、たしかめたいことを知るには裸電球ひとつだけの明かりでは薄暗かった。懐中電灯を、蒲生にそういった。蒲生が小走りにやってきた。懐中電灯を受けとり、男の頭部を照らした。

男は髪を短めに刈りあげていた。額をみたが、なにもなかった。左のこめかみにも、なんの痕もない。だが、右のこめかみをみたとき、美由紀は絶句した。

蒲生がのぞきこんでいった。「こりゃ、なんの痕だ」

男のもみあげにわずかに隠れて、直径一センチほどのかさぶた状になった部分があった。それも、たんに怪我をしたていどのものではない。縫いあわせた痕がある。周辺の皮膚は内出血したように紫がかり、青白い血管が浮きあがっていた。化膿しているようだ。鼓動にあわせるように、かさぶたがわずかに伸縮をくりかえしている。鳥肌がたつほど、グロテスクな眺めだった。

美由紀は吐き気と、いいしれない悲痛を感じた。なんてことだ。まったく、なんてことだ。

「手術の痕だわ」やっとのことで、美由紀は声をしぼりだした。「たぶん脳を切除されたんでしょう」

「切除?」

「ここから細いワイヤーを挿入して前頭葉の脳細胞群を溶かし、凍結させ、かきだす。前頭葉を失った人間は意志の力を完全になくしてしまう。でも側頭葉や後頭葉があるかぎり、言葉の解釈や認識力、記憶力ははたらく。だから催眠にも誘導されるんです。しかも理性で反発することがないので、どんな催眠暗示でもまよわず実行します」

「そんなことが可能なのか」

「ええ。アイスピック法って知ってますか? 医学書にも悪名高い過去の事例として紹介されています。一九四〇年代、アメリカのフリードマン博士とワッツ博士が、暴力的で反抗的な精神病患者を静かにさせるために、アイスピックをつっこんで前頭葉をかきまわした。戦争で精神障害をおこした患者四百人以上に、アイスピックをふるいつづけたといいます。ただ、そのように手術をしただけなら、たんにおとなしくなるだけです。問題は、そのうえで催眠暗示をあたえられていることです。理性の力がなくなっているので、どんな内容であっても従順に実行する。たしかにこれなら、一般にいわれている洗脳やマインドコントロールとまったくおなじ状態をつくりだせるでしょう。末端の信者たちはたんに催眠暗示をあたえただけですが、テロの実行犯である幹部クラスの人間には、そういった処置がほどこされていたんです。そして、おそらくこの作業を外部に気づかれないようにするために、金属音が自殺の衝動につながるという催眠暗示を受けていたんです」

「どういうことだ」

「ここで幹部たちにひそかに組み立て作業をさせるためには、彼らに物音を立てさせないようにしなければならない。大きな音がしたのでは参拝客に気づかれてしまいます。だから絶対に大きな金属音を立てないよう、強力な暗示を与えておく必要があった。そのために金属音が死につながるという形で暗示をあたえた。前頭葉を切除されて催眠暗示を受けいれてしまっても、本能的な死への恐怖は残っています。だから無意識のうちに自分でも金属音を立てまいとする。したがって、これだけの装置を組み立てるあいだにも、まったくといっていいほど金属音を立てなかったはずです」

「じゃあ、俺の同僚もその手術を受けていたっていうのか?」

美由紀はうなずいた。「そのまま教団幹部に加わっていれば、この作業のローテーションにも動員されたでしょうね」

「すると、連中はずいぶんむかしからこの計画を立てていたわけか。だが、ひとつわからんことがある。なぜこめかみに手術痕があるんだ。前頭葉なら、額に穴をあけたほうが近いだろう」

「めだたなくするためと……そう、ピストルで自殺したときに、手術の痕跡がのこらないようにするためでしょう。そのために、三十八口径ではなく四十五口径の銃を使うように暗示されていたんです。威力が強ければ、証拠が隠滅できますから」

一概にいいきれないが、拳銃は三十八口径以下は護身用、四十五口径は狙撃用と区分することができる。狙撃用とはすなわち、射殺を目的とした拳銃ということだ。至近距離で撃てば、命中した周辺の肉や骨はえぐりとられ、飛び散ってしまう。手術の痕跡もあとかたもなく吹っ飛んでしまうだろう。

「同僚が威力の強い特殊な弾丸で自殺したのも、そのせいなのか。警察官だから三十八口径しか持っていない。だから四十五口径に匹敵する威力の弾丸を使わせた。そういうことか」

「おそらく。銃以外に轢死《れきし》や爆死をえらぶのもおなじ理由でしょう。痕跡が解明されないためです」

「だが同僚がかかわっていた事件では、そういう死に方をした人々のほかに行方不明になったままの人間もいる。そいつらはどこへいった？」

「まだわかりません。でも銃の自殺や自爆する以上に、本人が消えてしまえば手術の証拠はまったく残りません。教団側が拉致《らち》した可能性もあります」

蒲生は唸った。「だが、俺の同僚はいつのまにこんな手術を受けていたというんだ。いったい、どこで？」

「それは……」いいかけて、美由紀は凍りついた。

自分のなかに沸きあがった思考を、排斥したい衝動にかられた。

だが、不可能だった。それはあまりにも強烈だった。雷にうたれたかのようだった。美由紀は立ちあがった。意識しなくてもそうしていた。足もとがふらついた。よろめきながら、怪しげに組み立てられたレーダー・ディセプション装置へと歩いていった。

そんなことがあるのか。それはあまりにも途方もない考えだ。しかし、すべてはひとつの方向を指し示している。これを否定するのはむずかしい。あまりにも困難なことだ。

「どうした、だいじょうぶか」蒲生が近づいてきた。

美由紀は三台のノートパソコンの前で腰をおろした。右端の組み立て方が表示されたモニターをみた。特殊なブラウザに表示された装置の組み立て方。このデータの発信元はむろん、恒星天球教だろう。それなら、どこかに通信できるシステムが組みこまれているにちがいない。完成図の画像からずっと下へスクロールさせた。すると、「ＯＮＬＩＮＥ」と記された枠があった。フラットポインタの上で指をすべらせ、カーソルをその上に移動させた。クリックした。

画面が真っ暗になった。白い文字で「呼出中」とだけ表示されていた。

鼓動が速くなるのを感じた。ぜんぶ見当ちがいであってほしい。自信を失うことになってもかまわない。すべてがまちがいであってほしい。すべてが。

接続完了という文字が一瞬だけ表示され、すぐ消えた。黒バックに文字が流れ、コンピュータ音声が読みあげた。「こちら恒星天球教本部、やすらぎの地。この時刻の通信は予定にないが、どうかしたのか」

文字表示が終了すると、その一行下でカーソルが点滅した。通信モードになっている。音声認識アプリケーションも作動している。

蒲生が固唾をのんで見守っている。美由紀は口をひらいた。声がでなかった。ひたすら震えて、なにもしゃべれなかった。だが、いわねばならない。すべてをたしかめねばならない。

ただしく音声認識されるようにはっきり発音することさえ、いまの美由紀には困難だった。だが、やっとの思いでいった。「阿吽拿教祖と話したい」

音声入力した言葉がそのまま画面に表示された。阿吽拿という名もただしく変換された。教団が使用しているパソコンだからだろう。しばらく間があった。一行下に相手の返事が表示され、音声が読みあげた。「どういう用件か」

美由紀は息を吸いこんだ。酔いがまわったように混乱する思考をおちつかせ、そのひとことを口にした。「阿吽拿というのはあなただったんですね、友里先生」

蒲生がおどろきに目を見張ったのを、美由紀は視界の端にとらえた。

しかし、モニターにはなんの反応もなかった。カーソルがゆっくり点滅をくりかえしているだけだ。

美由紀はもう、ためらわなかった。明瞭な声ではっきりとつげた。「恒星天球教とはすなわち、東京晴海医科大付属病院だったんですね」

正面の三十インチモニターに表示された通信を、阿吽拿は黙って見つめていた。モニターの前ではふたりの幹部がこちらに背を向けて、キーボードを操っていた。

室内は薄暗かった。照明は消している。メインの三十インチモニターのほかに無数の十四インチモニターが壁に埋めこまれている。それらの発光が唯一の明かりだった。

いつもの風景だった。全国の幹部たちと通信を交わし、指示を送る。逆らう者などだれもいない。すべて、阿吽拿の手の上で踊る人形たちだった。だがここにきて、予定外の事態が生じた。

恒星天球教とはすなわち、東京晴海医科大付属病院だったんですね。その最後の一文が表示されたまま、東京湾観音との通信は沈黙していた。

ふたりの幹部がこちらをふりかえった。ふたりとも無表情だった。すくなくとも、部外者にはそうみえるだろう。だが阿吽拿にはわかっていた。ふたりは指示を求めている。予定にない奇妙な通信文に対して、どうすべきかをききたがっている。

阿吽拿はいった。「音声認識に切り替えて」

ふたりは同時に背を向け、機械的な動作でキーボードを操作した。モニターの隅に音声認識のアイコンが表示されると、阿吽拿は髪をかきあげた。通信の相手が岬美由紀であることはまちがいない。心が一瞬、恒星天球教教祖から友里佐知子へと戻る気がした。

友里はいった。「美由紀。鹿児島に行ったんじゃなかったの?」

先手

返信の表示に、美由紀は絶望を感じた。意識が遠のくような気さえした。言語に絶する苦痛としかいいようがない、そんな孤独が全身を支配した。

よほど青ざめた顔をしていたのだろう、蒲生が美由紀の肩に手をおき、気づかうような視線を投げかけてきた。だが、なにもいえなかった。寒さを感じた。凍りつくような寒さだった。

カーソルが点滅をつづけていた。相手はこちらからの通信をまっている。

美由紀は口をひらいた。「えりちゃんがどこで催眠暗示を受けたか、そして毎朝どこで観音様へ運びこむレーダー・ディセプション装置の部品を渡されていたか、これでわかりました。あなたが、えりちゃんに暗示をあたえたんですね。えりちゃんは不登校をなおすための治療の一環だと思っていたから、すなおに暗示を受けいれた。ほかの人々にしても、ほんとうは信者勧誘セミナーで入信したなどというのではなく晴海医科大付属病院にきた患者のひとたちだったんでしょう。あなたはそれらの人たちの依存心を利用して、恒星天球教に入信させ、催眠誘導したんです」

音声認識されたすべての言葉が文章になるまで、若干の時間を要した。相手の返信がくるまでは、さらに時間がかかった。友里のほうも音声認識を使用しているのだろう。友里のため息がきこえるようだった。

しばらくして、返信のメッセージがコンピュータの音声とともに表示された。なぜ、わたしだと思ったの？　そう表示された。語尾をあげるとクエスチョンマークがつくらしい。だが、読みあげるコンピュータの音声はあいかわらず抑揚がなかった。なぜわたしだと思ったの。

「先生がいった言葉です」美由紀は即答した。「先生はいいましたよね。心理学の範疇だけにとらわれるなって。あれは、こういう意味だったんですね。心理学だけで解決できない場合は物理的な手段にうったえる、つまり脳に直接メスをいれる、それが先生の考え方だったんです。あなたは相談者たちを催眠誘導した。でもそれだけでは十分でなかった。末端の信者たちはそれでいいが、側近にはもっと意のままになる人材がほしかった。だから幹部クラスの人間には脳切除の手術をおこない、そのうえで催眠誘導した。脳神経外科医であり催眠療法の権威でもあるあなただからできた芸当です。その幹部クラスの人々はどんなことでもあなたの命じるままにおこなう。テロも自殺も思いのままに実行させられる。そのために、テロを実行できるだけの技術力を有している人材を晴海医科大付属病院に迎えいれ、手術と催眠をほどこして幹部にした。パイロットなどの特殊技能を持つ人間が多かったのも、そのせいでしょう。そして、航空自衛隊にいたわたしをスカウトしたのも……」

言葉が消えいりそうになった。視界が涙でぼやけてきた。楚樫呂島の避難所で、友里は美由紀にいった。あなたには、カウンセラーに必要不可欠なやさしさがあるわ。ぜったいに、ひとの心を救えるカウンセラーになれる。あなたは命のたいせつさを知っているもの。そういった。そんなことをいわれたのははじめてだった。男まさりだった美由紀に、やさしさがあると認めてくれたのは友里だけだった。美由紀は心を躍らせた。だが、すべて嘘だった。友里が必要としていたのは、自衛隊員として訓練を受けた美由紀の知識と技術力だけだったのだ。

返信が表示された。感情のない音声が冷ややかに読みあげた。「あなたにも定期検診を受けるように勧めていたのに、なかなか受けなかった。早く受けてくれていれば、こんなことにはならなかったのに」

寒けのなかに、べつの感情が沸きあがった。燃えるような怒りだった。

「定期検診とは、そういう意味だったんですね」美由紀は腹の底から声をしぼりだした。「たぶん職員以外にも、病院に出入りした人間にすきがあれば麻酔で眠らせるなどして、手術をおこなったんでしょう。蒲生さんの同僚の刑事さんだとか、教団に利用できる可能性のある人材を確保するためには、手段をえらばなかったんでしょう。しかも、そのたくらみが露見しそうになったときのためにも、あなたは彼らに自殺の衝動を引き起こさせる暗示をあたえておいた。一定以上の大きさの金属音を耳にしたら、手術痕を残さないような形で自殺するようになっていた。それで思いだしたんです。横須賀基地のミサイル制御室で、あなたは西嶺さんの前でライターの蓋を閉めた。南植神社では、南京錠を落とした。そのとたんに相手は自殺した。あなたが、彼らを死に追いやったんです」

神社では、友里は信者たちに駆けよるふりをした。だが、彼らがイトチリン混合C４を使用していることを知っていた。だから接近しても、爆風に巻きこまれないことはわかっていたのだ。

表示が走った。今度は速かった。「物事の一片だけをとらえて、わたしを殺人者よばわりしないでほしいわね。彼らは明確な目的に殉じたのよ」

美由紀はかっとなった。「おおぜいのひとが犠牲になったんです！」

友里の返答はなおも冷淡だった。「恒星天球教を維持するための最優先事項だった。わずかな犠牲はしかたないわ。それに、教団の設立と維持のためにわたしは多くの金と時間をついやしてきた。いまさら、ひきさがるわけにはいかないのよ」

多くの金と時間。さっき八巻晃三からかかってきた電話を思いだした。友里は本気で、彼の財産のすべてを手中におさめるつもりなのだ。はじめから、そのつもりだったのだ。

口惜しかった。友里はあまりにも大勢の人間を欺《あざむ》いていた。美由紀が母親のように慕っていた人物は、世間を恐怖におとしいれるテロリストにほかならなかった。美由紀はそれに気づかず、ずっと身近で働きつづけてきた。直接手を貸していたわけではなかったが、美由紀が信頼を勝ち得ていた相談者たちも、恒星天球教に利用されていたのだ。宮本えりのように。

視界がいっそうぼやけた。美由紀は頬に涙がこぼれ落ちるのを感じた。震える声でいった。「なぜです。ひとを救うことがカウンセラーのつとめなのに。先生はいつも、そういっていたのに」

ロボットのような音声が一定の速度で告げた。「ひとを救うためにこそ、恒星天球教は必要なの。晴海医科大付属病院にやってくる相談者たちの言い草を、あなたもよくきいているでしょう。評判になっている先生に治してもらいたいと思って、ここへきました。どうか催眠で治してください、そればかり。でも、そんな依存心ばかりでは精神を治すことはできないわ。だから独り立ちできるように示唆しつづけ、自分で努力するようにはげましてきた。ところが、いまの日本人はだれも独力で問題を解決しようとしない。なぜだと思う？　宗教よ。戦後民主主義では無宗教が貫かれてきた。宗教が軽んじられて、いっぽうでいかがわしいカルト教団が暗躍した。結局、ひとがなんらかの力に救済を求めるというのは、宗教にほかならないの。カウンセリングの本質を説いて相談者を募るより、宗教の信者を募ったほうがよほどおおぜいの人間が集まるのよ」

「それでどうなるというんです。困惑したひとたちを多く集めて、あざむいて、あなたの権力欲を満足させるために利用する。ただそれだけじゃないですか」

「安易ね」友里の返答だった。「わたしがそのていどのことしか考えていない誇大妄想狂だと思うの？　人間はあなたが思ってるほど、勤勉で利口じゃないわ。精神の病をなおすのは自分と周囲の環境しだいだということをくどくど説明しても、連中の考えることなんてひとつだけよ。特殊な力で治してほしい。行き着くところは、ただそこだけなの。催眠もカウンセリングもオカルト同然に考えている。これは医療というよりは信仰ね。そういう連中に心理学を説明したところで、依存心はなくならないわ。それならいっそのこと、彼らに信仰心をあたえて、そこに従わせることによって精神の迷いや悩みをふりきらせたほうがいいわ。でも、いっておくけど、一般に知られているカウンセリング科のイメージと、こういう実状とは大差ないわ。相談者たちは晴海医科大付属病院カウンセリング科を信仰し、カウンセラーたちの知識や技術に魔法のような魅力を感じ、そこへ依存することによって救われたいと思っている。わたしはそれを進化させたのよ。より強力で精神治療の実現度の高いカウンセリングの形、それをつきつめていった。その結果は、宗教に行き着いた。恒星天球教に行き着いたのよ」

信じられなかった。この通信の向こう側にいるのが友里佐知子だとは、信じたくなかった。だが、すべては事実だった。この文章には友里特有のいいまわしが含まれている。言葉を発しているのは友里本人にまちがいない。しかし、思考はまさに悪魔そのものだった。

美由紀はきいた。「恒星天球教がカウンセリングの理想の形だというのなら、なぜテロで無差別にひとの命を奪おうとするんです」

「恒星天球教がさらなる発展をとげるためには、国家の宗教弾圧を阻止する必要があるの。わたしの教団は明確な理想を持っているわ。でも国家は、いいかげんな新興宗教団体の成立と発展を野放しにしつづけ、カルト教団のテロ事件発生を許し、その後は宗教団体といえばなんでも取り締まりの対象に置くことにした。恒星天球教が表だって活動し、より多くの国民を救済していくためには、そうした無宗教的でご都合主義のいまの政府を打倒する必要があるの」

「それで首相官邸にミサイル攻撃を画策したんですか。そんなことで、あなたのいう目標が達せられると本気で思っていたんですか。救済どころか人々は大混乱になります」

「そうよ。首脳は失われ、大規模なテロをふせげなかった政府に対する信頼は消滅する。国民は一時的に路頭にまようでしょう。そんなときにこそ、わたしが人々のまよいを振り切り、ひとつの希望をあたえてあげるのよ。政教分離の時代は終わり、信者を増やして台頭した恒星天球教と政治の世界が密接に結びつく。そして、新しい日本の夜明けとなるの。だから闘争のための力が必要だった。あなたもその一員に加われる機会だったのよ。歴史のターニング・ポイントをつくりだすメンバーに選ばれていたのよ」

美由紀のなかに反抗心が燃えあがった。「脳を切除されて、人間らしさを捨ててあなたの操り人形になってですか。それがわたしにとって、しあわせなことだというんですか」

「カウンセラーは多くのひとを救済することでしあわせを感じるものでしょう。あなたもそうだといったじゃない。だから教団幹部として新しい日本の構築のために働くことはしあわせなはずよ」

狂気だった。狂気という言葉を自分はカウンセラーになるとともに捨てさった、美由紀はそう思っていた。だが、この場ではそう表現せざるをえなかった。友里の理想はまさに狂った野望にほかならなかった。

そんな野望に追随する人間など、本来いるはずがない。だが友里は、前頭葉を切除し、催眠暗示をあたえることで、そういう従順な下僕たちをつくりだした。もはや彼らを、元の人格に戻すことは不可能だろう。美由紀の脳裏に病院の同僚たち、いや、同僚だと思っていた人々の顔が浮かんだ。

美由紀はたずねた。「幹部というのは……晴海医科大付属病院の職員なんですか」

「ええ」返答が表示された。「教団の幹部の多くは、あなたが面識のあるひとも含めて、晴海医科大付属病院の要職にある人間たちよ」

「新村科長の、ふつうでは考えられない平常心はそこから生まれていたんですね。あのひとは脳の手術を受けていた。あなたに操られるロボットと化していた。だからどんなにられたんだわ」

多くのカウンセリングをこなしてもストレスを感じることなく、ずっと笑いをうかべてい
「悩みがなくなるってのはいいことよ。彼らも感謝の念を持っていると思うわよ」

そんなばかかな。美由紀は声を荒げた。「自分の意志で手術をうけたわけじゃないでしょう。みんな、定期検診や健康診断だといってだまされて病院へ足を運び、知らない間に手術をほどこされた。目がさめたあとは疑う気さえおきなかった」

「わたしはマッド・サイエンティストじゃないわ。新村科長はジャンボジェット機のパイロットをつとめるうちに神経症になり、晴海医科大付属病院に相談にきた。しかしかなり重症だったので心理療法では治すことができなかった。だから脳の手術を施し、ついでに催眠暗示をあたえることによって再就職の道をあたえたのよ」

美由紀はがく然とした。「なんてことを！　悩みをもって相談にきたひとをだますなんて」

「人聞きの悪い。だましてなんかいないわ。精神的苦痛から解放してあげたのよ。あなたもそうなっていれば、どんなに人生が楽になったかわからないわ。悩みを振り切って、新しい自分になれるのよ」

「わたしは、悩みなんか持っていません」

「そうかしら。はじめて会ったときからくよくよ悩んでばかりいたじゃない。両親と喧

嘩したまま死に別れてしまったとか、むかし近所の子供が蝉を殺したとか……」

「いわないで！」美由紀はさけんだ。

身体が震えた。なんという言い方だろう。友里はそんなふうに自分をみていたというのか。たえず気づかうふりをしながら、実際には教団幹部として洗脳するさいの下地となる、心の弱さを見抜こうとしていたというのか。

通信は沈黙した。友里が黙りこくっているのか、笑っているのかはわからない。いずれにせよ、先方のコンピュータはなんの音声も認識していない。

美由紀は蒲生をみた。蒲生は黙ってみかえした。いまは、できるだけ情報をききだすことだ。蒲生の目がそう訴えていた。そうだ。美由紀はそう思った。気をおちつかせねばならない。

美由紀は静かにきいた。「以前にも金属音で自殺する事件があったと刑事さんにききました。その事件の被害者も、そういう手術を受けていたんですか」

「ああ、何年か前のことね」それだけ表示されてから、すこし間があった。やがて続きが表示された。「そうよ。あの当時は前頭葉の切除手術もまだ研究の初期段階で、いろいろためしてみたけど、完全に洗脳するところまではなかなか到達できなかった。多重人格のような兆候をしめして凶暴になった女性とかもいたわね。でも、総じて自殺させる催眠というのは脳の手術さえおこなっておけば簡単に実現できるのよ。手術はしたけど、幹部として使いものにならない連中は、教団で保護しなかった。だからみんなそのうち金属音を耳にして、死んでいった」

蒲生が唸った。身を震わせている。恐怖ではない、怒りを感じているのだろう。

美由紀はたずねた。「その事件では多重人格の女性を救おうとしていた若いカウンセラーがいたんでしょう。窒息しそうになったあと、病室から姿を消してしまったという。そのひとは、どうなったんですか」

今度の間は長かった。通信が途切れたのでは、そう思えるほどだった。固唾をのんで画面を見つめていると、表示が走った。「彼は、あなたと同じぐらい優秀なカウンセラーだったのよ。年齢もあなたとおなじぐらいね。わたしは彼を、教団幹部に迎えたいと常々思っていた。いま彼は、わたしのもとにいるわ」

「……すると、そのカウンセラーはすでに脳の手術を……」

「いえ」美由紀の言葉を制して、友里の言葉が表示された。「彼は手術を受けていないわ。だから、死ぬところまではいかなかった」

鼓動が速くなるのを美由紀は感じた。手術を受けていない、しかし友里のもとにいる。どういうことなのだろう。脳の手術以外の方法で、そのカウンセラーを仲間に引きこんだというのだろうか。しかし、どうやって。

表示がつづいた。「彼はいまや恒星天球教の一員よ。わたしの目的に、喜んで手を貸してくれているわ」

そんなばかな。脳の切除を受けていない人間がまともな判断力を失うはずがない。カウンセラーという職にあった人間が、自分の意志で友里佐知子の狂った野望に同調するとは思えない。そう、友里の野望には誰ひとりとして共感を抱くはずがない。

「ありえません」美由紀は声をはりあげた。「カウンセラーがあなたに賛同するわけがない。あなたの意見はめちゃくちゃです。そこまでして、いまの政府をうらんだり、政治体制を変える必要があるんですか」

「あるわよ。それ以外に精神病に苦しむ人々を救う道があると思うの？」

「どういうことですか」

通信が途絶えた。沈黙がまた長くなった。明滅をくりかえすカーソルが動きだすのを、美由紀はじっと待った。額に汗を感じた。それを袖でぬぐった。顔は涙と汗にまみれていた。しかし、いまはかまっているひまはない。

表示が走った。一片の感情もこめられていない音声が淡々とそれを読みあげていく。

「わたしの夫は重度の精神病だった。いつも奇声を発し、暴力をふるい、外をふらついた。それでもわたしは夫を愛していた。わたしは精神科医の力だけでは夫が救われないことに気づき、脳の切除手術を申請した。でも受けいれられなかった。そんなことは人道に反する、厚生省がそういったのよ。おまけに、申請したというだけで医師会はわたしを懲戒処分にした。そうこうしているうちに、夫は首をつって死んだわ。人道に反することをしているのは政府、権力者たちなのよ。ニュースをみてごらんなさい、いまの国民がどれだけ政治のエゴの犠牲になって、尊い命を落としていると思うの？　わたしはそれに対する処方箋《せん》を書いたのよ。病めるこの国を更正させるための処方箋をね」

夫の死。病死というのは偽りだった。その真実を、友里ははじめて口にした。そして、彼女の夫が精神病だったという事実。だが、狂気の手術を正当化する理由にはなりえていない。精神病の介護には苦難がつきまとうが、それも夫婦のつとめなのだ。

蒲生が美由紀に小声で耳うちした。「もっと情報をさぐりだすんだ」

美由紀は考えをめぐらせた。計画の目的をはっきりさせねばならない。「権力者を打倒するために首相官邸を破壊するつもりだったのなら、なぜ横須賀基地でミサイル発射をみずから停止させたんです」

「あなたの自衛隊時代の知り合いを通じて、わたしに相談がくるとは思ってもみなかったわ。だから、あのまま首相官邸の破壊に成功していても、それを阻止できなかったわたしの権威は失墜する。それではわたしの理想は実現できない」

「でも、羽田空港の管制塔を狂わせる理由は？　混乱がおきて犠牲になるのは旅客機に乗っている一般の人々です。それとも首相が乗る飛行機があるとか、そういうことですか？」

気まずい沈黙がながれた。友里は、情報をひきだそうとする美由紀の考えに気づいたようだった。冷たい文章が応じた。「すべてを知りたいのなら、わたしに協力することね。美由紀、わたしは本当に心からあなたを信頼していたのよ。あなたが恒星天球教の幹部に加わらなかったことが、とても残念でならない。わたしの理想は、よく考えれば理解できるはずよ。カウンセラーだもの。だからいまは黙って、そこを立ち去ってちょうだい。病院へ戻ってきて。そうすれば、計画のあとであなたに教団内での高い地位を約束するわ。もちろん、手術なんかほどこさない。これからも、よきパートナーとして協力してほしいの。お願いよ」

すでに美由紀の心は冷えきっていた。会話の相手は恩師のごとく想っていた友里佐知子ではない。狂気のカルト教団を指揮するテロリストにほかならない。美由紀はきっぱりといった。「不可能です。わたしはカウンセラーとして、ひとの命をもてあそぶあなたの行為を許すわけにはいきません」

「そう」淡々とした返事が音声とともにながれた。「好きにすればいいわ。計画を実行するときが早まったことと、あなたが定期診断を受けるのが遅れたせいで、あなたは幹部になりそこなった。それをこれから、後悔するといいわ。あなたがいなくても、わたしの理想は実現できるから」

蒲生があわてたようすでいった。「まて。捜査一課の蒲生だ。テロをおこそうとしてもむだだぞ。すぐ県警に連絡して……」

　あまりにも早口でしゃべったせいで正確に音声認識されなかった。意味不明の文章が表示された。蒲生は困惑したようすでくりかえした。捜査一課の蒲生だ。

　そのとき、耳をつんざく爆発音がとどろいた。床が振動した。

　美由紀はとっさに身をかがめた。が、その爆発がきわめて規模の小さいものであることを感じとった。硝煙のにおいがした。室内に煙が充満した。明かりは消えていなかった。いやな予感がした。美由紀は霧のようにただよう白煙のなかを手さぐりで歩いた。はしごの下まできた。アームが完全に破壊され、敷板が閉じていた。

　蒲生がむせながらあとにつづいてきた。敷板が。美由紀は蒲生にそういった。蒲生ははしごを昇り、閉じた敷板を押し開けようとした。が、むだだった。敷板はびくともしなかった。鉄製のアームは敷板からはずれ、壁にだらりとたれさがっている。アームにしかけられた小型爆薬が爆発したらしい。

「閉じこめられた」蒲生ははしごを降りきると同時に、懐から拳銃をひきぬいた。天井に狙いをさだめ、引き金をひいた。銃声がとどろいた。だが、鼓膜が破れるほどの轟音とは対照的に、天井はびくともしなかった。弾丸をめりこませたコンクリートの一部から、砂のように細かいかけらがわずかに降っただけだった。

　弾丸の数にはかぎりがある。あと数発撃ったところで状況はかわらないだろう。美由紀はそう感じた。蒲生もそう思ったらしく、銃を懐におさめた。かわりに携帯電話をとりだした。ダイヤルし、耳にあてた。その顔が曇った。「なんてことだ。つながらない」

美由紀は自分の携帯電話をとりだした。背すじに冷たいものが走った。圏外、液晶にそう表示されていた。

「どうしてだ」蒲生はいらだたしげに電話をふった。「下にいたときは通じたのに」

美由紀はレーダー・ディセプション装置のほうに目をやった。「たぶん、妨害電波がでているんでしょう。ここからでないかぎり、基地局の電波は届かないんです」

「解除することはできないのか。装置をこわしてしまえば……」

「美由紀」無感情なコンピュータの音声がきこえた。美由紀はびくっとしてふりかえった。友里からの通信だった。

抑揚のない音声が、静まりかえった室内に響きわたった。「いっておくけど、小細工を弄しても無意味よ。わたしはあなたの考えが読めるの。どうあがいても、わたしの千里眼からは逃れられない。あなたの能力なんて、たかが知れてるわ。英雄きどりの哀れな小娘。ジャンヌ・ダルク以上、クレオパトラ未満。それがあなたよ」

迎撃

交信が終了すると、友里はいった。「東京湾観音のネット接続を無効にしてちょうだい」

ふたりの幹部がキーをたたいた。これで、美由紀はどうあがいても外に連絡はとれなくなる。

ばかな娘だ。友里は憤慨した。勝手な真似をしないよう、あれほど注意していたのに。だが、あるていどの無駄が生じるのは予測していたことだ。教団をここまでするのに、何十人もの使いものにならなかった人材を処分してきた。ここへきて、そういう人間がひとりふえた。ただそれだけだ。

友里は室内を眺めわたした。二十畳ほどの広さがあるこの部屋には、正面のふたりのほかに、十人の幹部たちが待機していた。いま、その連中は壁ぎわに等間隔に立って指示を待っている。こちらからなにか指示をあたえないかぎり、動こうとはしない。ある意味で、理想の人間像だ。悩みもまよいも感じず、ひたすら職務に従事することができるのだから。

薄暗いせいで、どこにだれが立っているのかよくわからない。ここは東京晴海医科大付属病院の三十階にある、友里のプライベートルームとして通っている。通常の執務時間をすぎたあとは消灯して、大勢の人間がいることを外から察知されないようにする必要があった。

「徒呈羅」友里は教団の最高幹部を呼んだ。右手の壁の、いちばん端にいた人間がこちらへ歩いてくるのを視界にとらえた。友里は椅子を回した。

すぐ近くまでくると、ようやく顔がはっきりしてきた。あいかわらずうすら笑いをうかべている。なんの悩みも感じていないのだ、人生を愉快に感じられて当然だろう。白髪頭はひどく乱れていた。ふだんはごくふつうの人間をよそおう催眠暗示をあたえてあるのだが、この三十階の恒星天球教のテリトリーにいるあいだは、その暗示が機能しない。ネクタイもだらしなく緩んで胸もとにたれさがり、ゆがんだ口からはよだれをたらし、髪はかきむしられてぼさぼさになっている。理性の働いていない人間特有の状態だった。新村忠志の名で通しているときには髪をなでつけて隠しているこめかみの手術痕も、いまははっきりみえている。白髪のもみあげから、黒ずんだかさぶたが姿をあらわしていた。もうすこし表層をカモフラージュできるといいのだが。友里はそう思った。

二十九階から下では新村忠志の名で通している徒呈羅に、友里はいった。「あと一時間でここを引きはらって移動します。すべて予定どおり。いいですね」

新村はこっくりとうなずいた。よだれもふかずにきいた。「岬美由紀はどうしますか」

「ほうっておけばいいのよ。装置はもう完成してるから、手はだせないわ。それより、クルマを早く準備して」

新村は頭をさげて、ふらつきながら立ちさっていった。

その新村の背中に、亡き夫の姿がだぶるように思えた。重度の精神病だった夫も、脳の手術をおこなえばあのようにだらしない姿になっていただろう。だが、それに加えて催眠暗示をあたえれば、人前では立派に行動することができる。主体性のない、操り人形にすぎないかもしれないが、それでも夫はずっと生きつづけることができたはずだ。それも、ふつうの夫婦よりはるかにすばらしかったかもしれない。喧嘩も対立もなく、決して自分を裏切らない夫。すべてをコントロールできる夫……。

正面の幹部たちがふりかえったので、友里は現実にひきもどされた。もはや、事態は夫婦だけというような個人レベルの問題ではなくなった。これは教団の命運をかけた戦争なのだ。友里はきっぱりといった。「全員、教祖阿吽拿の命令にしたがいなさい。歪んだ現世に血の粛清を」

室内の全員が頭をさげ、扉のほうへ歩いていった。足もとのおぼつかない行進。まさに死神の行進だった。

あと半日で、すべてが達成される。友里はふっと笑った。歴史は塗り変えられる。新しい権力が、国家を支配することになる。

美由紀は腕時計に目を走らせた。午前零時をまわっている。ここへ閉じこめられて、もう二時間あまりがすぎた。だが作業に進展をみたとはいいがたい。

友里との通信を終えてほどなく、三台のノートパソコンのうち、ネットに接続してあった右端のコンピュータが動かなくなった。ブラウザは表示されつづけていたが、レーダー・ディセプション装置の設計図に戻ろうとしても無反応になった。回線を切断されたのだろう。コードをたどってみると、そのパソコンは無線電話につながれていた。その無線電話装置も機能しなくなっていた。外と連絡をとる方法は完全に失われたことになる。

美由紀は中央のパソコンのキーを操作していた。暗号化されたプログラムが表示されている。画面を埋め尽くしているのは理解不能な乱数の列だけだ。しかし、これを解除してふつうのコマンド・システムに戻す方法があるはずだった。そうでなければ、人の手で装置をプログラムと連動させて組み立てていく作業がおこなえるはずがない。

美由紀はちらと後ろをふりかえった。蒲生がぐったりして座りこんでいる。彼は装置を拳銃で破壊したがっていた。妨害電波さえなくなれば連絡がとれる、そう主張していた。しかし、ことはそんなに簡単ではなかった。装置の各パーツにはC４爆薬がセットしてあった。少しでもいじると爆発するしくみだ。手はだせなかった。それに友里はいっていた。千里眼からは逃れられないと。ならば、安易な手段はすべて予測されていると考えるべきだろう。

キーを叩いたところ、入力した数値になんらかの反応がでることがわかった。一時間ほどして、ひとつの法則性があることに気づいた。一行上に表示された数列の偶数のみを掛け算していき、その答えを一の位から十の位、百の位と逆に打ちこんでいくと、今度は桁数が半分になったランダムな数列が表示されるのだ。またその数列に対し、おなじことをくりかえす。そのうち表示される数列はだんだん短くなっていった。これにどんな意味があるのかわからないが、とにかく最後までやってみることにした。

途中で二度計算をまちがえて、また最初のおびただしい長さの数列に戻ってしまった。これが三度目の挑戦だった。美由紀は慎重に操作をつづけた。腕がしびれ、指が動かなくなってきた。汗はとめどなくしたたり落ちてきた。集中力が低下し、目がかすんでいた。しかし、なんとかしなければならない。このコンピュータが操作できないかぎり、装置の全容を知ることはできないのだ。

羽田管制塔に欺瞞電波を送りこむことだけは判明している。管制塔の周波数はいちおう極秘になっているはずだが、ボーイングの機長だった新村が協力している以上、つきとめるのは可能だっただろう。それに晴海医科大付属病院カウンセリング科には多様な相談者がおとずれる。通信会社、電話会社、警察、消防署、マスコミ関係までさまざまだ。しかもその全員が、すすんで催眠療法を受けたがっている。いわば晴海医科大付属病院は国のさまざまな機密を入手できる、テロリストにとっては最強の情報収集基地だったのだ。横須賀基地のミサイル制御室のコントロール方法を教団の人間が知っていたのも、もはや驚くに値しない。カウンセリング科は外国人の相談も多く受けている。たずねてくる在日外国人のうち、五パーセントが米軍基地の人間だ。

モニターの数列は十六桁から八桁、四桁となり、二桁となった。26。それが最後に残った数字だった。美由紀は法則にしたがってキーを打った。21。

ピッと音がした。画面が切り替わった。こんどはアルファベットと数字の列がスクロールした。しかし、意味がとれた。これはアルファワン・オペレーティングという航空管制システムをコントロールするためのプログラム形態だ。

刑事さん、美由紀は呼んだ。蒲生が跳ねおきるように立ちあがり、駆けよった。

美由紀はいった。「暗号が解除されました」

「ふうん。だがどういう意味なんだ？　このプログラムは」

美由紀は画面の一か所を指さした。「このＲＥＣＡＬＬという指示の下が欺瞞電波の発信内容を示しています。そのコマンドはコンピュータの内蔵時計と連動していて、一定の時刻になると……」

口をつぐんだ。自衛隊を辞めて以降、プログラムの読み取り方は錆びついていたが、意味を理解するには十分だった。プログラムの内容は思ったよりも単純だった。欺瞞電波もただ一種類のみしか送信しない。しかしその電波の目的は空港に混乱をひきおこすことだけではなかった。最大の惨事をひきおこせるように計算されていた。

「ひどい」美由紀はつぶやいた。「こんなことを考えるなんて、まともな神経じゃない」

「どうした」蒲生がせかした。「黙っていちゃわからん。説明してくれ」

「いまから約七時間後、この装置から羽田のレーダーに向けてディセプション波が送信されます。このプログラムは、羽田のレーダーにとらえられる旅客機の機影と航空機識別コードを変換してしまうフィルターの役割を果たしているんです」

「よくわからんが」

美由紀は点滅するカーソルにコマンドを打ちこんだ。

proceed―simulate

リターンキーを叩くと、モニターにレーダーの画像がうつった。羽田管制塔を中心とした、東京湾方面の地図が表示されている。プログラムのシミュレーションだった。シミュレート上の時刻が右下に表示されている。午前七時九分。地図には羽田で離着陸する国内便の旅客機の機影が映しだされている。それぞれの旅客機には航空会社名と便の番号が表示されていた。

「この動いているのが国内線の旅客機です。朝からまさにラッシュ状態で、全国から飛んできた旅客機がすべて木更津上空から東京湾の上へ降りてきて、羽田の滑走路に着陸します。しかし、午前七時十分になると、この装置が作動します。羽田のレーダーに欺瞞電波を送りこむんです」

右下の時計が七時十分になった。だしぬけに、侵入してくる旅客機がすべて赤に切りかわった。いずれの機影も最新鋭の軍用機を思わせる鋭角状のものになり、「UNKNOWN」と表示されていた。

「見てのとおりです」美由紀はいった。「旅客機がすべて国籍不明の爆撃機にみえるんです」

「なんてこった。では自衛隊が迎撃に……」

「そうです。東京湾から首都の方角へ国籍不明機が次々と侵入してくるわけですから、航空自衛隊には緊急発進の命令がくだります。地対空ミサイルは日本海側にしか配備されていないので、戦闘機部隊が発進するでしょう。数多くの敵機が飛来していると思うでしょうから、中部方面隊の全部隊に発進命令がくだるはずです」

「だが、戦闘機のパイロットは目で見て旅客機だと気づくんじゃないのか。それに自衛隊はいかなる場合でも先制攻撃はしないはずだろう」

「そうです。ただし、あまり知られてませんが防衛ガイドラインの見なおしによって領空侵犯措置に関する特別条項が自衛隊法に追加されたんです。すなわち、国籍不明の爆撃機等が無許可で首都方面上空に侵入しようとした場合、目的は首都攻撃以外にありえないとして、先制攻撃も正当防衛もしくは緊急避難のうちのひとつとみなすという規定があるんです。自衛隊はこの規定に従い、視界にとらえるより早くミサイル攻撃にでるでしょう」

蒲生が緊張をおびた声でいった。「国内便の旅客機は次々に撃ち落とされる。それも自衛隊機に……」

蒲生の言葉が胸に突き刺さった。美由紀は苦痛を感じた。これでは東京湾は火の海になる。何千人、いや最悪の場合、地上の被害も含めて何万人もの犠牲者がでるだろう。

「だが、どうしてだ」蒲生が頭をかきむしった。「あいつらは国家権力を打倒するつもりじゃなかったのか。一般市民を犠牲にしてなんになる？　それとも総理大臣が乗る飛行機が到着する予定でもあるのか。あるいは、外国の首脳が来日するとか」

「それなら成田が標的になるはずです。それに首相が国内を飛ぶさいにも、混み合う早朝の時間帯は避けるはずです。いったい七時十分になにが……」

美由紀ははっとした。目の前に、新村の顔がフラッシュバックした。スクールカウンセリングの人事を頼んだあとだった。きみも忙しいだろうから、旅行の帰りは早めに、朝の便にしておいた。新村はそういった。鹿児島からの朝の便。到着する時間帯は……。

「なんてことを！」思わず足もとの工具を蹴り飛ばした。「友里先生が手配した鹿児島旅行の帰りの便は、ちょうどそれぐらいの時間に到着するわ」

「じゃあ……」

「はじめからわたしを殺すつもりだったんだわ!」美由紀は我をわすれてさけんだ。「この時刻に作戦を開始する予定で、到着する便に乗せようとしてた!」

「おちつけよ」蒲生がとまどいがちにいった。「あんたひとりを殺すためにこれだけのものを造ったわけじゃないだろう。本当の目的はなんだ」

「しらないわ。テロリストは大混乱をおこせればそれでいいんでしょう。でもそんなことより、えりちゃんが……みんなが、帰りの飛行機に乗っているのに!」


しばらく立ちつくした。美由紀は泣いていた。自分でも気づかないうちに、声をあげて泣きくずれた。膝をつき、その場にうずくまった。

こんなひどい仕打ちがあるだろうか。美由紀はいままで多くの人間に裏切られた。ささいなことで喧嘩になった者もいれば、好みから人生観まですべてにおいて対立した者もいた。美由紀は決して友達が多いほうではなかった。だが、友里佐知子は信じていた。それが裏切られた。時がたつとともに、それがあまりにも大きな裏切りであることがわかった。友里はひとの命など、なんとも思ってはいない。おのれの欲望のためならどんなことでも実行に移す、まさに悪魔に魂を売った女だ。美由紀がカウンセリングをしてきた子供たちは、なにもしらずに飛行機に乗る。羽田に着く寸前で、撃墜されてしまう……それも美由紀の古巣だった戦闘機部隊の手によって。

あまりにも酷すぎる。美由紀は泣いた。とめどなく泣いた。

「岬さん」蒲生が呼ぶ声がした。「なあ岬さん。なあ、美由紀！」

美由紀はおどろいて顔をあげた。

蒲生がひざまづいて、美由紀の肩を抱いた。「おちつけ。いまはとにかく、おちつくんだ。あんたが動揺したら、俺はいったいどうすりゃいいんだ」

美由紀は涙をこらえようとした。だが、身体の震えはおさまらなかった。

「なあ」蒲生は美由紀の顔をのぞきこんだ。こんな事態だというのに、その瞳は澄んでいた。少なくともそうみえた。蒲生はいった。「あんたは自衛隊のことも、友里佐知子のこともよく知ってる。だからいまの状況も、俺以上に恐ろしく感じているだろう。絶望的だと思ってるんだろう。それはわからないでもない。だが、よく考えてみろ。友里佐知子だってすべてを見抜いているわけじゃない。あんたがここへ来ることは予測できなかったんだ。冷静に考えてみろ。かならず手はある」

蒲生の言葉を受けいれようとしたが、美由紀の理性はそれを拒絶した。友里の千里眼はどんなことでも見逃さない。美由紀がどのような手を講じようとも、計画に失敗の恐れはないと踏んでいる。だからここへ閉じこめたのだ。蒲生に返事をしようとしたが、声にならなかった。また涙があふれた。こらえきれずに泣きだした。

「いいか」蒲生は辛抱強くいった。「俺も晴海医科大付属病院の本ぐらいしか読んだことがないから、知識は怪しい。まちがってたらおしえてくれ。ええと、まず深呼吸するんだ」

美由紀は蒲生をみかえした。なにをいっているのかわからなかった。

蒲生はつづけた。「深呼吸して。それから声にだしていってごらん、気持ちがとてもおちついている」

美由紀はめんくらい、しばし静止した。蒲生の目は真剣だった。以前のさぐるような目つきではない。気づかうような、やさしいまなざしだった。だがそれは、ぼさぼさ頭の刑事には似合わなかった。

美由紀は思わず吹きだした。おかしくなって、笑った。

「ほら、いうんだよ」蒲生が急かした。「気持ちがとてもおちついている」

「刑事さん」美由紀は苦笑しながら首を振った。「カウンセリングをするときには、そんなに相手をにらみつけちゃいけません」

蒲生はとまどいがちに身をひいた。「おや、そうかね。顔つきまでは自分でわからないんでね。あんた、やってみてくれ」

「え?」

「俺にだよ。俺もちょっと緊張しすぎていて、リラックスしたいところなんだ。たのむ」

また唐突な申し出だ。美由紀は涙をぬぐいながらいった。「こんな場所でカウンセリングをおこなったって、落ち着けるわけがありません」

「いいから。やってくれるだけでいいんだ。ほら。気持ちがとてもおちついているってやつ」

美由紀は深いため息をついた。だが、蒲生の言い分ももっともだ。どんなときでもカウンセラーは心の救済を求められる。自分がさきに動揺していては話にならない。美由紀は子供にカウンセリングをするときのようにいった。「わたしにつづいていってください。気持ちがとてもおちついている」

「気持ちがとてもおちついている」蒲生はそういってから、おおげさに胸をなでおろしてみせた。「うん。たしかに落ち着いてきた」

「うそ」美由紀は笑った。「そんなことで暗示を受けいれられるものじゃないわ」

「そうかな」蒲生は笑いをうかべた。「あんたは、俺の暗示を受けいれてるよ。気持ちが落ち着いたじゃないか」

たしかにそうだ。蒲生と話すことで、美由紀の心は若干のやすらぎをとりもどした。ほんらい、カウンセラーはこうあるべきだろう。美由紀は自分の身を恥じた。ひとに心を支えてもらっている。本当なら、自分がひとの支えにならねばならないのに。

「ありがとう」美由紀は礼を口にした。「刑事さん、いい線いってますよ。カウンセラーに転職したら？」

「俺がか？　いや、遠慮しとくよ。俺はワルだ」

「どうしてですか？」

「ガキのころ蟬に爆竹を……」蒲生は口をつぐんだ。「いや、いい」

美由紀は当惑したが、蒲生の気持ちを察して笑った。蒲生は美由紀の短所に気づいている。美由紀はカウンセラーとして人なつっこい性格を演じることには慣れていても、実際はそうではなかった。ひとづきあいがへたで、感情をあらわすことに長けていなかった。蒲生はそれを見越して、美由紀の感情を解き放ったのだ。おかげで、いくらか冷静な思考がはたらくようになった。頭のかたすみでは、もう装置のことを考えていた。

「刑事さん」美由紀はいった。「あの機械をどうにかするのに、手を貸してもらえますか」

「ああ、もちろん」蒲生はにやりとした。「力仕事にゃ慣れてる。徹夜にもな」

ユニット

そろそろ夜があけるころだろう。蒲生はそう思った。春のおとずれとともに、朝日が昇るのもすこしずつ早まっている。腕時計に目を落とした。午前五時三分。この装置が動きだすまで、あと二時間ほどしかない。

蒲生は上着を脱ぎ、袖をまくっていた。手は真っ黒になっていた。美由紀の指示に従い、装置の分解にかかっていた。分解といっても、肝心な中枢部分には手をつけるわけにはいかない。ちょっとした衝撃でさえも感知して、C４爆薬が爆発することになっている。バッテリーをはずすことも試みられたが、電圧の低下とともに起爆装置が作動する仕組みのようだ。コンピュータをいじって停止させることにも、同様の処置がとられているらしい。

美由紀はそういっていた。だから爆薬に直結していないところから解体をはじめた。装置の土台になっている部分の柵を、ドライバーではずして取り除いた。それらの下にあった重いブロックを、一個ずつどかしていった。そうすることで、基板の下のほうにも直接触れることができるようになる。

殺人事件があった河原でおなじように大小の石を一日じゅう運んでいたときのことを思

いだした。あのとき痛めた腰はまだ完治していなかった。身をかがめるだけでも激痛が走った。しかし、美由紀ひとりにまかせておくわけにはいかない。これには国家の命運がかかっているのだ。

なぜか中学二年になる息子の反抗的な顔が目の前にちらついた。いつも苦労してるような話ばかりして、じつはたいしたことないじゃん。刑事なんてサラリーマンと変わらないじゃん。テレビとはちがうことぐらい、百も承知だよ。ある日自宅の玄関先で、息子は吐き捨てるようにそういって、蒲生がとめるのもきかず自転車に乗って走りさっていった。無断でバイトをしていることをとがめたときだった。

ブロックを壁ぎわに置き、蒲生はため息をついた。テレビとはちがう。ふだんはそうだ。だが、テレビと同等あるいはそれ以上の事態をむかえることもある。そんなとき、周囲にはだれもいない。家族ももちろんいない。だれもいないところで、静かに働きつづける。それが刑事という職業だった。しかも、現在おかれている状況ほど突飛なケースはめったにない。

いまごろなにをしているだろう。蒲生は思った。夜ふかしはしていないだろうか。宿題はちゃんとしただろうか。

「お子さんのことですか」美由紀の声がした。

蒲生はおどろいて顔をあげた。ドライバー片手に装置のわきでうつぶせに寝て、基板をながめていた美由紀の視線が、こちらに向いていた。

「どうしてそう思うんだ」

「べつに。視線が左上に向かっていて、とてもやさしそうな顔をしてたから」

蒲生はふんと鼻を鳴らした。どうやら美由紀も、いつもの調子をとりもどしたようだ。

変わった女の子だった。蒲生はそう思った。最初から晴海医科大付属病院には目をつけていたが、なかでもひときわ頑固で実行力がありそうな美由紀が、なにか重要なポストについているのではないかと疑っていた。だが、まちがいだった。頑固で実行力があるだけでなく、彼女には決断力もある。だから友里佐知子もおいそれと美由紀を手術に誘いだすことができなかったのだろう。遠回しに定期検診をよそおい、手術を施そうとしているうちに間に合わなくなった、そういうことだろう。

「あんたには感謝しなきゃな」蒲生はいった。

「感謝？」美由紀は基板に目を戻した。「どうしてですか」

「友里佐知子はあんたに対して慎重だった。へたな真似をしたら、手術を受けさせる前に勘づかれると思ったんだろう。俺が晴海医科大付属病院のなかで友里佐知子とふたりきりだったのは、はじめてあそこをたずねた日の最初の五分間だけだ。そのあと、すぐにあんたが入ってきた。あとは、あんたがずっと一緒にいた。俺ひとりだったら、どうなっていたかわからん」

「どうでしょう」美由紀はいった。「刑事さんと一緒にいたから、わたしが助かったのかも」

蒲生は額を指先でかいた。自分も美由紀も、運よく綱渡りをしていたわけだ。足もとに綱が一本しかないことにも気づかず、危険が身に迫っているとも知らずにいた。

「刑事さん、手をかしてもらえる？」

蒲生は立ちあがって歩みよった。「なんだ？」

「この基板の下のパネルです。引き抜いてやれば、バッテリーに触ることができるかも」

その場にしゃがんで、美由紀の指さした部分をのぞきこんだ。数十枚の基板が立ててある下に、幅一メートルぐらいのベニヤ板がある。奥行きはわからないが、すべての装置の土台になっている部分らしかった。

「だいじょうぶなのか、そんなことをして」

「ここからみるかぎりでは、基板やそのほかの装置は両端の骨組みに固定されていて、パネルは下に敷かれているだけのようです。たぶん、ネズミに配線を食いちぎられないようにするためでしょう。こちら側の柵もはずしたことだし、手前に引けばはずせるはずです。ただ、配線一本にでもひっかかったら、起爆装置が作動すると思ったほうがいいです」

またか。ここではこんな作業ばかりだ。しかもまだ、装置の核となる部分はまったく手つかずのままだ。柵やブロックなど、囲いになっているものを取り除いているにすぎない。

美由紀がパネルの左端を持った。蒲生もその場に寝て、右端をにぎった。

「慎重に」と美由紀。「パネルを水平にひいてください。ぜったいに、奥のほうが上にあがらないように」

「わかった、いくぞ。せえの」呼吸をあわせて、蒲生はパネルを引っぱった。美由紀のいったとおり、パネルは固定されていなかった。装置の下からすべるように引きだせる。パネルを三十センチほど引きだした。まだかなり奥があるようだ。パネルはあちこちに接着されたあとがある。服の下に隠せるように細かくきざまれていたのだろう。さらに引いた。パネルが一メートルほど突きでた状態になった。こうなってくると、突きだした部分の重さでパネルが傾きそうになる。それをしっかりささえながら引いた。

少しひっかかるような手ごたえがあった。それでもゆっくり引いた。手ごたえはやがてはっきりしてきた。パネルはどんどん重くなり、ついには動かなくなった。一メートル二十センチほど引きだした状態で、びくともしなくなった。

美由紀は下をのぞきこんだ。「あと五十センチほどあるみたい」

蒲生はいった。「かまわない。もっと力をいれて引いてみよう」

「そんな乱暴なこと……」

「だが、このままではしようがないだろう。固定されてはいないんだ、引いてみよう」

美由紀は懐中電灯をともして、中を照らした。「たしかに、固定されてはいないみたいだけど。でもなぜ、スムーズにでてこないのかしら」

「これぐらい大きな板ならいちどには動かないさ。日曜大工でもよくあることだ。さあ、引っぱってみよう」

「わかった。三つ数えたら引いて。ひとつ、ふたつ、みっつ」

力いっぱい引いた。パネルは手前にでてきた。が、ずるっという音とともに異様なものがパネルにからみついてきた。

「とめて!」美由紀はさけんだ。

パネルの奥から十センチほどのところに細い穴があけられ、四本のコードが束ねて通してあった。コードは装置の下からパネルとともに引きだされ、切れる寸前にまでつっぱっていた。

「あぶないな」蒲生はつぶやいた。

「そのまま支えていて」美由紀はそういって、近くのブロックをパネルの下にいくつか置き、傾かないようにした。それから身をのりだして、コードが通された穴を見つめた。

「コードが四本ある。バッテリーのプラスマイナスに二本、コンピュータへの接続に一本だとすると、あと一本が起爆装置ね」

「切断するのか」

「いえ。ここは触らずに、さきにパネルを切断して取り除いたほうが早いわ」

美由紀は床の工具から糸ノコギリをとった。パネルの奥にあてがって、何度か引いた。

その手がぴたりととまった。

「どうした」蒲生はきいた。

「まずい」美由紀はつぶやいた。「これ見える？」

美由紀が懐中電灯をパネルの上に向けた。糸ノコギリで傷をつけたところが、銀色に光っていた。「鉄板か？」

「そう。なかに鉄板が仕こんである。たぶんコードから分岐してなかに電流が通ってるのね。パネルを取り除こうとして切断すると、起爆装置に感知されるでしょう」

「ではどうする。コードを切断するのか」

「起爆装置のコードを先に切らなきゃいけない。バッテリー用配線を切断したら電圧の低下で感知されちゃう。でも、もし起爆装置さえ無効になれば、ここのコンピュータとの接続は絶つことができると思う」

「そうすれば、もう装置が作動しなくなるのか」

「ええ、プログラムがコンピュータから伝わらなくなるんだから、たぶん」

「どれを切断する？　勘でいくのか？」

美由紀はコードを懐中電灯で照らした。赤、青、黄、緑の四色のコードがあった。美由紀はしばらく考えていたが、やがて顔をあげた。「組み立てた人間の反応をみるしかないわね」

蒲生は美由紀の視線を追った。後ろ手にしばられた男はまだ倒れたままだった。

「やつにきくってのか？」

「ええ。友里先生の催眠暗示を受けいれたのなら、わたしもやってみる価値があると思うの。というより、それしか方法がないから」

パネルの下にさらに多くのブロックを置いて安定させた。蒲生が青色のジャンパーの男を起こそうとしているあいだ、美由紀は装置全体をながめた。たしかに、ほかの部分はどう手をつけたらよいのかさっぱり見当がつかない。賭けてみるなら、この一点しかない。

ほら、起きろ。蒲生の声がした。男が唸るのがきこえた。蒲生が男をひきたてた。男はうつろな目のまま、辺りを見まわした。どこにいるのかわからなかったらしい。やがて視線が美由紀のほうを、そして装置のほうをみた。引きだされたパネルと、そこにからみついた四本のコードをじっとみつめた。そして、口もとをゆがめた。どういう意味かはわからない。ただ、薄気味の悪い笑いをうかべた。

美由紀はペンライトを手にして男の前に歩みでた。しっかり支えていて、と蒲生にいった。蒲生は男を背後から抱え、顔をあげさせた。

横須賀基地で会った西嶺も、色についての暗示では表情筋に反応があらわれた。彼と同様にこの男もおなじ手術、おなじ催眠暗示を施されて洗脳されたのなら、心理状態は大差ないはずだ。美由紀は男の目をペンライトで照らした。まぶしげに目を細めるようすはなかった。

「この光をじっと見つめて」美由紀は穏やかに、適度に緊張感をおびた声で男に暗示をあたえた。「あのパネルにからみついた四本のコード。そのうち、起爆装置につながったコードを切らねばならない。切らねばならない。切らねばならない……」

まわりくどいイメージ誘導をしたところで、こんな状況では受けいれるはずがない。それよりは単刀直入にいくべきだ。ほんの一瞬でも相手がコードの色を意識してくれれば、顔に反応は現れる。

男の顔がこわばった。頬がひきつり、陶酔したような目線がペンライトに向けられた。しかしそれは一瞬のことで、すべてはかき消されるようにふたたび弛緩しきった表情のなかに埋没していった。

美由紀はその一瞬の変化を見逃さなかった。胸の底から熱いものがこみあげた。核心を突いた、その喜びが全身を支配した。ペンライトを消し、蒲生にいった。「ありがと。わかったわ」

蒲生がきいた。「本当か?」

「ええ。表情がこわばって若干の興奮がみられた。これは赤い色がもたらす心理作用です。起爆装置は赤です」

「すげえな」蒲生はつぶやいた。

美由紀はペンチを手にとり、パネルのわきにかがんだ。指先で四本のコードをよりわけ、赤いコードにペンチの先をあてがおうとした。

手が震えていた。ほかのコードまで切ってしまいそうだ。いったん手をひっこめて、指先の汗をぬぐった。慎重にいかねば。

またペンチをさしだそうとして、ふと気になった。蒲生が支えている男の顔をみた。依然として、だらしのない笑いがうかんでいる。だが視線だけは、ずっと美由紀のほうを見ている。まるで、美由紀の行動がうれしくてたまらないかのようだ。

考えすぎか。横須賀基地でも、色についての暗示ではきちんと一致していた。そう、横須賀基地でも……。

「いや」美由紀は思わずつぶやいた。「ちがう」

数列の最後は9がふたつ。美由紀はそう推理した。しかし正解はちがっていた。0がふたつ。あの状況では、まずありえない数字。どんな心理にあろうと、選ぶことのないであろう数字……。

電撃のようにべつの思考が美由紀のなかに走った。だとしたら、どうする？　いま思いついたような可能性が、真実だとしたら？　それなら現在の行為には、どんな意味がある？

美由紀は揺るがない直感に支配されるのを感じていた。ペンチを四本のコードに無造作に向けた。ペンチの先で、四本すべてをはさんだ。

「おい、なにする！」蒲生がおどろいてさけんだ。

美由紀は四本すべてをいちどに切断した。

静かだった。

なにも起きなかった。爆発するようすもない。しかし、装置が停止する気配もない。あいかわらずC４爆薬の赤いランプは明滅をくりかえし、ノートパソコンの画面にはプログラムがスクロールしつづけている。

くぐもった笑い声がきこえた。青いジャンパーの男が笑っていた。やがてひきつったような笑いにかわった。美由紀をみて、大声で笑った。

美由紀はペンチを置き、パネルを乱暴に引き抜いた。「これはダミーだわ！」

「なんだと」蒲生がいった。

「装置の外側に、偽の配線がたくさんめぐらされてる。これはそのひとつにすぎない。そこに手間をかけさせて、時間をかせぐための罠《わな》なんだわ」

男はなおも笑い声をあげていた。

蒲生はぼう然としていった。「じゃあ、いままでかけた時間は無駄だったのか?」

悔しくてたまらなかった。美由紀は目が潤んでくるのをこらえていった。「ええ、そう。全部じゃないけど、ほとんどそうね。ダミーじゃなかったら、こんな四色のコードなんかつかわない。これじゃまるで、どれを切断しますかってきいてるみたいじゃない。友里先生はこれを分解しようとする人間がそういう推理におよぶのを予測してたんです。横須賀基地で0がふたつだったのとおなじだわ」

「0がふたつ?」

あの場にいなかった蒲生が知るよしのないことだ。だが、くどくど説明する気にはなれない。美由紀は怒りにまかせていった。「でたらめに押した数字の最後が0ふたつなんて、心理学的にぜったいありえない。どんなに心理分析をしてもぜったいに考えられない。真っ先に排除されるべき可能性だわ。だからあえて友里先生は、0ふたつを押すような暗示をあたえておいた。あれが友里先生にしかわからなかったのは当然よ! 友里先生があたえた暗示だったんだから!」

青いジャンパーの男は、いっそう声をはりあげて笑った。美由紀のいったことを理解しているのかどうかはわからない。ただひたすら笑いつづけた。

「やかましいぞ!」蒲生が男にどなった。

敵にまわしたら、なんと恐ろしい女なのだろう。美由紀は急速に自信を失っていくのを感じた。闘争心に冷水をあびせられたようだ。男の甲高い笑い声が、友里の笑い声と重なってきこえるようだった。友里の笑顔。犯罪者だという素性さえ知らなければ、魅力的に思えた笑顔。その仮面の下に隠されているのは夜叉の顔だった。この絶望にひたる人間がいることを、友里の千里眼はすでに見ていた。未来を見通していたのだ。

「美由紀」蒲生がいった。「まだ時間はある。あせるな」

男の笑いがぴたりとやんだ。ふりかえると、男はじっと美由紀をみていた。口もとにはまだ、うすら笑いがうかんでいる。

あきらめるわけにはいかない。美由紀は立ちあがった。男の前に立った。

この男はコードの色について自白を迫られたときに、あのように赤い色を連想させる反応をしめすように暗示があたえられていたのだろう。それなら、表層的な反応にとらわれず、もっと深く催眠暗示をあたえて反応をひきださねばならない。深層心理の奥深くまで到達せねばならない。

ペンライトをつけた。だが、男はとっさに顔を下に向けた。蒲生が男を引き立てようとしたが、男は拒むように床を見つめつづけた。

これでは催眠誘導できない。美由紀は男に顔を近づけた。

そのとき、男がふいに顔をあげた。美由紀をみて、にやりとした。口をつきだし、美由紀の唇をうばった。

吐き気をもよおすような気持ちの悪さだった。美由紀はあわてて退いた。男は背すじが寒くなるような笑い声をあげた。

「こいつめ！」蒲生は男をねじふせた。「洗脳されてるくせに、ふざけた欲求だけは残ってやがるらしい」

たしかにそうだ。美由紀は口をぬぐってからつぶやいた。「人間の本能的欲求は、残ってるわけね」

「そりゃそうだろうよ」笑い転げながら暴れる男を押さえながら、蒲生はいった。「食欲、性欲、睡眠欲。いずれも生きつづけるためには必要な欲求さ。だが、こいつらにとって性欲だけはなくなってもいいはずだがな。一人前に、それも残ってたってことだ」

男は笑いつづけていた。美由紀はいらだちをおぼえた。とつぜんキスされたことに対する怒りもあったが、それよりとらえどころのない相手にいらだちをおぼえていた。

「そのまま、上半身だけ起こさせて」美由紀はいった。

蒲生が男の顔をあげさせた。男の笑いはやんだ。

美由紀は離れたところでペンライトをともした。男を催眠誘導するためには、友里のやり方にかぎりなく近づける必要がある。美由紀は友里の口調を思いだしながら、暗示の言葉を発した。「さあ、この光をみて。気持ちがだんだんおちついてくる。眠けがさしてくる。とろとろと、眠けがさしてくる……」

速いテンポで誘導したせいもあり、男の目はすぐに眠けをおびていった。

「十からゼロまで数えていったら、深いところへ沈んで力が抜けきります。十、九、八、七、ゆっくりと沈む。六、五、四、三、まだ深いところへ沈む。二、一、ゼロ」

男がぐったりとして眠りこむようにうなだれた。

美由紀は息を吐いた。たしかに、前頭葉が失われているという現実は恐ろしく催眠誘導を確実なものにしていた。これなら、どんな暗示でさえも受けいれてしまうだろう。

美由紀はいった。「さあ、よくきいて。あなたはいま、組み立てたレーダー・ディセプション装置を分解しなければならない。組み立てたときのことをよく思いだして。トラップをどこに仕掛けたのかも、自分ではよくわかってるはずよ。まず、どこから手をつける？」

男はしばらく沈黙していた。うなだれたまま、静かに呼吸をくりかえしていた。

「寝ちまったんじゃないのか？」蒲生がいった。

美由紀は口もとに人差し指をあてて、静かにするようしめした。もういちど、くりかえした。「装置を分解しなければならない。最初はどこから手をつけるの？」

男がくぐもった声でなにかをつぶやいた。

「え？」美由紀はきいた。「もっと大きな声でいって。まず最初は……」

男がつぶやいた。「TRTユニット」

「TRTユニットを、どうするの？」

しばらく間があった。男がいった。「はずす」

それからどうするの。美由紀はきいた。だが、男は沈黙しつづけた。

蒲生が美由紀にたずねた。「TRTユニットってのはなんだ」

「通信装置の基板にとりつけるチップの一種で、回線のなかでトランスミッターやアダプターとしての働きをするの。正方形をした、一辺が二センチぐらいのものよ」

「まず第一歩だな。次は？」

美由紀は青いジャンパーの男にきいた。「さあ、よくきいて。あなたはTRTユニットをはずしました。次はどうするの？」

男は口のなかでなにかをつぶやきはじめた。よくきこえない。美由紀は耳を近づけた。だが、男が発しているのは意味不明の呪文のような言葉だった。前にもきいたことがある。南植神社で、角屋たちが自爆する寸前に発していた読経のような言葉だ。

まずい。美由紀がそう思ったときは、もう遅かった。男が顔をあげた。ジャンパーの襟もとにあるボタンを食いちぎった。奥歯でそれをかみ砕いた。蒲生があわてて男の口に手をやった。吐きださせようとしたが、すでに口から白い泡があふれていた。男の目から光が消えていった。かすかにうめいた。ぐったりと頭をそらせ、仰向けに転がった。足がぴくりとひきつった。それっきり、動かなくなった。

静寂がおとずれた。

「青酸カリだな」蒲生がささやいた。

悲痛な苦しさがこみあげた。美由紀はその場にたたずんだ。つぶやきがもれた。「他人に催眠誘導を受けたら、毒を飲むようにしてあったとしたら……わたしが殺したんだわ」

「ちがう！」蒲生はいった。「こいつはもう死んでたんだ。脳をいじくられてゾンビ同然になってた。それよりいまは、やっとのことで得た貴重な情報を生かすことだ」

貴重な情報。蒲生のいうとおり、たしかに情報は貴重だ。しかし、それはほんの一片にすぎなかった。巨大な装置のなかの、最初に手をかけるべき部分にすぎないのだ。

美由紀は作動のときを待つレーダー・ディセプション装置をみつめた。残された時間はあとわずかだ。だが、得られた情報はたったひとつだ。ＴＲＴユニットをはずす。ただそれだけだった。

送信

宮本秀治は、日本エア・インターナショナルのボーイング７７７旅客機の窓から、眼下にひろがる雲海をながめた。朝日がまぶしかった。雲のあいだから、ときおり真っ青な海原がのぞいた。

時計をみた。午前六時四十分。鹿児島からのフライトは定刻どおりだった。あと三十分ほどで羽田上空だろう。

この歳になるまで、飛行機の旅はいちども経験していなかった。贅沢は敵だ、さかんにそう口にしていた父親の教えがしみついていたせいかもしれない。だが、こうしてみると悪くない。いや、快適なのはスーパーシートだからかもしれない。ほかの子供の父親がいっていた。エコノミーはこの半分ぐらいのスペースしかありませんよ。たしかに想像しただけでも狭そうだった。だが、シートの広さ以上に、心がやすらぐ理由がある。

となりに座っているえりをみた。えりは膝の上で本をひろげている。本といっても、少女漫画の雑誌だ。空港の売店で、あれ買って、そういった。えりが秀治にものをねだったことなど、いつ以来だろう。この子は、それだけ父親に対して心を閉ざしていた。いまになって、それがよくわかった。

前のシートの上から、子供の顔がのぞいた。えりと親しくなった女の子だった。「えりちゃん、読んだ？」

「うん、だいたい」えりが答えた。

「じゃ、とりかえっこしない？」

「いいよ」

えりは友達と雑誌を交換した。こちらをちらとみて、笑った。離陸時にはすこし不安をのぞかせていたようだが、いまは平気なようだ。自分の前でもごく自然にふるまってくれている、そんなしぐさだけでも秀治は胸がいっぱいになった。

「ねえ。お父さん」

「ん、どうした？」

「岬先生、空港に迎えにきてくれるかな？」

「さあ、どうだろう。忙しそうだったけどな」

そう。えりの表情が沈みがちになった。

秀治はあわてていった。「いや、もし空港にきていなかったら、晴海医科大付属病院に会いに行けばいいだろう。お土産を持ってな」

えりはにっこりとしてうなずいた。

自分でも気づかないうちに笑みがこぼれていたのだろう、通路ごしに妻の侑子が秀治のほうをみて微笑をうかべていた。秀治はめんくらって、窓のほうに顔をそむけた。えりがくすりと笑った。秀治は横顔をみた。秀治のことを笑ったのではなく、漫画に心を奪われているようだった。どんな笑顔でも明るく、輝いてみえた。

東京に帰ったら、この子のためにもっと忍耐強くがんばっていこう。秀治はそう思った。この子の将来のために。

美由紀は腕時計に目をやった。午前六時五十六分。

あとわずか十四分しかない。装置は依然として機能しつづけている。バッテリーが消耗しているようすはない。当然、十分な量がたくわえてあるだろう。

だが、懐中電灯の電池のほうは切れかかっていた。基板の谷間を照らしても、パーツの製造番号ひとつはっきりしない。美由紀は懐中電灯を投げすて、催眠誘導用のペンライトをともした。消耗しきった懐中電灯よりはあかるかった。だが、それも時間の問題だろう。ペンライトのなかの単三乾電池一本では、長くはもたない。

おそらく組み立て作業に用いたのだろう、幅三十センチ長さ七十センチぐらいのキャスター付きのボードのおかげで、床に近い位置を調べるのはわりとスムーズだった。このスケボーのような台の上に寝そべって横移動していけば、装置の下のほうは効率よくチェックできる。だが、ひととおり調べたが外から見える範囲内にはTRTユニットはなかった。次は見えにくいところを調べねばならない。身体を起こして、装置に手を触れないように前かがみになって、基板を一枚一枚上からのぞきこんでいった。

基板はいずれも数センチていどの間隔をおいてびっしりと並んでいるので、奥のほうはよく見えない。そこで針金の先にコンパクトからはずした鏡をゆわえつけ、それを基板と基板のあいだにそっとおろして、パーツをひとつずつ調べていった。まだTRTユニットらしきものはみあたらない。

顔をあげた。装置の向こう側では、蒲生がおなじように身をかがめて基板を調べている。彼の懐中電灯は、まだ電池に残量があるようだ。腰が痛いのか、ときおりうめき声をあげては背すじを伸ばしている。機械に付着した油のせいで、顔もワイシャツも真っ黒になっていた。

蒲生は美由紀の視線に気づき、きいてきた。「あったか?」

美由紀は首を振った。「可能性の高いほうから調べているのに、それらしきものは見つからない」

「そのTRTユニットってやつの形状は、たしかに正方形なのか?」

「ええ。それはまちがいありません」

蒲生は腕時計をみた。「あと十分強しかない。このままだと……」

「いいから！」美由紀はぴしゃりといった。「最後まであきらめないで」

「わかってる。わかってるよ」蒲生は額の汗をぬぐって、また基板を食いいるように見つめた。

ＴＲＴユニットは、基板のなかのあらゆる電流のターミナルとして使われている可能性がある。そうだとすれば、ユニットひとつをはずしただけでも、なんらかの成果があらわれるかもしれない。あくまで希望的観測ではあるが。

足がむずむずした。目を落とすと、ネズミが這いまわっているのがみえた。手で追いはらった。飼い猫のリンのことを考えた。餌は十分にあたえておいたし、マンションの管理人にも一日にいちどは面倒をみてくれるように頼んである。それでも、運動不足で太ってしまうかもしれない。なぜかそんなことを思った。もう会えないかもしれない、そんな気持ちにさいなまれた。

いや。自分は平和な都会に戻り、平穏な日常に戻る。かならず、そうなる。

指先の感覚がなくなってきた。埃っぽいなかでまばたきする時間も惜しんで凝視しつづけたせいか、目が痛みだした。かすんで、焦点があわなくなってきた。疲労で意識も遠のいてきた。なにより、ここは暑かった。装置の発する熱のせいで気温が上昇しつづけていた。首すじは汗でぐっしょりとしていた。それに、息苦しさもあった。密閉されているせいで酸素が薄くなっているのかもしれない。ここで作業するのがひとりならともかく、ふたりでは人員が多すぎるのだろう。さっきまでは三人もいたのだ。

三人といえば、異臭がした。自殺した男の体の臭いだった。晴海医科大付属病院カウンセリング科の勤務内容にホームレスの宿泊所への訪問がある。ただよう異臭は、そこのにおいに似ていた。特有の酸味のある臭いだった。いや、もっと強烈だった。息を吸うたび、吐き気がこみあげてくる。しかも臭いは時間とともに強さをましている。

基板のあいだには赤いランプをちらつかせる黒い塊も配置されていた。Ｃ４爆薬だった。この爆薬さえなければ。美由紀は心のなかで毒づいた。

ふと、心のなかになんらかの感触が生じた。目を凝らした。爆薬のすぐ下、基板の谷間のかなり奥のほうに、正方形の物体があった。一片が二センチほどのパーツ。ＴＲＴユニットだった。

「あった」美由紀はいった。蒲生が顔をあげた。

腕時計に目を走らせた。すでに七時をまわっていた。もう時間がない。美由紀は蒲生にいった。「なにか細いものを」

蒲生は辺りを見まわし、針金をひろいあげた。柵の補強に用いられていたものだった。

美由紀はそのさきをかぎ型に曲げた。基板のあいだに差しいれた。

慎重に。そう自分にいいきかせた。ほかの金属部分に触れるわけにはいかない。

蒲生が装置を迂回してきて、わきで懐中電灯をてらした。

針金の先をＴＲＴユニットの一辺にひっかけようとした。だが、その上にあるＣ４爆薬がじゃまだった。ＴＲＴユニットはしっかりと基板にはめこまれている。はずすには、勢いよく引く必要がある。しかしそれでは、爆薬も刺激してしまう可能性があった。

「いま何時？」美由紀はきいた。

「七時三分。あと七分だ」

躊躇《ちゅうちょ》しているひまはない。針金の先をＴＲＴユニットと基板のあいだにねじこむようにして、はずしにかかった。ＴＲＴユニットはわずかに基板から浮きあがった。いいぞ。このままはずす手だ。先をＴＲＴユニットの下にひっかけた。爆薬に触れないように注意しながら、力強く引いた。

ぱちんと音がした。ＴＲＴユニットが基板からはずれたのを、視界にとらえた。

その瞬間、手がしびれた。基板に青白い閃光が走った。煙が立ち昇った。こげくさいにおいが鼻をついた。激しい痛みが全身をつらぬいた。美由紀は悲鳴をあげた。装置から離れようとしたが、身体がいうことをきかなかった。背中から後ろへ倒れた。コンクリートの冷たく硬い表面が後頭部に打ちつけたとき、視界は暗転した。

美由紀！　おい、美由紀！

蒲生の声がした。目だけがうっすらと開いた。現実がぼんやりと戻ってきた。すぐに、置かれていた状況が波のように押し寄せて意識によみがえってきた。美由紀は跳ね起きた。気分が悪かった。吐きそうだった。身体に激痛が走った。指先が中毒のように震えていた。それでも、腕時計をみた。七時五分。一瞬意識を失っただけらしい。

蒲生が近くにいた。心配そうに顔をのぞきこんでいた。美由紀はふらつきながらも立ちあがろうとした。足がちゃんと床についている感覚がしない。蒲生に支えられて、なんとか立つことができた。

そのとき、異質な音がきこえてきた。この場に似つかわしくない、優美なパイプオルガンの音。バッハの小フーガだった。音がくる方向を見つめた。中央のノートパソコンだった。さっきまではプログラムが表示されていた。いまは、画像ファイルのウィンドウがひらいている。そこに、動画が表示されていた。人の顔だった。それを凝視した。友里佐知子だった。

ウィンドウいっぱいにひろがった友里の顔は笑っていた。ほどなく、パイプオルガンの音にかさなって笑い声もきこえてきた。友里の声だったが、まったく別人にきこえた。エキセントリックな、冷えきった笑い声だった。

「ごくろうさま」モニターのなかの友里がいった。「おそらくあなたがたはどうにかして、そこで捕まえた男を自白させることに成功したみたいね。ぜったいに口を割らないような幹部を育てることが恒星天球教としての目標だけど、まだその域にはいたってなかったたってことね。どんな方法をつかったかしらないけど、TRTユニットのことを聞きだしたのは賞賛に値するわ。でも、そういう場合のことも予測してあったの。TRTユニットをはずすと、装置全体に高圧電流が走るのよ。もうどこにも触れられないわ。それから、ゴム手袋はさがすだけむだよ。そこには置いてないから。あなたがたが持ちこんでいれば話はべつだけど、よほど厚手のものじゃないかぎり、燃えちゃうから気をつけて」

美由紀はがく然とした。あの男は催眠誘導されたうえでも、友里がインプットした偽の情報しかしゃべらないようになっていたのだ。しかも、TRTユニットをはずしたことですべてが水泡に帰した。装置の解体はおろか、触れることさえままならなくなったのだ。

「それにしても」映像の友里はちょっと考えるそぶりをしてから、つづけた。「このメッセージをきいているあなたはおそらく、催眠療法の知識をお持ちなんでしょうね。TRTユニットについてのことまで聞きだすには、催眠誘導以外の方法は考えられないもの。それも、相当熟練した腕前のようね。もしくは、わたしがもちいる催眠誘導法をよく知っていて、それを真似したか。いや、それはありえないわね。そんなことができる立場で、なおかつ催眠の技術も持っている人間はひとりしかいないもの。そのひとりは、この装置が作動するころには東京湾の藻くずとなる運命だし。それも、むかしの職場仲間に撃ち落とされるって形でね」

友里は高らかに笑った。

美由紀は激しい怒りにつつまれた。身を震わせた。友里はこれほどまでに用意周到に、自分を裏切る手はずをととのえていたのか。友里は教祖になどけっしてなりえない。不幸な人々にわずかに残った希望さえも吸い取って自分の糧としてしまう、蛭《ひる》のような女にすぎない。

友里の声がいった。「わたしがだれか、ごぞんじかしら。知っていても知らなくても、その記憶を現世で他言することはあなたがたにはもはやできなくてよ。でも安心して。爆薬に時限装置はセットしてないわ。そんなことをしなくても、この辺りは撃ち落とされた旅客機で火の海になる。あなたがたも生き延びることはできないでしょう。阿吽拿からあなたがたに、来世への橋渡しをして差しあげるわ」

音声がとだえた。ウィンドウが閉じ、またプログラムがスクロールする画面に戻った。つづいて、あの抑揚のないコンピュータの音声がつげた。プログラム作動一分前。

美由紀は装置に駆けよろうとした。だが、蒲生が腕をつかんでそれを制止した。「なにをするんだ。美由紀」

「はなして！」美由紀はわめいた。「ぜったいに思いどおりにはさせない！　装置を分解して、計画を阻止する！」

「なにをいってるんだ。装置には高圧電流がながれてるんだぞ」

「それならいっそのこと、爆薬ごと吹っ飛んだほうがましよ！」

「おちつけ！」蒲生は美由紀の両手首をつかんだ「観音の周囲にひとがいたらどうするんだ。手はないか、よく考えてみるんだ！」

「とにかく装置をなんとかするしかないのよ！　はなして！」

美由紀は蒲生の手をふりほどいた。だがそのとき、布が裂ける音がした。蒲生の手が美由紀のシャツの袖を破りとってしまった。数センチほど破りとられた袖の一部が宙に舞った。装置のほうへと舞っていった。美由紀はその布の動きを目で追った。布が装置に接した。その瞬間、布ははげしく燃えあがった。炎が小さな布をなめつくすまで、一秒とかからなかった。装置の上で黒いすすと化し、消えていった。

膝の力が抜けた。美由紀はその場にへたりこんだ。両手を床についた。

「プログラム作動十秒前」音声がいった。「九、八、七、六……」

なすすべもなかった。ただ、ぼうぜんと装置を見つめるしかなかった。

「……三、二、一。プログラム作動」

モニターの映像が切り替わった。羽田のレーダーがとらえているであろう映像。真っ赤な機影がいくつも浮かびあがっていた。おびただしい数の国籍不明の爆撃機が、東京湾をめざして侵入してくる。

えりちゃん……。

美由紀は低くうめいた。そのまま床に転がり、泣き崩れた。

欲求

仙堂芳則航空総隊長は、府中にある航空総隊司令部の廊下を早足で歩きながら、部下にわたされたクリップボードに目を落としていた。

この電文はほんの一分前に入電したものだ。空港管制塔が緊急事態発生を感知すると、まずはコンピュータが自動的にこの電文を送信する。緊急事態、国籍不明機接近。陸海空自衛隊の対処求む。そうあった。

羽田の管制塔レーダーがなにかをキャッチしたのはわかるが、なぜ航空および海上だけでなく、陸上自衛隊にまで対処の要請をしているのか。すでに上陸の恐れありと判断したというのか。

厳重な警備が敷かれた司令室へ足を踏みいれた。まさに開戦直前のようなありさまだった。電話と無線の呼び出し音がひっきりなしに飛びかい、職員が書類を手に走りまわっている。ずらりと並んだモニターの前には通信員が陣取り、各方面への対応に追われている。

将補が近づいてくるのを横目でみた。仙堂はいった。「報告を」

「羽田管制塔から緊急通信です」将補の声は緊張に震えていた。「東京湾口を首都方向へ飛行中の国籍不明の機影七機をレーダーに補捉しました。その後方にはさらに多くの機影が確認されているとのことです」

「国籍不明機だと?」

「はい。民間識別信号も発していません。しかも、レーダーにとらえられた機影は、そのう」

将補がいいよどんだので、仙堂はいらだった。「なんだ。はっきりいえ」

「空将」一佐が進みでていった。「レーダーの機影はB2爆撃機に酷似しています」

頭を殴られたような衝撃だった。仙堂はききかえした。「B2爆撃機? アメリカのステルス爆撃機のことか?」

「そうです」と一佐。「ノースロップ・グラマンB2スピリット戦略爆撃機です」

「ありえん」仙堂は首を振った。「なぜアメリカの爆撃機が日本の領空を侵犯するんだ。それにB2の部隊はアメリカ本土の一個航空師団にしかないはずだ」

将補が口をひらいた。「いえ、グワム島やディエゴ・ガルシア島に海外展開されているといううわさもあります」

「それでも、そんなにたくさんのB2が一か所に集められてはいないだろう」仙堂は一佐に向きなおった。「B2爆撃機は地球上にいくつあるんだ?」

「コストが高すぎるために二十一機で生産が打ち切られたという話です」

「その約半分が東京に向けて飛来しているというのか。そんなことがあるのか」仙堂は禿げあがった額に手をやった。「早期警戒機のほうから連絡は？」

「ありません」一佐がいった。

「海上自衛隊の護衛艦隊からはどうだ。なにかいってきてるのか」

将補が首を振った。「旗艦に問い合わせましたが、まだ未確認のようです」

「しかし」一佐が口をさしはさんだ。「ステルス機ならそれらのレーダーで補捉できなかった可能性もあります。羽田空港は最新型の多機能レーダーを使用しているので、ごく近くまできた機影をとらえられたのかも」

仙堂は迷った。通常の手順なら、まずは早期警戒機や海上自衛隊が国籍不明機の接近をとらえてからでなければ発進は許可できない。しかし、これは急を要する事態だ。警戒レベルAを発令すれば、各方面隊の判断で戦闘機部隊が発進し、迎撃態勢をとれる。めったなことでは発令できないが、この状況ではやむをえないかもしれない。これは国家の存続に関わる一大事だ。だが……。

仙堂はきいた。「羽田のレーダーの誤認ということは考えられないのか。レーダーの故障だとか」

みじかい沈黙があった。一佐がいった。「ありえません。故障で戦略爆撃機の機影をとらえることなど、考えられません」

では、これはまぎれもなく侵略行為だ。B2爆撃機はもともと、冷戦時に東側陣営の奥深くに侵攻し、移動式ミサイルを発見して爆撃するために開発された。すなわち、他国の懐深く侵入する能力をそなえている。そしてその牙は、わが国の喉もとにつきつけられている。

相手はアメリカだろうか。考えられない。だが、いまは政治的な憶測をしている場合ではない。

「将補」仙堂はきっぱりといった。「警戒レベルAだ。中部方面隊の全基地につたえろ。全戦闘機部隊、ただちに発進を命ずる」

美由紀は仰向けになって転がっていた。ネズミが頬にぶつかり、また走りさっていった。だが、気にならなかった。もう動けなかった。とめどなく流れ落ちる涙に、部屋の天井はしきりに揺らいでいた。

蒲生は壁ぎわに座りこんでいた。吸ってもいいか、蒲生はそうきいてきた。ええ。美由紀はぽつりと答えた。たとえ室内に煙が充満しようと、もうかまわない。あと数分で、すべてが終わる。

「美由紀」蒲生が静かにいった。「正直なところ、俺はしあわせだと思う」

「なぜですか」

「あんたみたいなべっぴんさんと一緒にいられるからさ」自嘲《じちょう》気味の笑いが漏れるのを、美由紀はきいた。蒲生がもの憂げにいった。「あんたぐらい、きれいで博学な彼女が、うちのボウズにもいたらな」

「いずれ、できるでしょう」

「そうかな」蒲生が煙を吐く音がした。「ひとつ、おしえてくれ。この周辺に旅客機が落ちてくるまで、あとどれくらいだ」

「そんなこと……」

「いいから、いってくれ。すこしは心の準備がきく」

美由紀は息を吐いた。頭を傾けて、パソコンのモニターをみた。かすんで、表示がよくわからなかった。涙をぬぐった。依然、無数の赤い表示が東京湾に侵入しつつある。まだ、航空自衛隊の戦闘機部隊が周辺に到達したようすはない。

「かなり迅速ですよ」美由紀はつぶやいた。「羽田の連絡を受けて、航空総隊司令部が警戒レベルAのスクランブル発進を命じるまで三分とかからない。太平洋上に待機している海上自衛隊の護衛艦がレーダーで補捉する前に、中部航空方面隊のすべての基地が戦闘機部隊発進を決定する。その命令がでてから、最初の戦闘機発進までが一分。相手が領土上空への侵入をやめるまで警告を発し、領土上空にかかる直前に攻撃。それまでは一分」

腕時計をみた。七時十二分。「二分経過してるから、あと三分ね」

ふうん。蒲生がそう応えた。

入間基地を発進してすぐ、三等空佐はF15Jイーグル主力戦闘機の編隊のひとつを率いて東京湾へと進路をとった。イーグルのアフターバーナーを全開にする。強烈なGが身体を後方へと押しつける。五列のバーナーが点火するたびにGが強さを増す。このフルアフターバーナーの状態では、わずか二十分たらずしか飛行できない。だが、いまは一刻も早く目的地に着かねばならない。そういう命令がでていた。

視界は雲に遮られていた。振動が強さを増している。操縦桿《かん》を安定させるのに力がいる。キャノピーに細かな水滴がぶつかっては後方へ飛びさっていく。

まさかこんなに急な発進を命じられるとは予想もしていなかった。警戒レベルA、それも目標が太平洋側だと知っていっそうおどろいた。侵入者はいったい何者なのか。東京湾上ではちあわせする形になるのだ、視界にとらえる前に攻撃に移ることになるだろう。

酸素マスクのなかでため息をついた。考えてもはじまらない。航空警戒管制部隊のバッジシステムが割り当てた攻撃目標に向かっていくしかない。データリンクから送られてくる情報を戦術電子戦スコープで確認する。通常なら、目標を確認してからもゆとりがある。領土からかなりはなれたところを領空侵犯する他国の飛行機に対しては、国際法できめられた対処法がある。しばらく並行して飛び、翼を振って合図する。それでもひきあげるようすがなければ、スロットルをあげて相手の機首よりも前にでてから、曳光弾《えいこう》をセットしたバルカン砲を威嚇《いかく》発射する。それがふつうだった。だがいまは、自衛隊法の特別条項に従わねばならない。すでに敵機は警戒網をすりぬけ、東京上空にさしかかろうとしている。機種は爆撃機であり、その数も尋常ではない。

ただちに攻撃にうつる。とるべき道は、それしかなかった。

「刑事さん」美由紀は蒲生に視線を向けた。「刑事さんには、奥さんとお子さんがいるんですよね」

「ああ。だが俺も生命保険にゃ入ってる。口やかましい俺の薄給より、そっちのほうがうちの連中もよろこぶだろう」

「そんなことないです。だれでも身内は元気でいてほしいはずです」

蒲生は短く笑った。「あんた、その手のことは冗談が通じないひとなんだな。ちゃんとわかってるよ。ただこの期におよんで、残してるローンやらなんやら、金の心配を背負って死にたくない。だからいってみただけさ」

金の心配を背負って死にたくない、か。美由紀はずっとひとりでいた。生活費に困るほどのぜいたくもしてこなかった。しかし、家族を持ったら変わるのだろう。

ふと、視線が天井の一角に向いた。なぜそちらを向いたのだろう。そして、視界になにか気になるものをとらえた。それはなんなのだろう。いまさらどうでもいい、そんな投げやりな気持ちも生じてくる。だが、自分がほんのわずかでもなにかに心をうばわれた、そのことに対する好奇心が勝った。いったいなんだろう。天井のかたすみ。一か所に、黒ずんだ枠のようなものがみえる。直径は五十センチほどもある。しみだろうか。雨漏りか。いや……。

美由紀はすばやく起きあがった。天井をみつめた。「刑事さん、これみて」

蒲生が立ちあがった。「なんだ？」

「ここの天井が円形に削られたあとがある。大きな穴を開けようとして、少しずつ削ったんだわ」

「どうしてだ。なぜそんなところに穴を？」

美由紀は閉じている出入り口をみた。そこを入ってきたときのことを思い起こした。上の参拝室の位置関係を思いだした。とたんに、頭のなかにひらめくものがあった。

「賽銭箱だわ」美由紀はいった。「これは賽銭箱の真下なのよ！」

「どういうことだ。話が見えんが」

「恒星天球教の幹部たちは洗脳されても、本能的欲求は失っていなかった。さっきもそうだったでしょう」

「あいつがあんたにキスしたことか？」

「ええ。人間の三大欲求に次ぐ第四の欲求はなんだかわかりますか?」

「食欲、性欲、睡眠欲の次か?　さて……」

「お金ですよ。人間はお金に対する執着心を幼少のころから刷りこまれている。先天的な三大欲求とはちがって後天的なものですが、人間の欲求としてはかなり強いものです。だから洗脳されて理性の力を失っても残っていたんです」

「やつらは賽銭泥棒をはたらこうとしてたってのか?　おのれの金銭欲のために?」

美由紀はうなずいた。床に散らばった工具のなかから、三十センチの定規をとった。壁ぎわの鉄骨に足をかけてよじのぼり、天井の線状に削られた部分に定規をさしいれた。

かなり深く入った。定規をゆすってみた。削られた円内の部分がわずかに揺らいだ。

幹部の連中は、装置を組み立てる進行状況にあわせてこの作業をおこなっていたにちがいない。装置が完成したら計画も終了する。そのころまでに、この穴をあけて賽銭を盗みとるつもりだった。だからこの穴も完成寸前だったのだ。

ふたたび美由紀の頭のなかが激しく回転しはじめた。美由紀は大声でいった。「かなりもろくなってます。この穴なら開けられる!」

「まて!　これも友里佐知子の罠ってことはないか?　幹部のやつらに賽銭泥棒をはたらかせて、そこから脱出できると俺たちに思わせて時間を浪費させるってのは考えられないか。じつは穴をあけても賽銭箱から外へは出られないようにしてあるとか……」

「ありえません！　だってそうでしょう。ここに穴があいたらたくさんの小銭が落ちてきます。ここにいる幹部はその金属音で自殺してしまいます。だからこれは友里先生も予期しなかったこと、幹部たちの本能的欲求としか思えないんです。洗脳されるずっと前からしみついていた、金銭欲によるものなんです！」

「だがどうする！　もう時間はないぞ！　あと一、二分で……」

「外へでれば携帯電話が通じます！　航空総隊司令部への連絡法はわたしが知ってます！」

電子音が数回鳴るのをきいた。装置のほうをみた。ノートパソコンのモニターに映った地図上に、緑色の点滅する光がみえた。北方のあちこちから南下してくる。航空自衛隊の戦闘機部隊だ。

美由紀は大声でいった。「この天井を拳銃で撃ってください！　はやく！」

「わかった、いったんどいてろ！」蒲生が銃を抜いた。

美由紀が床に飛び降りると同時に、蒲生が発砲した。美由紀は天井をみあげた。削られた円の内側に弾丸がめりこみ、円にひびが入った。もう一発撃った。さっきより数センチずれたところに命中した。さらに何本ものひびが放射状に走った。

弾丸もそろそろ底をつくはずだ。美由紀は祈るような気持ちで天井をみあげた。

蒲生が撃った。

目の前がはじけ飛んだように思えた。天井のコンクリートが轟音とともに崩れ落ちた。つづいて、金銀の光かがやく硬貨がどしゃ降りの雨のように落下してきた。美由紀は鉄骨に飛びついた。硬貨の滝を避けてよじ昇った。硬貨の落下がやんだとき、すでに天井に手がとどくところまできていた。

「美由紀！」蒲生が携帯電話をさしだした。「俺のも持ってけ。かかりやすいほうでかけろ！」

美由紀はそれをつかみとり、口にくわえた。穴の縁に手をかけたが、その周辺のコンクリートが崩れた。バランスを失い、落ちそうになった。なんとか反対側の縁をつかんだ。両手で穴の内側を持ち、足場の鉄骨を蹴って身体を跳ねあげた。すぐなにかに頭がぶつかった。賽銭箱の内側だった。足を曲げながら穴の上にひきあげ、胸に膝がくっつくようにしてから、勢いよく賽銭箱を上方に蹴りあげた。板が裂ける音がした。木製の賽銭箱が壊れ、外の光がみえた。もう算段している場合ではない。身体ごと、転がるように賽銭箱の内側にぶつかっていった。大きな音がして、身体がもんどりうった。あちこちに刺すような痛みが走った。気づいたときには、ばらばらになった木片が周囲にあった。仰向けになってながめているのは、参拝室の天井だった。美由紀は跳ね起きた。携帯電話をみた。まだ圏外の表示があった。もっと離れなければならない。だがもう時間がない。

反射的に、必要なものが頭にうかんだ。美由紀はさけんだ。「刑事さん、装置のわきにあるキャスター付きの作業台をとって！」

まってろ、そう怒鳴りかえすのがきこえた。美由紀が立ちあがったときには、穴から指定したものが突きだされていた。美由紀はそれを受けとった。わきにかかえて、すぐに出入り口から駆けだした。鉄椅子ごしにみる朝の光がまぶしかった。階段を降り、待合室にでた。八時前だ、まだだれもいない。そこから螺旋階段へ飛びこんでいった。

ここから果てしなく螺旋階段が右回りに下へつづく。たんなる斜面ではない。しかし、これぐらいの段差なら中学生のころ通学でなんども経験した。美由紀はキャスター付きの板を階段の上に置いた。長さも幅もちょうどスケボーぐらいだ。両足ごと飛び乗った。一気に加速しはじめた。美由紀は身体を傾けてバランスをとり、絶えず右前方へ向かうようにした。

キャスターの音が観音の胎内に轟いた。風を切る音を耳で感じる。傾斜が急なせいでかなりの速度になった。螺旋階段の天井と壁が美由紀の周囲を後方へ吸いこまれるように飛びさっていく。すぐにこつがつかめてきた。段差が一定でないため、ときおりバランスを崩すほどの段差にでくわす。その場合はオーリーで軽く飛びあがり、ボードの位置をなおす。また前方に小さな踊り場がみえてきた。テールを後ろ足で真下に強く蹴り、前足を真上に思いきり持ちあげる。宙に浮く感じがした。空中で前足を前に突き出し、ややしゃがみながら着地した。

ふたつの携帯電話を後ろポケットから両手にひとつずつつかみだした。液晶を一瞥した。まだ圏外だった。装置からの妨害電波はかなり強力だった。だが、地上ではたしかに電話は通じた。妨害電波の有効範囲はせいぜい、この観音の身長以下だ。

十五階。観音の手の上の通路にでた。外気を感じた。まだ圏外の表示は消えていなかった。バランスをとりながら通路をスケボーで駆けぬけた。青い空と大坪山の緑を視界の端にとらえた。また螺旋階段に突入した。足がずきずきと痛み、息が苦しくなった。全身の関節が抗議するのを感じる。それでもスピードをゆるめなかった。重心を移動させるのに手をつかわないよう注意した。へんに手を振るとバランスをくずす原因になる。十四階から下に安置された七福神が次々とわきを飛びさっていった。布袋、寿老人、福禄寿、弁財天、毘沙門天。十階の看板を横目でみた。身体に感じる振動が激しくなってきた。段差が大きくなってきた。何度かオーリーをくりかえし、身体を跳ねあげた。恵比寿、大黒天。だんだん目がまわってきそうになった。不動明王、薬師如来、マリア観音。五階の看板をすぎた。あとすこしだ。姿勢を低くした。反響する音が小さくなってきた。出口が近づいているのだ。若干減速した。ふいに前方に扉があらわれた。身体ごとぶつかっていった。鍵のあいた扉は簡単に押し開けることができた。光がみえた。全身がその光につつまれた。胎内めぐりの窓口の前を通過した。柵があった。ここから先は短い階段があるだけだ。後ろ足でデッキを蹴ると同時に高く飛びあがった。柵を越えた。空中でしゃがんだ姿勢になり、ノーズが上がってきたところを前足でデッキに体重をのせ前へ押しだした。階段を一気に飛び越え、広場の地面に着地した。地面はまだぬかるんでいた。美由紀は滑ってその場に転がった。服が泥だらけになるのもかまわず、寝たまま携帯電話をみた。どちらも圏内だった。アンテナが三本立っていた。思うように動かない親指を懸命に動かしてダイヤルした。それを耳にあてた。

呼び出し音が二回、つながる音がした。女性の声がながれた。こちらは航空自衛隊航空総隊司令部です。この電話は特別回線です……。

美由紀は腹から声をしぼりだした。「一、一、六、三。内線七、五。優先回線、A、一、八」

音声認識の完了をつげるチャイムがなった。しばらくおまちください。そして、内線特有のやや高めの呼び出し音がつづいた。

はやくでろ。緊急事態なのはわかってる。こちらも一刻をあらそう電話なのだ。

男の声が応えた。「はい、航空総隊司令部」

「すぐ仙堂空将をだして。つたえることがあるの」

「失礼ですが……」

返事をまたずに美由紀は大声でいった。「中部航空方面隊、岬美由紀二等空尉から警戒レベルAに関する緊急伝達事項です！」

はっと息を呑むのがきこえた。「おまちください」

航空総隊司令部で、仙堂芳則はメインモニターを見つめていた。これは羽田管制塔から送られてくるレーダー画像だ。国籍不明機は東京湾にさしかかっていた。どこからともなく飛来したそれらの機は、東京湾上空で一か所に集結しようとしているようだ。

オペレーターのひとりがレーダーに向き合いながらいった。「まもなく、最初の迎撃が開始されます」

仙堂はじれったく思った。あれから数分が経つのに、羽田以外のところからはなんの情報も寄せられていない。電波障害がひどく、各戦闘機のパイロットも戦術電子戦スコープで敵を識別できないという。唯一の情報源は羽田のレーダーだけだ。

レーダー上を南下する無数の緑色の点滅のうち、先陣を切っている三つが東京湾上空に到達しようとしていた。対する爆撃機の機影も、東京湾上空で旋回に入ったようだ。進路を都心方向へむけている。

無線がつげた。「第一波、攻撃に入り……」

「空将！」一佐が呼んだ。仙堂がふりかえると、一佐は受話器を手にしていた。「司令部の特別回線を通じて、主力戦闘機部隊のパイロットから緊急伝達事項があるとのことです」

妙な気配を感じた。戦闘機部隊のパイロットは現在、発進もしくは待機中のはずだ。なぜ電話の特別回線など使うのか。その番号を知っているのも、ごくかぎられたパイロットだけのはずだ。

「相手はだれだ」仙堂はきいた。

「岬美由紀二等空尉とのことです」

衝撃が走った。岬美由紀。自衛隊は辞めたが、特別回線の番号と暗証コードはおぼえていたのか。仙堂は命じた。「スピーカーにだせ」

室内が静まりかえった。コントロールパネルを操作したオペレーターが振り向くのをまって、仙堂はいった。「岬か？」

「そうです。空将ですか」

「ああ。どうしたんだ。きみはもう……」

「黙ってきいてください！　ただちに攻撃中止を命じてください。東京湾上空にキャッチされた機影はディセプション波によるものです。それらはすべて羽田に向かっている国内便の旅客機です。ただちに攻撃を中止してください！」

鳥肌が立った。仙堂はオペレーターに駆けよった。命じるのももどかしかった。オペレーターの手からマイクをもぎとり、さけんだ。「攻撃中止！　全部隊攻撃中止！」

攻撃中止。その叫びがヘルメットのなかにこだました。三等空佐はとっさに操縦桿を引いた。トリッガーから指をはなした。マルチパルス・ドップラー・レーダーにとらえた機影は依然として正体不明のまま、こちらへ向かってくる。IFF敵味方識別装置も電波障害が強く、作動しない。だが、攻撃中止命令がでた。高度をあげて旋回した。敵機の姿は、数秒で視界に入るはずだ。いったいどこの国の爆撃機なのか。

みえた。雲の切れ間から、その姿がのぞいた。目を凝らした。

なんだ、あれは。

空佐はぼうぜんとした。雲から出現したのは、ボーイング777旅客機の白い翼だった。日本エア・インターナショナルのロゴが、はっきり機体にきざまれていた。

美由紀は空をながめていた。

そびえ立つ観音像は白く、美しかった。泥の上に仰向けになっていても、頬をなでる風が心地よかった。

広場にはまだだれもいなかった。というより、ここをおとずれていた参拝客のほとんどが、恒星天球教の催眠暗示を受けていた。きのうまでに運びこんだ材料で装置が完成した以上、もう姿をみせないだろう。

雲がすこし多めだが、青い空がのぞいている。きょうもいい天気になるだろう。

ひとの足音をきいた。起きあがろうとしたが、動けなかった。だれでもいい。無防備だが、もうどうなってもいい。やるべきことはやった。

視界に、年配の女性の姿が入ってきた。どこかでみた顔だ。そうだ、売店「観音会館」のおかみさんだ。

おかみさんは怪訝そうな顔をして美由紀を見おろした。ぼうぜんとしながらいった。

「こんなところで、どうしたの、あんた。観音が開くのは八時からよ」

どう答えようかまよった。なにがあったかを説明しても、本気にしてくれるはずがない。なにより、言葉がでなかった。声も嗄《か》れていた。身体の力が抜けきっていた。

そのとき、遠雷のような音を耳にした。

湖面をおよぐ白鳥のように、青空をゆっくりと横ぎっていく旅客機があった。羽田へ向かって高度をさげていく、ジャンボ旅客機だった。

自然に笑いがこぼれた。おかしくなって、笑った。あぜんとしている観音会館のおかみさんをみていると、よけいに笑えてきた。青空がぼやけた。笑いながら、目に涙があふれた。

想像

午前七時四十五分。

美由紀は観音の足もとに腰かけていた。広場のにぎわいをみやる。大坪山がこんなにおおぜいの人間でごったがえすのは、おそらくはじめてではないだろうか。

駆けつけた千葉県警のパトカーの赤いランプが、駐車場に波打っている。そちらからなだれこんでくる警官と機動隊。防弾盾に防弾チョッキ、ガス銃に身を固めた突入班や、それをライフル銃で支援する狙撃班の姿もある。だが、そんなにおおぜいきたところで、やるべきことはないだろう。必要なのは爆発物処理班だけだ。

その爆発物処理班のクルマは、観音のすぐとなりに横づけされている。液化窒素を使用して爆弾の起爆装置を冷却し、下におろしてから広い場所などで処理を行うだろう。たぶん、半日もあればあの装置にしかけられたすべての爆薬が除去できるはずだ。

ヘリコプターの爆音が響く。美由紀は顔をあげた。警視庁のヘリのほかに、航空自衛隊のUH60Jも二機がホバーリング飛行をつづけている。うち一機は、さきほどこの広場の展望台をヘリポートがわりにしていったん着陸したようだ。調査隊をはこんできたのだろう。

風は冷たかった。泥水を浴びたせいかもしれない。身をちぢこませた。かじかむ手をこすりあわせた。

目の前に、缶コーヒーが二本さしだされた。蒲生がわきに立ってみおろしていた。飲むか。蒲生はきいてきた。

ありがとう。そういって一本を受けとった。熱かった。破れていないほうの袖をひっぱって、指先まで覆った。その手で缶を持ち、蓋をあけた。

蒲生は美由紀のとなりに腰をおろした。手もとの缶をあけて、ひと口あおった。

美由紀もそれにならった。口のなかが切れていたせいで、痛みがあった。しかし、たいしたことはない。それより、温かいコーヒーが腹の底に沈んでいくのが心地よかった。やっと生気がもどってきた。そんな感じだった。

「終わったな」蒲生が遠くをながめながらいった。

ええ。美由紀はつぶやいた。

蒲生は美由紀に向きなおった。「なあ、あんた。ひとつ頼みがあるんだが」

「なんですか」

「うちのボウズのことだよ。あんたに家庭教師をしてもらうには、いくらぐらいかかるかな？」

美由紀は苦笑した。「家庭教師？　わたしには、とてもむりです」

「そんなことはないさ。あんたの頭のよさには感服したよ。うちのボウズもいずれは受験して、大学に入らなきゃならん。一週間にいちどぐらいでいい、あんたみたいなひとが面倒をみてくれたら助かるんだがな。それに、ときどきひねくれたことをいうボウズの、精神面も理解してくれそうだし」

「家庭教師とカウンセラーを兼任するんですか。でもわたしの知識は偏ってますし。お子さんが防衛大を受けられるってのなら、話はべつですけど」

「防衛大か。いいじゃないか。あんたもお偉方に顔がきくだろうし」

「防衛大に裏口入学はむりですよ。コネの推薦も受けつけてませんし」

そのとき、蒲生の肩越しに近づいてくる人物が美由紀の目に入った。航空自衛隊の制服を着ている。仙堂空将だった。将補と一佐をしたがえている。

「そうか？」蒲生は背後に気づかず、無邪気にいった。「連中のことだから、あんたが強く推してくれればきっとうちのボウズを入れざるをえないだろうよ。だいたい防衛大なんてものは……」

蒲生は口をつぐんだ。美由紀の視線に気づいて、ふりかえった。仙堂をみて、言葉を失っていた。

仙堂は蒲生に軽くおじぎをしてから、美由紀にいった。「いろいろたいへんだったな」

美由紀は座りこんだまま、ふっと笑った。これが腐れ縁というやつなのだろう。ふと、たずねるべきことを思いだした。美由紀はきいた。「空将、羽田空港はどうなりましたか?」

「どの便も無事に着陸できた。離陸予定の便はすべて待機中だ。混乱は残っているようだが、まあ台風がきたときのことを思えば、それほどでもないだろう」

「レーダーは復旧できそうですか」

「ああ」仙堂は眉間を指先でかいた。「さっき警察の爆発物処理班が装置の解体にとりかかった。爆薬を始末したら、すぐにディセプション波の機能を停止させる。夕方までには、めどがつくだろう」

美由紀は缶コーヒーをわきに置いた。「晴海医科大付属病院のほうは?」

仙堂はため息まじりにいった。「警視庁が踏みこんだようだが、ふつうの職員しかいなかった。友里佐知子をはじめ、恒星天球教の幹部クラスとみられる数十名は姿を消していた。三十階には司令室があったそうだ。全国各地の支部とコンピュータ・ネットワークで接続されていた。じきに、そういう潜伏先もあきらかになるだろう」

ヘリの爆音が大きくなった。警視庁と自衛隊のほかに、民間のヘリコプターがくわわっている。マスコミ関係だろう。これからもっと騒がしくなりそうだ。

友里は逃げおおせるだろうか。美由紀はぼんやりと考えた。航空機を標的にしたテロだった以上、いまは成田の国際線も足止めを受けているはずだ。海外に高飛びというわけにはいかないだろう。計画が失敗に終わったいま、彼女はどこでなにを考えているだろうか。東京湾上空で大惨事が起きなかったことをテレビで知り、くやしがっているだろうか。

とても想像できない。

美由紀のなかに鈍い警戒心がこみあげてきた。あの友里が、こんなことで挫折するだろうか。ありえない。では、代案が用意されているのだろうか。というより、なにをもって代案とするのだろう。ほかのどこかで無差別テロをはたらけばいいのか？　羽田空港沖で起こすつもりだったのとおなじ規模の災害を、べつの場所で起こせばいい、そんなふうに考えるだろうか。いや、無差別だと思っていた全国各地のテロも、教団側は明確な理由があって標的を選んでいた。打算的で、明晰《めいせき》で、氷のように冷ややかで、常にひとの心理を読みきるといってはばからない彼女が、そんな無意味なことをするだろうか。

いつのまにか硬い顔をしていたらしい。仙堂が眉をひそめてきいた。「岬、どうかしたのか」

「空将」美由紀は顔をあげた。「けさ羽田には、惨事がクーデターにつながるような政府関係の旅客はいたのですか。首相だとか、来日中の要人だとか」

「いや、だれもいないな。首相は永田町にいるよ。いまごろは総理府にいってるだろう」

仙堂は軽い口調でそういった。おられる、おいでになる、そういう敬語はつかわなかった。将補も一佐もまったく困惑のいろをのぞかせない。規則にしばられず、ふだんからそんなふうにいっているのだろう。仙堂らしかった。

美由紀は腑に落ちなかった。これでは友里がいっていた国家転覆をはかる野望とは無縁のテロ行為だったことになる。自分はいったい、どのようにして友里の裏をかき、彼女の計画をつぶしたといえるのだろう。美由紀は考えた。装置を分解しようとしたが、うまくいかなかった。だがぐうぜんにも、部屋から抜けだすことができた。携帯電話で仙堂に連絡し、ことなきをえた。そういうことだった。だが……。

「簡単すぎる」美由紀はつぶやいた。「電話一本ですべての計画を阻止できたなんて、あまりにも簡単すぎる」

「なんだって?」蒲生が顔をしかめた。「どこが簡単だったというんだ。間一髪の事態だったんだぞ」

たしかにそうだった。だが、友里にとってこの計画の成否は、はたして重要なものだったのだろうか。そうまでして、一般市民の乗る旅客機を墜落させたかったのだろうか。

美由紀の頭のなかに稲妻が走った。仙堂をにらみつけ、早口にきいた。「首相は総理府へ向かわれたとおっしゃいましたね」

「ああ」美由紀の剣幕に仙堂はいささかめんくらったようだった。「例によって安全保障会議がひらかれるからな。こういう事態の直後は……」

「警戒レベルAはいつ解いたんですか」

「ついさっきだ。それがいったい、どうかしたのか」

なんてことだ。美由紀は額をてのひらで打った。友里の目的はそれだったのだ。一瞬遅れて、関節がずきずきと痛んだ。しかし、躊躇しているひまはなかった。観音の足もとから駆けだして、空をみあげた。自衛隊のヘリはまだ旋回していた。

美由紀は仙堂をふりかえってさけんだ。「あのヘリをおろして！」

「なんだって？」仙堂はたずねた。

「入間の航空方面隊司令部へ直行できる手はずをととのえてください。急いで！」

美由紀はそういって、返事もまたずに展望台のほうへ走りだした。仙堂が一佐をふりかえり、一佐が無線機を口もとにあてるのを視界の端にとらえた。座りこんだまま、ぼうぜんとこちらをみている蒲生の顔も一瞬だけみた。美由紀は走りながらひとりごちた。ごめん。お子さんの家庭教師は、とうぶん無理みたい。

追跡

UH60Jヘリが入間基地のヘリポートに着陸したころには、午前八時を三分ほどまわっていた。

仙堂空将は将補、一佐、そして岬美由紀とともに基地のなかへ足ばやに向かった。毎度のことながら、ここの施設は不要な空間がありすぎる。長い廊下を歩きながら仙堂は思った。どこへいくにも時間がかかるうえに、標識がないためにときおりどちらへ行くべきかもわからなくなってしまう。いまはとりあえず、道に迷う心配はなかった。パイロットたちのほうが、こうした施設は歩きなれている。幹部はいつもヘリポートと司令室の往復ばかりだ。

入間基地の司令室は三階のつきあたりにあった。扉の警備をしている隊員が、美由紀をみて一歩前に踏みだした。美由紀は自分の着ている泥だらけの私服に目をおとした。仙堂はいった。彼女はだいじょうぶだ。隊員は疑念のいろをうかべながらも、わきにどいた。

扉を入った。司令室の内部もわりと広かった。警戒レベルAが解除されたとはいえ、数多くの戦闘機が離着陸をくりかえしている。司令室の人間はその対応に追われていた。ほとんどの人間が無線機またはレーダーとにらみあっていた。パイロットと通信する声が飛びかっていた。第２０４飛行隊、着陸を許可する。二番滑走路へ。第３０５飛行隊、離陸準備。指示があるまで待機。

仙堂は声をはりあげた。「報告を」

二佐の階級証をつけた男がふりかえった。「警戒レベルＡの解除を全部隊につたえました。現在、各部隊の判断で付近の空域をパトロール中です」

美由紀が二佐にいった。「レベルＡの解除直後から現在までのあいだに、司令室に離陸許可を申請せずに飛び立った戦闘機がないか、確認して」

二佐がとまどいがちにみかえした。仙堂は思わず苦笑した。美由紀の服装はあきらかに場違いだった。また助け船をだした。実行してくれ、二佐にそういった。二佐は無線機に向きなおった。

「どういうことなんだ、岬」仙堂はきいた。

「警戒レベルＡの発令後は、司令部の命令がなくてもそれぞれの部隊の判断で緊急発進が可能になります。ただし、離陸後すべての戦闘機には航空警戒管制部隊のバッジシステムによって目標が割り当てられ、それぞれの進路をとらねばなりません。ところがレベルＡが解除された直後だけは、事態の収拾のために離着陸および周辺空域のパトロールなど、すべてが各部隊の任意になります。それが恒星天球教のねらいだったんです」

仙堂はおどろいてたずねた。「まさか混乱に乗じて、彼らが侵入していると？」

「そうです」美由紀はうなずいた。「在日米軍基地のミサイル制御室にまで入りこめるんです、造作もないことでしょう。それに友里先生は……阿吽拿教祖は、晴海医科大付属病院の職員にパイロットを集めていました。彼らは洗脳され、恒星天球教の幹部になっているんです」

「やつらの目的は、いったいなんだ」

「いま東京上空には多くの自衛隊戦闘機が飛び交っています。都心の上空に戦闘機の機影がとらえられても不自然ではありません。彼らはそれを利用して、総理府庁舎を攻撃するつもりです」

「総理府庁舎だと？」

「ええ。警戒レベルAの解除後に緊急の安全保障会議が招集されることも、阿吽拿は予測していたんです。そこには首相をはじめ政府の要職にある人間が集まります。そこを爆撃すれば……恒星天球教の悲願は達せられます」

仙堂はぼうぜんとした。すると、羽田空港のレーダーに欺瞞電波を送りこんだのは、完全に計画の前段階にすぎなかったのか。連中の計画はこれからはじまるのだ。

「空将！」二佐がこちらをみた。「待機中のはずのF15三機が、二番滑走路で離陸態勢に入っています！」

「呼びかけてみたか」仙堂は二佐に駆けよりながらきいた。

「はい。しかし、応答がありません」

「もういちど、呼びかけてみろ」

二佐はマイクに向かっていった。「第717飛行隊、第717飛行隊。発進許可を申請したか。ただちに確認、応答されたし」

スピーカーは沈黙していた。返事はなかった。

仙堂は美由紀をみた。美由紀は、天井付近に設置されたモニターを見あげていた。その視線を追った。滑走路をとらえた映像に、三機のF15Jイーグルの姿があった。整備班員が手を振って制止しようとしているのがみえる。

美由紀が自分のわきから離れていったのを、仙堂は横目でみた。たぶんほかのモニターを見にいったのだろう。仙堂は二佐に命じた。「離陸を中止させろ」

二佐がとまどいがちに仙堂をみかえした。仙堂はじれったく思った。美由紀のいうとおりだ。警戒レベルAの直後では、滑走路はほとんど無法地帯になっている。ただ順番をまち、離着陸をする。周囲はその送迎だけで手いっぱいだ。離陸を中止させようにも、だれも動員できない。

三機が滑走路上を滑りだした。一気に加速した。規則をまったく無視した加速だった。一機を先頭にし、二機を僚機として編隊を組んでいた。三機は機首をあげて離陸した。離陸直後にアフターバーナーをフルに点火し、ほぼ垂直に上昇、雲のなかに消えていった。

仙堂は舌打ちした。「ただちにあとを追わせろ！」

二佐がためらいながら答えた。「滑走路がふさがっていて緊急発進できません」

「なら離陸している戦闘機に連絡をとれ！」

「しかし、関東地方の上空は数多くの同型機がパトロール飛行中です。識別信号を頼りにするとしても、この状態では各パイロットが目的の機影をとらえることは困難です」

くそ。仙堂は悪態をついた。緊急事態における命令系統の盲点をこうまでうまく突かれてしまうとは。

禿げあがった頭に手をやり、司令室を見渡した。仙堂は妙な気配を感じとった。後ろをふりかえった。制服組の姿しかみえない。

仙堂は声をはりあげた。「岬はどこへいった？」


入間基地の司令部から滑走路まで最短距離を駆け抜けると三分かかる。美由紀はそれを経験で知っていた。いまも全力疾走してきた。三分しか経っていないだろう。滑走路に待機中だったＦ15Ｊイーグル主力戦闘機のコクピットにおさまりながら、美由紀はそう思った。

装備はつけていなかった。ヘルメットも酸素マスクも着用していなかった。あいかわらず、泥がこびりついたシャツにジーパン姿だった。この服装で乗ると、シートがやけに広く感じられる。計器類をざっとみた。エンジンスタートまでの整備チェックはすべて済んでいるようだ。スロットルオフ位置、ギアハンドルダウン、マスターアームスイッチオフ、いずれもよし。

通常の離陸なら右の人差し指を立てて整備員に合図するところだが、いまはそうもいかない。周囲をみた。もう一本の滑走路でべつの戦闘機が離陸態勢に入っている。整備員たちはそちらに気をうばわれている。もうしばらく、そのままでいてほしい。美由紀はそう思った。

エンジンマスタースイッチをオンにし、ＪＦＳのスイッチをオンにした。スロットルの右エンジン接続スイッチをつかんで引いた。エンジンの回転が三十パーセントに達するまで待ってから、右スロットルを十八パーセントのアイドル位置に固定した。

突きあげるような激しい振動を感じた。轟音が耳をつんざいた。ヘルメットなしだと、エンジン音は頭が割れそうなくらい大きく響いた。

滑走路の整備員がいっせいにふりかえった。ひとりが美由紀のほうをみて、あんぐりと口をあけている。付近に車両はない。滑走路をふさいで妨害しようとしても、間にあわないだろう。

「第３０３飛行隊機」計器の下のスピーカーから声がきこえた。さきほど司令室にいた二佐の声だ。「離陸許可は申請したか。確認されたし」

美由紀は呼びかけを無視した。計器に集中していた。エアインテイクが、一気に下がった。必要な発電電圧に達したところだ。つづいてスロットルの左エンジン接続スイッチを引いた。右エンジンとおなじように調整に入る。

わきの格納庫の扉から、装備をつけたパイロットが現われたのがみえた。サングラスをかけ、紙コップをすすっていた。エンジン音をききつけたらしい。顔をあげた。こちらをみた。しばしぼうぜんとしていた。

美由紀は計器に目を落とした。すばやく航法コントロールをＩＮＳにセットした。

パイロットが紙コップを投げ捨ててこちらへ駆けだした。ほかの整備員たちも走ってくる。イーグルを前進させた。操縦桿の向こう側にあるステアリングスイッチでノーズギアの回る範囲をノーマルモードからマニューバモードに切り替えた。これで左右四十五度まで方向転換できる。二十ノットていどに減速し、大きく右手にまわった。わざとエンジンの強いブラストをはなった。駆けよってくる人々が、耳を押さえてその場にうずくまった。気の毒に思ったが、しかたがない。鼓膜が破れるほどではないだろう。

「岬！」またスピーカーから声がした。仙堂の声だ。「岬！　いったいそこでなにをしているんだ。すぐに降りろ！」

美由紀はなにも答えなかった。もういちど計器類を確認した。トリム位置、フラップ離陸ポジションよし。ピトー管ヒーター、レーダー、エンジンアンチアイスをオン。BIT灯オフ。キャノピーロック確認。それから前方をみた。滑走路のかなり遠くにトラックが一台みえるが、心配ない。五百メートルもあれば離陸できる。すかさずエンジンに点火した。

猛烈な加速だった。五つのバーナーが点火するたびに身体が強力にシートに押しつけられる。滑走路の風景が後方へ流れていく。フルアフターバーナーに達した。背骨に痛みが走った。装備をつけていないぶん、身体がじかにシートにめりこむのを感じた。百二十ノット。クイックにローテーションし、すかさずギアとフラップを戻した。

身体が浮きあがるのを感じた。視界に空がひろがった。

昇降計をみた。上昇ピッチを六十度に保った。イーグルの上昇力は絶大だった。一秒間に二百メートルを上昇していく。雲に突入し、キャノピーに青白い稲妻が走った。しかしそれも一瞬のことで、すぐにまぶしい太陽の光にさらされた。問題はここからだ。上昇から水平飛行に移動せねばならない。操縦桿を前方に押した。同時に、圧倒的なマイナスGが全身をしめつける。身体がばらばらになるほど強烈な重力だった。意識が遠のきそうだ。視界がぼやけ、吐きけをおぼえた。息が苦しくなった。血が沸騰するように全身が熱くなる。アフターバーナーを切った。ハーフロールをうってマイナスGをプラスGに変換した。水平飛行に移った。眼下には雲海がひろがっている。少しいきみすぎたが、なんとかもちこたえたようだ。現役のころから酸素マスクを着用しなかったのがさいわいした。そう思った。

ひさしぶりの空だった。以前よりずっと広大に思えた。同時に、以前よりも孤独だった。

航空自衛隊にいたときには、命令どおりに飛行することが唯一の任務だった。美由紀は発進命令のたびに重い気分になった。そのうち慣れるさ、先輩のパイロットたちはそういっていた。だが、そうはならなかった。美由紀はいつも怯えていた。なにがおきるかわからない。山ほどの殺戮兵器を抱えて、他国の戦闘機と一触即発の駆け引きにでる毎日。事故に遭うにせよ、あるいは撃墜されるにせよ、ほんの一瞬のことにすぎない。一瞬の死。爆竹を背負った蟬のように、軽く吹き飛ぶ命。

美由紀は頭をふって、その考えを追いはらった。もう後戻りはできない。二度と地上に降りることはないかもしれない。それでも、許すわけにはいかない。友里佐知子の企てを、見逃すわけにはいかない。

戦術電子戦スコープをオンにした。日本海上を警備するときには、このスコープでUNKNOWNと表示される機の位置めざして転進すればいい。だが、いまはちがう。恒星天球教の人間たちが乗っているのは自衛隊の戦闘機なのだ。IFF敵味方識別装置もあてにならない。ただ、彼らの目標はわかっている。永田町、総理府庁舎。そこへ向かっている三機のイーグルを補捉すればいい。

一刻をあらそう事態だ。美由紀は機首を都心に向け、アフターバーナーを点火した。一気に加速した。身体が次第に慣れてきた。眼下の雲が大河の奔流のようにみえた。

高度をさげ、雲のなかに入った。ふたたびキャノピーに稲妻が走る。レーダーをみた。すぐに都心上空だ。巡航速度にさげた。このマルチパルス・ドップラーレーダーはかなり低空の目標も捕捉できる。飛行中の戦闘機があればかならず発見できるはずだ。

しばらく時間がすぎた。もう都心の上空を通りすぎていた。旋回した。広い空のなかで、たった三機をさがさねばならない。アフターバーナーを使用したため、燃料の消費もはやい。だが、それは向こうもおなじはずだ。まったくおなじ戦闘機なのだから。

電子音が鳴った。反応があった。美由紀はレーダーを一瞥し、表示を確認した。

いた。三機が三角編隊を組んで、太平洋側から都心に向けて北上している。羽田近辺を警戒している自衛隊機にまぎれるために、わざわざ海側からまわったらしい。大胆にも、高度をかなり低くしている。地上からはっきり見える高さだ。おそらく攻撃目標を肉眼で確認するつもりだろう。

南に向かって転進し、アフターバーナーを点火した。速度は一瞬でマッハに達する。攻撃を阻止してみせる。絶対に。

レーダーのほぼ真正面に敵機をとらえた。美由紀は操縦桿を前方に倒し、降下した。ふたたび強烈なGを感じる。意識をたもとうと歯をくいしばった。雲を抜け、地上を埋め尽くす灰色のビル群が目に入った。首都上空だ。機体を水平に戻した。前方から三機のイーグルが突進してきた。風を切る甲高い音とともに、美由紀の機体のすぐ下を通過していった。三機とも複座式だった。ふたりずつ搭乗している可能性もある。

美由紀は旋回させてあとを追った。三機とも、こちらを目視で確認したはずだ。後ろから狙われている以上、そのままでは地上攻撃に移ることなどできない。

アラーム音が鳴った。ETER僚機通信システムだった。航空自衛隊の機どうしが交信せずに接近したさい、安全対策のために自動的に無線チャンネルがオンになる。マイクは計器パネルのなかに組みこまれていた。

美由紀はいった。「恒星天球教の三機に告ぐ。すでに攻撃の意図および目標はあきらかになっている。即刻退去し、入間基地に着陸せよ」

前を飛ぶ三機の進路に変更はなかった。返事もない。無視するつもりか。もはや一刻の猶予もゆるされない。兵器システムのスイッチをオンにした。前面のディスプレイに緑色の照準が表示された。三機のうち、中央の一機に照準をあわせにいく。狙われる不安を感じていないのか、機体を揺らすこともなく水平飛行している。

ロックオンした。照準が緑から赤に変わった。この戦闘機のロックオン方式はセミアクティヴ・ホーミングだった。すなわち、こちらから照射した電磁波の反射を補捉したときにロックオン状態になる。この状態でミサイルを発射すれば、ミサイルが電磁波の反射をたどって目的に命中する。

「くりかえす」美由紀は強い口調でいった。「即刻退去せよ」

数秒がすぎた。まだ返事がない。水平飛行をつづけている。恐怖を微塵にも感じていないのか、それとも戦闘機のシステムに疎いのか。

美由紀は呼びかけた。「先頭の機のパイロットへ。コクピットに警告音が鳴っているでしょう。それはロックオンされていることを示しているの。こちらがロックオン時に発した電磁波を感知して鳴っているのよ。つまりあなたの機は……」

「美由紀？」スピーカーから声がもれた。女の声だった。

衝撃が全身を貫いた。まさか、先頭の機に乗っているのは……。

「友里先生」美由紀はつぶやいた。

きこえたらしい。友里の声がいった。「やはり、美由紀ね。おどろいたわ。どうやって観音像から脱出したの？」

鼓動が速くなった。操縦桿を握る手に汗がにじんだ。友里はジェット戦闘機の搭乗など、未経験のはずだ。にもかかわらず、スピーカーからながれてくる声はいつもとかわらなかった。冷淡で、すましていて、皮肉な響きがこもっていた。

美由紀は口をひらいた。「あなたの読みに誤りがあったからです」

しばらく沈黙があった。やがて友里の声がつげた。「どうかしら。わたしの目的はいま、達成寸前よ」

「そうはいきません。わたしはあなたを許さない」

友里が鼻で笑うのがきこえた。通信が途絶えた。数秒経った。いきなり、三機のうち左右の二機が反転してきた。

美由紀はおどろいて操縦桿を引いた。二機は美由紀の両わきをかすめ飛んでいった。二機とも、複座のコクピットにはひとりしか乗っていなかった。真っ黒なヘルメットをかぶってフードをおろし、酸素マスクをつけている。顔はまったくみえなかった。

三機は特定の周波数で連絡をとりあっているらしい。二機に美由紀を迎撃するように命じたのだろう。だが、そうはいかない。友里の機を野放しにしたのでは、総理府を攻撃されてしまう。美由紀はアフターバーナーを点火して友里の機の右手に追いついた。ぎりぎりまで寄って並進した。

コクピットがはっきりとみえた。今度はふたり乗っている。ふたりともフライトジャケットを着て、ヘルメットに酸素マスクをつけているが、フードは上げている。目もとがみえる。これだけ離れていても、複座の前部に座っている人物は一見してわかった。見覚えのある初老の男だった。新村忠志だった。あいかわらず、目には微笑があるようにみえる。長年ジャンボジェットの機長をつとめた男。この作戦のためだけに、友里に洗脳され、晴海医科大付属病院のカウンセリング科科長に就けられた男。付近を警戒する催眠暗示は受けていないのか、こちらをみようともしない。だが、後部の乗員は美由紀のほうに目を向けていた。友里佐知子だった。

恒星天球教教祖、阿吽拿としての友里の目を、美由紀ははじめてみた。かなりの距離があったが、はっきりみえた。あやしい光を帯びた目。キャノピーを通して突きさささってくるような鋭い眼光だった。

友里は新村のほうを見てなにかをいった。すぐに、友里の機が左に旋回した。みるみるうちに遠ざかり、高度をあげていった。

逃がさない。美由紀は友里を追おうとした。そのとき、ブザーが耳をつんざいた。警告音だ。ロックオンされた。背後をふりかえった。二機のうち一機が、ぴたりと後ろにつけていた。操縦桿を手前に引いた。強烈なGのなか、急角度で上昇した。つづいて左に旋回した。まだついてくる。背後に閃光が走ったのがみえた。右に旋回した。失速しそうになったが、そのまま旋回しつづけた。ブザーがやんだ。

左手をなにかがかすめ飛んでいった。空対空ミサイルだった。間一髪、ロックオンから逃れた。ミサイルは白い煙を吐きながら雲のかなたへ消えていった。

猛然と怒りがこみあげてきた。彼らにはもはや理性はない。この場で空中戦をおこなうことがどれだけ地上に被害をもたらすか、まったく意に介していない。ヘルメットのフードをおろして顔を隠しているが、素性は見当がつく。晴海医科大付属病院にはあとふたりのパイロットがいた。ふたりとも教団幹部だったのだ。美由紀は機首を南に向けた。アフターバーナーを点火した。二機は反転し、追いかけてきた。

高度をさげた。地上のようすをはっきり視界にとらえた。前方に海がみえる。東京湾だ。レインボーブリッジがある。臨海副都心だ。高度をさげすぎてはいけない。建物の窓ガラスがすべて吹き飛んでしまう。海上にでた。そのとき、背後から断続的に音がした。機銃の発射音だ。ふりかえった。一機が右ストレーキに装備したバルカン砲から閃光を放ちながら急速に接近してくる。すかさず操縦桿を引いた。垂直上昇した。眼下を敵機が通りすぎた。すぐに操縦桿を押した。水平飛行に戻り、そのまま降下した。敵機の背後につけた。この世のものとは思えない重力が全身を引き裂こうとする。操縦桿を握っていることさえままならない。薄らぐ意識のなかで照準ごしに敵機を目で追った。

美由紀を気絶にひきずりこもうとするように、強烈なGはなおもまとわりつづけた。美由紀は正気を保つため、大声でどなった。敵機に向かってさけんだ。「東京上空で発砲するなっていってるでしょう!」

照準が赤に変わった。トリッガーを押した。機体を揺さぶる反動を感じた。ミサイルが敵機めがけて一直線に飛んでいった。敵機は旋回して脱しようとするそぶりをみせたが、それも一瞬だけだった。ミサイルがエンジン部分に命中し、敵機はまばゆいオレンジ色の光につつまれ、直後に爆発音とともに四散した。真っ赤に燃える無数の火の玉とともに、ばらばらになった機体が青い海原へと落下していった。

一線を越えた。虚無感が押しよせてきた。この瞬間を体験したくなくて、自分は自衛隊を去った。だがいまそれは、現実となってしまった。

彼らは脳の切除手術を受けている。地上に戻っても、以前の人格に戻れることはない。しかし、少なくとも彼らはまだ生きていたのだ。

いや……迷っているときではない。彼らは暴力にうったえることに躊躇しない。こちらの説得に応じない以上、力で対抗しなければならない。

そのとき、頭上を猛烈な速度で黒い影が通過した。もう一機がまた東京上空へ向かおうとしている。そうはさせない。美由紀はあとを追った。敵機は臨海副都心へさしかかろうとしている。バルカン砲を撃った。片方のエンジンに被弾すれば、敵も逃走するかもしれない。だが、敵は左に急旋回した。攻撃をかわすと、また機首を北へ向けた。

まずい。美由紀は思った。イーグルのバルカン砲の携帯弾数は一千発弱だが、毎秒百発を発射するためのべ十秒ていどで撃ちつくしてしまう。友里の機と交戦することも考えて、武器はなるべく残しておかねばならない。かといってミサイルを使ったのでは、さっきとおなじく一撃で相手を粉砕してしまう。そうなると、残骸が地上に墜落してしまう。敵機が臨海副都心の上空に位置しているかぎり、こちらから攻撃はできなかった。

敵もそれを承知しているらしい。海上に外れる前に反転し、こちらへ向かってきた。美由紀は操縦桿を倒してかわした。ふりかえると、敵機は背後で旋回して追撃に入った。バルカン砲の発射音がきこえた。美由紀は右に急旋回した。ミサイルが飛んでいくのがみえた。ロックオン前に発射されたらしい。鳥肌が立った。ミサイルは地上へ向かっている。高度をさげてそれを追った。が、ミサイルは臨海副都心からわずかにはずれ、内海に落下した。白い飛沫が立つのがみえた。

自分もここで撃ちおとされるわけにはいかない。美由紀は機を反転させた。敵機は追いすがってきた。美由紀はアフターバーナーを点火した。敵機も追いつこうとして速度をあげた。その瞬間、美由紀はアフターバーナーを切って速度をさげた。敵機は美由紀の頭上を通過していった。

敵の背後を照準で狙った。ロックオンした。が、すぐに発砲してはいけない。地上の建物をみた。台場のビッグサイトがみえた。西へ飛んでフジテレビの社屋があった。近くに湾岸署もみえる。そこから敵機が右に旋回した。いまだ。ミサイルを発射した。空対空ミサイルは敵機の描いたカーブをそのまま追って、命中した。爆発音とともに火だるまになった敵機が、北に向かって高度をさげていく。レインボーブリッジ付近の海に落下し、水面に叩きつけられた瞬間にもういちど爆発して黒煙を噴きあげた。

美由紀はその周辺をみおろした。さいわいにも、船舶の姿はなかった。付近のビルの窓ガラスにひびがはいったかもしれないが、人的被害にまではおよんでいないだろう。

そう思ったとき、衝撃を感じた。鼓膜が破れるほどの轟音と、激しい揺れが襲った。なにかが裂けるような音がした。計器類がショートし、青白い光を放った。操縦桿がきかなくなった。失速した。高度がさがった。きりもみ状態で墜落しはじめた。港区の町並みが目の前にひろがった。美由紀は必死で操縦桿を引いた。舵《かじ》は動いた。高度があがった。態勢を立てなおした。が、ひきつづき強い振動にみまわれた。

　被弾したのだ。美由紀は上空から急降下してきたもう一機のイーグルを視界にとらえた。イーグルはバルカン砲を発射しながら美由紀の頭上を追いこしていった。左エンジンが制御不能になった。そればかりではない、計器類のほとんどが機能していないのに気づいた。美由紀はマニュアルに切り替えられるすべてのスイッチを押した。

　機首から煙が噴出していた。ふりかえると、左エンジンの側面からも黒い煙が吐きだされている。

　操縦桿の真下にある赤ランプが点滅していた。燃料が底をつこうとしている。おそらくタンクにも被弾したのだろう。燃料が漏れているのだ。

　くぐもった笑い声がきこえた。友里の声だった。「油断大敵ね」

　美由紀は額の汗をぬぐった。イーグルは油圧、電力には何重ものバックアップがなされているため、被弾しても操舵と兵器系統は故障しにくい。だが、コンピュータはべつだ。回路を破壊されるとその部分は使いものにならなくなる。いままさに、そういう状況下にあった。レーダーにもなにも表示されていない。

前方に妙な気配を感じた。顔をあげた。物体がまっすぐこちらに向かってくるのがわかった。あわてて操縦桿を倒した。空対空ミサイルが翼をかすめ、後方へ飛んでいった。

凍りつくような恐怖だった。敵のロックオンを感知できなくなった。これでは背後から狙われたときに回避できない。

「おやおや」友里の声がいった。「あぶなかったわね。徒呈羅が狙ったとおりあなたのコンピュータシステムを破壊したおかげで、ロックオンされても気づけなくなったようね。もうあなたは、周囲がみえていないのとおなじよ。おとなしくそこでまってなさい。総理府を爆破したあと、ちゃんと始末してあげるから」

友里の機が北に向かって高度をあげていくのがみえた。

勝ち目はない。向こうはまだ、バルカン砲を数秒使用しただけだ。あとの装備はすべて機能している。こちらは周囲を探知するあらゆるシステムが破壊されてしまった。これでは目視で相手をとらえないかぎり、位置をつかむことはできない。

手詰まりか。美由紀はぼうぜんとなった。

ここまできて、友里の狂気を許すのか。

いいや。そうはさせない。勝機が一パーセントでも残っているうちは、戦いを捨てるわけにはいかない。たとえ相打ちになってでも、友里の企みは阻止せねばならない。

美由紀はアフターバーナーを点火して上昇した。さいわい、まだ舵はきく。燃料もあと少しはもつだろう。

雲をつきぬけた。青空のなかで水平飛行に移った。

辺りにはなにもみえない。友里の機も見あたらない。はてしない雲海が、眼下にひろがっているだけだ。

友里がため息をついたのが、スピーカーを通してきこえた。「ほんとに勇敢ね。というより、無謀そのものね」

「先生」美由紀はいった。「いまならまだ間に合います。攻撃を中止してください」

「まだそんなことをいうの」友里の声はせせら笑った。「ねえ美由紀、あなたにはなにもみえていないわ。でもこちらからは、あなたの姿はよくみえる。レーダーだけじゃないのよ。あなたの考えも、なにもかもお見通しなの。わたしの千里眼に勝てるかしら」

「ためしてみたらどうなんです。それとも、わたしが怖いんですか」

友里が息を呑んだようすがつたわってきた。「そう。そんなに死にたいの。よくわかったわ。わたしがこの手で、あなたを冥土へ送ってあげるわ」

絶望と孤独が全身を支配していった。敵がいつ、どこから現われるのかまったく予測がつかない。だが向こうは、どこにいてもこちらの位置を把握できる。

唯一はっきりしているのは、友里の機がすぐにでも攻撃してくることだけだ。美由紀は進路を南にとっていた。太陽の位置で方角だけはわかる。自機の正確な位置はわからないが、そろそろまた東京湾上空に戻ったはずだ。ここなら、撃ち落とされても地上に被害はでない。

友里はやってくる。しかし、こちらからはみえない。ロックオンされてもわからない。不意を突かれて背後からミサイルを発射されても、命中するまでは気づけない。そして、それはいますぐにでも起こりうる。

恐怖に身体が震えた。だが、正気を保たねばならない。まだ勝負はついていないのだ。めまぐるしく思考をめぐらせた。ふと、頭のなかに、なにかがよみがえってきた。そんな方法が通用するだろうか。いや。自分はいちど、たしかに経験している。その感覚も、はっきりおぼえている。ならば、いまふたたびそれを感じたら、はっきりわかるはずだ。

無謀だ。しかし、賭けるしかない。

美由紀は操縦桿をまっすぐにして、水平飛行を保った。目を閉じた。息を深くすいこんで、吐いた。

美由紀はつぶやいた。「手足が温かい」

いやでも振動が身体につたわり、轟音が耳を刺激しつづける。だが、それらは当たり前の環境の一片だと思わねばならない。この場で精神をどれだけリラックスできるか。この試みは、それにかかっている。

ふたたびつぶやいた。「頭がすっきりしている」

自己暗示がイメージとなり、やがて実感となっていった。こうしていると、晴れた日の公園のベンチに腰かけて、うたた寝をしているようだ。そのイメージをさらにふくらませた。春の日の公園にいる。並木には緑の葉がしげっている。遠くから子供たちのはしゃぐ声がきこえる。おだやかで、心地よいそよ風が頬をなでる。そして……。

そして、頭になにかを感じる。もやのかかったような、異質なものを。

思考をかき乱す、なにかの存在。オレンジいろの光が、閉じたまぶたの裏に浮かんだ。それが帯状に伸びていき、目の前をちらついた。

美由紀は目を開いた。たしかに感じた。電磁波を感じた！

満身の力で操縦桿を引いた。一気に引いた。身体がシートに押しつけられた。イーグルは急上昇したが、なおも操縦桿を引きつづけた。重力のかかる方向が頭上から前方へと移っていくのがわかる。宙返りしながら、頭上をみあげた。実際には逆さだ。だが、雲海をバックに友里の機がはっきりとみえた。美由紀の背後でロックオンし、ミサイルを発射した直後の敵機の姿が。

急速な宙返りで敵のロックオンははずれた。ミサイルはどこへともなく飛んでいった。宙返りから水平飛行に移ったとき、美由紀は友里の背後をとった。前方のイーグルの後ろ姿に照準をあわせた。ロックオンした。

複座の後部にいる友里が、ふりかえったのがみえた。おどろきに目を見張っている。少なくともそうみえた。

ためらいは一瞬よぎった。だが、もう迷わなかった。

美由紀はトリッガーを押した。ミサイルを発射した。白い噴煙をあげて直進していった。スピーカーから短い悲鳴がきこえた。男の声だ。新村、いや徒呈羅の叫びだ。そのとき、敵機からなにかが飛びあがるのをみた。次の瞬間、敵機は炎のかたまりとなり、太陽にも勝る光を放った。爆発音が轟き、爆風が美由紀の機体を揺さぶった。粉々になった破片が、雲のなかに散らばっていった。

美由紀は旋回し、眼下をみおろした。爆発の寸前、飛びだしたものがそこにあった。パラシュートがひらいた。脱出したのは後部シートの乗員だけのようだった。パラシュートの半円に隠れながら、友里の姿は小さくなっていく。雲のなかに消えていく。

無事に東京湾に着水できるだろうか。そんなことを考えた。友里はどこかで降下訓練を受けたのだろうか。そうでなければ、水面に叩きつけられたときに骨折する可能性もある。また、着水後にパラシュートのひもが首にまきついてしまうこともある。そして、溺死《できし》の可能性もある。

だが、警戒レベルAの直後だけに東京湾には海上自衛隊の護衛艦もいるはずだ。少なくとも、逃げおおせられる可能性は低いだろう。

深いため息がもれるのを、美由紀は自分の耳できいた。

終わった。ようやく、すべては終わった。

なぜか、友里と初めて出会ったときのことが脳裏にうかんだ。楚樫呂島の避難所で、友里は美由紀にいった。あなたならきっと、いいカウンセラーになれるわ。命のたいせつさを知っているもの。

頭をふり、その言葉の響きをはらいのけた。いまはまだ、なにも考えたくない。

太陽をみた。あれが東だ。美由紀は北に向けて転進した。

幻聴

自衛隊基地まで帰還する燃料が残っているとは、とうてい思えなかった。揺れはいっそうひどくなり、エンジンも失速ぎみだ。片方のエンジンだけで飛行しているため、バランスもとりにくくなっている。

つまみを回して通信用の周波数を変換した。さまざまな通信が断続的にスピーカーからきこえてくる。ＪＡＩ７１１便……音声がそうつげたところで手をとめた。美由紀はいった。「羽田管制塔。緊急着陸する。あいている滑走路をおしえて」

しばらく間があった。スピーカーから男の声がきこえた。「こちら羽田管制塔。緊急着陸とはどういうことか。くりかえす。緊急着陸とは……」

美由紀はどなった。「いいから、あいている滑走路をおしえて！」

「……第三滑走路があいているが、しかし侵入許可を……」

「了解」美由紀は通信のスイッチを切った。操縦桿を押して高度をさげる。揺れが大きくなった。風も強いようだ。エンジン音も不安定になってきた。出力が不足してきている。

雲に入った。エンジンが異様な音をたてた。やはり出力が十分ではない。どこまで持ちこたえられるか、あとは祈るだけだ。

雲を抜け、眼下に東京湾沿岸がひろがった。羽田空港へ向かって進路をとる。周辺に旅客機の姿はない。レーダー・ディセプション波が完全に解除されるまで、離陸をひかえているのだろう。第三滑走路の位置をとらえた。

大きく旋回し、滑走路上空に向かった。もう管制塔はこちらに気づいているだろう。戦闘機の姿をみてあわてているかもしれないが、すくなくとも国籍不明機でないことは視認できるはずだ。

兵装パネルのマスターアームスイッチがオフになっているのを確認した。計器のほとんどは数値を信用できない。体感的な勘にたよるしかない。まず二百二十ノットまで減速しなければならない。みおろす景色の流れぐあいで、おおよその速度の見当をつける。旋回してダウンウィングレグに入り、ギアとフラップを下ろす。軽い振動が足もとにつたわった。さいわいにも作動したようだ。

スロットルをアイドル位置にした。フレアをかける。滑走路に進入した。やや速すぎる、そう感じた。減速した。メインギアが接地するときには百十ノットでなければならない。ほぼこれぐらいだ。ピッチ角は十二度だが、これも計器には頼れない。勘でいくしかない。ただしい角度で接地しなければ機体は尾翼をひきずるか、胴体ごと地面に激突してしまう。そうなれば燃料漏れとエンジン不調の機体はアンバランスな推進力と重力によって引き裂かれ、爆発炎上するだろう。

接地直前、機首がさがりすぎていると感じた。操縦桿を少し引いた。これぐらいだろう。メインギアが接地するのを衝撃で感じた。まだ機首をさげてはいけない。このまま風を受けて自然に減速させる。ほぼ八十ノットにさがった。そう感じた。軽くブレーキをかけ、ノーズギアを接地させた。大きな揺れを感じた。一瞬速度があがった。やや早すぎたようだ。だが、イーグルにはドラッグシュートや逆噴射などの減速装置はついていない。エアブレーキにまかせるしかない。

羽田の滑走路を滑るように前進していった。前方に空港の建物がある。管制塔もみえる。それがぐんぐん近づいてくる。まだかなり速度がある。美由紀は身体をこわばらせた。

身体に感じる揺れが小さくなっていった。周囲の風景が、しだいにゆっくりと流れるようになってきた。クルマに乗っているのとおなじ感覚があった。それが自転車ていどの速度になった。やがて、なんの衝撃もなく、静かに停止した。建物まで二、三十メートルの距離だった。

アビオニクスをオフにし、エンジンをカットオフした。ずっと耳鳴りのように響きつづけていたエンジン音が、徐々にフェードアウトしていった。やがて、なにもきこえなくなった。

静かだった。

周囲をみまわした。空港はひっそりとしていた。あまりにも急なことで、なんの対処もとれなかったのだろう。

ずっと操縦桿をにぎりしめていたせいで、両腕に力がはいらなかった。指に感覚がなかった。

ぐったりして、計器パネルにうつぶせた。戻った。地上に戻った。

遠くで消防車のサイレンの音が、かすかにわいていた。

宮本えりは羽田空港のロビーでトランクの上に座り、足をぶらぶらさせていた。

飛行機を降りてから、ずっとこのロビーで待たされていた。なぜか、大勢の客がここで足どめされ、混雑していた。警察官やガードマンの姿も多くみえる。原因はなんなのか、えりには想像もつかなかった。

向こうから、わっと歓声があがった。えりはおどろいて立ちあがった。だが、なにもみえなかった。背の高い大人たちに阻まれていた。トランクの上にのぼり、声のしたほうを眺めた。窓ぎわに、大勢の人だかりがしていた。

トランクから降りて、えりは駆けだした。おい、えり。どこへいく。父親がそう呼ぶのをきいた。だが、好奇心に駆られた。右往左往する人の流れのなかを縫って、窓ぎわまできた。やはり、大人たちのせいでなにもみえない。だが、みな口々におどろきの声をあげながら、外をみつめている。

えりちゃん。そう呼ぶ声がした。みると、大人たちの脚のあいだから友達の女の子が顔をのぞかせていた。その友達のほうへもぐっていった。何度も押しつぶされそうになりながら、窓ぎわまで到達した。そこには、一緒に鹿児島へいった男の子や女の子たちが集まっていた。

みろよ、あれ。すげえな。男の子がそういった。えりは窓の向こうをみた。

変わった形の飛行機が滑走路上で、こちらを向いていた。それも後部から黒煙を吹きあげている。えりが乗ってきた飛行機よりも小さく、しかし格好よかった。戦闘機というのだろう。そう思った。そのとき、操縦席らしきところを覆っていた半円形のガラスがあがり、パイロットの姿がみえた。

おどろいた。はなれていても、だれなのかはっきりわかった。えりは声をあげた。岬先生。

友達がいっせいに視線をそそいだ。ほんとだ、ほんとに先生だ。男の子がいった。

えりは身をひるがえし、大人たちの足もとをくぐり抜けた。視界がひらけると、えりは駆けだした。えりちゃん、まって。友達の声が背後からした。えりは足をとめた。友達がみんな追いかけてくる。どちらへいくべきか迷った。周囲をみまわした。すると、壁ぎわに半開きになったドアがあった。外には滑走路へつづく骨組みだけの階段がある。降りてはいけないところであろうことぐらい、えりにもわかっていた。だが、まてなかった。えりはドアのほうへ走った。

美由紀はコクピットから立ちあがった。ほんのわずかな時間しか経っていないはずなのに、ひさしぶりに外の空気に接した気がする。関節がまた痛みだした。足をあげるのも困難だった。激痛をこらえながら、足を機体の外側にあるはしごにかけた。ゆっくり、一歩ずつ降りていった。

機体は冷えきっていた。氷のような冷たさだった。ついさっきまで二万フィートの上空にいたことを思い知らされた。このつぎはぎだらけの鉄板にかこまれて、自分は大空高く舞いあがり、音速を超えて飛んでいた。そう実感した。かつて何度も体験したことなのに、なぜかいまはその事実が深く心にきざみこまれていた。

地上に足をつけた。その場にへたりこみそうになるのを我慢しながら、もういちど機体をみあげた。民間の飛行場に強引に着陸。それだけでもたいへんな規則違反だ。だが、それは美由紀がこの十分間に犯した違反のなかでは、たいして大きなものではない。もっと原則的なことを破ってしまっている。美由紀は民間人なのだ。ジェット戦闘機に乗って東京上空で交戦するというのは、あきらかに民間人のやるべきことではない。

ため息をつき、うつむいた。自分はやるべきことをやったまでだ。あとの人生を放棄しても、悔いはない。

そのとき、声がきこえた。先生。そう呼ぶ声がした。幻聴かと思った。だが、ちがっていた。風に運ばれてくるその声が、だんだん大きくなる。美由紀はふりかえった。宮本えりが、こちらへ駆けてくる。そして、美由紀がカウンセリングをしてきた子供たちが、みなこちらへ走ってくる。

えりちゃん、みんな。美由紀はつぶやいた。ただ立ちつくしていた。子供たちが駆けよってくると、美由紀はかがんだ。えりが、美由紀の両手のなかに飛びこんできた。子供たちがはしゃぎながら、おどろきとうれしさの入り混じった顔で美由紀を囲んだ。

美由紀はなにもいえなかった。えりを抱きしめながら、瞳が潤んだ。涙が頬をこぼれ落ちた。こらえようとしても、こらえきれなかった。美由紀は泣いた。身を震わせて泣いた。

心理試験

美由紀は赤坂にある防衛施設庁所管のビルにいた。広間の前室で、姿見をみながらスーツを整えた。テーラードのシングルふたつボタン。こんなに窮屈な格好をしたのはひさしぶりだ。晴海医科大付属病院に出勤していたさいにも原則的にスーツを着用していたが、もうすこし動きやすいものをえらんでいた。非番のときは、いつもジーンズだった。皺ができないように振るまうには、少しこつがいる。

「岬」背後で、制服姿の仙堂芳則が声をかけた。「非公式とはいえ、査問委員会はのちの刑事裁判の行方に大きな影響をおよぼすだろう。言葉づかいには気をつけて……」

「わかってます」美由紀は苦笑した。「小言はよしてください」

あの事件からまだ二日しか経過していないのに、遠い昔のできごとのような気がする。ほとんど寝るひまもなく、警視庁で取り調べを受けていた。刑事のみならず、政府や自衛隊の関係者が次々におとずれた。みな、美由紀を責めるというよりは当惑していた。あまりにも常識はずれの事態にどう対処していいのかわからなかったようだ。やがて、教団がらみのテロ事件に対する捜査本部の責任者だという石木参事官から、政府の意向がつたえられた。それによると、美由紀は現在民間人であるが、今回の一件は元自衛官だったという事実に深く関わっていることから、現職の自衛官の不祥事をただすさいの査問委員会とおなじものを、非公式ながら開催するということだった。やむをえない判断だったのだろう、美由紀はそう思った。刑事裁判で審議されたら、美由紀の有罪を確定するために数多くの国家機密があかるみに出てしまう。そうなる前に、自衛隊法第五十九条に基づいて元自衛官の秘密を守る義務の一環として、こういう処置に踏み切ったのだろう。刑事裁判は、この査問委員会でじっくり国家がらみの問題点をろ過したあとにおこなわれるのだろう。むろん、美由紀の将来など政府は気にかけてはいまい。彼らにとって心配なのは国家と政府の利益。いつの世でもそんなものでしかない。

美由紀は仙堂をふりかえった。「空将。このたびはいろいろ、ご迷惑をおかけしました」

すなおに詫びたのがよほど意外だったのか、仙堂は目を丸くした。「おどろいたな」

「わたしの反省が、そんなに意外ですか」

「きみが謝罪を口にしたのは初めてだよ。私の前ではな」

美由紀はため息をついた。「そうかもしれません。わたしはいつも自分で正しいと思うことをしてきました。でも、それが受け入れられないこともあるんです」

「きみらしくもない意見だ」仙堂は美由紀を見つめ、静かにいった。「きみのおこないは正しかった。きみのおかげで、多くの人命が救われたんだからな。山ほどの規律違反を犯しても、正義はきみにあった」

「そうでしょうか」

「そうとも」仙堂はなぜか照れくさい笑いをうかべた。「それにある意味、私はうれしかったよ」

美由紀は黙って仙堂を見つめかえした。

仙堂はいった。「観音のところで会ったとき、きみはいったな。ヘリを下ろしてくれと。通常なら、民間人が自衛官にそんなことを頼むのは筋違いだ」

「……空将なら、わたしの言葉に耳を傾けてくれると思ったからです」

「そう」仙堂は笑った。「私はそれがうれしかったんだ。きみは私を信頼してくれた。正直なところ、きみが自衛隊を辞めて、私は上官としての自信がぐらついていた。きみの信頼をまったく得られていないと思った。だがあのとき、緊急時ゆえにほかにどうしようもなかったにせよ、きみは私を頼りにしてくれたんだ」

仙堂のまなざしはやさしかった。美由紀は胸が高鳴った。仙堂がこんなに明白に自身の気持ちをうちあけたことはなかった。

美由紀はうつむいた。「どうも。でも、それにはべつの理由があったからですよ」

「べつの理由？」

「ええ」美由紀はさばさばした口調でいった。「空将のヘアスタイルです。髪があるひとはみんな、手術をうけて恒星天球教の幹部にされている可能性がある。でも空将はひとめ見て、そうでないとわかりましたから」

仙堂はめんくらったようすだった。怒りだすかと思ったが、そうではなかった。仙堂は笑った。子供のように笑い、はげた頭に手をやった。「そうか」

「ええ。空将、わたしはその頭のままがいいと思いますよ」

仙堂がおどろいた顔をした。図星だったのだろう。仙堂はかつらにしようかどうか迷っていたにちがいない。仙堂は物思いにふけっているとき、常に視線が右下に向かっていた。これはなにか体感的なことを気にかけていたのだ。同時に、頭に手をやることも多かった。かつらをつくったときの触覚を想像していたのだろう。

「きみも千里眼の持ち主になったか」仙堂はつぶやいた。「だが、おかげでふっきれたよ。ありがとう」

そのとき、広間に通じる扉があいた。職員が呼びかけた。こちらへ。

美由紀は足を踏みだした。やはりスーツのスカートは歩きにくかった。歩幅をせばめて進むことにした。

広間に入った。ひろびろとした室内は長テーブルが四方の壁沿いにならび、列席者たちが神妙な顔で座っていた。

美由紀は歩きつづけた。仙堂があとにつづく。左右の列席者の大部分は、見知らぬ顔ばかりだった。ほとんどが警察と自衛隊の関係者だ。アメリカ人の姿もみえる。在日米軍基地の関係者だろう。みな、重苦しい表情をうかべている。ただひとり、蒲生だけは例外だった。目を細めて、微笑しながら美由紀を見守っている。この日のためにおろしてきたのか、真新しい紺のスーツを着ていた。ひとり娘の結婚式を見まもる父親のような目をしていた。美由紀は心のなかで苦笑した。

蒲生の報告書が、美由紀の行動を全面的に支持するものだったことは、取り調べ中に警察関係者からきかされていた。美由紀はうれしく思った。しかし、たったひとりの刑事の証言を、この会議の中心人物たちがそうやすやすと受けいれるとは思えなかった。

美由紀は広間の中央に立ちどまった。奥のテーブルには、そうそうたるメンバーがならんでいた。テレビのニュースでみる顔ばかりだ。外務大臣、大蔵大臣、国家公安委員会委員長、防衛庁長官、警察庁長官、経済企画庁長官、航空自衛隊幕僚長もいた。一様に、厳しい視線を美由紀に向けている。

中央に座っているのは野口内閣官房長官だった。書類に目を落とし、口もとをかたくむすんでいる。だが、険しい表情には、なにかべつの理由があるように思えた。なんだろう。美由紀は野口をじっと見つめた。

野口は顔をあげた。重く、唸るような声でいった。「この査問委員会では非公式ながら、今回の東京晴海医科大付属病院、恒星天球教にまつわる事件に関して、岬美由紀元航空自衛隊二等空尉パイロットの処置について、超法規的措置として刑事裁判にさきだって審議をおこなうものとする」

野口が言葉を切った。うつむいて、深くため息をついた。

どうしたのだろうか。美由紀がみたところ、野口の視線も右下に向かいがちになってている。身体上の感覚にかかわることに気をうばわれがちになっているようだ。

「まずは」野口は顔をあげ、一枚の黄色い書類をさしだした。「秘密を守る義務に関するこの書類に目を通してもらう」

職員が野口の手から書類をとり、美由紀に歩みよってきた。美由紀はそれを受けとった。秘密保全に関する訓令についての詳細。見だしにはそうあった。これが俗にいうイエロー・ペーパーか。美由紀はそう思った。公には自衛官が職務上知り得た機密を漏らしたさいの罰則は、一年以下の懲役または三万円以下の罰金ということになっている。だが、国家を危険にさらすような大規模な機密の暴露があった場合、当然そんな軽い罰則で済むはずがない。どんな機密をどのていど漏洩《ろうえい》したかによって罰則はさまざまにきめられている。ただしこれは、機密に関する事柄なので一般には公表されていない。それが記された紙がイエロー・ペーパーで、重大事件に関する査問委員会のときだけ見ることができるといわれていた。イエロー・ペーパーは一枚しか存在せず、総理・副総理・内閣官房長官のいずれかが常に手もとに置き、必要が生じて閲覧させるさいにも、その三役いずれかのいる部屋から外へ持ちだしてはいけないという規則がある。そのイエロー・ペーパーが、いま美由紀の手もとにある。

「さて、審議内容は多岐にわたっている」野口はいった。「民間人でありながら入間基地の敷地内に足を踏みいれ、なおかつ司令部や滑走路など機密に属する場所へも侵入した。自衛隊機に無断で乗りこみこれを操縦、発進させ、首都上空でミサイルとバルカン砲を使用、三機を撃墜、そのうえ羽田空港の旅客機専用滑走路に無断着陸した」

警察庁長官がいった。「すべては基地内に侵入したことに端を発している。そのうえで戦闘機を奪って敷地外へ飛行したのだから、不法侵入と窃盗、器物破損という容疑がまず適用されます」

「おまちください」仙堂が進みでていった。「たしかに岬は入間基地に立ち入りましたが、それは私がヘリコプターに乗せてそこへ向かう許可をあたえたからです」

「その理由はなんだね」防衛庁長官がきいた。

「緊急事態だときいたので、必要を感じたからです」と仙堂。

航空幕僚長がたずねた。「どのような緊急事態か、さきにきいたのか」

「いえ、それは」仙堂は咳ばらいした。「一刻をあらそう事態だと考えまして」

「きみの部下ならそれでもいい」航空幕僚長はいった。「だが、彼女はいまや民間人だろう。杉谷監察官、なにか意見があるかね」

左手に座っていた制服姿の男が立ちあがった。「仙堂空将は民間人を自衛隊基地に案内したという点で、自衛隊法の服務規定に違反していると考えられますが」

防衛庁長官がいった。「だが、現在民間人といえども入間基地内を熟知していた岬を案内したのだから、機密漏洩にはつながらないのではないか。仙堂空将はその前にレーダー・ディセプション波に関する情報を岬から電話で受けとり、羽田沖における旅客機撃墜を防ぐことができたという事実があったため、事件の背景に詳しいと目される岬をオブザーバーとして立ち合わせたということにならないか」

「しかしですね」杉谷監察官はいった。「そのレーダー・ディセプション波に気づかず、警戒レベルAを発令して戦闘機部隊を発進させ、旅客機を危機に陥れたのは仙堂空将自身です」

仙堂が困惑のいろを浮かべた。だが美由紀が反論する前に、蒲生刑事が口をはさんだ。「まってください。私はそのディセプション波を発信する機械を、岬美由紀と一緒に発見しました。その装置は自衛隊側の対応をすべて予測して組み立てられていて、ぜったいに欺瞞だと見ぬかれないようになっていたんです」

警察庁長官が苦い顔をしていった。「なぜきみは、岬とともにその装置を目にすることができたんだね」

「それは、一緒に観音のなかを調べたから……」

「石木参事官」警察庁長官は声をはりあげた。「それは捜査本部としての意向かね」

右手の席で石木が立ちあがった。「いえ。まったく指示したおぼえはありません」

防衛庁長官がつぶやいた。「そうすると、蒲生刑事は岬ともども東京湾観音に不法侵入をはたらいたと」

美由紀は口をひらいた。だが、それより早く蒲生がいった。「私が連れて入ったんです。観音のなかを調べようと強引に立ち入ろうとした私を、岬美由紀はむしろ制止しようとしていました」

美由紀はおどろいて蒲生を見つめた。蒲生は警察庁長官をにらみつけていた。

「彼女をかばうのかね」石木参事官が冷たくいった。「事実を歪曲《わいきょく》するようでは、刑事失格だぞ」

「これは事実だ」蒲生はきっぱりといった。「それに、ほかの事実もしっかり把握すべきだ。彼女がいなかったらあんたがたはもうこの世にはいなかったんだぞ!」

「言葉を慎め!」石木がどなった。

室内が喧騒の渦に包まれた。だれもが大声でなにかをしゃべっている。まざりあった発言はほとんどききとることができず、耳ざわりな雑音でしかなかった。

「岬美由紀」ようやく、警察庁長官の声だけがはっきりと美由紀の耳に届いた。「なにか意見はあるかね？」

　美由紀は答えなかった。さっきから、ほとんど会話をきいてはいなかった。美由紀は野口内閣官房長官に気をとられていた。

　野口はずっとうつむいている。それも、表情から察するに苦痛を感じているようだ。美由紀は、その苦痛のなかにどんな感情がこめられているかを観察していた。後悔、悲しみ、憂い。そんなところだろうか。

　ふと、その理由が思いあたった。そうだ。ここへくるとき、政府関係者たちがうわさしていた。きょうは野口官房長官にとって……。

　その瞬間、この場のすべての審議は美由紀にとって二の次になった。審議など、あとでいい。それより、いまでなければ解決できないことがある。

「失礼します」美由紀は背を向けると、足ばやに歩きだした。

　室内の人々はしばしぼうぜんとしていた。が、ひとりが叫んだ。「おい、どこへいく！」

　扉に達した。美由紀は駆けだした。前室を走りぬけ、廊下にでた。見張りの制服警官が一歩動くよりはやく、階段へ飛びこんでいった。

「どうなってる！」警察庁長官が大声でどなった。「すぐにつかまえろ！」

全員がいっせいに立ちあがった。まっさきに扉へ向かっていったのは警察関係者のようだった。大臣や長官はおろおろするばかりだった。

野口はあぜんとして、着席したまま扉を見つめていた。いったいなんなのだ。この場から逃げだすなんて、正気なのか。

「官房長官」大蔵大臣が青ざめた顔でいった。「岬美由紀はイエロー・ペーパーを……」

電撃が走った。岬はイエロー・ペーパーを持ったまま逃走したのだ。肌身離さず携帯せねばならない、あの極秘文書を。

「おや」酒井経済企画庁長官がいった。「これは重大な責任問題ですな」

野口は凍りついた。この事実が知れたら、自分の官房長官の座も危うくなる。

「クルマをだせ」野口は立ちあがり、扉に向かった。「すぐに追うんだ。岬美由紀の身柄を確保し、イエロー・ペーパーをただちに回収しろ」

職員たちがいっせいに動いた。野口が扉をでると、警察関係者のひとりが駆けよってきた。「岬が逃げこんだ場所がわかりました」

「すぐに連れてけ！」野口はいった。早足で歩きながら、己れの運命を呪った。なんという厄日なのだ。自分の人生に安息の日は与えられないのか。

野口はビルの玄関に横づけされた専用車に乗りこんだ。パトカーの先導で車道にでた。

ほどなくして、すぐにわき道に入った。どこかのホテルの玄関に横づけされた。どういう名のホテルだったか、すぐには思いだせなかった。エントランスはどこも似たりよったりだ。警察関係者たちに導かれて、ホールの階段をあがった。息がきれそうだった。階段を昇った右手に観音開きの扉があった。扉の前には制服警官が立っていた。

「このなかです」警官がいった。「しかしなにがあるのかわかりませんので、いま応援を呼んでいるところで……」

「ばかをいえ。そんなひまがあるか。どけ」野口は警官を押しのけ、扉をあけた。

時間が静止した。そんな感じだった。

扉の向こうは結婚式場だった。おおぜいの出席者がこちらをふりかえった。みな、息をひそめて野口を見つめている。半分ほどは、顔なじみの親族ばかりだ。

「おとうさん」声がきこえた。見ると、ウェディングドレスに身を包んだ娘の加奈子が、タキシード姿の飯野仁史と並んで立っている。キャンドルサービスの最中だったらしい。その向こうには、妻の顔もある。

どれくらい時間がすぎただろう。やがて、司会者らしき声が響いた。「これはおどろきました。花嫁のお父上であられます、野口克治内閣官房長官がご到着です！」

出席者が立ちあがり、いっせいに拍手した。だれもが意外なゲストの到着に満面の笑みをうかべている。

野口はぼうぜんと立ちつくすしかなかった。

ようやく拍手がやんだ。司会者がいった。「では、花嫁のお父上から祝福のスピーチを……」

かっと体温が上昇するのを感じた。なにをばかな。踵をかえそうとした。しかし、娘の声がきこえた。「おとうさん」

野口は加奈子に視線を向けた。笑顔の、しかしかすかに不安げないろをただよわせた加奈子が、こちらをみつめている。

飯野仁史と目があった。澄んだ目をこちらに向けている。いい度胸をしている。私がきても、とりみだすことがないとは。

野口はすいこまれるように、式場のなかへ入っていった。拍手が出迎えた。娘と、ついで妻と目があった。妻は微笑んだ。ひさしぶりに妻の微笑みをみた。野口はそう感じた。

美由紀は式場に面したロビーで、カーペットの上に座っていた。結婚式場のなかを突っ切ってすぐ、この場に座りこんだ。ほどなくして、追っ手が集合してきた。いま美由紀の周りには政府、自衛隊、警察の関係者がひしめきあっている。スーツ組だけで、制服の連中は姿を消している。注目を浴びてはまずいからだろう。スーツの男たちも、だれひとりとして美由紀の腕をつかもうとしたり、手錠をかけようとはしなかった。非公式な査問委員会からの逃亡なのだ、だれもそんなことはできない。みな険しい顔で、美由紀を見おろしているだけだった。美由紀は苦笑した。またひとつ、審議に困る規則違反を犯した。

壁ごしに、野口官房長官のスピーチをきいていた。後半涙声になったことも、ききのがさなかった。官房長官はこの結婚式に出席したがっていた。それがかなわないために、ストレスをためこんでいた。すべて、表情を見てわかった。

ふしぎだった。友里佐知子と接したときには魔法のように思えたカウンセラーとしての技術も、経験を重ねるうちに自然にそなわっていた。千里眼は、いつしか自分のものになっていた。友里佐知子が、美由紀の最初に思ったとおりの人格者だったなら、きっと自分の教え子の成長をよろこんでくれたことだろう。だが、それは幻にすぎない。友里は戦闘機を脱出後、行方不明になっていた。東京晴海医科大付属病院から姿を消した数十人の幹部たちも同様だった。彼らはいまも、どこかに潜んでいるにちがいない。

かつて蒲生の同僚が捜査していた連続自殺事件において、多重人格の女性を救おうとしていた若いカウンセラーがいる。蒲生はそういっていた。そして、そのカウンセラーはいまや教団の一員となっている。友里はそういった。しかし、そのカウンセラーは脳の切除手術を受けていない、そうもいった。いったいどういうことなのか。友里がどんな催眠暗示をあたえたのか、そのカウンセラーがいま教団にどんな形で捕らわれているのか、すべては謎のままだ。いずれにせよ、もし友里がいったとおりなら、少なくともそのカウンセラーは元の状態に復帰させることが可能なわけだ。一刻もはやく友里の居場所をつきとめて、教団の全貌を暴くことが国家にとっての急務だろう。

けれども、たとえどんな危機が起ころうとも、わたしはカウンセラーなのだ。美由紀はそうさとった。事態の大小ではなく、目の前にいるひとりを救うことがなによりたいせつだ。そういう衝動を、自衛隊にいたときには抑えてきた。だが、いまはこうして好きに行動できて、心底やすらぎをおぼえる。わたしという存在はここにある。それは、だれにも否定できない。それさえあれば、悔いはない。たとえこの先、ずっと塀のなかの暗い部屋で過ごすことになろうとも。

スーツ組の人垣が割れて、野口官房長官が顔をだした。野口は黙ったまま、美由紀を見おろしていた。

美由紀は立ちあがらなかった。いまのわたしは公務員ではない。腰をおろしたまま、ポケットにねじこんだイエロー・ペーパーをさしだした。

野口はそれを受けとった。

そのまま、しばらく時間がすぎた。

美由紀はきいた。「官房長官。胃痛はなくなりましたね」

野口の顔におどろきのいろが浮かんだ。やがて、こくりとうなずいた。氷が溶け去るように、表情がやわらいだ。「ありがとう、といっておこう」

そのとき、人垣の向こうでどなり声がした。酒井経済企画庁長官の声だった。「官房長官。これは由々しき問題ですぞ。イエロー・ペーパーは手ばなしてはいけない規則のはずだ。それなのにあなたは、こともあろうに結婚式でスピーチを……」

野口が背すじを伸ばし、きっぱりとした口調でいった。「酒井経済企画庁長官を外へお連れしろ」

スーツの男たちが美由紀に背を向け、ひとかたまりになって遠ざかっていった。その中心から酒井の罵声がきこえていた。なにをするんだ。そんな権限がおまえたちにあるのか。髪をひっぱるな。

静寂が戻ったロビーで、美由紀はまだ座りこんでいた。

野口は美由紀を見おろしていった。「仙堂という航空総隊長や、蒲生という刑事はきみのことを支持しているようだな」

「ええ」美由紀はつぶやいた。「いろいろあったけど、少しは理解しあえましたから」

「そうか」野口はぼそりといった。「じつは、頼みごとがあるんだが」

「なんですか」

「首相のことだよ。じつは、腰痛でね」

美由紀は笑った。「わたしに首相のカウンセリングをしろとおっしゃるんですか」

「首相だけではない。悩みやストレスを抱えている政府関係者はたくさんいる。しかし機密に関わることが多すぎてだれにも相談できんのだ。その点、きみにならあまり隠しごとをせずにすむ。それになにより、すばらしい能力を持ったカウンセラーだからな」

胸が熱くなるのを感じた。だが、すなおによろこべなかった。「わたしはどんな立場にあるひとでも、公平に助けてあげたいんです。政府筋のひとたちだからって、優先はできません」

「刑事事件を不問にするといってもかね？」

美由紀はおどろいて顔をあげた。野口は笑顔をうかべていた。

かすかな希望を感じた。カウンセラーでありつづけることができるのなら、このさきも子供たちのために働くことができる。

そして、できることなら争いは避けたいが……恒星天球教が脅威となりつづけている以上、美由紀もそれに立ち向かわねばならない。姿を消したカウンセラーをはじめ、教団の犠牲になっている人々を救いだすために、戦わねばならない。

美由紀はいった。「あくまで民間人でいられるのなら」

「考えてみよう」野口は手をさしのべた。

美由紀がその手を握るべきかどうか迷っていると、野口はいった。「だいじょうぶだ。この歳になっても、きみひとり立たせるぐらいの力は残ってる」

美由紀は笑った。ゆっくりと右手をさしだし、野口の手をにぎった。

●岬美由紀についての詳細

年齢＝二十八歳　誕生日＝6月28日　出身地＝三重県　血液型＝O型
東京晴海医科大付属病院カウンセリング科勤務　臨床心理士（カウンセラー）
（続編『千里眼／ミドリの猿』では首席精神衛生官という国家公認のカウンセラーとなり、内閣官房直属の立場にある）
学歴＝防衛大学校卒
元航空自衛隊幹部候補生　中部航空方面隊F15Jイーグル主力戦闘機部隊所属　二等空尉パイロット（平成五年に始まった女性パイロット起用の第一期生）
趣味＝バイオリン、ピアノ、料理、油絵　資格＝国際B級ライセンス
服装＝病院内ではスーツ、普段はもっぱらTシャツにジーパン。カジュアルルックのお好みブランドはアンビル、トミー・ヒルフィガー、ディーゼルジルボー。
髪型＝ポニーテールにしているが、結わえていないときの長さは肩にかかるていど。軽くウェーブがかかっている。
語学＝防衛大で英語、フランス語を専攻。ロシア語は領空侵犯に対する警告だけを覚えている（本人談。続編『千里眼／ミドリの猿』では中国語にも堪能なところを見せている）
愛車＝自衛官時代から乗りまわしているリッターバイクのGSX－R1100H。続編ではカワサキのGPZ－1000RX。

特技＝書道二段、空手三段、剣道二段（しかし、実際に組み手を行うときにはいつも実戦的な中国拳法を用いる）。カウンセラーとしては催眠療法および、相手の微妙な表情の変化で心のなかを読む心理学的技法を得意とする。防衛大で得た情報処理や電子工学の知識から、コンピュータなどメカについても詳しい。パイロットとしての腕もトップガン・クラス。

メイク＝クリスチャン・ディオールで統一。友里佐知子の影響らしい。

読書＝ときおり、カフカの全集を思いついたように棚からひっぱりだして読むていど。

好きな映画＝ゴダールの『恋人のいる時間』、フェリーニの『サテリコン』、黒澤明の『羅生門』。

好きな食べ物＝魚介類と野菜。外食は洋食のみ。酒は飲まない。

性格＝明るく頼り甲斐のある女性として成長したが、子供のころ両親とうまくいかなかったことがトラウマとなっていて、とりわけ生命が軽んじられることには我を忘れて激しく憤ることがある。正義感が強いが、防衛大のキャリア組出身のせいでプライドも高く、権力をふりかざす相手にはつっけんどんな態度をとりがちである。カウンセラーらしくおとなしい態度をとるにも限界があり、ときおりバイクで疾走して気を紛らわす（いつもノーヘルメットで走るが捕まったことはないらしい）。その反面、自室でひとりバイオリンを弾くなど、孤独を愛する面もある。

●『千里眼』用語の基礎知識

防衛大学校

横須賀にある自衛隊幹部養成学校、つまり自衛隊の「キャリア組」を育てる学校。一般公募している「ノンキャリア組」とは異なり、きわめて文武両道に優れていることが必須条件。岬美由紀は警察大学校に進むことも考慮していたようなので、高校卒業時の成績もずば抜けて素晴らしかったのだろう。

文部省所管の学校ではなく、防衛庁設置法によって設立された、防衛庁所管の学校である。したがって大学とは異なるため、以前は卒業しても学歴としては「高卒」だった。現在は卒業生も大学同様「学士」として扱われる。日本の法律では文部省所管でなければ国立大学とは呼べないため、「大学」ではなく「大学校」となっている。

学生といっても、じつは国家公務員法では「国家公務員」であり、自衛隊法では「隊員」である。よって授業料や寄付金なども払う必要がなく、毎月十万円ていどの学生手当が支給され、年三回のボーナスも支払われる。第二学年進級時に、本人の希望や適性、成績などを踏まえたうえで自衛官としての所属先が決まり、その後はそれぞれの所属の専門教育や訓練を受ける。

航空自衛隊への配属となり、戦闘機部隊に入隊した美由紀は、ここでもよほど成績がよかったのだろう。いや、そんなものではない。ダントツの首席クラスだったと推測される。特に防衛大への進学を念頭においていたわけではないのに、そのような評価を得るに至ったのは、美由紀には本質的にこうした分野に対する持ち前の勘の良さがあったと思われる。仙堂空将がしつこく隊への復帰を誘ってくるのもうなずける。それにしても短期間の学習でそこまでの吸収力を持つ女性はめったにいないと思われるが、精神的ショックで失語症になりながらわずか二年で立ち直り、ノンキャリアながら婦人警官になるケースもあるぐらいだから、一概にないとは言いきれまい。本書では、F15に乗った岬美由紀が、その婦人警官の職場をちらと視界の端にとらえる場面がある。

ファーストホーク・ミサイル

本書では横須賀基地のサイロに極秘設置されていることになっているが、実際には艦載兵器であり、トマホーク巡航ミサイルと同じ長距離対地攻撃ミサイルである。湾岸戦争やボスニア地域紛争でさかんにニュース映像に登場した、洋上の艦から発射されてビデオカメラで標的を補足し、命中するタイプ、あの一種だ。

トマホークがマッハ〇・七五の飛行速度で、撃ち落されることが多かったのに対し、ファーストホークはラムジェット推進で時速四千二百キロ、すなわちマッハ四以上で飛んでいく。美由紀が指摘したようにファーストホークには発射用ブースターがあるだけで小翼がなく、飛行中は噴射によって推力を変更する。射程距離は百キロから千三百キロ。艦から垂直発射され、GPSによって方角をコントロールする。高度三千メートルで発射用ブースターを切り離し、高度二万メートルを超音速巡航。標的に接近すると一気に垂直に近い角度で急降下をして命中する。重力も利用して秒速千二百メートルもの速度で標的に激突するため、地下シェルターをも破壊できるとされている。本書にでてくる総理府庁舎のシェルターがどれくらいの深さなのかはわからないが、危機管理に甘い日本政府のこと、たぶん軽く吹っ飛ばされ、永田町にはクレーターのような大穴が残るのみだろう。阿吽拿教祖はそれを予測して、このミサイルを選んだにちがいない。

嵯峨敏也

十二月八日生まれ。東京都出身。臨床心理士、催眠療法カウンセラー。東京大学大学院社会学研究科（社会心理学専攻）修了。そして『背はそれほど高くないが、ほっそりとした身体つき』で『年齢は二十代後半ぐらい。色白で頬のこけた、神経質そうな顔。口もとはしっかりと結ばれ、鼻すじが通り、切れ長の目がじっとこちらを見つめていた。ウェーブのかかった髪で片目が隠れそうになっている……』

以上が、続編『千里眼／ミドリの猿』のなかにある嵯峨に関する描写である。嵯峨敏也とは小説および映画『催眠』の主人公なのだが、この文面をみればわかるとおり、あきらかにオリジナル版の原作小説とは異なる人物のようだ（オリジナル版では『三十歳過ぎ』の『がっしりした体格の快活なスポーツマンタイプ』とされていた）。そして映画『催眠』を観た人ならお気づきのとおり、本書にははっきりと映画版の後日談であることを匂わせる箇所がある。これはパロディではなくて、本書のハードカバー版が刊行されるさいに、小学館と東宝映画のあいだで交わされた相互引用に関する合意書に基づいている。つまり本書『千里眼』は最初から映画化を意図して映画版の『催眠』の続編的ニュアンスを含んでおり、したがって本書でその存在が匂わされ、続編に登場する嵯峨敏也は映画版のキャラクターだととらえたほうがいい（注）。

とはいえ、小説版の『催眠』しか知らない人にはついていけない世界になっているかといえば、そうではない。続編『ミドリの猿』では巧みに小説と映画の設定が折衷されている。それによると、嵯峨は東京カウンセリングセンターに勤務し多重人格の入絵由香を診断した過去があるが、その後連続変死事件に巻き込まれ、自らも命を落としそうになったという経緯がある。同書には由香や上司の倉石も登場するが、それぞれがキャラクターの連続性において小説・映画いずれからでも納得がいく説明がつけられている。本格的な謎解きは『ミドリの猿』以降でなされることになる。

なお本書では岬美由紀は、蒲生から聞かされた連続変死事件のことを知らなかったようだ。また、行方不明になったカウンセラーが嵯峨であるとも聞いていない。『千里眼／ミドリの猿』で初めて嵯峨と美由紀は出会うことになる。このふたりがかつて高校時代にサッカー部の部員とマネージャーの関係だったと推察する説もあるが、そんなことはない(わかる人にはわかる……)。

F15Jイーグル

F15は自衛隊および米軍の主力戦闘機。西側諸国で実戦配備されている戦闘機のなかでは最強といわれている。Jはジャパン、すなわち日本のF15という意味である。正確には一人乗り用の単座をF15Jと呼び、二人乗りの複座はF15DJと呼ぶのだが、本書では簡略化してF15で統一している。

多くのパイロットにとって理想の戦闘機とされている。最高速度マッハ二・五、小松から北海道まで約十九分で到達する。最大推力で急上昇すれば、富士山の高さまで六十秒とかからない。

岬美由紀は自衛官時代、においが嫌で酸素マスクをつけなかったおかげで、本書の終盤でも装備品なしで乗って失神しなかった。とんでもないスタミナの持ち主とかいいようがない。

また仙堂空将によれば、美由紀はかつて『一年に百回以上のスクランブル発進を経験した』そうだが、これもずば抜けて多い。これで二等空尉とは信じがたいが、そのまま隊に残っていれば最年少かつ史上初の女性航空総隊長になったかもしれない。

自己催眠

本書でもくりかえし説明されるように、催眠とは他人を意のままにあやつる魔法ではない。深層心理にアプローチするための科学的手段である。しかし、小説『催眠』『千里眼』を通じて印象的なのは、その理論がリアリティに立脚していても、あくまでエンターティメント小説として奔放に誇張されている点だ。

小説『催眠』が理想を描いた一種のファンタジーであることに気づかず、過剰に本気にしてしまった読者が多かったことを考慮し、『千里眼』ではそれを娯楽に昇華させようという試みがなされている。宮本えりの自宅の前で美由紀が家族不和の原因に気づくくだりや、終盤に戦闘機で返り討ちする場面などは、心理サスペンスの枠を大胆に踏み越えた面白さに満ちている。それにしてもマッハを越えるジェット戦闘機を操縦しながら、リラックスのきわみであるところの自己催眠をおこなうとは、岬美由紀は神経の図太さでも横綱級といったところか。

恒星天球教

日本征服、そして世界制覇を企む正体不明のカルト教団。リーダーの呼称が阿吽拿、ナンバーツーが徒呈羅というほかには、教団本部の所在、信者数などなにも明らかになっていない。木造家屋を連続爆破の標的にするなど、目的不明のテロに平気で命を投げ出す信者たちの妙なガッツに日本政府以下の各機関はすっかりお手上げだった。

謎に包まれた存在だが、それでも『教典』や『白書』で少しずつ露出を計ることで知名度をあげていったという、マスコミ操作の巧さが際立つ。

ところで岬美由紀は本書でカルト教団への入信について『洗脳やマインドコントロールはありえない。無知につけこまれただけ』という趣旨のことを口にしているが、これは誤っている。なぜ誤っていたかは、最後まで読めば推察できるはずである……。

メフィスト・コンサルティング

恒星天球教につづき『千里眼／ミドリの猿』で岬美由紀の敵となる強大な組織。表向きは世界各国に支社を持つ老舗のコンサルティング会社だが、実体は非合法な依頼を受け、個人の洗脳から集団の煽動までなんでもやってのける悪のマインドコントロール集団。社会から疎外された心理学と脳医学のエキスパートたちの集まりであり、彼らの並外れた知識と実行力によって不可能を可能にする。日本の戦後復興も平成に入ってからのバブル崩壊も、すべてメフィスト日本支社の操作によるものだったという。戦争誘発からダイエットの流行まで引き起こせるというのだから驚きである。

なお映画版の『千里眼』では、恒星天球教はメフィスト・コンサルティングに設定変更されるという。００７シリーズの『スメルシュ』というＫＧＢの暗殺機関が、政治的配慮から秘密結社『スペクター』に変更されたのと同じことだろう。

入絵由香

『催眠』で宇宙人に人格交代する多重人格の女性として登場。原作小説では嵯峨によって救われるが、映画では『リング』の貞子も真っ青の変貌ぶり。これにどんな意味があったのかは、続編で明らかにされる。

ドラゴンクエストⅧ

岬美由紀が宮本えりに攻略法を教えると約束したゲームソフト。これが発売になっていることをみてもわかるように、『千里眼』は数年後の近未来を描いた小説である。音声認識もモバイルパソコンに標準装備されているうえに、ＰＣカードがなくても携帯電話とダイレクトに接続できる機器が発売されている。企業や商店のホームページも必須になった時代らしく、掲載データも詳細をきわめているようだ。

では何年ごろなのか。

（1）一九九九年六月（映画『催眠』の公開月でもある）に起きた連続変死事件から数

年が経過している

（2）報道によれば、恒星天球教はノストラダムスが予言した一九九九年七月の人類滅亡を防いだと謳っている。『防いだ』と過去形になっていることに注目。『千里眼』のハードカバーが刊行されたのは同年の五月だ

（3）小渕政権が発表した戦域ミサイル防衛構想が日本海側においてはすでに実現しているらしい

（4）中央省庁改革が予定（二〇〇一年）より遅れている、と明記されている

これらの描写から、本書の事件は二〇〇一年から二〇〇三年ぐらいのあいだに起きたのではないか、とみることができる。岬美由紀の年齢から推察できそうなものではあるが、どうやらサザエさんと同じく『岬美由紀は永遠に二十八歳』と設定されているらしく、除外して考えねばならない。なお続編『千里眼／ミドリの猿』で登場する嵯峨敏也も、『岬美由紀と同じ年齢』になった時点で止まっているらしい（映画の『催眠』での嵯峨は二十七歳の設定だった）。

東京晴海医科大付属病院

友里佐知子が院長をつとめる病院。カウンセリング科は連日、多くの相談者を受け入れている。

本書で仙堂空将がデータベース検索するカウンセリング科の解説文は、小説『催眠』の東京カウンセリング心理センターの描写とほとんど同じである。このため『千里眼』は『催眠』では別次元の世界と設定されている、と見る向きもあるが、続編『千里眼／ミドリの猿』では嵯峨や倉石がかつて『東京カウンセリングセンター』に勤めていたことが明記されているので、友里の病院とは無関係に嵯峨たちの職場は存在したのだろう。それでも『カウンセリング心理センター』から『心理』という二文字が抜け落ちるなど、やはり別設定だと思われるふしもある。

一説には小説の『催眠』は『千里眼』よりもさらに数年先の物語だとする声もあるが、これは正しくないだろう。なぜなら『千里眼／ミドリの猿』で嵯峨と入絵由香はすでに知り合いになっているし、『東京カウンセリング心理センター』の朝比奈宏美が竹下みきと一緒にスーパーファミコンの『風来のシレン』をプレイしていることからも、すでに過去の話だと思われる。『ウルトラシリーズ』で主人公のウルトラマンが交代するたびに、地球防衛組織（科学特捜隊、ウルトラ警備隊、MATなど）もなぜか替わっているのと同じこと、つまり継続性があるようなないような形だと解釈すべきなのかもしれない。

東京湾観音

千葉県富津市、南房総の国定公園大坪山山頂に、全世界の戦死戦災死者の御霊を慰霊し、世界永遠の平和を祈念するために建立され、昭和三十六年落慶開眼された実在の大観音。高さ五十六メートル。原作同様、頭部の展望台まで昇って東京湾や房総の山並みの眺望を楽しむことができる。

本書には最上階（二十階）の参拝室には祭壇があると書かれているが、実際にはそのようなものはなく、十九階の待合室やひとりずつ昇る規則の階段もない。これは『以前には最上階にはがらんとした空間があるだけだった』という描写からも推測できるように、数年後の未来ではそのような改装が加えられているということだろう。一三佛や七福神の祀られている配列も現実とは異なっている。また、観音からでてきた宮本えりが倒れて『泥まみれ』になったり、岬美由紀が参拝者の『足跡』を観察したり、広場の地面が土であるかのように描写されているが、実際には観音の周囲はアスファルトで舗装されている。『観音会館』もずいぶん小さな売店のような印象を受けるが、現実は団体も受け入れられる宴会場やレストランもある。ただし『観音会館』で働いておられるご婦人の雰囲気は、妙に実像に近いとの証言もある。また、この売店には『千里眼』原作本も置いてある。住所は富津市小久保一五八八。ＪＲ内房線、佐貫町駅下車。徒歩二十分。

（注）映画『催眠』では宇津井健演じる櫻井刑事が『トライアングル』の音で後催眠暗示を誘発され自殺しているが、本書では『シンバル』になっている。映画『催眠』の脚本では準備

稿の段階から『トライアングル』と明記されているので、これは似て非なる世界の話と考えるべきなのかもしれない。映画版の『千里眼』も東映で制作されるので、東宝の『催眠』との関連性は希薄になっている。

千里眼と催眠

本書「千里眼」は「催眠」で知られる松岡圭祐の第三作にあたり、ハードカバー版は発売と同時にベストセラーを記録、著者を一躍流行作家に押し上げた。近年の日本のエンターテインメント小説史上でも、「ホワイトアウト」や「バトル・ロワイアル」、「パラサイト・イヴ」に匹敵する、めくるめく展開の面白さとオリジナリティを発揮する傑作のひとつに挙げられている。

松岡圭祐の処女作「催眠」は、サイコスリラー全盛の時期に「まったく人が死なない」「身近なキャラクターとプロット」「興味ある素材」の三要素が新鮮な作品としてミステリファンに歓迎され、現在までに五十万部以上の売り上げを誇る人気作となった。主人公のカウンセラーが精神病の原因を探っていくプロセスを、ミステリとしてのストーリーラインの核として採用したアイディアが秀逸で、この種のジャンルのパイオニアとなり、最近の「症例A」など志を同じくした作品を生みだすきっかけとなった。

「催眠」は映画化され、こちらも大ヒットしたが、映画版は原作と大きく趣向を変えサイコホラーとなっていた。この小説と映画両者の影響により、松岡圭祐といえばサイコサスペンス作家という印象が強まった。

しかし、松岡が本格的に人気を得たのは本書からであり、そのスピーディなストーリー展開、キャラクターの魅力、スケールの大きさ、謎の構築の巧みさなど、「催眠」とは比べ物にならないほどの飛躍と発展を遂げ、世間をあっといわせた。

元航空自衛隊幹部候補生にして頭脳明晰なカウンセラーでもあるという主人公・岬美由紀は、間違いなく日本ミステリ小説および冒険小説史上最強のヒロインであり、その魅力的なキャラクターは多くの女性ファンの支持を受けている。

興味あふれる心理学の話題と、国家規模の一大事から家庭問題にいたるまであらゆる社会現象の側面を切り口にし、グロテスクな話題を抜きにし、徹底したエンターテインメントと爽快感につとめていることが、人気の理由だろう。

好評を博した「千里眼」はシリーズ化され、以降「ミドリの猿」「運命の暗示」「洗脳試験」と続き、なおもシリーズ継続中である。
（E）

─── **本書のプロフィール** ───

一九九九年五月、書き下ろし単行本として小学館より刊行したものに、文庫化に際して加筆した。

シンボルマークは、中国古代・殷代の金石文字です。宝物の代わりであった貝を運ぶ職掌を表わしています。当文庫はこれを、右手に「知識」左手に「勇気」を運ぶ者として図案化しました。

─── 「小学館文庫」の文字づかいについて ───

● 文字表記については、できる限り原文を尊重しました。
● 口語文については、現代仮名づかいに改めました。
● 文語文については、旧仮名づかいを用いました。
● 常用漢字表外の漢字・音訓も用い、難解な漢字には振り仮名を付けました。
● 極端な当て字、代名詞、副詞、接続詞などのうち、原文を損なうおそれが少ないものは、仮名に改めました。

千《せん》里《り》眼《がん》

著者　松《まつ》岡《おか》圭《けい》祐《すけ》

二〇〇〇年四月一日　初版第一刷発行
二〇〇二年六月十日　第十一刷発行

編集人――高橋信雄
発行者――山本　章
発行所――株式会社　小学館
〒一〇一-八〇〇一
東京都千代田区一ツ橋二-三-一
電話　編集〇三-三二三〇-五一四〇
制作〇三-三二三〇-五三三三
販売〇三-三二三〇-五七三九
振替　〇〇一八〇-一-二〇〇

印刷所――図書印刷株式会社
デザイン――奥村靫正

ISBN4-09-403252-5

小学館文庫